卷首语

在北方，气温忽升忽降是春天的习惯，当冷暖空气势均力敌并频繁博弈时，风就刮起来了，从强风到轻风再到微风，气势渐渐和缓，终于，杨柳风吹面不寒，大地暖了。

春天的《大地文学》也是暖的。纪实作品《中条丰碑》写透了一座山的四季冷暖，与大山共冷暖的还有一群人，他们是为中条山铜矿而奋战的地质队员。从20世纪50年代开始，勘探者的步伐踏过中条山六十九个冬天的雪，也六十九次踩过春天的铜草花，当他们捧出四百五十余份地质报告时，中条山四百余万吨的铜矿探明储量已经位居全国第三。春风迅速把好消息传遍大江南北，沉寂千年的大山深处由此诞生了现代化的铜业集团公司，生长出一座璀璨的城市。短篇小说《千丝结》的故事也从春天开始，由误解、怨恨、坚韧、牺牲编织成的悬念像春天的草恣肆蔓延，作者抽丝剥茧，为主人公卸载背负半生的沉重枷锁，还原一份伟大的爱。散文《鹮翔秦岭》以尊重自然、顺应自然为主题，在朱鹮飞翔的地方，美丽润泽过许多人的心怀。

《台州大陈岛采风作品》专栏是一曲山海之间的文学回响。大陈岛以其得天独厚的美让作家们心情激涌，浪花的召唤、森林的低语都是淳朴的邀请，如何以笔触书写人与自然的篇章，探索两者之间的深刻联系与和谐共存之道，是怀揣对自然无限热爱的作家们一直思考的问题。人与自然的深情凝望，每一眼都是彼此关怀。

一年之始，万象更新、生机勃勃是春天的表情，冷暖骤变是春天的脾气，我们需要及时收听天气预报、注意气温变化、适时增加衣物，也需要文学时时暖心。

编　者

大地文学　2025 春季卷　总第 75 卷

中国自然资源作家协会
中国地质大学（北京）
中国矿业报社

DADI WENXUE

大地文学

2025

春季卷
（总第75卷）

中国自然资源作家协会
中国地质大学（北京） 编
中国矿业报社

山东画报出版社
济南

图书在版编目（CIP）数据

大地文学. 2025. 春季卷 / 中国自然资源作家协会,
中国地质大学（北京）, 中国矿业报社编. -- 济南 : 山
东画报出版社, 2025.4. -- ISBN 978-7-5474-5254-7

Ⅰ. I217.1

中国国家版本馆CIP数据核字第2025DL3672号

DADIWENXUE 2025 CHUNJIJUAN

大地文学·2025·春季卷
中国自然资源作家协会
中国地质大学（北京） 编
中国矿业报社

责任编辑 李　双
装帧设计 徐　潇

主管单位 山东出版传媒股份有限公司
出版发行 山东画报出版社
　　　　社　　址　济南市市中区舜耕路517号　邮编　250003
　　　　电　　话　总编室（0531）82098472
　　　　　　　　　市场部（0531）82098479
　　　　网　　址　http://www.hbcbs.com.cn
　　　　电子信箱　hbcb@sdpress.com.cn
印　　刷 山东华立印务有限公司
规　　格 165毫米×260毫米　16开
　　　　　　 15印张　270千字
版　　次 2025年4月第1版
印　　次 2025年4月第1次印刷
书　　号 ISBN 978-7-5474-5254-7
定　　价 76.00元

目　录

《台州大陈岛采风作品》专栏

深度纪实

001 ～ 090

中条丰碑

王立新

序：青山铭记赤子心

从 1840 年鸦片战争开始，无数中华优秀学子怀揣"强国富民、独立自主"的远大理想，投身铁路、矿产、医学等现代科技领域，报国图强。鲁迅先生就是最早一代地质学人，他在江南陆师学堂附设路矿学堂学习地质学时，写下了"寄意寒星荃不察，我以我血荐轩辕"的豪迈诗句。

江南陆师学堂附设矿路学堂位于今南京市中山北路 283 号，占地面积 273 平方米。矿路学堂附属于江南陆师学堂，由两广总督张之洞于光绪十六年（1890）奏请创办。鲁迅于光绪二十四年（1898）考入该学堂，光绪二十八年（1902）以一等第三名毕业，同年由江南督练公所派赴日本留学。

1949 年 10 月 1 日，中华人民共和国成立，标志着中华民族实现了独立自主，然而，强国富民依然是个遥远而又美丽的梦想。成立刚刚一年，中国又被迫卷入了朝鲜战争，中国人民志愿军在鸭绿江东岸与世界最强大的美军进行了血与火的较量，在这场较量中，中国的领导人看到了现代化工业对国防、国力的重要性，清醒地认识到实现工业现代化是强国富民的首要任务。1953 年 1 月，朝鲜战争炮声未落，中国就开启了第一个"五年计划"，旨在快速建成具备完整产业链的现代化工业体系。

工业建设，矿产先行。时代在召唤，年轻的中国第一代地质队员勇敢地登上了历史舞台，肩负起开发矿产的历史使命。中条山铜矿峪铜矿勘查就是在这一时代背景下应运而生，还被列为"一五"计划国家重点项目，接受这一光荣而又艰巨任务的，是中央地质部华北地质局 143 勘探队（214 地质队前身）。

1953 年 4 月 12 日，143 勘探队首批 23 名地质队员千里跃进中条山，经过 3 年艰苦卓绝的奋战，于 1956 年 6 月，提前超额完成了勘探任务，向国家提交了 230 万吨精铜储量的特大型铜矿勘探报告，为中国工业建设提供了坚强的矿产保障。

1956 年 12 月，距离 214 队提交勘探报告过去仅仅 6 个月，中条山有色金属公司的万人建设大军即开赴中条山铜矿峪，进行矿山建设与矿产开发。为了更好地支持矿山建设，1958 年底，垣曲县委、县政府也从黄河岸边的古城镇搬迁至铜矿峪附近的刘张村，大力建设新县城。

沉寂千年的大山，因为一支勘探队，诞生了一个现代化的铜业集团公司，诞生了一座生机勃勃的城市……

1980 年，中华人民共和国地质矿产部在全国数百个地质队中，评选出首批 4 支功勋地质队，山西省地质局 214 地质队光荣在列。

1986 年 11 月 17 日，山西省人民政府、中华人民共和国地质矿产部联合为 214 队在中条山麓树立"功勋地质队"纪念碑，纪念这支英雄的地质队。

山西省地质博物馆里，陈列着当年 214 队地质队员们在铜矿峪采集的矿石标本和野外工作手簿。在博物馆东南门侧，矗立着一座按 1∶4 比例缩小的汉白玉功勋碑，陪伴它的是一块重达数吨、采自中条山铜矿峪的巨型斑岩铜矿标本，它们站在花丛中向游人诉说 214 队光荣的历史……

这是一支什么样的英雄地质队？他们有着怎样的动人故事，让三晋大地的父老乡亲如此尊敬与怀念？

1953 年 4 月 12 日，23 名先驱骑着毛驴跋山涉水来到铜矿峪，呈现在他们面前的是荒凉寂静的大山。参天的原始森林中，毒蛇野兽出没无常，遍地荆棘无路可寻；没有人烟，没有房屋；如果不亲手垒起炉灶，连口热水也喝不上；十里长沟的铜矿峪中能够栖身的，只有一座破败冷清的小小山神庙。

艰苦的环境没有吓倒勘探队员们，面对一穷二白、困难重重的现状，创业者们不等不靠，不向上级伸手要，他们自力更生、艰苦奋斗、白手起家。

没有地质资料，他们就支起平板仪，扛起标尺，从零干起；没有起重设备，他们就用自己的双肩扛起沉重的钻机；没有栖身之处，他们就撑开帐篷，麦秸铺床；没有茶饭，他们就垒石砌灶，挑水劈柴；踏勘路上，烈日酷暑中，暴雨蚊虫是家常便饭；荆棘无情地撕烂衣衫，他们胡子拉碴，衣衫褴褛；他们住羊圈，啃凉馍，饮雪水；严冬时节，钻机的塔衣被凛冽的狂风无情夺走，冰冷的铁塔粘掉人的手皮，但工人们顶风冒雪，站在高高的钻塔上，十里长沟中的几十台钻机始终灯火通明，马达轰鸣……

在条件艰苦的野外地质勘探中，他们秉持求真务实、严谨细致的科研精神，精心设计，严格施工，钻孔选位之精确，得到中条山有色公司高度赞许；在严肃的学术争鸣中，他们坚持真理，实事求是，展现出那一代知识分子纯洁高尚的精神风貌。

铜矿峪铜矿勘查，是 214 地质队开篇之作，也是山西地质事业的奠基之作。3 年的艰苦奋战，214 队不仅勘探成果丰硕，而且还为山西全省地质事业培养、输送了大批优秀人才；同时，他们在安全生产、地质技术规范、综合管理等各方面，摸索建立起一套行之有效的规章制度，这一套规章制度也成为山西地质工作的基石。

在这支队伍中，除地质专业人员、技术工人外，还有大批抗美援朝复转军人，他们带来了人民军队的优良传统——铁一样的纪律性、坚决的执行力、官兵一致的优良作风。

在铜矿峪地质会战的岁月里，214队的党员干部和工人群众吃在一起，住在一起，全队上下只有分工不同，没有高低贵贱之分。每当钻机搬家、险情发生时，党员干部总是率先冲向最危险的地方，这样的干部队伍得到了广大群众的衷心爱戴，产生了强大的凝聚力。这种凝聚力，是214队能够胜利完成铜矿峪铜矿勘查的核心力量。

从1953年进山到1956年勘查结束，214队连续作战，四个春节没有休息；在1400多个日日夜夜里，队员们吃住在一起，共同攻坚克难，互相鼓励，互相帮助，结下了亲如家人的深厚友情。这样的友情，冲淡了他们思乡之苦、思亲之苦；这种友情69年来未曾淡薄，化作一种地质队独特的亲和之力，在地质工作中持续地释放着巨大的凝聚力量……

214地质队还是文明的传播者。在中条找矿的过程中，他们还为偏远山区的人民送去了文明、送去了科技、送去了健康。

20世纪50年代的中条山区，许多村庄干旱缺水，村民们常年饮用苦涩的盐碱水，氟斑牙、氟骨病、大骨节病等地方病患病率极高。看到山区人民缺水和患病现状，214队的职工心中十分不忍，水文工程师们发挥特长，义务为干旱村庄找水打井，当甘甜纯净的地下水从井中涌出，整个山村沸腾了。村民们向地质队员集体下跪，用这种古老的最高礼仪表达感激之情。1978年，在绛县凉水泉铜矿区钻探施工中，有一钻孔进尺到600多米时，孔内突然涌出10多米高的水柱，成为自流井。214队领导派人带上管材为当地百姓接通自来水，方便村民用水，至今还在利用。

这样的场景也震撼了山区孩子们幼小的心灵，他们从地质队员身上看到了科技的力量、知识的力量，激发了努力读书，走出山去，当一名地质队员的理想。

偏远山区缺医少药，地质队的医生成了山区人民的救星，面对一双双被病痛折磨、渴求救助的眼睛，地质队里的医生们总是全力以赴，救死扶伤。药品奇缺，医生们就骑着毛驴，赶着骡子，翻山越岭、千方百计去采购药品，想尽一切办法为中条山区的人民群众解除病痛。

1974年，214队在夏县架桑村搞普查时，遇到几名北京插队知青，他们正在设计乡村小水电站。在知青的请求下，普查队员帮助他们勘察土质、坡度与水流量。经过大家的共同努力，成功建起了一座简陋的小水电站。当山村夜晚亮起电灯时，整个小山村沸腾起来，村民们围着知青和普查队员又唱又跳。

地质队员对山区人民的无私帮助，得到了他们热情的回馈。山区群众积极踊跃报矿，从而大幅缩短了勘查时间。胡家峪矿等一批中型铜矿的发现，就得益于群众报矿。

以王植先生为代表的一批知识分子，在铜矿峪铜矿勘探中做出了巨大贡献。他们的青少年时期正逢抗战，家国破碎、弱国弱民的现状，激起了他们以学报国、实业救国的决心。他们满腔热情地投入祖国的建设中，困难时期，与全国人民一样，吃杂粮，啃窝头，从不言苦。在创业时期的重重难关面前，他们从不退却，遇到问题就从头学起，从头做起，用实际行动，选择与国家共患难。他们展现的是一片赤子情怀！

与浓烈的爱国情怀一样，他们对中国共产党的热爱与忠诚也发自肺腑，把加入中国共产党当作政治生命中的重要追求。

他们是国家的脊梁，一生为祖国、为人民，一片赤子情怀，是"无我人生，奉献人生"。

70 年弹指一挥间，2022 年，中国 GDP 达 17.7 万亿美元，成为世界第二大经济体。国家繁荣，人民生活幸福，迈上了民族复兴的新征程。在这样的时刻，我们重温 70 年前铜矿峪会战的光荣历史，汲取前辈们艰苦创业、赤子报国的可贵精神，在新时代中，继续为实现中华民族伟大复兴做出新的贡献。

第一章　巍巍中条

（一）壮美山河

山西，因其外拥黄河，内揽太行的独特地貌，被战国著名史学家左丘明赞誉为"表里山河"。山西地形易守难攻，是中国北方的重要军事重镇。不仅如此，山西的晋南盆地还是中华文明重要的发祥地之一。由奔腾的黄河和雄伟的中条山组成的山西南大门，则是这一文明发祥地的核心部位，是澎湃奔涌的中华历史长河的源流。

中条山，横亘于山西省西南端，南临黄河，北拥汾涑二水，东与太行山连绵相接，西与吕梁山遥遥相望，其东西长约 220 公里，南北宽约 15-25 公里，因形似长带，故名中条山。山内群峰耸立，山峦叠翠，最高峰舜王坪海拔 2358 米。中条山不仅风景秀丽，而且地理位置十分重要，最西端的风陵渡是山西南向门户。由风陵渡渡过黄河，向南可直达河南省灵宝、三门峡、洛阳，进而可直抵华中武汉；向西渡过黄河可到达陕西大荔、韩城、西安，进而抵达中国西北全境。

著名的太行八陉中的第一陉轵关陉，南起河南济源，北至山西侯马，主要的城关隘口就隐藏在中条山腹地的垣曲。春秋战国时期晋文公开疆拓土，主要是通过这一通道深入中原。秦昭襄王四十三年，白起率兵下轵道，攻占韩国野王邑，切断太行道，从而引发了著名的长平之战。

在中条群山中，还隐藏着一条千年秘密古道，连接着山西、河南两省，这就是著名的虞坂古盐道。古盐道开凿于西周初期，明正德八年（1513）御史张士隆曾对青石槽路段进行过扩凿，废弃于 20 世纪 50 年代初。古盐道北起运城市东郭镇磨河村，南至平陆县张店镇卸牛坪村，长约 8 公里，宽约 1.5—4 米，狭窄而险要，系春秋时期当地先民为向秦、豫销售河东池盐而修。古盐道依山开凿，一面是悬崖，一面是深沟，蜿蜒崎岖，工程险峻，借助这条古盐道，可直达河南腹地洛阳，被誉为世界最古老的人工道路，历史上"伯乐识得千里马"的故事就发生在这里。抗日战争时期，日军进占盐池后，曾试图依托古盐道向南进发，后因古道艰险异常而放弃，另修道路。

壮美的黄河和中条山组成的山西南大门，不仅是中华文明的发祥地，也是中华民族的守护者。

（二）最早中国

在距今约 7000 年前的中华大地上，龙山文化、红山文化、良渚文化、河姆渡文化、大汶口文化、三星堆遗址……如满天星斗一样四处绽放，到了距今 4500 年左右，满天星斗渐渐陨落，唯独发祥于豫西－晋南－关中黄河中游金三角地区的中原文明，有如皓月当空，一枝独秀。上下 5000 年里，在这片中原大地上，从炎黄、尧舜禹的美丽传说，到夏商周秦汉唐的朝代更迭，展现出中华文明史清晰完整的历史脉络，繁衍出中华儿女、华夏文明。

为什么是中原文明？为什么是晋南大地？

远古时期，中原大地气候温暖湿润，沃野千里，是理想的天然农耕之地。农耕文明一定择水而居，但古人改造自然的能力有限，无力治理大江大河。据考古研究推测，良渚文化和河姆渡文化的突然消失，很可能就是因为史前太湖流域发生了超大规模的洪水，迫使那里的人类迁徙。

提起大禹治水的故事，中国人都耳熟能详，一直以来，人们都以为大禹治的是黄河水，这是一个千古误传。古汉语中"大河"专指黄河，"水"则是黄河支流的统称，如汾水、涑水、渭水、洛水、伊水……大禹治水，治理的是黄河支流。

上古人类生产工具落后，部落争伐频繁，他们理想的聚居地要满足三个条件：一是能耕田采桑，二是能抵御外敌侵袭。因此，依山傍水的冲积平川是他们的首选。第三是部族的繁衍发展，除了土地，还要有铜、盐等重要的战略和生活资源。部落争伐和文明发展，始终都是紧紧围绕着这三种资源展开。

在豫西－晋南－关中组成的黄河金三角地带中，豫西贴近黄河，水患仍然偏多，关中平原地势太开阔不利防守，晋南盆地位于中条山北麓，吕梁山、太行山拱卫两翼，汾水、涑水冲积出良田沃土，中条山上有丰富的铜矿，山脚下是日晒即可成盐的盐池。同时，晋南又位于华夏大地中心，可以汇聚四方文化，因此，作为文明发祥地，晋南有着得天独厚的自然条件和区位优势。

如此优越富足之地，自然引无数英雄竞折腰。

据《史记·五帝本纪》记载，在距今5000－3500年间的三皇五帝时代，炎帝、黄帝这两支中原地区最强大的部族，在阪泉（今山西运城中条山下的解州附近）发生了一场激烈的兼并战争，最终，黄帝击败炎帝，并成功收降、整合炎帝部落，整合后的黄帝部落即今之汉族族群，因此，汉民族至今共同认同自己是中华儿女。

与炎黄二帝同时代的，还有一位骁勇善战，会蒸晒食盐、冶铜制兵器的部落首领——蚩尤。蚩尤和炎帝同属神农氏，是炎帝麾下的一个部落首领。蚩尤部落居住在中条山脚下的盐池一带，控制着中条山铜矿和盐池，凭借食盐贸易和锐利武器，势力日益强大，与黄帝形成对抗态势。

黄帝收服炎帝部落后，觊觎中条铜矿和盐池，大举进犯蚩尤领地。距今4700年左右，两个部落在涿鹿展开决战，战斗非常激烈，蚩尤勇不可当，黄帝在援兵协助下，才击败蚩尤部。擒获蚩尤后，黄帝将蚩尤杀害肢解，投入盐池。据运城当地传说，今运城市解州街道就是当年蚩尤遇害之地。"解州"，意为"肢解、杀害"之意，盐池中红色的盐卤就是蚩尤之血。

现代科学研究显示，含盐量高的水域中，有很多嗜盐微生物，其中有一类特殊生物——盐藻。盐藻诞生于38亿年前，是地球上古老的单细胞浮游生物。盐藻在中低盐度卤水中呈绿色，当盐度增高时，盐藻内部会积累一种红色物质——β－胡萝卜素，以增强细胞的抗盐能力。山西运城盐池含盐浓度高，盐藻含量丰富，故而盐池中卤水呈现出红色；如果从高处俯瞰整个盐池，会看到随着盐卤含量的变化，整个盐池水面有红、黄、蓝、绿等不同色彩的变化，分外壮观。

在运城盐湖区的东郭镇，至今仍有一村落名曰蚩尤村，相传是蚩尤旧部聚居地，每年农历六月初六是蚩尤忌日，蚩尤村都有盛大庙会祭祀蚩尤。

黄帝战胜蚩尤，标志着中原文明实现了军事和政治上的统一，钱穆的《中国文化史导论》中指出，"黄帝战胜，迁都安邑，由此奠定华夏基业"。

关于阪泉大战和涿鹿之战的古战场位置，历来有争议。一说是在今天河北省涿鹿县东南；一说是在今天山西运城解州附近。

历史学家葛剑雄在《黄河与中华文明》一书中，将两种说法并列，供读者研判；著名考古学家苏秉琦先生在《中国文明起源新探》一书中认为，阪泉和涿鹿是今天山西运城中条山一带。

"黄帝战蚩尤"的主要目标是争夺战略资源。上古时代交通运输极为不便，中原文明部落之间的兼并战争，应该是在文明核心区域内，因此，笔者采纳苏秉琦先生的"山西运城中条山"观点。

尧和舜被后世公认为黄帝的后裔和继承人，相传尧为黄帝玄孙，号陶唐，主要活动区域在今汾河流域。位于山西省襄汾县的陶寺遗址，被考古学界许多学者公认为是尧的都城，是最早的中国。

尧传位于舜，舜定居于蒲州（今山西省永济市西南）。今中条山东段最高峰舜王坪，相传就是舜曾经的耕种之地。舜传位给禹，禹在中条山下的安邑建立夏都。在当时，中华大地上其他文明的部落纷纷前来朝见，因此夏都被称为夏朝，周边部落则被称为邦国。从此，中华大地四方邦国来朝，中原成为中国大地权力中心，成为真正意义上的中心之国，即"中国"。

后来，商取代夏，周取代商，朝代更迭不断，但治下的民众主体是夏朝繁衍的夏人。古汉语中，"华"通"花"，意为相貌美丽如花的人；"夏"的意思是"广大的土地"，"华夏"是指"族群美丽、地域广大"的地方。

因此，"中国"这个地方的人是"华夏民族"，这是中国人的族群源流。

夏商周三代王朝迁都频繁，据考证，夏约有 10 次，商约有 13 次，周约有 4 次，这样的迁都频率，在中国历史上是绝无仅有的。虽迁都频繁，但都城大多集中在豫北、晋南之间，究其原因，最重要的有两点：第一要躲避水患；第二，要掌控主要的政治经济战略资源——中条山的铜矿和其北麓的盐池。

中条山的铜盐贸易，也是晋商的源脉。春秋战国时鲁国人猗顿贩盐起家，富可敌国。至北宋实行盐引制，运城潞盐私营，山西出现了一批家资千万的大盐商。盐业贸易蓬勃，促进了河东地区教育文化的蓬勃兴起，元代官府在运城兴办盐务专学，相当于现代的职业学院。元明清时期，盐池一带建起多座书院，河东文化由此成为山西文化的主流。

（三）青铜魂魄

文字·城市·青铜器，是现代考古学公认的文明金标准，分别代表了文化、社会治理、科技水平。国之大事，在祀与戎。中国的青铜器，深度参与了国家治理与文化表达。

青铜器是指由铜锡合金制造的器皿，因其氧化后有青绿色铜锈，故称青铜器。制造青铜器需要采冶矿石、按比例熔炼、铸造制器，工艺颇为复杂，需要很高的科技水平、专业的生产作坊和配合娴熟的分工合作。青铜器鼎盛期，被称为青铜时代，中国青铜器制造的典范代表是春秋时期的晋国。

东周末期，周王室式微。此时，南面的楚国，北面的狄戎，对中原构成重大威胁，华夏族群迫切需要一位强有力的领袖来统一领导诸侯御敌，担负这一使命的就是晋国国君晋文公。晋文公励精图治，改革创新，再加上中条山的铜盐贸易，使得晋国经济充满活力，国力强盛。公元前632年，晋楚两国发生了著名的城濮之战，在晋文公的指挥下，晋国击败楚国，一举成为中原霸主。晋文公执政虽仅有九年，但奠定了晋国百年之久的霸业。更为可贵的是，晋国成为天下盟主后，依旧恪守周礼，保持着对周王室的尊敬，领袖六国，组成一道坚强防线，有力地抵挡了黄河以西的秦国东出。即使晋国后来分裂成韩赵魏三国，实力依然十分强大，秦国与六国的战争，主要是与韩魏赵（晋国）的战争。可以说，如果晋国不分裂，秦国就无法东出，更无法灭六国。

晋国国力鼎盛，领袖六国时，也是青铜礼乐的巅峰时代。

"封建亲戚，以藩屏周"，周朝建立后，为了巩固王权，实行了分封制，同时还建立了一整套宗法社会秩序，也就是中华文明古国的礼乐制度，"钟鸣鼎食"，代表尊贵，代表礼仪。

晋国是周王室的至亲，周成王封亲弟叔虞于唐（今山西临汾），叔虞之子唐侯燮父建都于翼（今曲沃与翼城接壤地带），即《左传》中提到的绛都。今天举世闻名的晋侯墓遗址即在此处，这里出土了大量精美绝伦的青铜器、铜车马，堪称中国之最。2009年，开始在遗址原址建造晋国博物馆，这是中国第一座在原址上建造的博物馆。

1952年发现的著名的新田遗址（今侯马市区），出土了铸造青铜器用的陶范三千余块，生动展示了晋国鼎盛时期的青铜礼器、乐器、工具、兵器、货币、车马和饰品，显示出晋国强劲的国力和礼教文化。

晋国青铜器器型高大端庄、古朴典雅。心灵手巧的三晋青铜工匠们的技艺和艺术风格一直延绵传承几千年，五台山寺庙、悬空寺、应县木塔、晋商大院……公元1567年，明朝隆庆皇帝解除海禁后，东南亚红木大量进入中国，山西的能工巧匠又制造出简洁端庄的红木家具。如今，晋作红木家具与苏作（江工）红木家具一起，被誉为中国明式古典红木家具的典范，蜚声中外。

山西的建筑灿烂辉煌的成就从审美、技艺和艺术创作源泉层面与2000多年前的山西青铜器制作存在着文化、审美、思想的传承与积淀。

从这种意义上说，中条山的铜与盐，铸就了中原文化，铸就了山西文化。

（四）中条冶铜

如此大量精美的青铜器，铜料来自哪里呢？

种种证据证明，春秋战国时期，

黄河流域大量精美绝伦的青铜器原料，均采自中条山。

2018 年，中国国家博物馆、山西省考古研究所与运城市文物保护研究所组成联合考古队，在距离中条山仅 6 公里的山西省绛县西吴壁村北，发掘出面积达 70 万平方米的夏商时代遗址，其中发现了大量冶铜残迹。考古证明，早在夏商时期，中条地区的青铜产业已经实现采冶分离，即：矿料先运至冶炼场所炼成铜锭，再转运到都邑中的铸铜场所铸造成器。

1960 年，考古学家在中条山北段洞沟矿区考古时，发现了古矿坑 7 处，并有铁锤、铁钎等采掘工具和一块铜锭，古矿洞附近的崖壁上刻有"东汉光和二年（179）、中平二年（185）"的题记。

唐代，是中条采矿鼎盛时期，《新唐书》记载，"乾元元年，天下炉九十九，绛州三十……，每炉岁铸钱三千二百缗，役丁匠三十，黄铜二万一千二百斤"。中条山铜矿在这一时期，年产铜锭高达六十余万斤，占当时全国铜产量的三分之一。由此可见，唐代中条采炼铜之盛况。

据《旧唐书》记载，唐朝开国功臣英国公徐茂公，巡视绛州时，为强兵之策，曾亲自进中条山考察铜矿开采，在山北的里册峪一带，深入矿坑，考察指导采铜，后来，这一带矿山遂被尊称为徐茂公殿。

唐武德四年（621），实行"废五铢钱，行开元通宝钱"。中条山铜矿成为国家铸币的主要来源，在绛州设钱监，派驻铸钱使，动用大批民夫工匠进入中条山东北部垣曲地区，开采豹子沟（铜矿峪）、篦子沟、刘庄等地铜矿，并在垣曲县的程子村、刘庄等处开设冶铸铜炉，刘庄因此被称为刘庄冶。现代考古发现，中条山区已发现的近百处古矿坑，其中大部分为唐代所开。

盛唐后期，中条山采冶铸币渐至尾声，史书记载，"洞老山空，矿脉微细，矿石原料不足，渐至停产，矿山封闭，禁止民间采炼，以防私铸铜币"。

1941 年 6 月，侵华日军攻陷垣曲县城后，立刻派出技术间谍，对铜矿峪和横岭关一带进行矿产调查工作并编写地质勘查报告。说明日军除了军事战略之需，还觊觎着中条山的铜矿资源。

经过近 70 年的勘探发现，中条山矿产资源丰富，品种较多，主要有铜矿床，伴生有钴、金、银、钼、镓等有色金属，还有丰富的铁、锰、铝等金属。铜矿资源在国内已探明的大型矿山中居第三位，且矿体集中，埋藏不深，以硫化矿为主，易采、易选、易炼。

（五）中条山地质演化

山西是中国矿产资源种类最丰富的省份之一。地球 46 亿年的漫长地质演化史中，山西保留有 32 亿年前的岩石，现有的地质研究证明，中条山地区地质年代古老，构造复杂。

在距今 25 亿 -18 亿年间，地球表面还被海洋包围。在这 7 亿年中，地壳处于拉张期，在巨大的拉张作用下，中国及周边地区的岩石圈发生了剧烈的造山构造变化，地幔中的岩石板块受到挤压，地层发生强烈褶皱、断裂、区域变质，山西境内造山活动剧烈，五台山、中条山、吕梁山在这一时期拔地而起。这就是地质学上著名的中条运动（又称吕梁运动）。这一时期，在中条山东北部产生了一条巨大且幽深的大裂谷，这就是著名的中条大裂谷，炽热的岩浆携带着丰富的铜离子顺着大裂谷喷涌而出，与地壳中的基岩融合，又在海水中冷却、富集……

距今 5.7 亿 -4 亿年期间，地球又一次发生强烈的构造地质运动——加里东运动。这一时期，山西境内的中条山、吕梁山、五台山再次发生剧烈升降、褶皱运动，海进海退多次，地幔熔岩顺着大裂谷涌出地表，矿物发生富集、变质、沉积，高山再次经受风化、剥蚀……

到了距今 2.5 万年时，中条山再次发生了垂直升降运动，山壁发生巨大断裂，形成一个狭长的陷落地带，含有大量盐类物质的洪水汇聚在这里，经过漫长年代的沉淀和蒸发，盐层与池水融合，形成了天然盐湖。

距今 6500 万年前，地球开始了喜马拉雅造山运动。受造山运动影响，大同火山喷发，三门峡内陆盐湖形成，山西地貌出现分化：西部吕梁山隆起，中部汾渭裂谷，东部太行山隆起，表里山河地貌就此清晰呈现出来。

（六）中国近现代地质事业沿革

中国近代地质事业是伴随着近代洋务运动而萌芽发展的。19 世纪 60-90 年代，晚清政府一些有识之士提出了"师夷制夷、中体西用"的改良运动，大力发展民族工业以达到"自强、求富"的目的。湖广总督张之洞是洋务运动的中坚领袖，在兴办现代工业过程中，他率先大力开发矿业和进行铁路建设，同时大力兴办现代大学教育。1890 年，张之洞创办江南陆师学堂及矿路学堂，积极为矿产和铁路建设培养人才。鲁迅于 1898 年考入江南陆师学堂，后转入矿路学堂学习地质学，在矿路学堂，鲁迅开始接受新思想，探索新人生，并写下"灵台无计逃神矢，风雨如磐暗故园。寄意寒星荃不察，我以我血荐轩辕"的诗句。鲁迅所著《中国矿产志》是中国第一部地质矿产著作，此外他还编写了《中国地质略论》《中国矿产全图》等著作和图件。

20 世纪初，中国地质事业蓬勃兴起：

1913 年，章鸿钊、丁文江、翁文灏等人在北京建立地质研究所；

1916 年，中国第一个科研机构农商部地质调查所在北京成立；

1921 年东南大学地学系成立——这是中国建立最早、规模最大的地质学系；

1922 年，中国地质学会成立。

中国的地质事业虽然萌芽发展，

但从 1840 年后持续百年的战乱，使得中国科技发展极为缓慢。1949 年前，全国地质工作从业人员不足千人，地质专业技术人员不足 200 人，只能进行少量的地面调查和零星的勘查工作，地下地质工作几乎空白。

中条山地区的地质工作同样也是一片空白。

1937 年，杨少云、王光作到中条山地区勘查，写有《山西省平、绛、垣、闻四县矿产第一次调查报告》，仅列举几个矿点，对区域地质和矿产情况做了一些简略介绍。

抗日战争时期，日军先后 4 次进犯垣曲县城，1941 年 6 月，垣曲县城沦陷。随即，日军清水部队园木中尉和乙集团参谋部调查班的柄木胜治，到铜矿峪和横岭关一带做矿产调查。南满洲铁道株式会社是日本在满洲进行政治、经济、军事等方面侵略活动的指挥中心。1942 年，侵华日军又调派日本北海道大学助教授、理学士石川俊夫，满铁调查部技师理学士松田龟三，专程到垣曲县进行矿产调查，并编写了《山西省垣曲地方地质矿产调查报告》，他们着重考察了铜矿峪的矿床地质，并采集了矿石样品，经满铁中央试验所分析，铜的含量为 0.49%，给出的评价为"石英脉中细小矿染部含矿，矿体薄，品位低，利用难，要经过特殊的选矿方法，加之交通不便，其价值需思考"。日军未及思考，便战败投降离开中国。

（七）建国伊始

1949 年 10 月 1 日，中华人民共和国成立，昭示着中华民族从此实现了独立自主，但历经百年动荡、战乱的中华民族百废待兴，百业待举。维护持久的独立与和平，必须有强大的国力做支撑。强国，先要强工业，而工业的基础是矿产。

1950 年 5 月，李四光几经辗转回到祖国。8 月，成立了地质工作计划指导委员会（以下简称地委会），统一指导全国地质勘探工作和地质高校建设。11 月，地委会召开扩大会议，明确提出应集中人才物力，重点解决煤、铁、石油和有色金属资源问题。

1952 年 8 月 7 日，中国人民政府地质部正式成立，统一将全国划分为六大片区，分片管理并进行编号，六大片区及编号分别为：东北（首位代码 1）、华北（首位代码 2）、华东（首位代码 3）、华中（首位代码 4）、西南（首位代码 5）、西北（首位代码 6）。1954 年，中国人民政府地质部更名为中华人民共和国地质部。

为了加快建设具有完整产业链的现代工业体系，早在 1951 年春，由周恩来、陈云领导的中央人民政府国务院财政经济委员会（简称中财委），即着手开始中国经济建设的五年计划的编制。1953 年，"一五"计划正式启动，标志着新中国的工业建设拉开了序幕。苏联向中国伸出了援助之手，按照两国协定，从 1953 年开始，苏联将向中国提供 156 个基础工业项目援助。在这 156 项援助中，30% 以上的项目需要矿产资源，而当时中国的矿产开发几乎为零，因此，快速发展地质勘查工作成为迫在眉睫的任务。

1952 年 11 月，第一次地质计划工作会议在北京举行，时任国务院副总理、中财委主任的陈云主持会议并发表讲话，他讲道：

"明年地质工作量将比今年增加 10-23 倍，后年更多，到 55 年会更多，为了完成任务，东北、北京等各地高校招收数千名学生，通过 1-4 年的学习，投入地质工作，这在中国历史上是空前的……"

在国务院、中财委以及地质部共同努力下，到"一五"末期（1957），全国地质从业人员由不足千人，发展壮大为 28.62 万人，为中华人民共和国成立前的近 300 倍，其中，工程技术人员 4.14 万人，是中华人民共和国成立前的 200 多倍。

1950 年，地委会组织了全国一半以上的地质队伍，成立东北地质矿产调查队，历时半年多，对东北地区 10 余个煤、铁、有色金属及非金属矿区进行了详细勘查。中国地质学创始人章鸿钊先生评价道："在中国 30 余年的地质史上，就不曾见过这样光荣的一年！"

1952 年 1 月，地委会又组建了第一支地质部直属大型综合型勘探队——四二九地质勘探队，对湖北大冶铁矿进行详勘。经过 2 年的紧张工作，1954 年 5 月，429 队向国家提交了储量 1 亿吨铁矿石的地质成果，缓解了国家煤炭和铁矿石的燃眉之急。

1953 年，朝鲜战争结束，苏联开始了大规模对华援助工程。中国国民经济第一个"五年计划"在来不及正式颁布的情况下，就开始边组建边实施。围绕苏联援建的 156 个建设项目，"一五"计划共设计了 694 个大中型建设项目，以此构成我国重工业的完整体系。

其中，地质行业的具体任务主要有：

1. 保证 5 年内新建企业的设计所必需的矿产储量；

2. 加强对重要矿产资源的普查和勘探；

3. 有计划地进行全国矿产的普查和勘探工作；

4. 有计划地展开全国矿产的普查工作，进行部分的区域地质调查等工作，保证第二个"五年计划"所需的矿产储量，并为第三个"五年计划"所需的矿产储量准备资源条件。

由此可以看出，中国对矿产需求的紧迫性。为了完成如此艰巨的任务，地质部进行了全新的地质工作部署：在"一五"第一年，地质部以国家工业建设的命脉项目为重点，将大部分力量放在野外工作上，这些项目主要包括：鞍山、包头、大冶等地的钢铁基地，大同、开滦、抚顺、平顶山等地的煤田，东川、白银厂、中条山、铜官山、水口山、个旧、赣南、昆明等地的有色金属基地。希望在最短的时间内，在上述区域取得矿产储量突破性发现。

铜是与人类关系非常密切的有色金属，因其具有导电导热快、耐腐蚀、延展强度高等优异性能，被广泛应用于电气、轻工、机械制造、国防等国民经济的重要领域。铜产品在我国有色金属产品中的地位，仅次于铝，位居第二。尤其在 1953 年，中国刚刚结束抗美援朝战争，对铜的需求有着强烈的紧迫感。子弹是最重要的武器，每生产 300 万发子弹，就需要消耗 13—14 吨铜，由于战争，中国的战略物资受到封锁，在国内寻找铜矿是当务之急。

当时的国家领导人的目光，聚焦在国内几个著名的铜矿上。对于中条山地区的铜矿勘查工作，也一直没有停止。

1951 年 7 月，山西大学采矿系师生 20 余人，进入中条山区，进行大规模的路线地质调查，在中条山中西部地区，布设了垣曲——绛县线、解县——芮城线、虞乡——永济线等三条踏勘路线，历时 40 余天，对沿线地层、构造、矿产做了概括式描述，采集各类岩石标本，测绘地形，标记勘查路线，最终写成《中条山地质简报》。

同年秋天，山西省工矿研究所对铜矿峪、篦子沟两矿区进行短期普查后，1952 年 4 月又一次组建普查队，以任学政为队长，白瑾任副队长，在

铜矿峪继续展开工作，并于 8 月在铜矿峪小豹沟氧化露头处，布设了硐探和钻探工作。用手摇钻和金刚石钻头打了 2 个 100 米深的钻孔，这 2 个孔的岩芯成果，成为铜矿峪后续工作的重要依据。

1952 年 8 月，地委会委托北京大学地质系，组织了五台山队、晋中队、太行山队、中条山队，共 4 支勘探队进入山西进行地质普查。为了加强技术力量，特从南京矿产勘测处抽调王植、杨开庆等人加入队伍。中条山队的番号为 211 队，人员组成有：王植、北京大学地质系教师邵克忠、地质系学生闻广、万子益、谭普久、孙善平、杨开济、郑闾韧、赵其渊、王曙、沉树荣等 11 人。他们到达太原后，与山西工矿研究所白瑾及实习生 6 人会合，一起奔赴中条山，以铜矿峪为中心，在方圆 260 平方千米范围内，进行了 1：50000 地质填图。与此同时，清华大学地质系也受地委会委托，组建了一支普查队，由王璞先生率领，进入中条山区的下玉坡、篦子沟一带，进行矿点检查和地质填图工作。

王植和王璞两位著名地质学家，率领新中国自己培养的大学生组成的普查队，对中条山前震旦系变质岩系做了较为系统的勘查，做了初次分层，对铜矿峪铜矿的矿床类型有了初步判断。经过 30 多天的紧张工作，编写了《山西省垣曲县皋落镇附近铜矿地质报告》，并绘制出地层柱状图、1：50000 地质图和剖面图。报告指出，铜矿峪铜矿脉

很细，围岩浸染很深的地方尤为重要，基本上认定为电气石黄铜矿和石英脉型铜矿，矿体与安山岩、闪长岩关系密切。报告的结论是："铜矿峪铜矿，矿化相当集中，面积虽不大，尚不失为一小矿，可惜成分太低，但深部品质可能增高，目前祖国急需铜矿之际，每个铜矿在没有肯定毫无价值之前，应见矿即追，所以我们认为这个矿有进一步详查和探明储量的价值。"

根据地质部计划，1953 年 3 月，中央地质部责成华北地质局立即组建一支轻便精干的勘探队，对山西省中条山铜矿峪地区进行详细铜矿勘查，提交相关地质报告，为后续勘探决策提供重要依据。

第二章　艰辛地寻找

（一）进军中条

1953 年 3 月中旬，河北省张家口市还是西风凛冽，白雪皑皑，位于张家口市中大街的华北地质局大院内却异常忙碌。原来，这里正在筹建华北地质局 143 勘探队。

按照计划，这支勘探队要具有"精干、轻便、灵活"的特色，为了增强技术力量，华北地质局特任命著名地质学家王植任 143 队技术队长兼工程师，师本裕、杨璞民任行政队长。勘探队主要由地质勘查、钻探、山地三大部分组成。由于钻探设备及技师还远在白云鄂博施工，一时无法到达，为了尽快开展工作，华北地质局决定，143 队分批出发。首批出发队员除王植队长外，还有地质技术人员 3 名、测量员 2 名，又从张家口市政府、公安部门抽调了一批财务、行政、警卫、医务、炊事等人员共 21 人，于 4 月 6 日携带测绘、勘探器材，从张家口登上火车，经大同到达太原。在太原站，与山西工矿研究所技术员白瑾，以及 143 队先期来联络的采样工仇怀尧会合。至此，143 队 23 位先遣队员全部到齐，共同奔赴中条山铜矿峪。

当年，山西省境内还是阎锡山时期的窄轨小火车，先遣队员们历时三天两夜的颠簸，于 4 月 9 日到达了闻喜县东镇物资转运站。从东镇到铜矿峪大约 63 公里，其中，东镇至横岭关后的刘庄冶约 50 公里路段为日军侵华时修建的砂石简易公路，从刘庄冶至铜矿峪路段则全部是山路。

10 日清晨，143 队雇了 3 辆铁轮马车及数头毛驴、骡子，沿着破旧的砂石简易公路出发，只走了 20 公里左右，因前方的道路损坏严重，马车也无法通行，只好在绛县横水住宿一夜。11 日，又在当地雇了十几头骡子和毛驴，弃用马车，人及辎重全部由骡子、毛驴运载。从横水出发没多久，一座险峻高山横在了眼前——这就是大名鼎鼎的横岭关，著名的中条山会战的主战场就在这里。砂石公路就此中断，只有一条蜿蜒曲折的溪流顺着山脚拐进山里，当地人称为十八道河。143队的骡队沿着十八道河的乱石滩，经皋落镇、刘张村，向铜矿峪艰难行进，夕阳西下时，他们终于到达了铜矿峪中段的山神庙。山神庙东侧的折腰山，密布着古人采矿的矿硐，这里就是143队本次勘探工作的重点地区。

铜矿峪古称豹子沟，因四周山上遍布铜矿露头，矿硐众多，后被称为铜矿峪。它位于黄河岸畔的垣曲县城正北约35公里，是一条长约5公里，南北走向的长沟。沟口海拔690米，沟顶海拔930米，沟底只有一条古老的山路，宽约1米，凿有高低不平的石阶。

大庙，是一座年久失修、破败的山神庙，建在铜矿峪中段西侧，庙宇虽小，但建筑结构完整，正殿、戏台、东西厢房样样俱全。据当地人说，这座山神庙始建于唐代晚期，宋代之后采矿停止，但每年庙会时，周边乡民在此赶集，采买交换物品，庙中香火因此一直延续，且历代均有修缮。1938年日军在垣曲县三进三出，庙会因之渐渐停止，大庙逐渐破败，但就是这样一座破旧的庙宇，成为143队先遣队员暂避风雨的容身之所。

关于大庙，当地流传着一个悲伤美丽的传说。

相传，盛唐时，大庙旁的山上遍布官府采矿矿硐，采矿运料的民夫人来人往、络绎不绝，山歌号子回荡在山谷间。欢乐的人们并不知道，由于

采矿矿硐又密又深，山体已经不堪重负，即将发生坍塌。就在这危急时刻，玉皇大帝派一位仙女化作美丽的村姑，来到山旁为大家做饭。听说山里来了一位美丽的姑娘，矿工们纷纷跑出矿硐观看，就在这时，轰隆隆连声闷响，山谷间顿时烟尘遮天蔽日——山体坍塌了！矿工们庆幸自己躲过一劫，等人们回过神再看时，做饭的姑娘已不知去向，人们这时才明白，这是玉皇大帝在拯救众人。为了感谢玉皇大帝和仙女的救命之恩，人们在山旁修建了这座山神庙。进山采矿前，要在这里虔诚地祭拜山神，保佑他们平安。坍塌的矿山被称为折腰山，矿硐里没及时跑出来的遇难矿工，化作山溪里的娃娃鱼，在深夜里发出阵阵婴儿哭声般的悲鸣。

神话传说固不可信，但传说背后还是有很多真实的历史光影存在：折腰山上铜矿露头和古人采矿遗迹很多，山体也确实有过大面积的坍塌。143队进驻铜矿峪后，残破失修的大庙成为地质队员的第一个家，折腰山则成为勘探工作的中心地带。

（二）寻找

清明过后的中条山满目翠绿，参天的古树枝条青绿、新叶初绽，漫山遍野的荆棘肆意伸展着枝条，金黄色的迎春花在悬崖峭壁上成片开放，唯有中条山的春风显得野蛮而任性，干燥中夹杂着枯草的气息，吹在脸上有些疼。

143队驻扎大庙后，首先要解决吃饭、睡觉、生存问题。师本裕、杨璞民二位队长带着行政、后勤人员立刻开始安营垒灶、挑水做饭，此外，他们还要立刻抢修道路，为后续生产生活物资运输做各种准备。

技术队长王植，戴着一副黑框眼镜，中等身材，身形略胖，此时，他已45岁，是勘探队中年纪最长的。他把行李放在大庙西厢的一铺土炕上，顾不上清理一下屋顶墙角的蛛网，也顾不上看一眼房梁上惊起的蝙蝠，就和白瑾等人带着罗盘、地图，登上折腰山开始工作。

提起王植这个名字，在中国的地质界可谓大名鼎鼎。

1908年，王植出生于江苏常熟西塘桥，1928年考入清华大学地学系，本科毕业后又升入本系研究生院继续深造，1935年毕业后留校担任助教。抗战期间，他响应国家召唤，在国民政府资源委员会做地质勘探工作，先后在湖南、云南、贵州等地做过多项地质勘探，1945年公派赴美国华盛顿联邦地质调查所学习。中华人民共和国成立后，他在中央国务院全国勘探总局（南京）任副秘书长，1952年调至华北地质勘查局，主持214队（中条山队）的地质工作，是一位勘探技术精湛、管理经验丰富的地质专家。

与王植一同登上折腰山的，是一位身材修长、相貌俊朗的北方大汉。他叫白瑾，1926年生于内蒙古五原县，1951年毕业于北京大学地质系。本次进驻铜矿峪之前，他是山西工矿研究所技术员。27岁的白瑾，风华正茂，性格爽直幽默。从1951年起，他与王植都到过中条山勘查，对铜矿峪一带的地质情况比较熟悉，这次奉命调至华北地质局143勘探队，成为王植队长最得力的助手。

从宋代停采禁山后，铜矿峪一带一直人迹罕至，143队进驻铜矿峪时，方圆数公里内，只有在海拔930米的沟中间，住有山民王老大一家。放眼望去，沟壑纵横，地面是半米多厚的落叶枯枝，几乎无路可寻。刚刚解放，山中除野兽时常出没外，还有零星残余土匪没有剿灭，为了保证勘探队员的生命和地质资料安全，华北地质勘查局为143队配备了几名持枪警卫人员。

此时，包括王植和白瑾在内，143队地质技术人员只有5人，另外有2名采样工。手中可用的地质资料，只有日军手绘目测的地形图和1952年211队的简单地质报告。面对一望无际的群山，143队23名队员要想在茫茫大山中准确寻找到铜矿位置，显得那样渺小无力。人员少，资料缺，如何快速开展勘查工作？

地质勘探，矿区地形图是首要基础资料，根据实际情况，王植和白瑾经过周密研究，制定了本次勘探的第1阶段工作计划。

1. 由测量技术员晋耀星、程乐源带领2名测量工，组成地形测绘组，在详查区内进行精确地形测绘；

2. 组织力量对折腰山上的古矿硐进行全面清理，查清矿脉走向；

3. 以铜矿峪为中心，在方圆 215 平方千米范围内进行 1：50000 地质填图工作；

4. 以铜矿峪为中心，在矿区 5 平方千米范围内进行 1：5000 地质填图；

5. 为查明矿体走向，在铜矿峪东北的小豹沟一线布置 4 个总长 352 米的探硐；

6. 在折腰山矿体露头较好的地段布置槽探、井探，进行地表揭露。

5 月 15 日，华北地质勘查局副局长江石之和总工程师李春昱亲自到铜矿峪进行调研，肯定了他们的工作计划，并做了开工动员，中条山铜矿峪地质勘查正式启动。此时，距离王植等人到达铜矿峪仅仅过去 33 天。

与此同时，由富家滩煤矿调来的 50 余名矿工和从垣曲地方征调的 40 余名民工，也抵达铜矿峪大庙。这批具有矿山巷道作业经验的矿工，成为硐探工程的主力军，小豹沟一线硐探工程随即开始施工。

地质勘探工作是一门重视实证与实践的学科，它的工作原理与现代医学的方法极为相似。医生诊断病情，除了要有丰富的临床经验，还要借助很多现代科技设备，通过影像学、穿刺、化验等手段，严谨分析才能做出正确诊断。地质勘查工作，也要根据矿体在地表的露头、产状及走向，通过钻探、槽探、硐探等山地工程，采集样品，化验分析，才能确定矿石品位、圈定矿体范围和计算矿产储量。

20 世纪 50 年代，硐探设备极为简陋，只有铁锤和钢钎，要靠山地工人一锤一锤在坚硬的岩石上凿出无数孔洞，再充填炸药进行爆破、取样、清理废石，然后继续打眼放炮掘进。小豹沟一带的山体都是古老坚硬的花岗岩和安山岩，开凿起来非常困难，为了争取时间，工人们分成两班，每班 8 小时作业。在他们加班加点的努力拼搏下，矿硐沿着矿脉一寸一寸向前延伸……

江石之局长此次来铜矿峪调研，还带来了最新任务，华北地质勘查局命令王植即刻启程，赶赴晋东南地区的晋城高平一带，作为期一个月的构造考察。王植队长接到命令后，即奔赴晋城，铜矿峪勘查的重担全部落到了白瑾肩上。硐探的巷道需要沿着矿脉走向凿硐取样，需要地质经验丰富的技术人员随时把控方向，稍有疏忽，就会造成巷道偏离，造成巨大浪费；另外，这批工人缺乏施工安全知识和意识。白瑾晚上还要抽时间编写安全生产规范，在施工现场进行安全指导。他每天起早贪黑，奔走于铜矿峪的峰谷之间。

6 月中旬，王植队长结束考察工作，在回铜矿峪途中，因骑乘的骡子跌倒，王植从骡背上坠落，造成右肩锁骨骨折。回到铜矿峪，他来不及调养，吊着绷带立即投入工作。

6 月下旬，王植、白瑾带着技术

人员开始进行 1 : 50000 地质普查。他们采用路线观察法，从横岭关开始，在山神庙、老宝滩一带，仔细观察研究太古代和前震旦纪地层的岩石分布状况，以及地表的矿化现象，做了槽探、地表揭露，发现了数处铜矿点和古代开采的老硐。随后，沿东北方向的紫家峪、陈村峪、里册峪、磨里峪等数条深山大川，进行了广泛的地表普查。这次普查历时两月余，踏勘面积达 215 平方千米，初步摸清了铜矿峪矿区及周边地层地质情况，于 9 月份返回铜矿峪。

9 月初，盼望已久的钻探施工队一行 30 人，在队长左焕平的带领下，从内蒙古白云鄂博矿一路风尘仆仆赶到了铜矿峪。由于山路交通困难，钻探队的帐篷、器材一时运不进来，30 人的住房成了问题。这样的困难没有难倒来自北方的钻探工人，他们将宿舍位置选在铜矿峪沟内 930 米高处一块平地上。没有建筑材料，他们就地取材，用石头垒起四壁，用草席做顶棚，盖起"干打垒"。干打垒没有窗子，阴暗潮湿，麦秸铺地，打起大通铺。人多面积小，晚上翻身都很困难，但大家都自觉克服困难，把全部精力投入钻探工作中。

左焕平一行带来了 1 台以煤油为动力的日式"立根"300 型钻机，俗称"火油机"。钻机夜间施工时，照明用的是汽灯，就是这样简陋破旧的设备，也是全队职工人拉肩扛，沿着铜矿峪窄小的石阶山路，运上折腰山

的。在杨璞民队长和钻探技师韩继鲁的带领下，钻机顺利完成安装调试。9 月 24 日，143 队第 1 台钻机 301 号钻机正式点火开钻。11 月中旬，又开动了 1 台 150 型手摇式钻机，编号为 302 号。

两台钻机开动后问题来了：由于机器设备年久失修，钻探工人操作不熟练，钻机事故频出，而钻机零配件却无处购买，需要自己动手制造。

当时 143 队机械维修的家当只有 1 台皮带车床，1 台手摇钻，1 台砂轮机，除此之外只有锤子、钢锯、锉刀等简陋工具。这台破旧的皮带车床，安装在农民王老大家的碾房里。车床开动时，要靠人工为动力驱动。三个年轻工人轮班摇车，三五分钟就支撑不住了，怎么办呢？有人灵机一动，想起了王老大家的毛驴，他们用毛驴替代人力摇车，果然大大提高了效率。车工师傅先用驴拉机床车出零件轮廓，再用钢锯条锯出齿形，再用锉刀一点一点整理成型……在这种设备简陋、器材奇缺的条件下，大家千方百计维持钻机钻进。到 1953 年 12 月底，301 号钻机完成进尺 255 米，302 号手摇钻进尺 130 米。岩心经化验分析，见矿情况良好，这是铜矿峪千百年来，首次从地下岩层中取得的第一手实物资料。

（三）分歧与争鸣

1953 年 10 月，中条山层林尽染，满目秋色。秋季是收获的季节，经过

半年的紧张工作，143 队成果颇丰。

历时两个多月的外围普查，矿区区域地质情况初步查清，两台钻机和小豹沟硐探工作也取得了阶段性成果。岩芯和硐探采样化验分析的结果表明，铜矿峪成矿条件良好，极有可能是一处颇具规模的铜矿。此时，摆在王植、白瑾面前的首要任务就是确定铜矿床类型，尽快圈定矿区范围。

王植队长性格直爽，待人真诚，生活上不拘小节，爱吸烟喝酒，与队里的年轻人打成一片。与王植队长一样，白瑾这个内蒙古汉子也非常爽直，还十分幽默。在半年多的紧张勘查工作中，王植、白瑾两位地质学家互相支持，并肩作战，成为亲密战友，但在确定矿床类型的问题上，他们第一次出现了严重的分歧。

从观察到的地质现象中可以看到，铜矿床有一部分是赋存在花岗岩中的脉状矿石，品位高，但矿脉细微，另一部分则呈点状分散在黑云母石英片岩中。对照矿床分类标准，铜矿峪矿区既有些像石英脉型铜矿床，又有些像斑岩型铜矿床，很难确定矿床类型，在当时中国也没有同种特征的铜矿床可供参考。铜矿峪铜矿到底是什么类型铜矿床，一时间，王白二人争论激烈。

王植认为，铜矿峪铜矿属于石英脉型铜矿床。他的理由是：

1. 他在美国华盛顿联邦地质调查所学习时，地质理论和地质实习观察到的斑岩铜矿，均分布在燕山运动期（距今 2 亿 -1.4 亿年）的地层中；铜矿峪一带地表露头和硐探工程揭露的情况表明，含铜矿石地质年代属于中条运动期（距今 25 亿 -18 亿年）；二者地质年代相差甚远，从年代分期上看，铜矿峪铜矿不应属于斑岩型铜矿；

2. 铜矿峪含铜矿石生成于中条运动期，且呈脉状在花岗岩中分布，从成矿年代及特点来看，更符合石英脉型铜矿床成矿年代及特点；

3.1952 年清华大学地质系教授王璞先生、1941 年日军地质专家，均认为铜矿峪铜矿是石英脉型铜矿床。

而白瑾则认为，铜矿峪铜矿属于细脉浸染型斑岩铜矿。他的理由简单明确：铜矿峪矿区含铜围岩中的黑色绢云母，含铜热液细微浸染现象强烈，因此，应该属于细脉浸染型斑岩铜矿。

矿床类型往往决定着矿区规模和储量。石英脉型铜矿床，矿石品位高，属富矿，但规模和储量一般为中小型；而斑岩型铜矿，矿石品位低，但规模和储量巨大。矿床类型的定性，决定着铜矿峪矿区的前景，决定着"一五"计划第二年，国家对铜矿峪地质勘查的投入。10 月中旬的折腰山上，寒风凛冽，王植和白瑾迎着寒风，面对地表露头，常常一站就是几个小时，争得面红耳赤，不可开交。

1953 年 10 月底，华北地质局总工李春昱和地质部地矿司副司长孟宪民来到 143 队检查工作，听取王植、白瑾对铜矿床类型的汇报后，仍然难以决断。而此时，国家计委正焦急地等待着地质部的报告。

经过队委会认真讨论研究决定，王植、白瑾二人立即携带地质资料和矿石标本，到地质部当面向苏联专家请示汇报。

11 月初，王植、白瑾先到张家口庞家堡铁矿，与苏联专家洛吉诺夫会合后一同进京汇报。地质部地矿司地勘处的一间小会议室内，墙上挂满图纸，长条会议桌上铺着绿呢毯，摆满了从铜矿峪采集的矿石岩芯标本，旁边是偏光显微镜。苏联专家洛吉诺夫和地矿司相关专家全部到会，李四光部长也亲自到会听取汇报。王植和白瑾在会议上陈述了自己的观点并展示各种标本证据。听完二人汇报后，各位与会专家也展开热烈讨论，各抒己见。最后，洛吉诺夫做了总结性发言，他认为，铜矿峪铜矿应属于细脉浸染型斑岩铜矿。洛吉诺夫向大家详细介绍了世界上现已发现的这种斑岩铜矿的矿床特征。在谈到成矿年代问题时，洛吉诺夫解释说："矿床研究仍是在积累探索中，复杂的实际地质情况与理论不能完全相符。"洛吉诺夫对铜矿峪矿床规模非常乐观，认为很可能是一座大型铜矿床。

随后，洛吉诺夫对 143 队下一步勘探工作给予重要的建议，他指出："在钻探力量薄弱情况下，应充分利用化学探矿方法，迅速补做铜量测量，在此基础上要及时做出详勘设计。"

洛吉诺夫对铜矿峪铜矿类型的定性和找矿方法的建议，对迅速探明铜矿峪铜矿起了至关重要的作用。化学探矿法，简称化探，是通过系统测量矿石样本中，矿物元素含量及其分布特征，发现矿床的地球化学异常，从而发现矿藏的找矿方法。化探找矿是 20 世纪 30 年代苏联首先提出并使用，具有投资少、见效快的显著特点。1953 年时，143 队只有一台日式 300 米钻机和一台手摇钻机，两台均破旧不堪，面对由花岗岩构成的莽莽大山，要想依靠钻探圈定矿区范围，投入成本巨大，所需时间异常漫长。洛吉诺夫专家提出的化探找矿，对于此时的 143 队来说，无疑是雪中送炭。

（四）铜矿峪铜矿成因

王植、白瑾都是经验丰富的地质学家，他们在铜矿峪矿床类型研判中，分歧为何如此之大？铜矿峪铜矿到底是如何形成的呢？

科学研究需要不断积累不断探索，从 1953 年至今，214 队对中条山地区的地质研究从未间断，经过近 70 年的研究，中条山铜矿床成矿成因的面纱渐渐被揭开……

现有地质资料表明，铜矿峪铜矿床是在漫长地质年代中，经过多期成矿作用形成的复杂矿床。在矿床类型划分问题上，目前学界大多数学者认为，应该以主成矿期成因类型为划分标准。

铜矿峪铜矿的主成矿期，形成于

距今 25 亿 -21 亿年的早元古代，这一时期，地壳处于拉张期，在地壳张力的作用下，中条山地区发生了大规模裂谷活动（简称中条裂谷）。其具体表现形式为强烈的火山活动，在这一过程中，地幔中含铜炽热岩浆及其热液，沿着火山通道快速上涌，近地表快速冷却，发生成矿作用并形成斑岩（次火山岩）。

距今 21 亿至 15 亿年，中条山地区又发生了多次构造、变质、岩浆热液活动。在高温作用下，原有矿体及其围岩又发生构造作用、岩浆热液作用、变质作用等多次叠加，重新形成形态复杂的变质斑岩，尤其是晚期热液叠加，形成了含铜石英矿物结晶，让矿体形成和矿石表现形式更为复杂，难以辨清。

总之，铜矿峪铜矿床，是在漫长的地质年代里，经历多期次的变质、热液、构造叠加后形成的斑岩铜矿床。

虽然铜矿峪铜矿床表现形式复杂，但其主成矿体位于斑岩层内，同时，在矿床规模和品位方面，又完全符合斑岩铜矿床储量规模大、矿石品位低的基本特点，因此，铜矿峪铜矿床类型应属于斑岩类型。

在地质学上，金属矿产一般都是火山运动的产物，火山岩融喷出地表冷凝形成的岩石，称为火山岩；火山喷发时，岩融没有喷出地表，在近地表岩层中快速冷凝的岩石，称为次火山岩。

地质工作需要理论与实践经验相结合，一个地区的地质情况，需要长期的研究积累。中华人民共和国之初，地质工作基本处于空白，没有实际资料，没有相同矿床类型可以借鉴，这种条件下做决断，是十分困难的事情。白瑾先生时年仅 27 岁，能在如此困难的条件下，辨清矿床类型，展现出了很高的学术才华；而王植先生在学术争鸣时，秉持求真求实的科学精神，坦荡宽阔的胸怀，令人叹为观止。他们关于矿床类型的这次争论，在地质学界传为佳话。

（五）初勘报捷

矿床类型明确后，143 队立即开始进行矿区化探工作。按照洛吉诺夫专家的意见，143 队以 302 号钻孔为中心，在方圆 1.5 平方千米范围内，按照 50×50（m）间距，布设小型浅井 556 个。浅井定位是在地形平面图上严格按网格定位的，因此，一些浅井的实地位置就分布在悬崖峭壁之上。11 月份的中条山已是滴水成冰的隆冬时节，陡峭险峻的峰谷被冰雪覆盖，这些地带的施工取样极为危险。有些同志建议，为方便施工，把浅井位置移动到平坦一些的地方。而多个采样点位移势必造成矿化异常形状失真，进而影响后续钻孔布设，容易造成巨大浪费。关键时刻，王植队长站了出来，他一面耐心解释取样位置的重要性，一面亲自上山采样，45 岁的王植队长和大家一起啃冷馍、喝冷水，背着沉重的矿石样品，在冰天雪地里摸爬滚打。榜样的力量是无穷的，在王植队长的感召下，全队职工斗志昂扬，奋战在冰天雪地中。为了加快送样速度，大家学会了坐滑梯，遇到大坡，就背着矿样溜下山去，不少人冻伤了手脚，仍然坚持每天背着沉重的矿样，扛着仪器，爬冰卧雪。全队职工以顽强的毅力和饱满的工作热情，克服各种困难，保质保量完成任务。

为了迎接大量的矿样化验分析需求，12月初，在大庙正殿对面的戏台上，搭起了1张简易工作台，两名化验员开始了化验工作。正殿的西厢，一头住着王植等5名技术人员，另一头放了1台磨片机和1台偏光显微镜，这就是143队鉴定室的全部家什。

年久失修的大庙，成了那时地质工作的基地。每每回忆这段经历，大家都趣称为"西厢记"。大庙虽然已经残破失修，但就是这座小小的山神庙，却伴随着他们的地质事业，一起名垂青史。

1953年12月底，当浅井铜量测量化验数据、岩矿鉴定结果、普查地质填图等各项工作成果汇总在一起时，铜矿峪铜矿床的庐山真面目渐渐清晰地呈现出来：铜矿峪矿区从折腰山向北，到红白岭及附近的大豹沟、小豹沟，含矿带呈明显的富集趋势，铜矿勘查重点区域由此圈定。

1953年12月底，301号、302号钻机完成钻探进尺385米，经化验分析，钻孔见矿情况良好。1954年元旦后，铜量测量工作全部完成。王植和白瑾等地质人员，依据矿石样品含铜量，圈定出铜矿峪矿区范围。随即，王植、白瑾带领地质人员马不停蹄，日夜加班加点编写地质报告，于翌年1月中旬向华北局提交，报告中写道："铜矿峪地区很可能是一处储量规模巨大的大型铜矿……"

1954年1月底，国家计委决定，将铜矿峪铜矿作为勘探重点，列入国家"一五"计划，地质部责成华北地质局具体开展此项工作，具体任务是：

1. 寻找和勘探中条山区的铜矿资源和其他有色金属矿产；

2. 1954年提交C1级纯铜储量30万吨；1955年提交B+C1级16万吨、表内B级9万吨；1956年度提交B+C1级23万吨，B级1万吨；

3. 同时，中央人民政府责成中共山西省委、省政府，积极抽调精干人员、物资，全力协同143队的地质勘查工作。

1954年4月，中央地质部改称中华人民共和国地质部，全国地质工作依然按照六大片区进行管理，143勘探队番号变更为华北地质勘查局214地质勘探队。

根据国家计委下达的勘探任务，地质部、华北地质勘查局也立即对214地质队下一步工作做出了相应部署，提出了"边组建、边准备、边施工"的口号，根据计划，1954年铜矿峪矿区将开动 27 台钻机。为了保证地质工作尽快启动和顺利实施，地质部和山西省人民政府迅速调集全国力量，开展劳动组织、人员配备、工地修建、物资运输、机器安装、生活安排等浩繁庞杂的基础工作，规模浩大的铜矿峪会战即将打响……

第三章 创业

（一）汇聚力量

在 1953 年工作的基础上，214 队制定了 1954 年详勘设计。

1. 以岩芯钻探为主要手段，大量布置钻探任务，在矿区内以 200×200（m）南北向勘探网求 C1 级储量，100×100（m）勘探网求 B 级储量，70×70（m）勘探网并配合探井、平硐求 A2 级储量。

2. 设计钻孔 51 个，钻探工作量 15200 米，计划开动 27 台钻机。

年度勘探工作完成后，预计可求得纯铜储量 30 万吨，提供矿床规模、矿体产状、矿石质量，以及加工技术、开采条件等资料，从而做出工业评价。

时间紧迫，工作量巨大，214 队首先要进行地质队伍扩建和矿区公路的修建工作。

截至 1953 年 12 月底，143 队共有职工 118 名，其中，工程技术人员仅有 7 名。为了开展大规模勘探工作，地质部从直属 6 支地质队伍里抽调其中两支队伍的部分专业技术力量奔赴中条山进行会战。1954 年 4 月，地质部从湖北大冶调来包括队长兼党委书记戚涛在内的原 429 地质队 1000 余人，还从东北、华东等地抽调部分地质力量加入 214 队。7 月，从东北地质学院、西南地质学院分配到中条山 214 队的大学毕业生 30 余名。从山西省人民政府各部门抽调一批优秀行政干部。此外，还有朝鲜战场大批复转军人来到中条山铜矿峪。

经上级批准，任命戚涛任 214 队队长兼党委书记，刘拴龙任副书记，王植任副队长兼工程师，杨璞民、杨俊选、徐报国任副队长。华北地质勘查局李济环局长带领工作组来到铜矿峪，亲自坐镇指挥。铜矿峪周边的山上，一座座钻机竖立起来，一簇簇帐篷散落在沟谷间。昔日寂静的大山，灯火辉煌、人声鼎沸，拉开了铜矿会战的序幕……

皋落镇是中条山腹地一个古镇，仅有一条窄街，街上有几家大车店和杂货铺，并不十分热闹。别看小镇规模小，但它历史悠久，地理位置十分重要。春秋中期，这里居住着东山皋落氏部族，因能采冶铜矿制售兵器，而过着一种封闭富足的生活。晋国鼎盛时期的晋献公对东山铜矿资源觊觎已久，令太子率兵伐东山（皋落），双方在横岭关激战，最终，国力强大的晋军战胜皋落氏，皋落从此成为晋国的一部分。皋落位于山西运城、河南三门峡的中间，古代，满载潞盐的晋商驮队从运城盐池南去中原，翻越中条山时，必须在皋落这里打尖住宿，第二天才能抵达河南的三门峡。久而久之，皋落渐渐演化成为商旅古镇。1950 年称为皋落联区，1956 年称皋落乡公所，1960 年后改称皋落镇。皋落镇向北 10 公里，即到达铜矿峪沟口，因此，皋落镇也是铜矿峪的后勤补给站。

1954 年之前，进出皋落的人员、物资都受阻于横岭关，人们只能沿着刘庄冶村前山谷沟壑，被称为十八道河的砾石路进山，这条河滩路勉强能通行胶皮轱辘马车，但因年久失修，部分路段路面损毁严重，桥梁坍塌，只能步行或者通行毛驴、骡马。铜矿会战需要大批的设备物资，抢修进山之路成为会战的第一个难题。

1954 年 3 月下旬，冰封的河流刚刚开化，垣曲县政府就征调周边各县民工 17000 余人，仅用 1 个月的时间，于 4 月底就抢通全线道路。道路畅通后，214 队立即组织运输车辆，向铜矿峪运送物资。当时 214 队仅有解放汽车 8 辆，运输能力有限。山西省运输公司负责筹集了 6 辆汽车、170 余辆胶皮大车，协同 214 队运输各种物资设备。从东镇至铜矿峪全程 60 余公里的山路上，车水马龙，川流不息，火热的铜矿会战打响了。

（二）铁军出征

1954 年 5 月 1 日，湖北大冶的火车站彩旗招展，锣鼓喧天，人来人往，热闹非常，挂着"光荣北上"大红横幅的火车卧在铁轨上。密集的人群中，到处是紧紧拥抱和泪眼相对的告别场面，胸前印着"中央电影制片厂"字样的记者和摄影师在紧张地跟拍。原来，这是中央地质部 429 地质大队在欢送即将北上奔赴中条山的地质队员。

429 地质队是新中国第一支综合型地质勘探队，成立于 1952 年，主要任务是对湖北大冶铁矿进行详勘。1954 年 3 月 29 日，429 地质队提交的大冶铁矿详勘报告顺利获得全国矿产储量委员会审查，全队干部职工正在品尝胜利的甘甜。距离审查通过不足 10 天，4 月 6 日，429 队又接到了地质部新的任务。为了加快全国矿产勘探，429 队被一分为三，一部分调往江苏海州进行磷矿勘查，另一部分调往山西省中条山搞铜矿勘查，留下一小部分力量，进行武汉长江大桥桥基勘查工作。

429 队奔赴中条山的队伍由队长戚涛亲自带队，带领专家、学者、工程技术人员和技术工人共 1000 余人，携带钻机 10 多台，登上列车，浩浩荡荡组成建制北上奔赴中条山铜矿峪。北上的列车上，429 队年轻的地质队员们一路饱览祖国大好河山，欢声笑语不断。队伍中，有一位面容白皙、行动干练的队员，一直安静地埋头看书，他就是时任 429 队一级技术员、变质岩专家沈其韩，他在日后铜矿峪矿区的区域地质工作中发挥了重要作用。和他一起北上的，还有他的新婚妻子，429 队岩矿鉴定技术员王光天。

北上的火车，经石家庄、太原，到达晋南闻喜东镇后，大队人马改乘马车绕道十八道河。经过近一个月的长途跋涉，终于来到铜矿峪。队长戚涛则在大部队到达之前，提前赶到铜矿峪，与王植等人会合，研究部署即将到来的地质大会战。

时年 33 岁的戚涛队长，个子不高但精壮结实，浑身上下散发着一种军人特有的威严气质。他 1921 年生于河南省新蔡县；1938 年 7 月，参加了由中国共产党领导的著名的中华民族解放先锋队（简称民先队）；11 月，年仅 17 岁的戚涛正式加入了中国共产党，在驻马店一带从事秘密交通工作；1942 年加入新四军 5 师 3 纵，任政治部秘书；1946 年中原突围时，随部到达武汉，在中共孝感地委工作；1952 年被上级组织抽调到刚刚组建的 429 队任副队长；上任后，他悉心学习地质业务，很快成为一名熟悉地质勘探业务的行政管理人才；一年之后，429 队队长程裕淇调任地质部地矿司司长，鉴于戚涛队长的优秀表现，上级任命他接任 429 队队长兼党委书记之职。戚涛队长经受过战场上血与火的考验，既保留着人民军队钢铁般的意志力和官兵一致的优良传统，又有着丰富的

地质工作管理经验。他艰苦朴素、大公无私的个人品质和雷厉风行、铁面无私的工作作风，深受 429 队全体干部职工的尊敬与爱戴。这次，他受上级重托，担任新组建的 214 队党委书记兼队长之重任，指挥一支地质大军，完成铜矿勘查会战的使命。

经过 2 个多月的急剧扩充，214 队技术人员达 100 余人，技术工人增至 800 人，钻机 27 台。除了全国各地抽调的地质力量外，还有从当地和豫鲁等地招收的大量民工，职工总数达 2315 人（民工约 1000 人），加上临时征用的民工，十里长沟聚集了 3000 多人的建设大军。一时间，沟谷山岭中灯火辉煌，马达轰鸣，运送物资的汽车和川流不息的上下班工人共同绘制出一幅地质会战的火热场面……

（三）奋战红白岭

1953 年勘探成果显示，铜矿峪矿区矿脉主要集中在正北方的红白岭一带，正因如此，27 台钻机呈扇形布设在红白岭的东、西、北三个方向。

钻探是利用钻机从地壳深处钻取岩芯等实物样品，通过化验分析、显微镜下鉴定、同位素测定等方式，探明地下地质和矿产资源情况，是地质勘探工作的重要手段之一。

1954 年 8 月开始，铜矿峪沟顶红白岭上，27 台钻机陆续全部开动，500 余名钻探工和 100 多名技术人员不分昼夜，不惧风雨，穿梭往返在

马达轰鸣的山谷中，这样的勘探规模在当时全国地质行业首屈一指。

500余名钻探工人中，只有少部分人员有过钻探工作经验，复转军人和临时招收的工人缺乏专业技术能力，更缺乏安全操作常识和安全意识。大规模钻探工作展开后，急剧扩充后的214队中，各种问题接踵而至。

安装钻机时，工人们不懂安装程序，更缺乏组织协同性，往往是花费十几天才千辛万苦安装好1个机台，钻机一开动又出现各种问题，不得不拆卸重来，严重影响施工进度。

钻机开动起来，就要24小时连续作业，中途停钻会造成卡钻等重大事故。水，是钻探工作的重要保证，由于缺乏计划管理经验，27台钻机只配备了4台离心式水泵。多台钻机同时钻进时，供水常常中断，引发各种事故。

除了施工中的问题，自然灾害也接踵而至。1954年7月下旬，连日阴雨连绵，214队全体职工一心想着抓紧时间生产，不顾风雨，每天依旧翻山越涧上下班。没想到山洪暴发了，平时干涸的河沟瞬间暴涨，洪水像一头猛兽，扑向钻机、扑向仓库、扑向人群。洪水冲毁了机台，冲走了水泵，正在上班路上的313号钻机班长陈子宽不幸被洪水吞噬。水灾事故造成214队1人死亡，多台钻机停钻的严重事故。

困难，还不止这些，更严重的问题是"孔斜"，当时的情况是无孔不斜。全队27台钻机平均每百米歪斜10°以上，孔斜最大的7号钻机，钻进325米斜了77°，9号孔、10号孔，由于孔斜超标严重已经全部报废，另有6个钻孔报废总深500余米，全队2/3的钻机因孔斜问题处于停钻状态。

中条山的秋天来得格外早，才刚刚9月份，山野间已是层林尽染、秋风飒爽。此时，为了更加高效指挥勘探大军，214队部已从870（海拔/米）大庙搬到了930沟顶，尽管还是住的帐篷，但经过1年多的突击，铜矿峪内基础建设已经初具规模。930成为214队指挥中枢，队部办公区、地质科、职工宿舍和俱乐部都集中在这一带，一排排的帐篷依着山势，布设得整齐美观、错落有致。古老的石阶山路早已不见踪影，取而代之的是一条砂石铺就的能对开解放卡车的简易公路，沿着这条公路向下，还有双职工宿舍区、医务所、职工澡堂；870大庙，现在被职工食堂、化验室、修配间等几座高大建筑占据；再向下，沟口690处，还有近千平方米的家属宿舍区和汽车队。

尽管全队生产建设进展神速，但面对重重技术难关和人员伤亡、经济损失，王植、戚涛等人的心情异常沉重，怎么办？

930工作面的队部会议室里，烟雾弥漫，气氛凝重，214队生产工作会议正在紧张进行。队长戚涛、总工程师王植和各工区主要负责人围坐在会议桌前，针对当前工作难题，进行集体讨论。戚涛首先站起来做自我批评，检讨自己工作不够细致，造成今天的被动局面；接着，王植也站起身来做自我批评，从技术层面总结检讨工作中的失误和教训；在他们的带动下，与会的各部门负责人也纷纷发言；在热烈的讨论中，大家对目前全队生产中的问题有了全面了解，达成了共识，一股强大的凝聚力就此形成。王植带领工程技术人员重点进行纠斜攻关，戚涛负责组织生产和安全工作。

戚涛队长首先组织相关人员创立了各种安全生产规章制度，在全队进行安全生产培训，在生产班组内搞劳动竞赛。很快，钻探工人的业务能力大幅提升，安全生产意识和纪律得到加强。这些工作方法和安全生产制度，后来推广至山西地质局各个队，成为全局生产工作的制度基础。

面对水泵严重短缺的现状，戚涛队长一面火速向上级求援，一面身先士卒，带头抢险，哪里有险情，就出现在哪里，每天一身泥一身汗和工人们奋战在第一线。他的表率作用，深深影响了钻探工人。有一次，山下一台水泵坏了，钻机面临停钻的危险，戚涛带领全队职工从山上到山下排成一字长蛇，用脸盆接力供水，直到水泵抢修成功，恢复抽水。很快，上级部门为 214 队送来了 10 台大功率离心水泵，为了保证钻机工作时水源充足，他们又在铜矿峪铺设了 30 条总长近13000 米的胶皮送水管。

按照地质工作常规，冬季是不搞野外作业的，但刚刚成立的新中国，对工业建设的需求是如此迫切，地质部决定打破常规，冬季正常施工。隆冬时节的中条山，暴雪和寒流是家常便饭，引水管经常因严寒而破裂。为了保护水管不被冻裂，冬季来临时，后勤部门早早用厚厚的棉花、稻草，一层层把 13000 多米的水管层层包裹起来；但遇到极端天气时，水管还是会被冻裂，随时造成卡钻、停钻事故。水管冻裂后，必须迅速找到破裂的位置，进行处理包裹，然而 30 条蜿蜒曲折的水管散落在广袤的山坡上，寻找破裂位置是极为困难的，唯一的办法就是人海战术。当时，铜矿峪各处传达险情的通信工具是敲钟，钟声就是险情，洪亮急促的钟声响起时，上至队长书记下至后勤炊事员，都会放下手中工作，冲出帐篷开始抢险，用火把烧化结冰的水管。白天遇到这类情况还好解决，但夜间发生险情时，排查冻冰部位就会非常困难。刚刚从温暖被窝里爬出来，立刻就跑进寒风刺骨的荒野，连滚带爬投入抢险中，许多人因此感冒发烧。后来，大家为了避免抢险生病，每逢遇到极端天气时，晚上就穿着棉衣棉裤和衣而睡，随时准备响应钟声的召唤，冲向险情。

钻机除了沉重的机台，还有柴油机、发电机、水泵等繁多的配套设备，1 台钻机及附属设备总重量达十几吨。铜矿峪沟口海拔 690 米，沟顶工作面海拔 930 米，垂直高差 240 米。此时，十里长沟内的简易公路还没有修通，帐篷、钻机、设备运输完全是靠全体职工手拉肩扛；大型设备搬运，就需要几人、十几人用木杠像八抬大轿一样向山上运送。

几十台钻机分布在大山的沟壑峰谷之间，每打完一个钻孔，钻机就要按照设计孔位搬迁到另外的地方继续施工。每次的钻机搬家，都是全队干部职工的一场集体战役。

山上搬家，没有路也没有起重设备，搬家前先要把整台钻机拆成部件，搬家时，要用木杠支起沉重的设备，一点一点挪动。山路陡峭，为了防止意外发生，抬机器的队伍要分成两组，一组抬机器，另一组人贴人随行保护并替换休息。铜矿峪会战时，钻机搬家像家常便饭一样频繁，每次钻机搬家，全队职工不分职务工种，只要听到钟声，都会放下手中的工作，加入抬机器的队伍。在崎岖陡峭的山路上，搬家大军像一股洪流涌动，队伍中，老革命、知识分子和工人师傅们肩挨肩，手挽手，大家喊着号子，齐心协力向前进。这样艰苦的劳动不仅收获了工作成果，更难能可贵的是，还收获了同志们之间的信任、友情和无比珍贵的团队凝聚力。

在戚涛队长沉着冷静地指挥和全体干部职工共同努力下，214队生产混乱状况很快得到扭转。

（四）白手起家

1954年5月初，会战大军还在路上的时候，苏联专家依格纳契夫第1次来到214队进行了为期2周的工作指导。依格纳契夫经过认真详细地考察后，对铜矿峪的勘查工作提出了一系列重要指导意见和具体要求。依格纳契夫指出，目前铜矿峪首要任务不是急于探求30万吨的纯铜储量，而是要耐心做好基础勘查工作，具体内容为：

1. 查明矿体的地下范围，把矿床的地质、构造搞清楚；

2. 要尽快做出规范、翔实的矿区地质图，基础地质工作做得不扎实全面，就无法提供勘探的有利依据；

3. 过早布设密集的勘探网，过于浪费宝贵的技术力量；

4. 根据前期化探工作成果，尽快制订化探和岩矿鉴定标准，保证化验分析精度和显微鉴定的准确性；

5. 横岭关矿区尚不具备钻探工作的条件，铜量测量仅适用于斑岩铜矿被浮土覆盖区域，对于矿体露头较好的地区不能照搬，要扎实做好地面槽探工作，综合研究评价后，再决定钻探。

依格纳契夫的建议及时准确。在认真学习领会专家建议后，214队地质工作修正了铜矿峪勘查工作程序问题，重新制定了地质勘探工作计划：

1.考虑到成矿条件的复杂性，原计划用200m×200m的勘探网求C1级储量远远不够，新的计划改为加打中心钻，原勘探网变更为140m×140m求C1级储量；

2.取消70m×70m求A2级储量

的勘探网，共布置剖面 11 条，在 0.03 平方公里的范围内布设 38 个钻孔，总钻探工作量 11800 米，槽、井探工作也做了相应调整。

随着各路地质大军陆续赶到，214 队技术力量迅速壮大。在王植麾下，有白瑾、沈其韩、冀树楷、刘崇安、余鸿章等一批技术骨干。王植负责全面地质工作，白瑾主抓钻探、山地工程工作，沈其韩主要负责矿区地质工作，他和白瑾密切配合，成为王植得力助手。

沈其韩随 429 队到达铜矿峪后，被任命为地质科副科长、地质技术负责人。开始工作后他发现，矿区缺乏详细的地质图，这对地质勘查来说是致命障碍。他主动提出带队进行矿区地质填图，而这正与依格纳契夫的指导意见不谋而合。于是，他立即带领几名地质员开始进行矿区 1∶5000 地质填图工作。在野外填图踏勘中，沈其韩对铜矿峪的地质构造有了更全面深入的认识。

要想做出一张清晰准确的区域地质图，除了野外地质填图，还要在显微镜下进行岩石定性，才能确保区域地质图件准确反映矿区地质构造，而这正是沈其韩的强项之一。

由于 143 队前期缺乏技术人员，岩矿芯编录比较混乱，如果用编号混乱的样品做鉴定，地层及岩石划分势必产生重大偏差，直接影响区域地质图质量。为了彻底查清矿区地质情况，做好矿区地质图，沈其韩决心对岩芯库的所有岩心样品进行重新编录整理。

岩矿鉴定室负责人王光天是沈其韩的妻子，毕业于清华大学岩矿鉴定专业，二人相识于 429 地质队，1954 年 5 月刚刚在大冶举行婚礼，就千里迢迢来到铜矿峪。沈其韩和爱人王光天，把岩芯库里的岩芯搬出来重新编录，由于前期编录过于混乱，他们把岩芯库里的岩芯翻来覆去倒了四五遍，才算理顺。一年多的时间里，他们夫妻两人观测、鉴定了总长几十万米的岩矿芯样品，经过对岩性及岩石成分认真比对，彻底查清了铜矿峪 215 平方千米及区域矿区范围内的地质构造和岩石成分，统一了区内岩石的类型和命名。

矿产研究，除了显微鉴定，还需要大量的实验室化验分析；矿物分析最简单有效的仪器是光谱仪，但当时 214 队也没有，只好用定性分析法做铜量定性分析。

做定性分析实验，要将研成细粉的矿粉依次加入硝酸溶液、氨水，通过观察氨铜离子的颜色再比照标准色卡，来判断铜含量。硝酸溶解岩芯粉末时，需要不停摇动试管，促进矿物溶解。开始时，化验员们就是双手握着数只试管不停摇动来工作，几个小时下来手臂酸痛，吃饭时连碗都端不动，极大影响化验效率；而此时，亟待化验的样品却堆积如山。分析员肖圣通是个喜欢动脑筋的人，面对这种情况，他自己动手做了一台木制脚踏摇车。摇车里放置了 50 个木制支架，将试管插入支架，人站在摇车上踩踏踏板产生振动，即可摇动木架上的试管，不仅让工作效率一下子提高了 25 倍，而且大大降低了化验员的劳动强度。因为这一革新，他荣获了当年 214 队的发明革新奖，获得 50 元奖金。

1955 年 6 月，在进行了大量显微鉴定和实验室矿物分析后，沈其韩提前完成铜矿峪地质报告中的区域地质部分，绘制出区域地质图，为矿区地质勘查奠定了坚实的基础。

（五）钻探攻坚

然而，钻孔纠斜这一难题，处理起来却费尽周折。王植向华北地质勘查局求援，局里派出专业人员来铜矿峪，但也没有找到问题原因和有效解决方案。苏联专家扎伐林来队检查工作时，认为孔斜是钻探操作不当引起的技术性故障，并不全是因为地层倾角大，岩石软硬不一的自然因素，便给出了四点建议：1. 埋好定向管；2. 加长岩芯管；3. 坚持大口径合金钻进；4. 控制孔底压力。但采取这些措施后，孔斜问题只是有所缓解，并未真正解决，孔斜仍在 3-5 度 / 百米。鉴于这种情况，经队委会认真研究后决定，放宽孔斜标准，由原来的每百米不超过 2 度调整为每百米 3-5 度。孔斜标准放宽后，钻探施工得以顺利进行，但新的难题又出现了：由于孔斜严重，常用的法线投影法编制剖面图时，矿体的实际位置无法准确投影到剖面图

上，矿体位置变形严重影响储量计算。白瑾主管钻探施工，面对这一难题，他连续多日挑灯夜战，仔细查阅图纸资料，经过不断改进与实验，发明了"勘探工程投影法"，一举解决了投影问题，使矿体储量计算得以顺利进行。白瑾将这一方法编写成《勘探工程投影法》（地质出版社 1960 年出版）小册子，因其简便实用，受到全国地质专业工作者的热烈欢迎。

真正解决孔斜难题是 34 年后的 1988 年。

1988 年，国家矿产储量委员会要求地质矿产部提交 16 万吨纯铜的重要任务，地矿部将这一重任交给了 214 地质队。214 队挺进铜矿峪小西沟，孔斜问题再次摆在了面前。时任山西省地质矿产局总工程师的陈平，下决心解决这一困扰了 214 队 30 多年的老问题。陈老总与成都探矿工艺研究所取得联系，由局探矿处、科教队、214 队三家单位联手，成都探矿工艺研究所的张文英等 3 位专家进驻小西沟，大胆使用成工所研制的 BD-14 摆锤定向仪和 SZ-73 水压自动定向仪这两种连续造斜器，分别在小西沟的 3001、5001、0001、1002 孔进行纠斜作业。经过艰苦努力，终于取得实质性突破，提交报告时，4 个钻孔均被评为优质孔。同时，214 队在铜矿峪再次向国家提交了纯铜储量 30 余万吨，并为今后钻探纠斜提供了可靠的科研成果支持。214 队因此获得地矿部科技找矿进步集体三等奖。

和孔斜问题同时出现的还有钻机冲洗泥浆问题。红白岭山顶上的506号、507号、508号钻机所在位置，是铜矿峪会战中的重点勘探区，这3台钻机一直是214队的红旗钻机，设备是苏联进口，钻探工人则是队里技术能手，可以说是214队的精锐之师。但是，在红白岭施工中，这3台钻机事故频发，每次处理事故，至少要停钻1个月，事故不但造成巨大经济损失，而且严重影响全年施工进度。

3台钻机遇到的问题是一样的：调配好的稀薄泥浆送入孔内再返回时，变得异常黏稠，无法过滤泥浆中的岩屑。

钻机钻进时，坚硬的岩石会有残渣掉落，影响钻进工作。为了保持孔内清洁，钻进时需要有冲洗液循环，把孔内岩屑等物质带回地面；冲洗液有清水和化学调制泥浆两种，根据地层情况来选择适合的冲洗液。

红白岭钻探施工选用的是化学泥浆，但送入孔内的泥浆失水量大，返回来的泥浆十分黏稠，泥浆中的岩屑无法过滤，因此事故率极高。为了尽量避免事故发生，工人师傅在每个回次的采心时，都不敢停车，提前做好一次性准备，投入卡料，转上几转，立即上提，否则就有被吸住的危险，尽管如此小心翼翼，停钻事故依然无法避免。经验丰富的老师傅们用尽了各种办法，依然无法解决问题。看着一直挂在班组的红旗被其他钻机夺走，3台钻机的工人师傅们心情异常焦虑，情绪渐渐低落。

王植又一次向华北地质局求援，很快，局里派来了李鹏飞和张淑娟两位泥浆专家协助攻关。

为了协助专家查清原因，王植和白瑾组织3台钻机全体成员召开民主讨论会。讨论会上，大家聚焦一个问题：为什么送入孔内的泥浆是稀的，而返回的泥浆却是稠的呢？围绕这一问题，大家展开了热烈讨论。最后一致认为，造成泥浆变稠的主要原因，是红白岭地层过于松软。

红白岭的地层是以绢云母片岩为主，岩石破碎、松软，硬度在4级以下。钻探施工中，坍塌掉块严重，而松软的地层就像海绵一样，吸走了泥浆中的水分，造成泥浆变稠。这个结论，得到大家一致认可。针对这一原因，泥浆专家张淑娟提出，她们正在针对钻探冲洗泥浆失水量这一难题，研发一种褐煤/火碱剂调制泥浆，正好在红白岭钻探施工中实验一下。这一提议立即获得了大家的一致同意。会后，工人们找来褐煤、火碱，按比例配制好，装入陶罐中密封起来，一周后，调制泥浆缓慢的化学反应已经完成，工人们将调制泥浆送入钻孔中，奇迹出现了：泥浆循环良好，再也没有严重失水变稠的问题了，红白岭上钻机隆隆，人们又恢复了往日的欢声笑语。

（六）发现胡篦型铜矿床

在漫长的地质演化过程中，中条

山东段地表铜矿露头和古人开采的古矿洞都很多，以往的地质调查发现的铜矿点就有：垣曲县境内的胡家峪、马蹄沟，闻喜县境内的东沟、箅子沟，绛县境内有里册峪、铜瓦沟、韩家湾……从宏观层面看，除了铜矿峪，中条山东段地区找矿前景大有可为。因此，王植开始考虑扩大勘查范围，以期发现更多的铜矿床。正在此时，北京地院、东北地院的一批大学毕业生来中条山进行野外实习，王植就利用这一机会，组成绛县、夏县、济源市三个普查分队，在总面积达 3000 平方千米的范围内，同时开展 1 : 50000 地质填图。

冀树楷，1952 年毕业于北京大学地质系，被分配到地质部 641 地质大队，赴甘肃省白银厂进行地质勘查工作。1954 年 5 月，他奉命从 641 队调至铜矿峪的 214 地质队。冀树楷年纪虽轻，但专业技术精湛，责任心强，在 641 队的 2 年中，他表现优异，成绩突出，是著名地质专家宋叔和的得力助手。来到 214 队后，正赶上这次普查工作，他被任命为第二普查分队队长，与副队长刘士新一起，带领技术人员、实习生和行政人员共 30 余人，在垣曲县、闻喜县、夏县一带开展 1 : 50000 地质填图找矿工作。

1954 年 6 月 30 日，第二普查分队从铜矿峪出发，他们骑着毛驴，奔向普查第一站——闻喜县下横榆村。普查组分成两部分，副队长刘士新及行政队员携带辎重直奔下横榆，在勘探队员到达之前，与下横榆村委接洽，为勘探队员们安排好食宿。

冀树楷带领勘探队员沿地层走向前行，一路采集标本和记录地质现象，晚饭时分他们才赶到下横榆村。吃过晚饭，地质队员们将所带的矿石标本摆在村里醒目的地方，向村民宣传矿石特征、用途、地质找矿的作用。告诉他们，找矿是为了办工厂修公路，为了全国人民坐汽车，楼上楼下电灯电话，为了彻底改变农村面貌，鼓励村民们报矿。

第二天是七月一日，党的生日。早晨起床后，全体队员集合在一起，由副队长刘士新做党史报告，然后集体为房东挑水扫院。

地质队员们的优秀表现，得到了村民的欢迎，群众报矿广泛而热烈。他们每天踏勘回来整理标本时，热情的老乡就来围观，牧羊人、放牛娃也都积极向地质队员讲述他们见到的红石头绿石头……在这些报矿线索中，和尚沟一个古矿洞引起了冀树楷的注意，他决定带领普查分队前去勘查。

毕家沟村党支书亲自带领第二普查分队前去踏勘老洞。翻过沟沟坎坎来到一处石头峭壁前，支书指着掩在荒草丛中的老洞洞口介绍道："清朝西沟村一位在县衙做官的人，因犯法遭满门问斩，全家为了逃难，藏在这个古矿洞里再没出来……"

洞口很小，只能一人钻进，冀树楷腰间系上绳索进入老洞观察。借着火把的光亮，冀树楷看到，洞的空间很大，洞底排着一家人的骨架，旁边还有吃剩的松子。冀树楷举着火把仔细观察古矿洞的地面和四壁，在明暗闪烁的火光中，他看到了期待已久的明显褐铁矿化痕迹。他立即组织队员们进行清理刻槽、取样化验。

经过连续数日踏勘，冀树楷感到，胡家峪一带很可能是一处很有希望的矿点。他立即调整了工作计划，将第二分队分成4个普查组，在胡家峪地区进行系统勘查。他们对老洞逐一进行清理、编号、编录、刻槽取样、化验，当把所有地表矿化带和老洞位置标注在地图上时，冀树楷和他的队友们笑了：他们看到了矿点沿着地层极有规律地分布。冀树楷立即决定，在胡家峪南和沟、小东沟、桐木沟一带做进一步详细评价，同时请求大队派测量队协助绘制地形地质图。这一发现，也引起了华北地质勘查局和地质部的重视。地质部地矿司、华北地质勘查局、苏联专家依格那契夫一起来到现场视察胡家峪、小东沟矿区，听取冀树楷的汇报并给予高度肯定，同时决定对胡家峪一带进行详勘。经过多年奋战，相继发现了南和沟、桐木沟、老宝滩、篦子沟等一批中型富矿，这一系列矿点都分布在胡家峪一带的胡家峪－上玉坡背斜地层中，同属中元古界中条群。经过研究发现，这一系列中型富矿的矿床类型，与铜矿峪的斑岩类型不同，属于沉积变质再造铜矿床。由此，进一步显示出中条山区矿床成因的多样性。

在总结胡家峪铜矿发现经验时，冀树楷感触最深的是，能取得这样的成果，除了工作细致认真，很重要的一点是，普查队工作期间遵守纪律，密切联系群众，得到群众的踊跃报矿支持，才取得了重大的找矿成果。

（七）迎风斗雪

冬季的中条山，银装素裹，分外美丽。但冬季对野外地质工作来讲却是禁区。白雪将沟坎覆盖，平时轻松走过的山坡，由于冰雪变得坚硬溜滑，野外行进时极容易发生人身伤亡事故。所以，地质行业的惯例，每年深秋时停止野外地质工作，主要搞室内资料整理和报告编写。但此时正值"一五"第二年，国家工业发展的关键时期，为了加快勘探进度，完成勘探计划，1954年冬季214队没有收队，继续坚持野外勘探工作。

钻孔是按照数学网格布设，分散在沟谷山壑之间。工人宿舍集中在沟顶930工作面，工人们上下班要翻山越岭钻密林，一个来回就是二三十里山路。一个班次工作时间是8小时。清晨，工人们在食堂吃过饭，带上一个馒头就顶风冒雪出发去钻机，为了节约运输成本，大家在上班时，还会自觉地扛上一根钻杆。

钻塔高高矗立在山间，工人工作时要乘用升降机升到钻塔顶部操纵钻杆。正常情况下，钻塔要套上厚实的帆布塔衣遮风避雨，但冬季作业时，刺骨的寒风常常轻而易举撕裂塔衣，寒冷的山风夹着冰雪打在脸上，眼睛都睁不开。中条山的隆冬季节，气温最低可达零下20多摄氏度，铁制的塔架冰冷刺骨，不小心碰到的话，可以黏下手皮，即便是戴着厚厚的棉手套，也时常被瞬间冻住……

开始时，塔衣被大风扯掉，大家还重新套装，但费尽九牛二虎之力套上的塔衣，瞬间就被大风卷走，工人们索性不再理会塔衣被刮走的问题了，迎着寒风冰雪，昼夜奋战在高高的塔架上。钻探生产中经常发生各种险情和事故，有时，昼夜加班抢修故障，累极了的工人把雨布往机台枕木上一铺，大家和衣挤在一起，倒头就进入梦乡；等再次睁开眼睛时，往往是塔衣已不知去向，身上落满雪花……

钻机生产昼夜不停，负责钻探编录的地质员们也不分昼夜地穿梭在雪地钻机间。一天深夜，技术员陈泽洲在541号钻机做完编录后，一路下山向队部方向走去。刚转过一个山坳，突然听到隐隐约约有女性的哭泣声，寂静黑暗的大山里，这样的哭声细微而又清晰。他循着声音走去，在山坡转弯处，有一个小小的身影，走到跟前才看清，原来是511号钻机的岩芯记录员蒋南香。雪大坡陡，蒋南香趴在坡路上，进退不能，又急又怕，忍不住哭起来。陈泽洲赶忙拉着她，一步一步走到坡下。

面对极端艰苦、极端恶劣的条件，214队的全体干部职工没有人叫苦叫累，没有人讨价还价，大家团结友爱，

克服各种困难，保证在严冬时节，地质施工稳步进行。

（八）革命化春节

转眼，1955年的春节到了。作为"一五"计划中的国家重点项目，214地质队的中条山铜矿勘查，春节期间坚持生产不放长假，全体职工在铜矿峪过了一个革命化春节。大年三十儿晚上，各个分队、科室都组织小型联欢会。地质科的50余名地质员，在白瑾的爱人薛淑芸带领下，为全队各个科室吟诗写对联，大家还现场为王植副队长编写了一副对联，贴到他住的帐篷门上。大年初一一大早，队党委书记兼队长戚涛夫妇，带着两位小宝贝来到930工作面的地质科，给王植副队长和全体地质人员拜年，白瑾机敏地用相机记录了这一珍贵场面。

为了让大家过一个愉快美好的春节，原429队的湖北厨师们大显身手，饭菜花样翻新。大年初一早上，食堂准备好肉馅和面团，送到一顶顶帐篷里，大家动手包饺子。来自天南地北的地质队员们包出了形状各异的饺子，有的队员包饺子技术不过关，煮成了一锅馄饨，引来阵阵欢笑。这样的笑声，这样火热的工作场景，永远地留在了铜矿峪的山谷间……

这样的革命化春节，从1954—1957年，214队全体职工连续在中条山上度过了3年的时光。到1956年和1957年，214队的基础建设取得了长足进步。铜矿峪的十里长沟里，建

起了宽大的职工俱乐部,工会、团委也已正式成立,这个俱乐部是十里长沟的文化活动中心。成立了职工业余剧团,除定期放电影外,还排练各种小节目,垣曲县豫剧团和晋南专区蒲剧团,也都来 214 队进行慰问演出,极大地丰富了职工业余生活。

(九)决战

1955 年春节后,地质部和华北地质勘查局向 214 队下达了 1955 年度工作计划:

1. 铜矿峪矿区继续进行详勘,尽快根据本年度工作做出工业评价,计划于 1956 年第一季度末,提交最终勘探报告;

2. 吸取 1954 年钻探工作教训,密切注意钻孔弯曲度情况,应考虑在部分地段以定向钻代替直钻,并做出了矿区水文地质应遵循和注意的事项;

3. 胡家峪及横岭关二区,继续进行详细检查工作,当做出的矿区远景评价肯定有勘探价值时,应及时做出设计转入初步勘探。

根据这一工作部署,1955 年 3 月,214 队在胡家峪矿区开动 3 台钻机,5 月份,3 个钻孔同时见矿,立即开始初步地质勘查,成立胡家峪中队进行本区普查工作;同时,对温峪、马蹄沟、老宝滩、桐木沟、小东沟、横岭关、篦子沟、刘庄冶、犁耙沟、里册峪等矿点,全面进行矿点检查和外围普查工作,勘查扩大中条山区铜矿远景。6

月,苏联专家依格纳契夫第 2 次来到中条山检查指导工作,看着时隔一年后的生产场景,依格纳契夫十分满意,他在检查总结会上讲道:

"中条山队的全体地质工作者已光荣地完成了国家交给他们的重大任务的第一部分,查明了一个新的有工业价值的含铜区,其铜的远景储量很大。现在摆在地质勘探人员面前的第二部分任务是,争取在最短时间内结束铜矿峪铜矿床的详查工作,计算储量并向全国矿产储量委员会提交储量报告,以便工业部门开采利用。摆在中条山地质人员面前的第三部分任务,将是全力加强普查找矿工作,提高新的铜矿点的初步勘探速度。这次和中条山区地质人员是第 2 次会面,我不能不指出,自第 1 次会面后的 1 年来,队上的工程技术人员的业务水平有了显著提高,地质观察的质量和完善程度也提高了,这样就有可能以应有的准确度计算已探明的储量。"

从 1953 年 3 月到 1956 年 3 月,3 年的时间里,214 地质队在铜矿峪做了大量细致踏实的工作。1953 年确定了矿床的工业类型,为 1954 年大规模勘探设计提供了翔实可靠的地质资料。1954 年圈定了地表矿体,对成矿规律、品位变化、矿石的矿物成分、矿体的轮廓和规模,以及岩浆活动和成矿关系等问题,均有初步了解和认识;经过室内鉴定,对矿区内的岩石种类进行了准确划分,完成了高质量的矿区地质图。1955 年,经过 2 年大规模的钻探勘查，确定了矿区地下铜矿体的分布情况，对矿产的技术品级、物理和技术性质、实验和开采技术条件等问题，都有了较详细的研究。水文地质方面也取得了骄人战绩：除钻孔水文观测、河道水文、矿区河流流速、水样分析外，地质队还开始了抽水试验。到1956年3月底，抽水试验基本完成，各项地质原始资料补缺查漏工作完成，矿体圈定和储量计算工作也取得了阶段性成果。提交国家盼望已久的铜矿地质报告时机已经成熟，铜矿峪地质报告编写工作即将开始。

（十）提交报告

1956年4月，214队成立了报告编写委员会，队长戚涛和总工程师王植为总负责人，报告编写委员会拟定提纲及分项详细规范，全队的工作重心由生产转移到报告编写工作上来。

夜幕下的十里长沟，没有了钻机的轰鸣声，又恢复了往日的寂静，但地质科一顶顶帐篷中的灯光却彻夜通明。50多人的地质科，分成十几个地质组，在负责人的带领下，编写地质报告。帐篷的帆布墙壁上，挂满了图纸，帐篷里到处摆放着一摞摞野外工作记录簿。在山沟丛林中摸爬滚打了三年的地质人员，开始了通宵达旦的案头工作。

艰辛复杂的野外工作，都是地质勘探过程，最终提交给国家的，是一份地质报告和一张张图件。制图，是地质工作的最后一关。当时的制图工艺还是非常原始的，首先，技术人员要在打好坐标网的透明纸上画好样图，然后，绘图员们再用专用的绘图工具进行手工着墨清绘，再把透明图纸进行晾晒，最后再用氨水熏制成蓝图。铜矿峪最终报告中，共有图件297份，包括地形图、地质图、素描图、剖面图……细细密密的线条数字和表格，都需要绘图员一点一点描绘到透明纸上，再晒成蓝图。为了保质保量按时完成任务，在报告编写的两个多月里，绘图室的十几名绘图员几乎连轴转，困了，就倒在绘图桌边的床板上睡一会儿，醒来就开始工作。

除了报告编写和制图工作，还有大量的矿体储量计算和制表工作。在二十世纪五六十年代，手摇式计算机也是稀缺资源，214全队只有一台手摇式计算机，远远不能满足矿体储量计算工作需要。此外，20多万字的文字报告需要打印，为了加快速度，编委会从全队抽调精兵强将，计财科的同志们抱着算盘加入储量计算组，大队办公室的打字员带着打印机来到地质科，行政科、工会的同志则默默承担起挑水、打饭的后勤工作……

作为报告的技术总负责人，48岁的王植，肩上的担子最重。白天他奔波于大队的各个部门，审阅报告的章节；晚上，又来到地质科一个个灯火通明的帐篷中。他坐在帐篷的角落里，偶尔会轻声给年轻的同志指导几句，大多时间里，他都沉默不语，一支接一支吸烟，陪着加班的同志到半夜。

经过连续昼夜苦战，1956 年 5 月底，《中华人民共和国地质部华北地质局中条山勘探队铜矿峪矿区最终地质勘探报告》正式完成，这份地质报告，图件共 297 幅，文字报告正文 22 万字，对垣曲县、中条山以及铜矿峪矿区的地形、地理、气候、交通、矿产、水文等各个方面做了综合研究和阐述，是该地区第一部全面系统阐述中条山区自然条件及资源的学术报告，对这一地区工农业生产和建设具有理论指导意义。

翻开这套报告，一张张图件和一串串数据，让人们看到了 214 队三年艰苦卓绝奋斗换来的巨大成果：

三年的紧张工作，共有 409 条矿体被从大山深处勘探出来，其中，第 4 号矿体长约 840 米，厚度 30—218 米；5 号矿体长约 1100 米，矿体平均厚度 93.99 米，中部最厚处达 171.41 米，平均品位 0.61%，最令大家欣喜的是，这 2 条主矿体深不可测，上不见顶，下不见底，钻机钻进至地下千米之深时，依然未看到矿体有缩小、尖灭的态势，规模稳定，且越往深部，越有加厚加宽趋势。这 2 条主矿体间距 100 余米，肩并肩手挽手，像两堵铜墙一样矗立在大山深处的岩层中！

截至 1956 年 4 月 1 日，214 地质队铜矿峪地质勘探共获得：氧化铜矿 B+C 级纯铜储量 22.493 万吨，硫化铜 B+C 级纯铜 173.79 万吨，合计 196.283 万吨，平均品位 0.68%。

1956 年 6 月，《中华人民共和国地质部华北地质局中条山勘探队铜矿峪矿区最终地质勘探报告》正式提交至全国矿产储量委员会（简称全国储委），经过严格细致的审查，9 月 28 日，全国储委下发了"《关于审查〈中条山勘探队铜矿峪矿区最终地质勘探报告〉的决议书》"，标志着铜矿峪最终地质报告顺利通过审查。根据这一结果，国家计委决定：将中条山铜矿峪铜矿纳入国家工业建设远景计划中，成为规模仅次于甘肃白银厂的全国第二大铜矿基地，立即开展矿山建设。

1957 年，"一五"计划的最后一年，214 队又提交了《铜矿峪矿区最终地质报告补充报告》，再次提交精铜储量 23.117 万吨。

从 1953—1957 年，4 年时间里，214 队在中条山地区先后探明铜矿峪铜矿（大型）、胡家峪铜矿（中型）两座铜矿，向国家提交了 2 份地质勘探报告，累计探明纯铜储量 219.4 万吨，平均品位 0.68%；伴生钼矿 10460 吨，平均品位 0.0032%；钴矿 23560 吨，平均品位 0.0072%；为国家有色冶金工业发展奠定了牢固的矿产基础。此外，在普查工作中，他们还对中条山东北部的十余处铜矿点进行了初步评价；对中条山区的铅锌矿、煤田、砂金等多矿种开展了地质勘查；对中条山地区的地质构造、成矿条件有了较为全面的认识，积累了大量翔实的地质资料；培养和锻炼了大批地质科技人才和技术工人队伍，为山西省的地质事业发展做好了科技和人才准备。

尾声

（一）创业者的足迹

1956年6月，在中条山奋战了三年后，王植副队长兼总工程师奉命调往太原，负责组建地质部山西办事处（山西省地质局前身），并担任总工程师。山西拥有中国最古老的地球岩石，矿产种类居全国第一，矿产储量丰富，因此，山西地质在当时的全国地质行业中比重大。开始组建山西办事处后，短短的6年时间，五台山、太行山、中条山、吕梁山，三晋大地的山山水水都留下了他的足迹。1962年4月，王植又奉调天津，负责组建地质部华北地质科学研究所，并担任该所副所长，担负起华北地区地质科研的重任。他为研究所的学科建设、人才引进和人才培养倾注了全部的心血，是天津地质研究所的奠基人。1980年，王植先生已经72岁了，由于长年野外奔波，身体状况欠佳，组织上考虑他单身一人在天津，生活不方便，为他的健康考虑，并尊重王植先生的意见，调他回到家乡江苏南京地质矿产研究所担任技术顾问，在此期间，正赶上中国改革开放初期，地质技术人才和外语人才奇缺，他又全身心投入地质技术和外语培训当中，不辞劳苦，任劳任怨。1983年11月15日不幸突发脑出血，经抢救无效逝世，享年76岁。

与王植同时调离的还有队长戚涛。他奉调至山东，负责组建地质部山东办事处（山东省地质局前身）并担任办事处主任兼党委书记。1962年5月，戚涛又奉调至天津，任新组建的地质部华北地质科学研究所副所长，后来，戚涛又负责过许多大型单位的组建工作，后调至北京工作直至退休，现年101岁。

王植调任山西办事处总工程师后，白瑾接替王植之职，任214队总工程师，带领214队继续在中条山进行矿产勘查。1962年4月，白瑾夫妇也奉调至华北地质研究所，与王植等人一起筹建研究所的前寒武纪研究室，之后一直在所内从事构造地质、前寒武纪地质研究，曾任第一研究室负责人、早前寒武纪研究室主任。他一生专心致力于地质科学研究工作长达60余年，成果卓著，蜚声中外。2015年2月1日病逝于天津。白瑾先生的夫人薛淑芸女士今年已经91岁，生活在天津。

沈其韩先生，于1956年10月奉调中国地质科学院北京地质研究所，后担任地质研究所所长，承担多项国家重大矿产勘查和国家级实验室建设工作。1991年，沈其韩先生当选为中国科学院学部委员（院士）、资深院士，同时，他还在地质部、地质矿产研究所等单位担任重要技术职务、研究员、博士生导师、中国地质科学院学术委员会委员，还长期在多个国家重点实验室、国家级学术期刊担任要职。沈其韩先生 90 多岁高龄时，仍然坚持每天到地科院工作，亲自带项目。2018 年 10 月，96 岁才退休。退休后，沈其韩先生并未停止地质工作，依旧关注、指导一些重大科研项目。沈其韩先生 2022 年以百岁高龄在京去世。

（二）功勋队奋进的脚步

从 1953 年 4 月 143 队进驻铜矿峪大庙到 1957 年，214 队的全体干部职工一直工作生活在铜矿峪的十里长沟内。铜矿峪矿区勘探工作结束后，214 队的地质工作范围扩大至整个中条山地区。为了适应新的工作需要，1956 年 4 月，214 队队部从铜矿峪迁至交通更加便利的皋落镇。皋落队部与镇政府比邻而居，队部院内修建有 40 余幢"干打垒"简易房屋，按照功能划分为：机关各科室、修配间、汽车队、化验室、卫生所、家属区。1971 年，皋落队部建起一幢砖木结构的二层办公楼，这是 214 队历史上第一座楼房。

1958 年，214 队响应上级号召，不断扩大找矿成果，全年共勘探到铜、铁、煤、金、黄铁矿、石膏、磷块岩、重晶石、云母等 11 个矿种、142 个矿点，其中，有价值矿点 36 个。

1959 年 1 月，214 队与晋南专员公署地质局合并成立晋南地质局。1960 年，撤销晋南地质局，改称地质部山西省地质厅，原有人员被划分为 213（驻地临汾）、214（驻地皋落）两个地质队。1962 年 8 月，213 队、214 队再次合并，全称为山西省地质厅 214 地质队，队部驻地临汾市。1963 年，山西省地质厅改称山西省地质局，214 地质队全称为山西省地质局 214 地质队，驻地临汾市。1964 年 4 月 1 日，214 队再次分成 213、214 两个地质队，214 队队部迁回垣曲县皋落镇。

流淌着 214 队新鲜血液的，不仅仅是 211、213 地质队，山西省地质勘查局十几支地勘单位里，到处都有来自 214 队的大批技术骨干。同时，214 队用汗水和鲜血换来的各种安全、技术规章制度，也成为山西地勘局建局以来各项规章制度的标准和依据。

1969 年，214 队的技术骨干、优秀管理人才和钻机机组还陆续调往新疆、甘肃、内蒙古、西藏、山东、河北、湖南、湖北、安徽、四川、贵州等地。他们中很多人走上了领导岗位，还有很多人成为著名地质专家、学者、院士，为中国的地勘事业和地质科研做出了卓越贡献。

1966—1976 年，受"文革"冲击，214 队地质工作一度陷入停滞与徘徊时期，广大技术人员、干部受到迫害。1971 年后，党委恢复职能，广大干部、职工顶着压力坚守工作岗位，中条山区的地质勘探工作继续推进。1976 年，随着工作重心的进一步转移，214 队队部迁至闻喜县东镇。1978 年，党的十一届三中全会确立了以经济建设为中心的战略部署，214队继续坚持以地质找矿为中心，同时大力开展区域地质调查工作。1980年3月，在地质部评功授奖大会上，214队被授予"功勋地质队"光荣称号。

1986年11月17日，功勋碑立碑仪式上，运城地区行署的领导同志听到214地质队艰苦光荣的找矿历史后，一方面为214队艰苦创业的事迹所感动，另一方面敏锐地意识到，这样一支作风优良、业务精湛的地质队伍是运城地区的无价之宝，因此热情邀请214队将队部搬迁到运城市。经山西地矿局同意后，1996年，214队队部由闻喜东镇迁至运城市盐湖区禹都大道（现址）。

20世纪末开始，随着国家基础建设大发展，以及"一带一路"工程建设，214地质队的工程勘察走向全国、走向非洲。

214队分别于1975—1979年、1989—1990年、1991—1992年，三次在铜矿峪铜矿边缘及深部进行详查，累计提交了纯铜储量73.22万吨，平均品位0.64%，还有伴生类贵金属矿产金、银、钼、钴、镓等重要矿产。截至2017年底，214地质队在中条山铜矿峪矿区、篦子沟矿区、胡家峪矿区累计探明纯铜储量389.25万吨。

1993年后，由于国家矿产战略目标的调整，中条山铜矿勘查暂告一段落，但对中条山矿产资源的前景，曾经在中条山地质勘探过的地质专家们一致看好。

山西省原地勘局副局长、总工程师陈平先生曾亲自主持过1991—1993年的铜矿峪勘查，当谈到中条山找矿前景时，陈老总翻开由他主编的《山西矿产志》中铜矿峪部分，指着涂着鲜红色矿体储量的剖面图，兴奋地说："现有的资料可以证明，铜矿峪矿区深部铜矿储量非常丰富、品位高，前景十分乐观……"

当年奋战在铜矿峪，现已百岁高龄的中国科学院院士沈其韩先生一直对中条山铜矿峪工作非常关注，他曾两次回到铜矿峪做科学考察工作。1989年，沈其韩重返铜矿峪进行考察时，还向当地采矿部门负责人询问矿石铜品位，负责人告诉他："实际铜品位比勘探报告略高，充分证明1956年勘探报告的质量是可靠的。"对于这样的评价，沈其韩先生感到莫大的欣慰，对于中条山找矿前景，沈先生非常乐观，他认为："1953年在对中条山铜矿峪进行铜矿勘查时，采用了苏联专家的建议，改变了找矿方法，用化学探矿法找到了铜矿峪大型斑岩铜矿，中条山区大型斑岩铜矿不仅仅只有铜矿峪一处，应该还有，今后如果有条件再搞勘探时，应采用新的探矿方法，继续寻找勘探斑岩铜矿……"

（三）回望中条

从1953年到2022年，建队69年来，214地质队为国家提交的各类地质报告达450余份，探明大中型矿床主要有：大型铜矿 1 个，中型铜矿 5 个，铜矿储量 400 余万吨，位居全国第三。

这样丰硕的地质成果，是一代代地质人秉承前辈艰苦奋斗的优良作风、一丝不苟的工作态度，薪火相传、不断接力才完成的。69 年来，不光是第一代矿区开拓者，凡是在中条山上为了地质勘查事业，顶风冒雪，经历过烈日酷暑的地质人，内心对中条山、214 地质队，都充满深深的眷恋和关切——那里有他们的青春，有他们的泪水和汗水。

巍巍中条山，亘古耸立。当历史进入新的发展时期时，暂时关闭勘查，给子孙后代留下尽可能多的财富。但 214 队数代地质工作者艰辛地勘查，留下的宝贵资料，依然熠熠生辉。

王立新，山西省临汾市作家协会会员，山西省三晋文化研究会理事。著有《走近胡文彬先生》《再说胡文彬先生》《千面袭人》《由钗黛之美论人性之美》等作品。

长河落日红

王先桃

序言

河，是于都河，也叫贡江。

千百年以来，这条被于都人民亲切地称为母亲河的河流，这条护佑着苍生又承载过历史巨变的河流，一直在用自己的方式述说着过往。灌婴的故垒、桥头的皇固庵、罗田岩的摩崖石刻、周敦颐的《爱莲说》、杨公坝的管氏宗祠遗址、福田寺的三门碑记、水府庙的梵音袅袅……这些千年古县的文脉一直在历史的琴弦上跳跃着，弹奏出悦耳的乐曲。于都，成为赣南腹地一颗璀璨明珠，千载兴革，声名鹊起。

1934年10月，于都河还叫雩都河，那个秋天的影子倒映在河水中，是集合的场景。于都河的东门渡口，红旗猎猎、战马嘶鸣。我不知道，还有哪个地方的渡口故事，比这里更让人震撼。

第五次反"围剿"失败后，中央主力红军为了摆脱国民党军队的重重包围和追击，中共中央军委红军总部、中央政府机关以及中央红军军团，分别从瑞金、兴国、宁都、石城、长汀、宁化等地陆续撤离，抵达中央苏区腹地于都河北岸后，整装休整。

对于大部队的进驻，于都人民倾其所有，筹粮筹款等，调集了一切人力、物力，为中央红军战略转移提供了坚实的保障。向南转移的第一步，就是要跨过于都河。当时的于都河河宽600多米，且水深浪急，所要经过的8个渡口中，就有5个需要架设浮桥。为了让红军顺利渡河，于都人民和红军一起在最短的时间内征集了800多条船只，但所需架桥的船只和木板还远远不够。百姓们知道后，纷纷搬出了自家的桌子、床板等，哪怕是唯一的门板。一位七十多岁的曾姓大爷，甚至连自己的寿材板也捐了出来。

木板和船只凑齐了，可国民党飞机的轰炸和侦察一刻也没有停止，架设临时浮桥只能在夜间进行。于都百姓做足了准备，和红军一起，每天下午五点半以后开始下水搭建浮桥，到晚上八点前就要完成。红军夜里渡河后，又赶在第二天凌晨六点以前把浮桥拆除，搭建的材料分散隐蔽在岸边的树林或农舍里，不能留有任何痕迹。

1934 年 10 月 17 日到 10 月 20 日，中央红军第一、二纵队，红一、三、五、八、九军团及中央机关纵队 8.6 万余人，分别从于都河北岸的山峰坝、东门、南门、西门、孟口、鲤鱼、石尾、渔翁埠等 8 个渡口星夜渡过于都河。

送行的人蜂拥而至。老乡们把煮熟的鸡蛋、热气腾腾的红薯、竹叶包的饭团，甚至一把花生或炒米塞进战士的口袋里。

30 万于都人，守着一个惊天的秘密。那一只只小船、一块块门板、一双双草鞋、一副副斗笠、一袋袋干粮、一把把花生、一句句叮咛、一声声呜咽，汇成了于都历史上从未有过的悲壮。

那一年，贫穷的于都人民捐出了整整 3 年的口粮。那一年，李明荣的父亲李声仁的渔船从来没有摆渡过那么多人，陈罗寿的母亲也从没打过那么多草鞋。那一年，银坑镇窑前村红军烈属钟招子送别 8 个儿子参加长征时说的话还在耳畔："一定要打胜仗，娘等你们回来。"那一年，于都县参加长征的青年多达 1.7 万人。可后来统计发现，除少数人在到达陕北后被编入红军队伍，大部分都在长征途中壮烈牺牲。在于都档案馆里，你无论翻到哪一个地方的烈士名单，都会惊奇地发现，备注栏里有一行醒目的文字，

那就是："北上无音讯。"

于都县罗江区前村乡的李冬秀，是一个普普通通的农村妇女，10 年前就失去了丈夫，可在扩红运动中，不仅主动将自己的独子送去当红军，还动员本村 7 名青年上前线。她的事迹被登载在中央政府机关报《红色中华》上。胜利县河田区狗颈乡肖桂香，婚后不到一个月，在扩红热潮中，动员心爱的新婚丈夫上了前线。雁阵惊寒时节的血色黄昏，从此成了多少人一生难以忘怀的记忆。

在这里，有为了一句"我不过三五年就回来"而等待了近一个世纪的 106 岁红军烈士遗孀段桂秀；有为了一句"我会回来"而青丝变了白发的年轻妻子刘淑芬；也有因为一句"娘等你们回来"而每天点亮马灯只为照亮儿子们回家路的伟大母亲……

于都河从来不言，雪山可证。那些朝气蓬勃的人，那些怀揣梦想的人，那些为革命事业而奋不顾身的人，早已凝固成雕像。

因为长征，于都也有了更多的注脚：在中国作家魏巍的笔下，她是"地球上的红飘带"出发地；在美国作家哈里森·索尔兹伯里笔下，她是"前所未闻的故事"开篇；在埃德加·斯诺的笔下，她是"惊心动魄的史诗"卷首；在中国共产党人的笔下，她是"中华民族伟大长征精神"的起源。

2022 年 5 月，来自粤港澳大湾区及江西本土的 30 多支方队近 800 名"泳士"从活动主会场中央红军长征出

发地纪念园长征渡口出发，横渡于都河和千车万人重走长征路活动，感受现在幸福生活的来之不易。

2023年10月15日，在江西省于都县的中央红军长征出发地纪念碑前，一场盛大的"新长征·再出发"千人徒步重走长征路活动中，再现历史的磅礴气势。

于都河，这条流淌了千年的河流，这条被于都人民称为母亲河的河流，这条红军长征跨过的第一条河流，如今已不仅仅是一条河流，更是于都人民精神的象征。那个由160多位红军后代组成的于都长征源合唱团，已经唱响了650多场。长征大剧院里，那台大型红色文旅史诗舞台剧《长征第一渡》，不知道感动了多少人。

如今，走在于都河畔，回顾往昔峥嵘岁月，一切仿佛就在昨天。于都河的沿河两岸已是树木荫翳、花团锦簇、高楼林立、交通便利、商业发达，富硒和服装产业强势崛起。当年红军渡江的8个渡口，全部架起了大桥，临近城区的就有红军、长征、集结、渡江、胜利等五座大桥。

一列列新开通的动车、高铁，让于都的发展走上了快车道。当年那个送别亲人的地方，没有了红旗猎猎和战马嘶鸣，也不再有送别的泪水和悲伤，只有奔流不息的河水正滚滚向前，流进历史，流向未来。

1. 段桂秀，绵延一生的等待

青石板，小洋楼，一位106岁的老人，一幅展示老人"一句承诺一生等待"的油画，组成了我对坝脑村最美好的记忆。

坝脑村，位于江西省赣州市于都县的车溪乡，与梅江遥遥相望，层层叠叠的山峦排列成天然的屏障，护佑着村内古老建筑和历史遗迹的周全。那些展现着徽派建筑风格的王氏宗祠、石峰公祠、东泉公祠等一字排开，像乡村的册页，在岁月里舒展。村头的那半亩方塘，在光影的作用下，折射出一墙之外那片古村落的沧桑与寥落。

阳光洒在村道的青石板小路上，想起第一次来坝脑村，被油菜花海震撼的场面，被山脉裁剪的油菜田像天空铺下的绸缎，黄得金灿，亮得晃眼。那些规模并不算宏大的古建筑群矗立在花海之间，竟也格外醒目。村落里幸运地保存了13座历史建筑，咸丰初年为防范猖獗的山匪围建的围墙及设置的门楼，虽然很多已经湮没，但那些躲在泛黄纸页里的文字依然完整。比如，十世祖王兴化曾任湖广远安知县，后升任莱州府判。他勤勉从政，清正廉明，深受百姓爱戴；十三世祖王嘉端因征讨有功，升任南赣守备府将军。

经历了无数次兵燹洗礼的坝脑村，远的不说，就村内多处古建筑曾作为红军行军驻扎地而言，足以证实这里曾经战争不断，在各种可靠的史志文献资料表明，光是第一次国内革命战争至解放战争时期，为革命牺牲且又有名字可考的王氏儿女就达 142 名。

一位叫王金长的年轻人，就是从这里告别刚刚新婚不久的妻子，报名参加红军，从此再也没有回来。2023 年 1 月 11 日晚 8 时，在中央电视台现场直播的《长征之歌》第一集中，于都县车溪乡坝脑村百岁老人段桂秀一生等候红军丈夫归来的故事，感动了千千万万的人。

如果光阴是一个个组装的片段，那最早的镜头应该从 1932 年的秋天开始。江西赣州，于都县车头圩的大樟树下，14 岁的段桂秀在婆婆陪伴下，把刚买的布鞋偷偷塞到情郎金长哥哥的手里，一抹红云，从脸上荡出了村口。那个长得像乌仙公（当地土话）一样的男子叫王金长，在即将穿上军装的那一刻，他翻遍全身也找不出一件临别的礼物，就把上衣脱下叠好，送给眼前这个是妹妹也是刚刚和自己成亲的姑娘。

"我最多离开三五年，你照顾好家里人，一定要等我回来。"王金长深情地看着段桂秀说。简短的临别之言，从此定格在段桂秀情窦初开的岁月里，再也没能拔出来。

四季用轮回折叠着一个人的清浅时光，那么对 106 岁的段桂秀而言，一个"等"字，成了她这一生最闪耀的主题。

1932 年的赣南天空是硝烟弥漫，寂静的山野被枪声火海左右着，一次次反"围剿"斗争的胜利终是没能突出重围，随着第五次反"围剿"的失利，无数的赣南英雄倒在血泊之中。

"仗都打完了，金长哥哥怎么还没回来？"

段桂秀在心里一次次反问自己。虽然青春的小鹿在梦里撞过无数回，很多次，段桂秀偷偷跑到那棵送别的大树下，翘首而望，她幻想在日出或是日落之前，能看到那张像乌仙公一样的脸。可时间过了一个"三五年"，又过了一个"三五年"，她的金长哥哥依然杳无音信。

"等"成了她爱情的全部，也成了她生活的执念。可那个年月，除了等待，还有举步维艰的生活。王金长离开后，家里便只剩下段桂秀、婆婆和王金长年幼的弟弟相依为命。

因为没田，日子更是没法过，婆婆只好带着她四处讨饭。人生这幕戏，对段桂秀而言，其实没有结局也是结局，毕竟还有期盼。

可 1953 年的一天，有人送来一张烈士证明书，来人告诉她王金长早在多年前就牺牲了，段桂秀无法相信，她不相信一张薄薄的纸就能决定她金长哥哥的生死，她觉得金长哥哥不会骗自己，他是一定能够回来的。

这个消息，同样也传到了段桂秀的娘家，段桂秀的兄长知道后好几次上门劝她改嫁，段桂秀坚决不肯。她说："我答应了金长哥哥要照顾好这个家，我就会一直等他回家。"

那个年月，农村的日子，艰难的程度可想而知，为了照顾婆婆，贴补家用，力气单薄的段桂秀四处找活干，去给乡里的食堂做饭，去给卫生院打杂。那个年代其实最不缺的就是愿意兜售力气的人，段桂秀对来之不易的活太卖力气了，无论是在哪个地方，都被评价成四个字，老实本分。

她要用自己瘦弱的肩膀，扛起一个家。

时光从指缝奔流而过，日子一天天过去了，一年年过去了，春去秋来，小叔子长大了，虽然家里连吃都成了困难，可段桂秀咬咬牙，四处借钱，终于帮小叔子成了一个家。

1960 年的春天，段桂秀的婆婆去世，这个打击对段桂秀来说太大了，自从有了记忆以来，她早就把婆婆当成自己妈，嫁给金长哥哥后，她更明白，这个世上只有婆婆和自己一样，都惦记着她的金长哥哥。

有一段时间，村里有好心人看她一个人很难，就来给她说媒，被她骂了回去，也有爱慕之人给她送来了钱物，虽然她穷，可她还是拒之门外，她受不了那些诅咒她金长哥哥的人，他们太缺德了，他们怎么可以这样，为了远离这些，她就拼命地出去找活干。

一年年过去了，几个十年也过去了，眼看着年过半百的段桂秀孤零零一个人，1965 年，小叔子为感谢嫂子这么多家对王家的付出，也为牺牲的哥哥有个后，就将 9 岁的儿子王地长过继给段桂秀抚养，让她老了有个依靠。

小叔子的这一举动，让一直有传统思想的段桂秀充满感激。当时段桂秀在供销社食堂做饭，养这样一个孩子，是没有问题的，更何况她也希望她的金长哥哥有后人。

岁月荏苒，时光一去不复返。就这样，段桂秀一边抚养孩子，一边幻想着金长哥哥有朝一日能回来，和她团圆。

20 世纪 90 年代末期，中国大地上进城务工的人越来越多，坝脑村更是，打工的去打工，搬走的搬走，坝脑村的王家老宅里只剩下段桂秀一个人默默坚守着。

"虽然剩我一个人了，我也不敢离开，我怕金长哥哥回来找不到我。"她依然还沉浸在自己的梦里，不愿醒来，尽管那个要等的人早已不在了。

一片落叶成了秋天的词语，一个人成了另一个人的延续。时间从来没有改变她对金长哥哥的等待。那些年，她要去民政所领取养老金，民政所所长郭湖北每次看到这个性格开朗的老人就格外热情，一来二去，两人就熟络起来。

好几次，因家里困难，养老金也不够开支，她就壮着胆子找郭湖北借钱，她觉得自己有养老金，即使还不上，还可以拿来抵数。

对工作负责的郭湖北，是个典型的红军后代，工作之余对烈士遗孀段桂秀的事情了解一些，他非常同情她的遭遇。每次只要段桂秀开口，他都是有求必应，甚至是借三百，给五百，而且每次他都要再三嘱咐段桂秀："尽管用着，不要急着还钱。"可段桂秀是个深明事理人，她只要有钱，就想着要还上。有一次，她去乡里还钱，郭湖北刚好不在，乡政府人员告诉段桂秀，郭所长下村了，要很晚才能回来。她摸着口袋里的钱，想着若是今天还不上，又要推迟一天，索性就坐到郭湖北办公室门口等。那天郭湖北忙完已是晚上七八点了，当他看到段桂抱着膝盖孤零零地坐在那里，特别是她那在灯光里被风吹起的白发，郭湖北没有想到一个老人竟如此守信，他握着段桂秀，竟不知道说什么，在心里，他发誓，一定要尽最大的心力去帮助她。

郭湖北知道段桂秀还一直在打听着她金长哥哥的消息，也许是巧合，2019 年 5 月 14 日，确实有了一次契机，一些老红军家属相聚渡口，郭湖北带着段桂秀来到了于都中央红军长征出发纪念馆。很少出门的段桂秀看到大墙上的红五星，竟然兴奋地说："当年我送金长哥哥参加红军时，他戴的帽子上也有一颗红五星。"

郭湖北看着激动的段桂秀，他不知道要怎样安慰她，特别是段桂秀看到纪念馆里那些陈列，竟然缩手缩脚不知所措，他理解，毕竟这是段桂秀第一次离开坝脑村，第一次来到于都，第一次见到村庄以外的世面。

看着墙上挂着的那些用草鞋制作的地图，段桂秀凑上去，一边用手摸着，一边把头靠在墙上，一时之间无法自拔。郭湖北明白，她想起了当年自己送给金长哥哥的那双鞋，还有那

场离别的情景。

如今，她的世界已经变得很小，小得只能装下她的金长哥哥，可这么大的地方，这么多的物件，却和她的金长哥哥无关，她有些失落，她想知道，她的金长哥哥到底去了哪里。

岁月辗转，给了她一个一直都在等待的答案。回到家的段桂秀，更是寝食难安。到了于都中央红军长征出发纪念馆，她感觉离她的金长哥哥更近了。在她的记忆里，金长哥哥是个说话算话的人，一定也会对她有所交代。

几天后，段桂秀又要郭湖北带她去纪念馆，郭湖北确实在忙而没时间，她就耍小孩子脾气，要么就坐办公室不走硬着磨郭湖北再带她去不可，在段桂秀的软磨硬泡下，郭湖北再次带她来到了于都县城。

这一次，郭湖北带段桂秀去的是烈士陵园。高大的纪念碑上刻满了密密匝匝的烈士名字，段桂秀茫然地看着，她不识字，郭湖北带着她在烈士名字里辨认，他一个一个名字念给段桂秀听，段桂秀就顺着郭湖北手指的方向，认真听着，眼睛一眨也不眨，生怕错过，可是很久过去了，也不见反应，她就有些着急，正当她失望之际，忽然听到那个让她魂牵梦萦的名字。

"王金长！"当郭湖北喊出名字的那一刻，段桂秀扑过去，双手撑在纪念碑上，浑浊的目光里划出了一道异样的光芒，有惊喜，也有悲伤。

"这些都是战场上牺牲的烈士的名

字吗？"段桂秀摸着冰冷的名字，还是不愿相信现实的她再次向郭湖北确认道。

"是的。"当郭湖北说出其实几十年前便已确定的答案时，埋藏内心多年的情感，瞬间涌上心头，她号啕大哭，这一刻，她相信了，她的金长哥哥再也不会回来了……

多年等待，终于在这一刻有了慰藉。梅江的水，见证了一段辉煌的岁月。在庆祝建党百年之际，段桂秀和于都县长征源合唱团一起参加黑龙江电视台《青春之歌》节目录制，节目组还帮她实现了去北京天安门的梦想。

在庆祝建党百年之际，段桂秀和长征源合唱团一起参加黑龙江电视台《青春之歌》节目录制，节目组特地安排段桂秀到北京天安门广场为党的百年祝贺、为全国人民祝福，让段桂秀见证以她的男人为代表的革命先烈用生命和热血换来的好日子。

段桂秀在人民英雄纪念碑前久久凝望，她觉得毛主席亲自题写的纪念碑上一定也有他的金长哥哥，她就是沾了金长哥哥的福气，才能有机会从蓝天上飞过来。从坝脑到于都，从于都到赣州，再从赣州到北京万人瞩目的天安门，将近两千多公里的距离，103岁的段桂秀对着蓝天和高耸的英雄纪念碑由衷感叹。

如今，坝脑村成了网红打卡点，106岁的段桂秀，坐在花园一样的小楼前，遥望着远处的大棚和金黄的稻田，依然还在梦想着她的金长哥哥有

一天突然出现在她的眼前。

2. 红军裁缝葛接调

对六十多岁的葛江洋来说，长征是思念，是追溯，更是回望。

那个挑着缝纫机去长征的人，就是他的父亲葛接调。关于这段久远的往事，还要从于都的一个小村庄说起。

葛坳乡，是于都一个比较偏远的乡镇，地处县城东北部，与瑞金市、宁都县交界，山多地少，又偏僻闭塞。1913年出生在葛坳乡牛颈村的葛接调，没能摆脱命运的安排，在他很小的时候父亲为地主扛活累死了，母亲带着他四处讨饭，7岁时被送进裁缝店当学徒。

在裁缝店，这个过早尝尽人间苦楚的少年，把有饭吃当成一种幸福，对来之不易的机会十分珍惜，凡事抢着做，从不抱怨，店里的师傅也深深喜欢这个手脚勤快、头脑灵活的少年，乐意手把手教他，从量身裁剪到一针一线。吃苦与能干让葛接调不仅剪裁熟练，还学到了师傅的看家本领，在四邻八乡，变得小有名气。在师傅的张罗下，他自己开了一间小店，因手艺好、待人热情，小店的生意眼看着好了起来，葛接调暗想，过不了多久，就能让母亲过上舒心的日子。可他哪里想到，那个年月，硝烟弥漫的赣南没有太平的地方，横行乡里的恶霸们，常来店里闹事，他们常找葛接调量身做衣，不给钱还是小事，还吹毛求疵，

不是长就是短，不是大就是小。葛接调觉得明明正好，就据理力争，他哪里想到那些张牙舞爪的恶霸本来就是来找事的，见葛接调这样不识好歹，非打即骂。被欺负好几次后，只有母亲相依为命的葛接调越来越难以忍受，但他不知道自己还能做些什么。

也许是冥冥之中的注定，就在这时候，共产党组织的活动在葛坳乡开展起来，通过打听和了解一段时间后，葛接调毅然决然地放弃裁缝店，参加了革命。

1928 年的秋天，在秋粮就要入仓时，葛接调怀着一腔热情，在葛坳的各个村参加了共产党在当地组织的抗捐抗税活动，凭借自己开裁缝的影响，葛接调开始走村入户，动员村里的 100 多名青壮年成立了赤卫队。

桥头暴动爆发后，葛接调不但自己积极参加，还动员周围的青年，暴动发生后，葛接调加入了红军。

1929 年的长汀一战，勇敢冲在前面的葛接调身上多处受伤，特别是左臂无法抬起，即便这样，他还是参加了汀州战斗。汀州一战，缴获了两座日本式的小型兵工厂，缴获了两千支崭新步枪和几十挺机枪，还缴获了一个被服厂。当时红四军前委还没有统一的服装，且大部分战士衣衫褴褛，急需更换补充，红四军军部任副官长的杨至成四处招收缝纫工人和个体裁缝，还建立了一个临时红军被服厂（即后来的中华苏维埃被服厂），为部队赶制统一的军装。正在负伤休养的葛接

调知道这个情况后，主动要求参加。

其实做裁缝这件事，反而成了他日后拿枪的坎，但也促成了他与长征的缘。

加入红军的葛接调信心满满，对于自己很快就能扛枪的事非常激动，但没有想到，上级没给他发枪，只给他抬来了一台德国"飞人牌"手摇缝纫机。对于做梦都想扛枪的葛接调，根本无法接受组织这种安排，他想，男子汉大丈夫，加入部队不就是为了扛枪打仗。一气之下，又百思不得其解的葛接调找到首长，首长早看穿了他的小心思，耐心解释，革命不只是扛枪，革命者同样需要穿衣吃饭，没有后勤保障，又怎么能取得胜利，这样一说，葛接调也明白了，终于点头答应。

在缝纫班，领导交给葛接调那台德国"飞人牌"手摇缝纫机，其实，做过裁缝的葛接调也明白，别看这个40 多斤重的铁疙瘩，在那个年代，比命值钱。

第五次反"围剿"失败后，赣南的局势特别紧张，敌人从四面八方黑压压围过来，枪声不断。1934 年 10 月 17 日以后的那几个秋天的夜晚，葛接调和战友都发现了异常，但终究发生了什么，他也不知道。

葛接调本来是没机会参加长征的，因为他身上多处有伤，但部队在行军路上又不能没人缝补与制作新衣，葛接调便顺理成章出现在长征名单上。

十月的于都，田野里飘着稻谷快

要成熟的气息，早晚的秋风也有了些许凉意。

在于都的东门、南门、西门每天傍晚军民联手在于都河上架起浮桥，凌晨时又要拆除，一连三天，大部队在不停地转移，岸边送行的人举着火把，把带来的花生、红薯、鸡蛋和像样点的被子、衣服、草鞋，塞给认识或不认识的人，他们说得最多的一句话是："你们可要早点儿回来呀！"

出征的人回答："我们一定会回来的！"

葛接调挑着缝纫机汇入人流，枪林弹雨的乱世，他不知道自己要远离故乡，要进行一场生死攸关的战略大转移，事实上，他也不可能知道。

那几天对于所有的人来说是神秘，是伤感，也是压抑，他们不知道将来会是什么样的局势，他们不知道和亲人分离之后还能不能再相见。虽然过了于都河没多久，葛接调就担任缝纫班的班长，作为农村长大的他，竟然没有感觉到任何喜悦，只有一份沉甸甸的责任感。

一连数日的行军，没有目标和行程，越来越冷的季节让葛接调感受到防寒的重要，更是感觉到他肩上那台机器的重要，翻山越岭，衣服破了，没有新的，只有缝补。当他看到战士们越来越烂的衣服，他终于明白首长之前对他说的话，革命不一定就是扛枪，他下意识地摸了摸缝纫机，一定不能有任何闪失。

他常利用休息的时候给战友缝补衣服，对缝纫机的日常维护，更是小心，就连上机油，也不放心别人代替。好几次行军途中大雨如注，他小心翼翼用防雨布将缝纫机包好，他担心一旦遇水，缝纫机会生锈。

突破封锁线时，葛接调亲眼看见身边战友一个个在硝烟中倒下、爬起，又倒下，自己只能硬着头皮挑着缝纫机往前冲，密集的子弹从耳边呼啸而过，枪声如雷。

那台德国造的"飞人牌"手摇缝纫机已经和他的生命融为一体，他在，机器在。无论是枪声火海，还是山崖峭壁，他都像护命一样护着机器，从未离身半步。

激烈的湘江战役后，人员伤亡惨重，红军中央纵队加强行军，日夜兼程。有人劝葛接调：中革军委印刷厂的机器设备都扔了，你这台缝纫机还要它干什么？葛接调没有回答，也不想回答，直面了血染的湘江水，他知道将来所要面临的苦难，他太明白这台机器的重要性了，即便战火纷飞，部队也要有部队的样子，军装、军帽，甚至是军帽上的红五星一个都不能少。那是一种士气，这么关键的时刻，缝纫机怎么可能说扔就扔呢？

他时常想起当初首长说的话，革命战士，哪个不要吃饭不要穿衣，一想到这些，他感觉身上长满了力气。即便如此，意外还是会发生。部队从一座大山的陡坡下来，葛接调发现担子里的油壶不见了，他慌忙去找，战友望着茫茫山野，劝他不要再找了，可他倔强地冒着生命危险原路返回，终于在一片草丛里发现了油壶。

为了避免再次发生类似事情，他把油壶固定起来，但进入贵州以后，遇到了阴雨连绵的天气，好容易等到天晴，葛接调赶紧打开防雨布包裹的缝纫机，竟然发现有些部位生锈了，原来是防雨布被磨破了。他马上找来干布和牛皮，将缝纫机重新擦干并清除了锈斑涂油，那个丢掉又找回的油壶又派上了用场。

在夹金山，高山缺氧，再加上挑担负重，举步维艰，危险随时随地都可能发生，可他咬紧牙关坚持。雪山草地，杳无人烟，哪一段都是生命的禁区，为了防止意外，又有人劝葛接调放弃那台缝纫机，他坚定地说："跨过这一步，前面就是陕甘，怎么能放弃呢？"说着，他又挑起缝纫机走在队伍中。

松潘沼泽一望无际，行军只能从这个土墩跳到另一个土墩。挑着扁担的葛接调跳不起来，也没法跳。他只能按部就班地在水中前行，可机器不能碰水，他肩上的担子，没法放，也放不下，他想休息一下都很难。在将要绝望的时候，一个比较大的土墩出现在面前，他觉得这就是天无绝人之路。他把挑缝纫机的担子轻轻放在土墩上，自己则猫着腰休息了会儿，不休息还好，休息下来感觉又累又饿，头一晕，一条腿掉进了泥水里，泥浆溅了一脸。他抹了抹脸，抓了几粒青稞放嘴里，随后，强迫自己挑着担子继续前行。

1935 年 10 月，葛接调终于挑着缝纫机，`走到了陕北，到了吴起镇，走完了二万五千里长征。

20 世纪 80 年代，各地抢救征集党史，葛接调挑着缝纫机长征的故事浮出水面。党史部门的人曾拿着一张毛主席在陕北窑洞前讲话的照片，找到葛接调，想核实那套棉衣是不是葛接调为毛主席做的。

葛接调接过照片，仔细看了看，然后认真地说："过去那么多年了，我怎么能够记得。"

征集党史的同志急了，因为只要老红军葛接调承认这套棉衣是他做的，那在党史征集上就是一个重大突破。除了照片本身的意义，葛接调也会成为名人。

可葛接调不承认，他坚持说自己给毛主席做过棉衣，但具体是哪套，自己真记不得了。

征集党史的同志不甘心，反复做工作，因为他们查遍了所有资料，还没有发现还有谁在那时给主席做过棉衣。

一来二去，却把葛接调惹急了，他说：不要乱弹琴！我记得就是记得，不记得就是不记得，党史的事不能瞎编！他这一火，弄得征集党史的同志失望而去。但葛接调在他们心中的形象却立了起来。

有人冲葛接调开玩笑说：你这个老表呀，不愧是做裁缝的，真是死心眼、一根筋呀！葛接调说，没有千千万万的"死心眼"和"一根筋"，又怎能走完长征路……

这位"一根筋"的管家，在抗美援朝期间，到地方政府担任东北局军需生产管理局局长，负责为前线组织被装生产，还兼任东北军区第一个被服厂 3305 工厂（原 301 厂）厂长。

1961 年 5 月 10 日，葛接调被任命为军区油料部部长。这个被人看成是个有油水的岗位，被"死心眼"的葛接调管理得滴油不漏。原本不懂油料业务的他，凭着严格的管理，得到了一个"把家虎"的外号。

1964 年底，葛接调因患严重的肾结石病，加上部队精简整编，被列入编外，后来提前离休。

提起父亲的往事，葛江洋总是抑制不住内心的激动："父亲的一生，没有惊天动地的壮举，也没有出神入化般的传奇，有的只是一位老红军战士、老共产党员对党、对革命的无限忠诚，还有经历枪林弹雨、生死考验之后，对一切利禄浮华所表现出的超然和淡漠。"

"老了的父亲，不愿意提起长征故事，他怕想起那些悲壮的场面，怕想起那些牺牲的战友，怕自己陷入往事中不能自拔。父亲不止一次说过，家乡那个叫葛坳的山村里有 60 多个青壮年当了红军，到新中国成立后能够联系上的只剩下 3 个人。"

"父亲 1955 年被授予开国大校，1996 年 7 月 5 日，父亲的心脏停止了跳动。父亲是裁缝出身，做了大半辈子被装等军需工作，当了十几年的被服厂厂长，最后成为军区的军需部长。他不知为别人裁制、批领过多少衣服，可当他病重住院时，我们翻他的木箱，竟找不到一件新衣服……"

葛江洋说到这里，忍不住把脸转向窗外，望着于都河滔滔的流水。而我，想到今天在于都和葛大校相遇，其实是一件很意外的事，我们都是回于都参加红博会的。我带着采访的任务，之前和他约过，一直有去河北石家庄采访他的计划。没想到今天下午在长征第一渡附近的游客中心二楼，在他父亲长征出发的地方，遇见他，又采访他。

当我提及他们父子都是军人，都是大校时，他及时打断了我的话语。他说："当我把自己佩戴大校军衔的照片和父亲授衔时的照片放在一起比对时，我的内心没有丝毫的自豪和得意，反而感到一种惶恐、不安，甚至心虚，特别是父亲讲过的每一段经历。记得父亲说他当年攻打福建长汀城时身负重伤，子弹从头顶一厘米的地方飞过，凉飕飕的，那是生死攸关的时刻啊，父亲却说得那样轻松。就在那一刻，我才突然感觉自己的渺小和父亲的高大，父亲用轻描淡写的方式告诉我们，他在枪林弹雨中的勇往直前，他把革命的事业看得比命还重！我怎么能和父亲相提并论呢？甚至后来，父亲让同是军人的母亲离职在家，敬畏父亲的母亲，竟然也无半点怨言。"

岁月总在血脉中回望，对父亲深

深怀念的葛江洋，慢慢理解了一个红军老战士的革命情怀。10 多年来先后 6 次重访长征路，十几次登上井冈山，收集整理了几百本党史、军史方面的书籍和史料，他想让长征精神影响和感动更多的人。

2016 年，在纪念红军长征胜利 80 周年的前夕，葛江洋在朋友的建议下，将多年收集的有关长征的资料整理充实，完成了一个讲座文稿，题目就叫《心胜——你所不知道的长征》。从此，走上了自己的长征路。

他说关于对长征的回望，其实，是从那个繁体的"雩"开始的。小时候填学籍表的时候，那个雩都的"雩"字总是让自己犯愁，他要和哥哥姐姐们一样，在祖籍一栏填上江西雩都，从未回过家乡的他一直在想，那是一个什么地方呢，连地名也这么难写。直到初中以后，他知道了，那是父亲的家乡，是长征集结开始的地方。

情感的皈依，是热爱，也是追寻。他暗下决心，讲好长征的故事，还要讲得透彻、讲得响亮。他是一个从不用讲稿的人，站着讲也是他对自己最起码的要求，也是向父辈的致敬。在很多场合，葛江洋通常不太会多讲父亲的故事，他主要讲长征那一代人："如果我们这些人不讲，很可能流失了；如果我们不讲，还可能被人歪曲了。我有责任把这些故事传承下去。"

其实不只是他，就连他们的后人，也同样在继续着关于长征的故事。

于都历史上就有弹棉花、做缝纫的传统。中华人民共和国成立后，在东北地区工作的葛接调常和家人提起："真想回老家开裁缝铺去，老乡们现在穿得还暖和不？"

老人一直惦念的事，葛家的孙辈葛九长接着干。43 岁的葛九长是江西于都县一家服装厂的生产组长，管理着 15 个缝纫工。

"大伙都说我'继承'了爷爷的好手艺。"葛九长口中的爷爷就是葛接调，同是葛坳乡人。

今日的于都，纺织服装已成为首位产业。当我采访完，准备登机回北京的时候，于都的服博会正轰轰烈烈地进行着，在葛江洋的朋友圈里，我看到他和长征宣讲团成员正追寻着长征英雄的光辉足迹，向湖南进发。重走长征路之突破二三四道封锁线，重走父辈的长征之路。

3. 长征模范谢宝金

一条叫水头河的河流穿境而过，我在那些被写上美好名称的事物里，看到了村庄的欣欣向荣，路叫浦东路、桥叫红军桥，一树树火红的野柿子，点亮了蔬菜大棚的单调与苍白，祠堂在用自己方式述说着时间的久远。村庄的每一个物件，甚至是砖缝里挤出的苔藓，都成了让人愉悦的风景。

我们所到的村，叫谢屋村，位于于都县岭背镇的东北部，据史料记载，这里的谢氏一族是东晋著名政治家谢安的后代。那座标志着谢氏辉煌的坊，叫步蟾坊，是赣南一座弥足珍贵的木牌楼。

步蟾坊，这个从明代的风雨中一路走过来的木构牌坊，顶楼正脊中饰"一瓶插三戟"，寓意"平安"和连升三级，传达着客家人近六百年来"步步高"的美好祈愿。

村里那个背着发电机走完长征，又被称为长征模范的谢宝金，确实可以连升三级，但他放弃了。

如果时间可以穿越，历史的镜头应该还原到1898年，出生在谢屋村的谢宝金，和所有家境贫困的少年一样，过着吃不饱穿不暖的生活。7岁开始帮富农家放牛砍柴，稍微大一些，又帮家里种田。过量的劳动却没有影响这个少年的骨骼发育，谢宝金竟然长到了一米九的身高，且力大无穷，一个人可以轻轻松松扛起三百多斤重物。18岁时，于都铁山垅钨矿在当地招工，身体各方面素质过硬的谢宝金被招进矿区工作。谢宝金不怕辛苦，任劳任怨，加上本身力大无穷，同事们都非常喜欢他，渐渐地，他小有名气。

1932年后，日本侵略中国的野心日益壮大，国民党又多次对我军进行大范围围剿，革命形势还不明朗，我军急需各方面人才的加入。战乱年代，军人总是风餐露宿吃不饱穿不暖，需要身体素质好的人加入。时任中华钨矿公司总经理的毛泽民接到党中央命令，深入于都县开展征兵活动。

毛泽民早就耳闻有个矿工叫谢宝金，有着常人所不能及的力气，十分想将他招进队伍。有一天，毛泽民找到了谢宝金，谈起了红军缺少战士的事情，询问他是否愿意参加，淳朴憨厚的谢宝金一听红军打仗需要人手，二话没说就答应了。

按理，谢宝金不会这么爽快地答应，在老家岭北的谢屋村，他已经娶了妻子邱氏，夫妻俩生育了一子一女，并带养了一个四个月大的女婴李氏。但看到很多比自己年轻的人都扛起枪，投入了战斗，34岁的谢宝金还是义无反顾地成为一名红军战士。

谢宝金编入红军之后，个子大力气大吸引了首长们的注意，组织决定以人才优势用人，将他安排到中革军委总参情报部，专门负责手摇发电机的工作。谢宝金看到是这份工作，心里就不乐意了，参加革命难道就是来摇这机器的？想到这，不免闹起了小情绪，领导见状，专门找到谢宝金。"宝金啊，不要小看发电机的重要性，如果没有电，我们就不能发电报，如果不及时发报，怎么指挥前线战斗呢，革命又怎么能取得胜利？若不是你力气大，组织也不会这样安排，要使发报顺利，你要有足够的力气，一直不停地摇，才能保证不断电，你能明白吗？"听了领导的话，谢宝金思考了很久，勉强接受了这份工作。

1934年，第五次反"围剿"失利，中央红军被迫放弃根据地进行战略转移，开启了漫漫长征之路。对于战争而言，发电机是必不可少的工具之一，而当时的中央军委只有一台发报机和一台发电机，所以在行军过程中选择保护人员就显得尤为重要。

一台手摇发电机重达 136 斤，相当于一个成年男人的重量，为了确保发电机在长征途中万无一失，领导特地组织了一支 128 人的加强连专门保护它。岭背谢屋村的谢宝金，成了其中最重要的一员。一起编入加强连的还有于都段屋乡胜利村村民段九长，年龄和谢宝金相仿。

临行前，部队领导专门找到谢宝金："老谢，这台发电机是我们队伍中的宝贝啊，相当于首长的耳朵和眼睛，没有它可不行，你要确保它的安全啊！"

"放心吧，我在，发电机就在！"谢宝金是这样说，也是这样做的。

1934 年 10 月，谢宝金在秋风中别过了亲人，和八万六千余名红军战士一起渡过于都河，踏上了漫漫征程。

虽然加强连里有 128 人，但日夜跟着部队风雨兼程，发电机不能被摔，只能分成几个小组轮换着抬。发电机也不能沾水受潮，遇到有雨的时候，大家用身体挡雨，也要保证机器的安全。更别说前行过程中，还要躲着敌人的子弹与炮火。

最艰难的地方，就是过雪山草地。山路崎岖陡峭，加上路窄湿滑，发电机无法多人抬，怎么办呢，谢宝金让战友们将发电机放在自己背上，咬着牙背过了雪山。战友们都明白，很多事情说着容易做着难，雪山下面是万丈深渊，正常人在上面行走都很困难，

更何况背着一个 100 多斤的发电机，但眼下也没有更好的办法。

过草地的头一晚，谢宝金一夜难眠，他亲眼看到了很多战士倒下再也没有起来。他想过自己的命运，除了失去战友的痛，还为肩上的重任担忧。雪山是过了，可草地的情况，光是听当地村民说，就让人毛骨悚然，更何况里面到处是沼泽，一不小心就会被"吞噬"。

想到肩上的任务，谢宝金还是振作起来。在草地上，为了省时省力，他想到了一个好办法，用在路边砍下的竹子做成简单的小竹排，将发电机放在上面，系上绳子，一起拉着走，又快又省力，战友们都夸谢宝金聪明。

长征途中，谢宝金经历了太多的磨难。前后都有追兵围追堵截，上空还有轰炸机不定时轰炸，看着战友们一个个倒下，他心如刀割，却没有任何办法。谢宝金要保证发电机的安全，这是命令，也是任务。

谢宝金成功了！用他的话说，他要像"对儿子一样对待这机器"。

凭着顽强的意志，谢宝金和战友将发电机背到了延安。但 128 人的加强连，只剩下了谢宝金、段九长和另一位战友。

在延安，谢宝金参加了 3 万人的胜利会师大会，会上，毛主席称赞他是"长征模范"。

此时的谢宝金不知道，儿子在他长征时期，突发疾病，因无钱医治而

天折。由于村里其他几名参加红军的青年都牺牲在长征路上，谢宝金也杳无音信，家里以为他也不幸"牺牲"了。他的妻子邱氏思夫心切，整日以泪洗面，哭瞎了一只眼。

当时，谢氏家族将本族的一名青年叫谢发生，过继给谢宝金为养子。谢宝金夫妻俩带养的女婴李氏长大成人，由家族做主，嫁给继子为妻。

继子谢发生，其实也是一名失散红军。1932年，谢发生随主力红军调返赣南，参加广东南雄水口战役，在战斗中受伤，胃部出血。部队准备送他去后方红军医院救治，但他说不要送，自己回到了老家，过继给谢宝金做继子，一直在家务农。

1952年，岭背镇的一户人家正在盖房子，很多人都来看热闹。这时有人认出了这户人家的主人，那比常人高大许多的身躯，正是当年参加红军的谢宝金。

原来，到了延安后，谢宝金一直留在军委工作，后来又担任延安合作社主任。再后来随着部队一路前进，到了北京，在总参谋部工作。由于不幸染上了肺结核病，身体不行了，他主动提出转业回到家乡。

谢宝金用自己的转业费盖房安家，房子刚住没几年，乡里成立了供销合作社，谢宝金被安排担任合作社副主任。当时供销社处于初创期，房子紧张。谢宝金就把自己家里的房子让出来使用，自己拿着很少的一点补偿又重建了一间屋子。

作为副主任的谢宝金，其实在工作上就是兼职的收购员，具体工作是收购废品和一些皮毛、杂物，不但又脏又累，还要从早干到晚。

长期的工作让妻子有意见了，明明身上有伤，明明都被党中央安排到北京总参谋处工作了，竟然还要回乡下来干这些，不但丢人，更是可气。

其实谢宝金有自己的想法，他不是不想留在北京，也不是不想那份工作，他觉得自己的身体不好，又没知识，之所以安排在重要的岗位上，无非就是曾经把发电机背到了延安。他不想沾着那点贡献的力量，享受富足的生活。

经历了战争，谢宝金对太平日子的理解与别人不一样。他在长征路上经历过生死劫难，经历过饥饿与严寒，比起那些把性命丢在路上的战友，他很满足。

每当有人问起他："你参加过革命，现在都已经六十多岁了，怎么还做这样的工作？"

"都是苦难出身，为什么别人能做，我不能做？"谢宝金总是这样回答。

1966年，谢宝金的老伴和儿子长期生病，4个孙子需要念书，家境变得越来越窘迫。大家都劝他："你是老红军，有困难只要向组织写个报告就可以解决了。"谢宝金却说："现在的生活比以前好多了，但国家还不富裕，不能向国家伸手，要自立自强。"

春节，他家的餐桌上只有一碗霉豆腐。孙子知道爷爷有很多老战友在北京，悄悄写信求助，结果收到了300元钱。这个倔强的老头知道后竟然大发雷霆，逼着孙子将300元钱寄回去。可当他看着几个正在长身体的孩子眼巴巴望着自己，有些不忍，终于妥协了。

那是他唯一的一次伸手，还是在不知情的情况下。有一次，谢宝金的战友来家里探望，可囊中羞涩的他，只买了一条猪尾巴来招待。战友见此情况，眼泪都快掉下来了："宝金啊，现在日子好过了，你咋过成这样啊！"谢宝金见战友伤心就赶紧安慰着："现在的日子比之前已经好上许多了，我们经历了太多的苦难，如今我挺知足的。"

窘迫的生活让谢宝金的肺结核病日益严重，1976年，战友们争先恐后地催他到北京治疗。

谢宝金由侄子谢林贵陪同前往北京看病，看完病后，战友领着他在城里转转。在招待所，谢林贵踩在柔软的地毯上，心想，要是能给伯父床上铺一块这么柔软的东西该多好。招待所负责人知道情况后，立即给谢林贵裁剪了几块打包起来，要他带回去给老人铺在床上。谢宝金知道后，把侄子狠狠批评了一顿："不能因为我是老红军就搞特殊，公家的东西一点都不能拿！"他还把招待所的负责人也批评了一通。

谢林贵陪着他去参观中国人民革命军事博物馆，谢宝金很高兴。在展柜里，他竟然一眼就看见了那台发电机，背发电机的那些往事瞬间涌上心头，他激动地想要上前摸摸，"老爷爷，这件展品是革命时期留下来的文物，不能触摸！"

谢宝金颤抖着将手缩了回来，整个身体像凝固了一般。望着铁锈爬满六脚支撑的铁皮架，他又怎能不知道，那是自己背过的发电机，是自己用生命保护过的东西。他强忍着委屈和眼泪，看了又看，到底还是没有忍住，小声说："这台机器是我背回来的，当年我把它一路从于都背到延安，现在连摸都不能摸吗……它就像我的亲人一样！"

这是让工作人员始料未及的事情，他们有他们的工作规矩，保护文物是职责所在。他们做梦也没有想到，眼前这位老人是背着发电机去长征的人。当大家知道真实情况后，都肃然起敬，谢宝金离开后，他们依然向远去的背影，庄重地敬了军礼。

谢宝金与妻子年事越来越高，儿子又经常生病，日子过得捉襟见肘。一次，儿子因为一些琐事生气，脱口而出，责怪谢宝金没有利用人际关系给他谋个工作单位。谢宝金沉默良久，但并没有生气，而是语重心长地说道："每个人在国家困难时期，都应该伸出双手奋斗，这是应该做的事情，你当过兵，自然也应该明白这个道理。如果现在我凭着关系给你找工作，你觉得对于其他人公平吗？"

这个规矩，甚至对孙子也没有破例。谢宝金总是一句话："都去上班了，谁来种地？"

多么朴实的想法。在采访过程中，了解到谢宝金的儿子谢发生夫妻，共生育了五子一女，老大叫谢称元，通过报名招工参加了工作；老二叫谢华元，是民办教师，后转为公职人员；老三叫谢生元，老四叫谢道元；老五叫谢正元；女儿叫谢元秀，都没有正式工作，以务农或打工为生。

68岁的谢道元回忆说，从懂事起，他一直与爷爷一起睡。爷爷晚年时，无论去哪里，都是自己在旁边照护着，像他的"拐杖"一样。他和村里的老人没有两样，从来没有以"长征模范"自居。

望着这位上了年岁的普通老人和他身后的房子，很难想象他是"长征模范"谢宝金的后人。

当夜幕降临时，村庄的路灯次第亮起。我站在宝金雕像广场上，跳广场舞的大妈已放起了音乐，放学的孩子嬉闹着。背着发电机的谢宝金正以昂扬的姿态，背起村庄的魂。

4. "斋婆"钟桂英

这个叫平安村的村落，在20世纪30年代，并没有保佑张得信的亲人平安顺遂。

站在村中一处牌楼旁，"七业千秋"四个古朴的大字，展示着村庄的古老。36座各房派的老祠堂散落各处，古商铺历历在目，古塔、古井、古戏台、真君庙、古牌坊、水阁楼、文峰塔等历史文物点缀其间。特别是张氏祖祠，

斗拱式木楼高耸，前面明堂开阔端正，更有逆水来朝，文阁耸然，韵味十足。

和赣南许多古村一样，平安村也属于同姓聚居，村民基本姓张，相传为明朝末期迁徙到这里。落地生根到现在，张氏一族居住在村内已有近五百年历史。

穿过几座建于明末的旧宗祠，从"中央后方保管处旧址"竹篙寨出来，带着深深敬意，去平安村采访一位一直想采访的人。

在一座赣南最为常见的宅院里，已经倒好的擂茶，正冒着乳白色的茶雾，光尘拂过柿子树与门窗，仿佛置身于幽幽古韵之中。

80岁的张复信端坐堂前，茶香弥漫。就着花生、菜干、地瓜片等自产农食，油然而生一种满足与熟稔。这个被毛主席评价为"平安人民革命热情很高"的平安村，一直是我愿意来的地方。我喜欢喝的擂茶，正是他们的待客之道。

张复信的行动不如以前了，他说话的声音也没有之前洪亮。在讲述他家一门8位烈士的故事时，我赶紧把聊天内容记录在纸上：

小爷爷张相保，17岁参军，曾任红一军二师三团团长，1933年广东水口战役中英勇牺牲；

父亲张长生，16岁参军，曾任独立团战士，1934年牺牲于吉安；

叔叔张水生，红军长征挑夫，反"围剿"战斗中不幸牺牲，牺牲时间不详；

伯父张复芹，20 岁参军，红五军团战士，反"围剿"战斗中牺牲，牺牲时间不详；

叔父和堂叔 3 人，也是红军战士，牺牲时间均不详；

外公钟德良，银坑琵琶村人，曾任中华苏维埃中央政府秘书；

母亲钟桂英，1932 年 7 月至 1933 年 12 月任胜利县妇女部部长……

和三年前采访时的感受确实不同，刚刚经历了生死离别的我，突然有种问不出话来的感觉，才明白，不是所有的事情，都能轻飘飘地说一声感同身受。

很难想象，面临着亲人一个一个离去，他们该是怎样的蚀骨疼痛。

如今对生命有深刻理解的我，心里有一种说不出来的沉重，脑海中一片空白。我相信，这样的话他也对很多采访的人说过，但时间总以无形的方式掩饰曾经的存在。

在纸上写下了 8 个人的名字，他说写过很多次，每次有人来采访的时候，都会问他记不记得那些成为烈士的亲人。他说，现在是记得，可能有一天，会真的写不出，也记不得喽。

熟悉苏区历史的人，一定会知道钟桂英，她是苏区时胜利县妇女部长。眼前这位叫张复信的老人，是钟桂英的儿子。

钟桂英，1898 年出生在银坑琵琶村，性格直爽也倔强。父亲钟德良是位老红军，曾任中华苏维埃共和国中央政府秘书。受父亲影响，钟桂英一直有深厚的革命思想。1928 年，于都人民在中共赣南特委和于都县委的领导下，秘密开始暴动准备。

3 月 23 日，数千农民在桥头村虎头山脚下的黄泥坪上正式举行暴动，史称"桥头暴动"。30 岁的钟桂英积极响应号召。她所在的队伍是暴动的一支主要力量，不仅和敌人进行了顽强的斗争，还在村里开展土地革命工作。但以鸟铳、土炮等劣质武器为主的暴动队伍，最终还是遭到了敌人的血腥镇压。暴动失败，国民党军占领于都，钟桂英被捕，遭到惨无人道的迫害。国民党反动派丝毫没有因她是女性而手软，他们用荆条抽打，用线香烧，试图让她屈服，但性格倔强的钟桂英根本不吃这一套，她把视死如归与坚贞不渝的品格诠释得淋漓尽致。气急败坏的国民党最后把她关进牛栏，放一把火后，扬长而去。好在，命不该绝，命大的钟桂英被人及时救出，并送至曲洋小口庵治疗。

钟桂英活了下来，可身上多处皮层不同程度被烧坏，汗腺和毛孔遭到了严重损伤。夏天最热时，即便有汗，也排不出来，汗液在皮下涌动，钟桂英感到奇痒无比。她的眼睛和嘴巴被烧得更严重，伤好后，还有不同程度的粘连，似半开半合，猛一看，像个鬼人。在庙里养完伤回来，已是三年以后，村里的人，都被她的样子吓坏了，称她为"斋婆"。

1932 年 2 月，金维映被派往于都，担任县委书记，是当时中央苏区仅有的两位女县委书记之一。

苏区时的胜利县，初称"忠发县"，后临时中央命名为"胜利县"，县委与县苏维埃政府机关先后驻扎于都县银坑镇银坑圩和平安村。当时，胜利县辖区包括兴国县的樟木山、江背洞、梅窖及宁都县的赖村、青塘和于都县的银坑、桥头、平安、曲洋、汾坑、葛坳、马安、仙下、车溪等地。这里离敌占区近在咫尺，是后方的前方，一位年仅20多岁的红军女干部担当重任，让钟桂英敬佩不已。

钟桂英的革命事迹传到了金维映的耳中。1932年7月至1933年12月，钟桂英任胜利县妇女部部长。

从张复信的叙述中甚至可以想象到钟桂英对组织的支持。张复信那几个还未成家的伯伯叔叔，都是在钟桂英的动员下加入了红军。后来，这8位亲人都牺牲在前线。其中，张复信最小的叔叔张业伟牺牲时，年仅13岁。

随着革命形势的发展，大部队要求转移到瑞金。1933年冬，金维映作为中央组织部组织科长，兼任中央苏区（瑞金）扩红突击队总队长，担负起突击扩大红军、补充兵源、筹粮备草以备不测的重任。

因对当地情况熟悉，钟桂英被组织要求留在家乡继续斗争。金维映离开平安村时，送给钟桂英一个铜制手电筒，为了胜利以后还能相见，金维映把电筒筒身给了钟桂英，筒底盖自己带着，她们约定革命胜利再相见时让螺纹合上。

张复信说，小时候母亲常念叨那个叫"阿金"的苏区干部，其实"阿金"就是胜利县县委书记金维映。母亲总是喜欢亲切地称她为"阿金"，她们虽然是上下级关系，但亲如姐妹。

1934年，金维映和30多名女红军踏上了长征，他们历经血雨腥风，终于抵达志丹县。抗日战争爆发后，继续投入革命，直到1941年在莫斯科遇难。那个在平安人民眼中枪法很准，被老百姓亲切地称为"阿金"的女县委书记，再也回不来了。

张复信父亲原是地下交通员，1947年后下落不明。

张复信说，父亲不见时，他只有三岁，对父亲没有记忆。关于牺牲的叔伯至亲，从他懂事开始，母亲就不停地给他讲。母亲讲得多了，反而让他对8位亲人的记忆更模糊。

张复信唱起了小时候母亲教的革命歌曲。他说，母亲讲家里那些亲人的故事之前，总是忍不住唱一段，每一次都是这几句。

1994年，被烧成"鬼姑娘"的钟桂英，溘然长逝，享年96岁。回想起母亲钟桂英临终前，张复信不免有些激动。他端起茶杯喝了口茶，我发现那凹陷的眼窝里流出了眼泪，他说："母亲走之前，连续七天颗粒未进，七天啊，钢筋也会软，别说人，我母亲真是个奇迹。"

母亲去世后，张复信说每当想到母亲那变形的脸，就感到害怕，甚至有点儿恐惧。为了不让孩子们和他一样，把母亲不美好的模样印在脑海里，也为了让母亲的形象在自己心里更加高大，他把母亲所有的证件照都烧了。后来政府和史志办的人来找相片，怎么也找不出一张来。

没想到自己的行为，会变成无法弥补的遗憾。张复信说。

多年以后，许是母亲泉下嘱托，也许是冥冥之中早有注定，张复信翻箱倒柜，居然在一个角落里找到了落满灰尘的母亲画像，一张面部烧伤成树皮一样的中年母亲的画像，曾经害怕看到母亲的张复信竟如获珍宝。那次一起找到的还有两枚珍贵的纪念章，一枚是 1949 年 11 月母亲参加解放西南纪念大会西南军区颁发的纪念章，一枚是 1950 年母亲参加解放华中南纪念大会由中南军政委员会颁发的纪念章。

张复信把消息告诉了博物馆的人，他不希望每次来家里采访都一无所获。是他们让他藏了一辈子的故事，被说了出来。

如果没有县博物馆工作人员一次次登门慰问、采访、收集，他甚至都忘了自己母亲的故事。他把母亲留下的马灯和电筒捐赠给博物馆，他还把彭德怀元帅颁发给他细公张相保的一枚勋章也捐了出来，那是他细公张相保留给家里的荣誉，更是全家人前仆后继参加红军的动力。

张复信一家 8 位亲人为革命做出了巨大牺牲。如今，他一人顶着张家六房，成为 6 家人的继子。为了让早逝的亲人得以血脉传承，每年清明的时候，他都带着子孙去祭拜，他希望子孙后代记着，这些早逝的生命，是他们的先人。一定要记着，是他们的付出，才有我们今天的好日子。

一些村庄的精神灵魂是刻在骨子里的，在苏区革命战争时期，不足 2000 人的平安地区参加中国工农红军的有 276 人，在长征途中牺牲的有 156 人。

老了的张复信，一直在用亲人的故事影响一代又一代人。每年的开学第一课，他都去周边各个学校，跟孩子们讲发生在身边的红色故事。他希望能向更多人分享自己家的红色故事，让更多的年轻人从中汲取精神力量，激发爱国爱家的情怀。

如今的平安村人，已走上了脱贫致富的大道，一条条公路贯穿全村，村貌得到了很大改观。每到春节，张氏村民延续至今 600 多年的客家春祭活动，依然热闹非凡。年迈的张复信坐在自家小院里，享受着阳光照耀的温暖。

5. 长征源头，那一曲发自肺腑的歌

晚霞映红于都河
渡口有一支难忘的歌
唱的是咱长征源
当年送走我的红军哥哥哟
……

这首由王晓岭作词、胡廷江作曲

的歌曲《红军渡长征源》，在于都的大街小巷被一遍又一遍传唱，歌声飘过了于都河，飘到了更遥远的地方。

90 年前那场划开波涛掀开气壮山河的二万五千里长征往事，在时间的硝烟中沉淀，但于都河的水还在流着，一代又一代的于都人忘不了过去，更忘不了躺在血泊中的先烈。长征大桥、长征大道、长征村、长征广场、长征宾馆、长征源小学，红军大桥、红军大道、长征源大剧院，这些用最直接的文字嵌入的表达方式，是追忆，是怀念，是鼓舞，更是鞭策。于都，这座从西汉走来的千年小城，在中央苏区时称雩都，当时全县人口仅 30 余万人，扩红时竟有 68000 多人参加红军，10 万余人支前参战，17000 多人参加长征。在长征队伍中，每 5 个就有 1 个于都人，还有数千名挑夫随军出征，只是没有留下姓名。在这里，几乎家家户户有亲人在长征前牺牲或是倒在了长征路上。

当我想走进于都，走进长征故事的深处，我总能想到一个人，那就是曾任于都县政协副主席的袁尚贵。他是红军烈士后代，是长征源合唱团首任团长、名誉团长，还是长征源宣讲团名誉团长、党史学习教育赣州市委宣讲团成员、赣州市红色文化研究会专家组成员。

对一片土地情感上的认可，除了血脉亲情，还有骨子里的热爱。无论是在长征源合唱团，还是在宣讲团，哪怕是微信里的聊天，他都以生于于都这块土地为荣，他都会很自豪地告诉你，他的家乡于都，是长征集结出发的地方。

他是长征源合唱团的首任团长。当我问起关于成立合唱团的故事，他说自己在学生时代参加《长征组歌》的演唱时，就被震撼了，关于歌唱长征的执念在心里生根。

事实上，远远不止这些。

也许有人会说，于都这片红色的土地是作家和诗人们的注脚。因为，著名军史专家刘高平，深情写就的《永远的长征第一渡》中描述道：长征第一渡是什么？于都河是什么？在中国作家魏巍的笔下，这里是地球上红飘带的起点；在美国作家哈里森·索尔兹伯里的笔下，这里是前所未闻故事的开篇；在埃德加·斯诺笔下，这里是惊心动魄史诗的卷首；在中国共产党人的笔下，这里是中华民族伟大长征精神的起源——这是我在他朋友圈里读到的他文章中的片段。

假如，您看过电影《闪闪的红星》，您一定记得里面的小主人公"潘冬子"，少共国际师就是由一万多名"潘冬子"组成的。全师平均年龄不到 18 岁，最小的 14 岁，人还没有枪高，四任师长都只不过 20 出头，师政委肖华只有 17 岁。为打破敌人重兵进犯，第五次反"围剿"之前，中共中央决定，"紧急动员起来，保卫革命根据地""扩大红军，捍卫胜利果实"。一万多名"红小鬼"，在硝烟烽火中谱写了一曲惊天地、泣鬼神的千古壮歌！

　　袁尚贵的外公高良铎是这一万多名"红小鬼"中年龄较长的战士之一。高良铎是银坑镇岩前村人，少共国际师战士，在 1933 年第五次反"围剿"战斗中牺牲。

　　1981 年，袁尚贵第一次接触到"20 世纪华人音乐经典作品之一"的《长征组歌》，"红军夜渡于都河"的歌词和根植血脉里的红色基因，成为他心中隐秘而又朦胧的梦想。

　　在这块红色的土地上，无数家庭为革命做出了巨大的牺牲，那座数以万计的英雄血肉浇筑的中央红军长征出发纪念碑，正以庄严的姿态耸立于都河畔。这些故事，需要讲出来，需要唱出来，以慰藉地下长眠的英雄。

　　在于都，和袁尚贵一样的人，确实还有很多，他们心里都藏着一个愿望，让更多的人知道于都，了解长征，记住长征。

　　2010 年冬天，有点冷，可那一天，150 名红军后代站在一起，组成了于都县长征源合唱团，首任团长就是袁尚贵。150 颗红心啊，聚起了一团火，温暖着于都河的冬季。

　　"我们有一个共同的名字：'红军后代'，我们有着共同的歌唱爱好，我们也肩负着传承长征精神的共同使命，长征源合唱团就此在这块土地上'长'出来了。我们是来自不同岗位的人们，怀揣着唱响和弘扬伟大长征精神的共同愿望凝聚到一起。在选择演唱曲目上，合唱团选择的主打曲目是《长征组歌》。从于都出发的二万五千里长征，是理想信念的伟大远征、是检验真理的伟大远征、是唤醒民众的伟大远征、是开创新局的伟大远征，而最能完整展现这段光辉历史的文艺作品之一就是《长征组歌》。"袁尚贵这样说。

　　由于合唱团是刚成立的民间组织，没有经验，没有场地、没有资金、没有老师，甚至看不到未来，全凭一股子热情。有时候，排练一场活动，要多次更换场地才能继续，好在阵地辗转，合唱队员的思想却没有乱。无论在哪里，无论严寒酷暑，他们总能克服重重困难。合唱团没有报酬，他们没有怨言。合唱团训练任务重，他们也没有怨言。

　　有好几个团员回忆，最初在长征广场开始唱的时候，很多人流下了眼泪，无论是唱者还是听者。那种激昂与浑厚，再现了长征时的场面，感染了无数人。

　　"长征源合唱团"所要表达的精神不言而喻。在长征出发地诞生的这支合唱团，秉承着"激活红色基因、弘扬长征精神"的宗旨，以《长征组歌》为主打保留曲目，开始了进校园、社区、军营、企业，还走向长征沿线重要纪念地进行巡演。

　　著名词作家、原战友文工团老团长王晓岭看完演出，赞不绝口。在长征出发 80 周年的纪念日，在长征出发地于都，战友文工团与长征源合唱团手牵手、肩并肩，共同演绎了《长征组歌》。在《长征组歌》词作者萧华将军的女儿萧雨、萧霜的见证下结为"姊妹团"。

2015 年 12 月，中国作家协会"深入生活、扎根人民"主题实践活动，在革命老区江西举行庆祝中国共产党成立 95 周年、红军长征胜利 80 周年系列文学主题活动。当合唱团唱完《长征组歌》，来自中国作协的领导这样说："一支业余的团队唱出了专业的水平！你们的歌唱让我看到了那种在专业演员身上很难看到的纯净和激情！非常棒！"

合唱团沿长征路线巡演，每到一处都会引起强烈共鸣，热烈的掌声潮水一样涌来。军委干休所的老将军流下热泪，送来亲手采摘的水果，还特意穿上挂满军功章的军装，与团员合影；一位老将军还将他深情珍藏的苏区时期的珍贵文物，郑重地交给合唱团的领队，让他转交给中央红军长征出发纪念馆保存……

回顾一路走来的历程，很多人感觉不可思议：一支群众队伍，十多年来竟然坚持每周三晚上集中排练，并在全国各地演出《长征组歌》达 600 多场。

我在长征源合唱团的陈列室墙上，看到了一场又一场演出的热烈画面。还看到年轻合唱团成员手里抱着几个月大的孩子排练，有一位团员竟然吊着手臂排练。

鲜红的荣誉排满一墙：2014 年 12 月荣获"全国文化系统先进集体"；2015 年长征源合唱团的"《长征组歌》传播巡演"项目入选为"国家艺术基金资助项目"；央视《歌声与微笑》拍摄播出长征源合唱团专辑，参与《回声嘹亮》《中国民歌大会》《向经典致敬》等特别节目；2018 年荣获"全国三八红旗集体"，多次参加央视大型专题节目拍摄，频繁出现在国家主流媒体的报道中；2021 年，兑现了以完成 500 场《长征组歌》义务巡演致敬建党百年的她，又有了一个千场《长征组歌》巡演致敬长征百年的梦想！

这是一支由很多红军后人组成的合唱团，也是一支以《长征组歌》为主打歌的合唱团。在长征出发地，在时代洪流中，他们坚持着梦想，朝着前方走去。

袁尚贵忘不了建团之初，为了实现第一个目标，即在庆祝中国共产党成立 90 周年时呈现合唱团完整演唱的首场《长征组歌》，决心用半年的时间（实际是只有每周三晚上）排练，这对于不能有整块时间在一起的业余团体来说，难度可想而知。在连排时团友们常常一站就是好几个小时，汗流浃背，腿脚发麻。时间紧任务重，还需要团员加班加点地练习。已经记不清有多少回排练到深夜，可是没有一个团友喊苦叫累。在赴长征沿线巡演中，不是坐车，就是演出，有时简直不分昼夜。记得赴贵州习水演出那次，早上五点多从于都出发，两部大巴跨越四省，于次日凌晨两点到达。休息几小时后，上午九点在四渡赤水纪念馆前开始了《长征组歌》的首场演出。

上午中暑送医院的团友，晚上竟然又"重返"习水县城的巡演。在奔赴陕甘宁巡演的高强度转战中，艺术总监高烧，被团友们"逼"入医院。可是演出时，他的身影依然活跃。

在长期的演练跋涉中，他们消磨着自我个性，融合成共同的声调，深切感悟与体验着长征精神，在巡演中弘扬着长征精神。长征源合唱团得到过社会各界的关心和支持。

"建党一百周年，在体育馆，县里一百家单位都组建了合唱团。我和我的同事唱的是《到吴起镇》，那一刻，穿上红军装，我能感受到歌唱的力量，能感受到那种发自内心的颤动。"

如今，袁尚贵已不再担任合唱团的团长，新任团长谢芸华继续带着队伍走在红歌嘹亮的大道上。

6. 顺着歌声寻找

在湘江漓江两水之源的广西兴安县，红军转危为安，歌唱团成员林丽萍苦苦寻亲的经历也在这里有了转机。

那天的天气和前一天不一样，阴沉沉的，风从江面上扑过来，大团大团的雾，在半空汹涌着，奔跑着，汇合着，成了雨，漫天挥洒。远山近树朦胧成一抹剪影，烈士纪念碑园像在雨中哭泣着，水帘一样的雨滴像落不完的泪。

林丽萍已经记不得，那是她们合唱团走过的第几个县市，也记不得那是合唱团唱的第几首《长征组歌》。但

这些年，每当跟团外出的时候，林丽萍都会记住一件事，就是去烈士陵园的英名廊寻找一个人的名字，太多的失望已经消磨了她内心最初的那种期待。

她并没有抱太多的希望。可是，就在今天，在雨中，在兴安县红军长征突破湘江烈士纪念碑园的英名廊上，在湘江战役 1000 多位于都籍烈士的名单里，她猛然看到了她小爷爷的名字。

那一刻，她激动得忘了曾经的失落。

"找到了，找到了！"

林丽萍扑在正在滴着水的英名廊上，指着那个让她泪流满面的名字：林罗发生。

意外，惊喜，悲痛，当所有复杂的情感在雨中交错，她依然没有忘记给一直记挂此事的父亲打去电话，在那个庄严肃穆的陵园里，她的语气中竟然透着欣喜。

关于这件事，还是要从头说起。

林丽萍的爷爷林作舟有兄弟四人，1933 年，身为老大的他留下来，把三个弟弟送上了战场后，他们就再也没回来了。

1955 年全国烈士普查的时候，家里也仅收到一张小爷爷林罗发生的烈士证明书，只知林罗发生是红五军团师长，烈士证明书上写的是"北上无音讯"。

其他两位亲人呢，三位亲人什么时间牺牲的，又都牺牲在哪里呢？这

成了全家人的一块心病。

那一年,林丽萍的父亲林广东也只有3岁,根据赣南的风俗习惯,林家把年幼的林广东,也就是林丽萍的父亲,过继给叔叔林罗发生,成为林罗发生的养子,并嘱托他一定要找到父亲的下落。

带着家人的嘱托,长大成人的林广东四处打听寻找三位亲人的下落,他跑了很多地方,也问了很多人,结果都是杳无音信。

时间在寻找里流逝着,林广东的年纪越来越大了,他总是为自己没有找到亲人而烦恼,他希望有一天,自己的亲人们能魂归故里,可直到他年逾花甲,这个愿望也没能实现,他没法放下这份执念,他把希望寄托在女儿林丽萍身上,希望她能继续寻找。

女儿林丽萍,已经是于都县一名音乐教师,2001年从赣州师范毕业后,一直从教,因为努力,也因为良好的家风,多次被评为于都县音乐教师学科带头人、校优秀教师,指导的节目,更是荣获省、市、县等多种奖项。

那应该是2010年11月16日的一天,由红军后代袁尚贵牵头组成的成员围坐在于都县民政局会议室,大家激动地交谈。

"我外公是红军,在湘江战役中牺牲了。"

"我小叔公参加红军时才14岁,还没走到1个月就牺牲了。"

"我爷爷北上无音讯,我奶奶等了一辈子。"

林丽萍愕然地站在那里,她不知道,发生在她家里的事情,别人家也有。

于都河,这条被于都人民称为母亲河的河流,是中国革命史上具有重要意义的一个地理坐标。1934年10月,中央红军从于都河畔集结出发,开始了举世闻名的长征。当年在于都,几乎家家户户都有亲人渡河长征,他们中的很多人,最终倒在了长征路上。

林丽萍参加合唱团的决心更坚定了。除了对音乐的热爱,她还知道很多报名的人都是红军后代,冥冥之中让她感觉到,这是机会,一种更多交流的机会。

"男女老少来相送,热泪沾衣叙情长。紧紧握住红军的手,亲人何时返故乡?"每当唱到《长征组歌》中《告别》部分的这段歌词时,林丽萍就会感慨万千。

"每到一个地方演出,我都会到当地的烈士陵园查找爷爷的讯息。虽然每次都是失望而归,但功夫不负有心人,在2014年随团到广西兴安县演出,我终于找到了小爷爷林罗发生……"说到这,林丽萍依然激动不已。

"一把兴安土背着沉重心,一泓湘江水满脸泪水流……"

得知叔叔下落的那晚,林丽萍的父亲林广东更是难以入眠,激动之余竟提笔写下了诗句。

怎样把亲人接回家,是接下来的事情,在林广东的筹划下,一年后,林丽萍全家三代人都来到了兴安。

那一日，江风扑面，烈日灼眼。

那一日，水流奔涌，呜咽声声。

林丽萍跪在地上，深情地说："爷爷，我带您回家，我们回家！"

满斟烈酒的碗，高举在手中，一杯敬故乡，一杯敬远方，一杯敬亲人，愿亲人的灵魂不再无处安放。

那一天，湘江岸上，无风也无雨。

林丽萍和家人沿着湘江，捧起一抔土，又用盆装满了湘江水，她要把自己的小爷爷带回老家安葬。

英雄，终于魂归故里。一场见证了四代人的寻找，让无数人暗自泪流。

亲人找到了，可林丽萍唱响长征的步伐却停不下来，除了是长征源合唱团团员，如今她也有了另一个身份，长征源宣讲团团员，她要用不同的方式去解读自己的长征情怀。

2014 年 11 月 25 日的这一天，同样在英名廊上找到爷爷名字的，还有同为合唱团团员的刘瑛。

那一刻，她和林丽萍两人在雨中久久相拥。

"你爷爷跟着红军闹革命，一辈子不肯陪我，我就守寡等了他一辈子，别人觉得是你爷爷亏待了我，其实我知道，是我配不上他……"

刘瑛的奶奶邹长女等了一辈子、盼了一辈子，依然没有等来自己想等的人，临别之际，她把寻找丈夫下落的任务嘱咐给儿孙。

1934 年 10 月，刘瑛的爷爷刘金

长生在部队里接到命令，随大部队转移，时间紧，任务重，他只能托人传口信给家人：我有事，过几天就回。

一句口信，便是他生前最后的消息。

不知道，他是不是忘了，自己的妻子和孩子，他应该知道自己的儿子刚刚才 6 个月大。

得到口信的刘瑛奶奶独自一人拉扯着儿子刘光祥，她没有办法让儿子吃饱穿暖，她也心疼自己的儿子，可心疼改变不了任何现实，儿子穿的是百家衣，吃的是百家饭。

守寡 40 余年，直到 74 岁去世时，她依然惦记。那是怎样的至死不渝？

听到奶奶遗言的刘瑛当时还年幼，不知奶奶说出这番话，究竟是出于爱还是出于怨，她只知道奶奶每次念叨起爷爷，总会抹眼泪。

刘瑛见过奶奶邹长女曾保存着一张爷爷生前穿军装的照片，高大、英俊，奶奶余生的念想都在那张照片里。

多年以后，刘瑛终于替奶奶完成了生前未了的心愿。她渐渐懂得了这个用瘦削的双肩苦苦撑起整个家的女人，也渐渐明白，奶奶那看似怨怼的话语，胜过这世间最美的情书。

长征源歌唱团成立时，刘瑛夫妻同时参加，是合唱团的夫妻档，她们希望通过歌唱让更多的人了解长征故事，更重要的是能寻找到自己的亲人。

那一天，合唱团的曾宪林也找到

了爷爷的名字，但更多的是寻找未果的遗憾。

1934年11月下旬，红军血战湘江突破敌人封锁线，中央红军锐减至3万余人，光是来自于都县的，就有1000多名烈士。

其中应该也包括合唱团成员钟建平的爷爷钟南斗。1934年，钟南斗随部队踏上漫漫长征路，此后再无音讯，家人等来的也是一张烈士证明书。

钟建平说，爷爷随中央红军长征后，敌人对中央苏区展开疯狂反扑。百般无奈下，为了求生，奶奶只好把父亲的弟弟送给一户姓杨的人家，自己带着年幼的父亲东躲西藏，最后在盘古山一处矿洞里藏身，才逃过了追剿。

钟建平的父亲钟昌奇，多年来一直没有放弃寻找亲人的下落，直至1985年去世，也没有消息。

钟建平退伍返乡后进入公安系统工作。多年来，他牢记军人本色，以一名红军后代的身份约束自己，多次被评为省市公安系统的先进工作者，3次荣立三等功，还曾经被公安部评为"优秀歌手"。

2020年正式退休后，他全身心投入合唱团的排练和演出活动中。这些年来，他和许多同伴借助演出的机会，沿着当年红军长征经过的地方遍寻多年。

在兴安年会演出的那一次，他也和林丽萍她们一样，专程来到兴安县红军长征突破湘江烈士纪念碑园。站在英名廊前，他一遍又一遍摩挲着黑色花岗岩石碑上刻着的名字，就是不见"钟南斗"3个字。

"我现在退休了，就想在有生之年完成父亲未了的心愿。"钟建平坚定地说。其实和他同样经历的，还有他的妻子，同是长征源合唱团成员的余玉兰。

她的爷爷叫余士茂，1934年10月，在于都河畔，告别刚刚新婚有孕两个多月的奶奶，就跟随红军大部队开始了长征。最后，也是北上无音讯。

在于都长征源合唱团，他们夫妻俩，是"黄金搭档"又都是同台领唱。

多年来，他们演出一场不落，几乎把业余时间全部奉献给了合唱团，用歌声传颂伟大的长征精神。

如今，他们寻找亲人的脚步一直没有停下，沿着歌声他们越唱越远，从军营、学校、社区，到边远的城市、乡村，足迹遍及广东、福建、湖南、山东、陕西、贵州、宁夏、甘肃、北京、上海……

7.1934年的家书

"路迢迢，秋风凉。敌重重，军情忙。红军夜渡于都河，跨过五岭抢湘江……"

每每唱到《突破封锁线》中"路迢迢，秋风凉。敌重重，军情忙。"这样的字眼，长征源合唱团的团员易克美就忍不住泪流满面。

总有一种伤感，会撩动内心的执念。对于退休老师易克美来说，这其中的辛酸隐情，还要从她的大爷爷易冠美 1934 年的四封家书说起。

易冠美，原名易观佗，生于 1908 年，于都县城北门街人，父亲易超洲，是个文化人，清末的太学生。受家庭的影响，少年的易冠美聪慧又勤奋好学，练就一手毛笔字，文字功底也非同一般。1933 年，革命的烈火在于都如火如荼的时候，赣南苏维埃政府的所在地，离易冠美家只有几百米，扩红运动开展时，和很多热血青年一样，年仅 18 岁的易冠美说服了家人，满怀信心地应征入伍，成为中国工农红军少共国际师的一名战士。

1934 年 4 月，广昌失守，红军遭受重大伤亡。国民党军队调整部署，加紧对根据地中心地区"围剿"，第五次反"围剿"的斗争正汹涌而来，易冠美毅然决然地加入其中。革命形势的瞬息变化让易冠美明白，战斗也意味着牺牲，为了减少家里人的牵挂，部队每到一个地方停歇，别人忙着休息，易冠美则忙着给家人写信，在 1934 年，他先后给家里写了四封信。

第一封

母亲大人膝下敬启，此关于儿子本人十号开差，十三号到了博生县休息一小时，恰逢易奋熙兄带回信件。现下我的身体颇属平安，望母亲大人不必挂念，但家里均各平安吗？望您要保养自己的身体，使体质日强健，才有精神来维持家务，一言难尽，望日再叙。完了。

此赤礼！

红军胜利！

男 易观佗

第二封

母亲大人膝下敬禀，儿在西江训练满期，自十号开差到博生县休息，一星期又开到瑞金县休息一天，不知哪天开到前方，不知编在哪个军团，儿在外不知家中各平安。儿在外身体还好，不必挂念。家中诸事大人要料理，家中望大人要多种杂粮，支援前方粮食。望大人在家保重自己的身体。

在此，我在博生县写回此信。

贰封信不知是否收到。

请 均安革命敬礼！

儿 易观佗

第三封

母亲大人膝下致禀此，儿在博生县开到瑞京县休息，一天后开到石城县屏山圩。我在瑞京县、博生县共写回家信贰封，不知大人可否收到？儿在外身体平安，很好过日，家中不必挂念。现在我们不知开到哪里，如我们到了什么地方，现在我们凡没有编散，也不可否编散。家中事情望大人切实维持，努力耕种，多种杂粮。我们在外面不知家中大小平安否？望大人在家中保重自己才好，余不言尽。

在此，我在此地替丁洪才手扯来大洋贰元，望接信赶快交给他，完了。再黄洪陀前次写回信贰封，不知家中可否收到？我们也在这里。

儿　易观伦　手书

第四封

母亲大人膝下敬禀，儿出外不觉二月余矣，现在身体平安，不必挂念。家中大小平安吗？此前写了三封信可曾收到否？现今编制到少共国际师四十四团三营七连三排九班当正班长。以前替丁洪才把大洋贰元，可曾交还与他？你若回信来，信面要写少共国际师四十四团三营七连三排九班就可以寄到我，家中事情望母亲大人料理。我在前方要粉碎敌人五次围剿，争取革命首先胜利，余言难叙。

肃此

这些磨损变黄带着霉味的家书，穿越了90年的时光，穿透了无数枪林弹雨和烟雾重重，从岁月深处走来。

易冠美知书、懂礼，是个出了名的孝子，无论是训练，还是准备上战场，都记挂着母亲，想要为母亲报平安，让母亲少点牵挂。可那个年代，交通闭塞，烽火连天，一封书信，不知道要在途中辗转多久，能不能收到是个很大的问题，有没有回复，更是一个问题。

这些，易冠美都不在乎，他相信他的书信，一定能够穿越浓烟迷雾，一定能飞到母亲手中，他想打仗，也想做一个孝子，他逼迫自己一定要坚持写下去。

易冠美的母亲从信中内容得知，

在1934年7月底，易冠美所在的部队正在奋力阻击广昌方向的敌人，中间在瑞金、宁都、石城做了短暂休整，8月初部队开始东进，开到福建永安一带继续打阻击。

至于仗打得怎样，他个人有没有受伤，又面临什么样的困难，家里一概不知，只知道当时的易冠美升职了，任少共国际师四十四团三营七连三排九班正班长。

再以后，就没了以后。

时光仿佛凝固在岁月的深处，再也没有拔出来。

直到中华人民共和国成立以后，北门街有一位和他一起参加长征的人，这个人曾是离他家不远的邻居，说是亲眼看见了易冠美是被飞机炸死的，因为和易冠美很熟悉又同在一个部队，邻居凭着易冠美所穿的鞋子认出了阵亡的易冠美。

但是，对于这种说法，易冠美的家人选择不相信。真正证实易冠美死亡是在1983年民政部发烈士证，这个时候，易冠美的家人才接受易冠美已经牺牲的消息。

岁月的风尘，染指着这些泛黄的书信，即使书信的内容有些受损，也丝毫影响不了易克美和家人对往事的追忆。

除了家书，易克美还从父亲及族里的长辈那里听到了很多关于亲人参加长征的故事。

其实，易克美的红军爷爷，除了大爷爷易冠美，还有小爷爷易鸿兴。

小爷爷易鸿兴生于 1910 年，是奶奶的第一任丈夫，奶奶是童养媳。1929 年，小爷爷易鸿兴参加了红军，成为二七纵队一大队战士，因他从小喜欢练武，武功异于常人。1934 年 4 月 17 日，组织上派易鸿兴去赣县江口购买枪支，不料，途中被捕，反动派对他严刑拷打，他不愿屈服，对敌人想知道的事情，更是只字未吐。丧心病狂的敌人在他头上放铁圈并浇满蜡烛，点燃灯芯草，不仅如此，还往他头颅钉上竹签，汩汩流淌的鲜血和撕心裂肺的惨叫刺破了于都河的夜空，22 岁的小爷爷永远地倒在了离家不远的河对岸。此后，每逢忌日，易鸿兴的寡妻——易克美的亲奶奶都会朝着河对岸那座山的方向号啕大哭，嘴里不停地诉说着无尽的悲伤和思念。

亲爷爷易林发，也是一名红军，13 岁时成了孤儿，被太奶奶收养。1934 年 1 月，易林发也参加了红军，后任第三军团某班副班长，成为彭德怀的部下，在四渡赤水时受伤返乡。在太奶奶郑佛寿的撮合下，易林发与小爷爷的遗孀结婚，成了易克美的亲爷爷，易克美六姊妹，成了三位红军爷爷的孙儿。

1955 年，爷爷易林发光荣地加入了中国共产党，早年在县食品公司工作过的他，因为有一定的工作经历，当过国有旅社的经理。爷爷去世后，这些书信顺理成章地由易克美的父亲保存着。

易克美一直记得，那个装着四封书信的铁盒子就在奶奶的那个橱柜里。易克美觉得，那个橱柜像太奶奶一样老，不光是太奶奶用过的，还装过大爷爷易冠美和二爷爷易鸿兴的衣物，太奶奶过世之前把柜子传给了奶奶，奶奶过世前又把柜子传给了自己的妈妈，而且奶奶一直强调要把那四封信守好。

小时候，易克美经常看到奶奶从太奶奶的旧柜子里，小心翼翼地拿出铁盒里的几张纸，带她一起读易冠美写给"母亲大人"的家书。"家中望大人要努力耕种，多种杂粮，支援前方粮食""我在前方要粉碎敌人五次围剿，争取革命首先胜利"，对这两句话，她记得特别清楚。

家里的旧房拆迁重建，很多东西都废弃不用了，只有那个已经褪了漆的柜子是唯一留下的物品。

父亲去世后，铁盒子传给了易克美。锈迹斑斑的铁盒子已腐蚀穿孔，4 封家书也残缺不全。闲暇时间，易克美会打开铁盒子，向子女们读一读这几封承载血火记忆的红色家书。她总说："这是传了几代人的宝贝，是我们家最宝贵的一笔财富。"

为丰富业余生活，易克美加入了"长征源合唱团"，主打歌曲是《长征组歌》。歌声让她对长征精神有了更深的理解。

长征源合唱团团员难免会外出演出，演出过程中她见证了太多长征感人的故事，她也参观过很多博物馆，看到很多人捐出的遗物，这对她触动很大，她想了很久，决定把爷爷这些书信捐给博物馆，让更多的人了解那段尘封已久的长征往事。

易克美把想法告诉母亲，母亲虽然文化不高，但易克美的奶奶交代过她的事情一直不敢忘，在易克美劝说下，终于同意捐出去。

2021年3月11日上午，易克美和弟弟易克云将那个装满家庭记忆的铁盒子捐赠于于都县博物馆。

"红色家书，是先辈留下的财富，是爱国主义教育和当前党史学习教育最生动的学习教材，是宣扬长征精神的嘹亮号角。将它捐赠给博物馆，可以得到更好的保护与传承。"那天捐赠的时候，易克美对管冬梅说。

其实，真正让易克美感受到这四封家书的厚重，除了她参加长征源合唱团以后，还有这些年经历了岁月的流逝，更能在《长征组歌》感受那种共鸣，长征精神带给她的不仅仅是对爷爷们的怀念，家书还有他们战场上流血牺牲的记录，无论岁月如何更替，有这些红军家书在，一定能激励更多的子孙后代，铭记历史，继续走好新时代的长征之路。

太多的故事，太多的场面让自己感动。她清楚地记得，那次在陕西吴起县体育馆，《长征组歌》演出结束许久，观众却迟迟不肯退场，许多观众走上前争相与合唱团成员拥抱、寒暄，就像见到了亲人一样。一位70多岁的老人紧紧握住一位团友的手，颤抖地唱起了《到吴起镇》，唱得大家热泪盈眶，情不自禁地跟着唱了起来。从《告别》《突破封锁线》到《报喜》《大会师》，如今，易克美已记不清自己唱了多少遍，唱给了多少人听，但是和所有其他合唱团成员一样，"有一点很确定，自己仍旧会唱下去，直到唱不动为止。"

她坚定着自己的"长征路"，虽然已经从老师岗位上走下来，但她好像比上班的时候还要忙。"我经常早上出门，晚上到家，每天都在忙着合唱团公益演出的事情。很多事情，看似简单，其实做任何事情都是需要付出代价的。"易克美说。

天天排练，易克美的生活彻底被打乱。父母生病住院，过去主要由易克美奔走张罗各项事务，如今由兄弟姐妹顶替。有时是因自己的身体，有一次，2020年5月的一个晚上，她骑电动车去排练摔了一跤，胫骨蹭破皮。因合唱团需参加省旅发大会演出，她没在意腿伤，天天坚持在近40摄氏度高温的操场上排练。伤口感染发炎非常严重，引发高烧，无法行走。医生建议立即手术，否则将引发败血症。易克美听从医生建议被推进手术室，在不能打麻药的情况下，被几个护士强行按住，把结有厚厚的脓痂硬生生地刮掉。家人很心疼，还强调说她一定是好了伤疤忘了疼。果然，没多久，她又照样去排练演出。

疼痛并快乐，是她这些年的常态，她说不清是什么力量让她如此执着，又如此坚定。

"有些人，你永远不能忘，有些精神，会植入你的骨子深处，这些年，我越是唱《长征组歌》，越是会沉浸其中，越能体会长征的意义，也就越能明白长眠的亲人付出的意义。"易克美说。

易克美的女儿是小学教师，她常会给孩子们讲自己三位红军太爷爷的故事。易克美的外甥张亮，一位荣获过县"脱贫攻坚先进个人"的小伙子，在扶贫工作队的时候就以亲人为榜样，时刻激励自己做好本职工作，他觉得不同的年代有不同的责任。

2024 年的三月刚过，易克美在父亲的家谱里，一遍又一遍地翻阅着，当她再次站在那个快要掉光漆的黑褐色木柜前，依然是五味杂陈，她早已做好了决定，她要把那个装过四封家书的柜子捐给博物馆，她希望那些支撑她念想的物品也能唤醒更多的人对一个年代的记忆。

"母亲大人膝下敬禀，儿在西江训练满期，自十号开差到博生县休息，一星期又开到瑞金县休息一天，不知哪天开到前方……"

那一天，在于都长征源红军小学的党史学习课上，易克美深情诵读爷爷易冠美的红色家书，情到深处，依然控制不住自己。

如今的易克美，又有了一个新的身份，长征源宣讲团的成员，在不影响歌唱演出的情况下，她又带着自己亲人的故事，开始了另一种"长征"。

8. 好日子在潭头

到达潭头村的时候，一场秋雨刚刚离开，远处的群山被薄雾笼罩着，依然是草木葱茏，古樟葱郁。民宿的小院里，三角梅伸出了一抹抹艳红，田里的稻子正忙着抽穗，老人们围坐在桥边，看一群群游人徘徊在青石板小路上，那欣喜的表情，像花一样灿烂。村中心红旗形状雕塑上"幸福都是奋斗出来的"几个鲜红大字，被雨水清洗得格外醒目。

历史总是不会遗忘任何一片良善之地，这个有着 700 多年历史的潭头村，不光立着自己的英雄石碑，也在用日新月异的发展方式，讲述着乡村的传奇故事。

75 岁的红军后代孙观发，熟悉村里的每一块土地像熟悉他自己。从他的身上，很容易解开一个村庄的发展之谜。

1975 年，孙观发结束了 5 年的戎马生涯。退伍前夕，部队领导及战友们找他谈心，问他离开部队后想干什么工作。孙观发理直气壮地说："我的家乡江西于都梓山镇，是苏区革命老根据地，当年红军先烈们为了广大劳苦大众的解放，献出了宝贵的生命。我作为烈士后代、退伍军人、共产党员，必须继承革命先辈的遗志，回老家去把家乡建设好。"

孙观发回到家乡潭头时，村里还处于人民公社大集体时代，贫穷还是乡村无法逾越的坎。他被大家选举为潭头大队村委会主任，他有一腔澎湃的热情，但想象很难冲破时空的局限，落后的村庄终是无法撑起他的梦想，贫困的阴云照常笼罩在潭头这片脆弱的土地。好几次，他都想退出村委会，他觉得，自己没有能力带领大家走出困境，根本不配当干部。

无论是与个人，还是乡村，这都是一场旷日持久的坚持。

当时光回溯到二十多年前，一场轰轰烈烈的打工潮在全国汹涌而起，看着村里人陆续开始外出打工，并有了可观的收入。孙观发也心动了，但在村里人劝说下还是忍住了，再说自己几个孩子还小。但没过几年，孙观发还是毅然决然辞去村干部职务，外出谋生。但是他既没学历，又没有熟人引路，打工也只能勉强维生，村里又有人叫他回来，他再次干起了村里的工作。

2007年这一年对于孙观发来说，是黑暗的。爱人刘桂花不幸查出了乳腺癌晚期，孙观发强忍着悲痛四处寻求治疗。高额的医疗费用让原本就不富裕的家庭雪上加霜，高额的费用像一座大山压得他喘不过气来，可为了孩子，他不能放弃也不敢放弃，人财两空之后，还是没能挽留住妻子的性命。那时，孙观发的大女儿在外地上学，学费都需要向亲戚朋友借。即便是自己每天半夜三更磨豆腐，走村串户去卖也难以维持生计。

"那个年头，死的心都有，记得有一次过年，家里买不起肉，我只能将养来下蛋的老母鸡杀了，孩子们高兴极了，说都快忘记肉是什么味道了。"孙观发说起这些的时候，心里依然隐隐作痛。

但是，机会总是会眷顾那些一直在等待机会的人。2012年的那个夏天，对于赣南的农村来说，好运正在降临。6月28日，《国务院关于支持赣南等原中央苏区振兴发展的若干意见》出台实施，让深处贫困的于都迎来振兴发展的重大机遇，也让所有的村庄迎来发展的好机遇。

苏区振兴政策，犹如一阵春风，吹进了潭头村的田野，吹进孙观发家的小院。从新农村建设到土地流转，再从种植大棚蔬菜到农业合作社，孙观发是亲历者，也是受益者。

还记得我们国土局在推进土地流转这项工作的时候，很多村民并不买账，有的人连听解释的机会都不给，孙观发就和村干部一起，挨家挨户做工作，耐心讲解土地流转会给村里的发展带来的各种好处，并带头将自家土地拿出来流转。

2017年，村里组建蔬菜专业合作社，通过土地股份合作社这一方式盘活闲散土地资源，统一实施土地流转，实现传统"单干"生产模式转变为适度规模化经营。蔬菜专业合作社还能对接龙头企业，为村民提供优质种苗、农药化肥和技术指导，并解决蔬菜销售的难题。

这一年，385户农户实现土地流转，户均增收1300多元，124户农户通过合作社参与富硒蔬菜种植，每亩每年平均收入 1.3 万元。

这一年，潭头村有了自己丰厚的收入，除了有底气，还有了自己的名气。

这一年，清华大学在这里创设了"乡村振兴工作站"模式站点。

"以前去外面打工，每个月只挣几千元，还天天加班，现在家乡就能挣钱了。"孙观发感慨地说。

总有些理念，会一发不可收拾。

2019 年，潭头村又成立旅游开发有限公司，村民们响应村"两委"的号召，按照每户 2000 元的标准自愿入股，旅游公司的收益以 5：3：2 的比例进行分配，50% 用于再发展，30% 作为村集体的收入，20% 作为股东的分红。2023 年，潭头村旅游业收入约 600 万元，户均分红不低于 1000 元，并带动 200 多人实现了就地就近就业。

回想起五年前，孙观发依然很激动。他细数家里这几年的变化：村里有了万亩富硒蔬菜基地，他家里的土地流转有收入；村里成立旅游开发公司，发展农家乐、民宿与红色研学旅游项目，他家入股有分红收入；村里游客多了，他家里办起了民宿及超市……

第一次走进潭头村的蔬菜大棚基地，也有些恍惚，甚至不敢相信。只是几年没来，山野里就长出了一排排现代化标准蔬菜大棚，还有在细雨里穿梭着像飘带一样的柏油马路。那些被排列整齐的辣椒、南瓜、西红柿，

被调了色一般，经卷的画卷，美艳含情，各种水培的蔬菜油亮地焕发着生机，一拨又一拨的游客端着好奇，不是在拍照，就是在录直播视频，村口两旁是装满了菜的大卡车，点着钞票的菜农脸上，是欣喜，是欢乐，更是满足。

在潭头社区的 1200 多平方米的硒博馆里，所有的富硒农副产品通过图片、视频、展板的方式扑面而来，从接待大厅到展示区，再到硒讲堂和硒直播间。突然感觉，有些发展让人始料未及，这些与我们生活息息相关的富硒大米、富硒米粉、富硒茶叶、富硒禽蛋、富硒深加工产品等 10 多类 156 种富硒农产品品牌，看得我眼花缭乱。

如今，绿色生态成了潭头村的底蕴和背景。富硒产业，成了潭头村的一张个性名片。以设立岗位、土地流转、承包大棚种植蔬菜等多形式、多渠道辐射带动了周边 2800 余户农户增收致富。

2023 年村集体经济收入将突破 350 万元。因"硒"而富的潭头，一次又一次让我们感受到，一片红土地的破茧成蝶。

不仅如此，潭头村还成立了旅游合作社，把过去的老祠堂改建成富硒游客食堂，真正让田间地头鲜美的富硒蔬菜成为游客们餐桌上的营养餐、舌尖上的好味道。

孙观发迎来了潭头村最好的机遇，也迎来了自家经济发展的高光时刻。

靠着村里的富硒产业，办起了民宿、农家乐和超市，收入比3年前增长了好几倍。2023年，孙观发家的总收入达23.6万元。

孙观发的餐馆开起来后，潭头村更多百姓的餐馆也开了起来。慕名而来的游客，让家庭式旅游收入"井喷式"增长，就连村里大棚蔬菜，也忍不住奔向四面八方。

"现在村里的环境不比大城市差，和以前'梓山潭头，吃苦两头；晴三天，挑烂肩头；雨三天，水进灶头'对比，那都不敢想。你看我们前面建的拱桥，春天有桃花、油菜花，夏天有荷花，每家小院前都种满了花花草草，一年四季都有各种各样的花开，我每天早晨，先起来沿着村庄散步半小时，回来后烧水做饭，打扫卫生，然后就是接待游客，每天如此。"

"就在前段时间，我生病住院花了一千三百多块，除了报销的部分，我个人就出了五十多块钱，要说现在的这种日子，我这个岁数的人了，很知足，真的，特别知足。很多事情，说了你们这些年轻人也不一定明白，只有经历过的人才知道苦啊，想想以前，唉，真是想都不敢想啊，你们不知道，我是真正过过苦日子的人，想起过去都心酸。"

坐在孙观发家里，他意味深长地说着往事。还没聊完，孙观发又领着我们几个到二楼参观他的民宿，只见一个个窗明几净的房间里，一次性牙刷牙膏、网络电视一应俱全。床单被褥叠放得整整齐齐。窗台和桌上摆着小盆的绿植，还有一幅小挂画，很温馨，站在窗前，能看到窗外的稻田和层层叠叠的山脉。

"每天，这里都会迎来无数游客，游客过来，基本上都要来我家看看，除了接受采访，我还想当一名义务讲解员，讲我们党的政策，讲我们村的变化，讲我个人的经历，让更多的人了解我们村，了解我们村过去的历史，希望他们多来我们这里旅游。"孙观发笑着说。

那天我们刚采访完，他就去给江西财经大学的学生团当导游去了，他的好友李磊告诉我们，每次来找他聊天，如果不预约，准会扑个空。即使不去当讲解员，他也有很多事儿，他关心村里的事儿比关心家人还多。

作为一名有着54年党龄的老党员，我有义务把村里的红色故事讲下去，把党的故事讲下去，把我们村翻天覆地的故事讲给更多的人听。

中午时分，潭头社区的富硒食堂里饭菜飘香，笑语频频，在游客的簇拥下，孙观发再次当起了党的二十大精神宣讲员。五年了，他不知道回答了多少人的提问，可每次看到墙上那张合影，依然会热泪盈眶，会心潮起伏。这个被乡亲们称为"最幸福的人"，做梦也没有想到，总书记会到自己家里，回想那滋味啊，像抹了蜜。

在"饮水思源"餐馆，我们见到了孙观发的弟弟孙冬发时，他正向客人介绍店里的特色菜，养生土鸡汤、红烧肉、炖土鸭……"以前家里吃不上肉，现在就想把最好的拿出来招待客人。"孙冬发说。

孙冬发说："这两年，像他这样返乡的村民越来越多了，过去，人没钱、村里没产业，大家都出去谋生。如今有蔬菜、有旅游，回乡以后，都不愿出去受罪了！"

当勇于开拓、敢为人先的发展理念与红色革命文化融为一体，凭借着这片土地的丰饶和历史的机遇，潭头村人谱写了一曲曲奋斗的赞歌，描绘出一幅美好的生活画卷。它勾起人们对青山绿水的乡愁，也唤起了那些流淌在人们血脉深处的红色记忆。

越奋斗，越幸福。一对打工夫妇回村劳作的身影，让乡村的梦想越来越近。原来，好日子就是这样奋斗出来的。

那天中午，相聚在孙冬发的农家餐馆，我在一碗擂茶鱼头汤里，尝到了潭头村的幸福滋味。

王先桃，笔名皖心，作品见于《青年文学》《星火》《鸭绿江》《人民日报》等，曾获2022年《散文百家》首届全国优秀散文奖、中国作家协会2023年度"深入生活、扎根人民"主题实践优秀作家荣誉称号。

心中，有一个雕像

罗会江

一个激灵，我一下子坐起来了。慢慢回忆起刚才梦中的情景，不由得有些诧异，随后又有些道不明的内疚。

上午晚些时候，给曾在同一单位工作的朋友发了一条微信：费孃孃现在还在康定吗？

"费孃孃已去世好久了。"朋友很快回复过来，随后又补上一句："快十年了吧。"

这些年，已过世的亲人倒是时常来我梦中，但一个多年未见的外人突然闯入梦中，有何深意呢？我随即陷入深深的沉思和莫名的恐慌中。

求索

多年前，我在地质队的时候，只是实验室的小技术员，做矿物鉴定的工作。虽同在一个单位，因为毫无交集，我对费孃一无所知，只远远地见到别人跟她打招呼时都很尊敬地叫她费工。她是地质队总工办的地质技术负责人，是副总工。

一天，已转行调到队团委任干事的师姐找到我，递来几页稿纸说，局里准备组织"三光荣"演讲团巡回演讲，给我们队一个名额，队上研究决定把费孃孃的事迹宣传一下。"我写了一个，你帮我看看。"她说着递给我几页纸。

她知道我平时爱写写弄弄，我师傅是她母亲，这层关系自然是没法推的。我迅速扫了一下：这充其量就是先讲事迹材料嘛，干瘪瘪的。

她一下紧张了："那怎么办，局里催得急，写好后还要审核，组织人演练。时间非常紧的。"

"那你就推了呗。"我不以为然地说。"不行不行！"她急得连连摆手，说已给局里回复了，还备了案，再说，她才调到团委不久，把队上决定了的事弄黄了，以后还怎么混？看我没打算接话，她只好说，你能不能写一下，这也算是队上的大事了，帮帮忙！

不行，我真的不行。我为难地摇了摇头道。"为什么不行呢，你不是喜欢写东西吗？"师姐恼怒中露出十分不解的神色。我说："我平时只是写着玩的，而且也只写自己喜欢的东西，你们这个太高大上了，我胜任不了。"

她哼了一声，扭头走了。我以为就算了，结果一会儿师傅就来找我了，于是就有了后面的事。不过，我提了个条件，写可以，但必须找本人采访，没有感觉我是写不出东西的。

接下来的事其实并不顺利，因为主人公并不情愿被宣传。当师姐和我一起去费工办公室说明来意后，费工说，琴琴呀——她这样叫师姐说明她们关系不错，我后来知道她和师傅是好姐妹，曾经一起在野外战斗过。费工说，你就不要给我找事了，我分身乏术，一大堆报告等着我审呢。她说得应该没错，办公桌上的确有很多图件和资料，图上放着尺子、三角板之类的东西。师姐顺便把我介绍了一下，但她只看了一眼，微笑着哦一声继续给师姐说，快走快走，小东西，别耽误我了。一边说一边把师姐往外推。师姐急得没法，干脆顺势拉起费工的手臂摇晃着撒起娇来："费阿孃，我的好阿孃，你就帮帮我嘛！"

我毕竟和费工不熟悉，只能在一旁看着。我寻思费工可能是藏族，因为我们所处的地方就是藏族地区，这里的人喜欢称呼阿孃阿姐阿哥之类，并且费工的外形也有点像，她个子比较高，头发黑而浓密，皮肤黝黑，脸颊隐隐地有那种藏族特有的高原红。此时，师姐虽然如此这般费力地玩着

"心机"，费工却并没买师姐的账，还是把师姐往外推，一边笑着说，少来这一套，小东西。随即我们被关在了门外。我望着一脸失落的师姐，也只有苦笑。这时，门又开了，费工探出头来说，对了琴琴，这两天我很忙，就不回家了。回去跟你妈说晚上做点好吃的，我去你家蹭饭。说完又把门关上了。

师姐还在那里发愣，我说走吧，还是有希望的。"啥子意思？"师姐望着我，我笑了笑说，找师傅去呀。

费工其实不是藏族人，是地地道道的汉族人。这是后来师姐告诉我的，只不过长年在藏族地区的高原上跑，形象或多或少有了地方色彩。费工的家在距队上三公里远的城里，她丈夫在州政府工作。费工没出野外的时候，平时每天早上都是步行上班，队上给她分了一间午休房，中午就在队上，晚上才回家，但有时有要紧的事加班，就不回家了。"她是个工作狂。"师姐最后强调了一句。

晚饭时，我也去了师傅家，除了想吃点好吃的，最重要的还是和师傅一起让费工接受我们的采访。毕竟，师傅和徒弟是相互帮衬的，尤其女性师傅会给徒弟更多的关心关爱，这是我当徒弟几年下来的感受。那时，作为身处他乡的地质二代，小小年纪就离开父母，能有这种衔接，感到特别温暖。而我知道，有师傅出面，胜算又多了几分。

民以食为天，吃饭太重要了，吃

饭能办大事。不对路的人是不会坐在一个饭桌上的，因此，只要上了桌一起吃饭喝酒，那关系就不一样了，在野外地质队尤其如此。

师傅准备的佳肴自然是我们平常吃饭的食堂不能比的，红烧鱼、回锅肉、肉丝肉片，还买了些卤牛肉、卤猪肚之类，还有油酥花生米等，众人皆大欢喜，一边称赞着一边就上桌了。在这顿饭上我发现，费工也是要喝酒的。

"你费孃孃厉害着呢，小罗你可不是对手。"师傅对我说。我连忙应道，那是那是，工作生活我都要向费孃孃学习。说着我倒满一杯酒站起来面向费工说，我师傅知道我的确喝酒不行，但为了表达我对前辈的敬意，费孃，我干了，敬你。言毕一饮而尽。

"小毛头，还一套一套的嘛。"费工眯着眼睛笑着说。我发现，她说小毛头的时候其实是很亲切的，应该是一种认可。"在地质队不喝酒不行呀，年轻那会儿跑野外，天寒地冻，男同志骗我说喝点酒就不冷了。"费工嘿嘿地笑了笑说："唉，慢慢认可了。"费工说话的声音属于细柔的那种，音量不高，但很清晰，笑的样子灿烂中透着可爱的憨态。

我看机会来了，顺势说："是呀，费孃孃，我们特别想听你讲讲你们艰苦奋斗的故事，所以，还希望费孃孃……"

"打住打住，这里说两句就行了，我可不上你的当。"费工还是微微地笑着，脸上却布满了坚定。一旁的师姐端着一杯茶要去敬费工，被师傅拦住了，说你这个费孃孃不要难为这些娃娃了嘛，年轻人做点事也不易，我们做长辈的能帮就帮下，你说是不是。费工还是顾虑重重地说，我是实在没空呀，这几天晚上都要搭进去，再说我也不想出这种风头，也没啥子好说的。费工还是微笑着，一副理由十足的样子。师傅立即把手上的筷子往桌上一放，瞪了一眼费工说，你这样说我就不同意了，这些年你的辛苦谁不清楚？一个女人50多岁了还在高原野外跑，这大西南怕也找不出第二个来，这就令人敬佩，值得大家学习了，是不是？再说，大家知道你事业心强，可这地质事业不是靠你一个人，也不是我们这辈人能完成的，还得一代一代干，所以呀，这老一辈的精神要传下去才行，所以，你这不是出风头，是正经的事，对吧？

我不由得十分佩服师傅，她的话有理有据，逻辑严密。我看费工一时也找不出话来反驳，愣了一下才说，那我考虑考虑吧。

费工接受我们采访是在两天后的晚上。那天，我们如约来到她的寝室，这是一栋只有一层楼的筒子型单身职工宿舍，中间是过道，房间分布在两边，由于房梁很高，虽然顶上有挂灯，但光线并不好。我们敲开靠近中部的一间房，费工在里面说，进来嘛。我们应声推门进屋。费工从书桌旁起身说，来，坐，我给你们倒水。我边说不用边环视着室内，房间不大，约 15 平方米，室内设施简单，一张单人床，床尾叠放着两个大的木箱，床头横放着一张书桌，书桌前是一把陈旧的藤椅，一旁还有几把木椅，靠门边有一个简单的书柜，放着书和杂志，另一格放着碗筷。靠墙的一边是个约方桌般大的电炉架，上面放着水壶，这是高原地区特有的。总体感觉房间虽小，但很整洁。

待坐下后，我打趣道，费嬢嬢（我现在也开始用这种称呼来套近乎了），你看我们像不像三国时的刘备和诸葛亮，我看费工一副不解的样子，便嘿嘿笑着说，三顾茅庐呀。费工明白过来，手挥过来拍了我的头一下说，"小毛头，还拿你费嬢嬢开心呀！"

我是有意用玩笑来调节气氛的，效果确实不错，气氛和谐而随意。我们在这种氛围中进入了正题，这时我也才近距离端详起费工来，我发现她已有些苍老，头发虽然浓密，但有不少白发。她把头发像藏族妇女那样编成辫子在脑后绾了起来，利落大方。她的声音轻柔，说，"你们想知道什么呢？"我说，从你为什么走上这条路说起吧，越详细越好。她又是微微一笑，"要求还不低嘛。"随后，她把头抬起来望着前方，陷入沉思，眼睛虚眯着，后来我才知道这是由于长年在高原上奔波，为了躲避紫外线的照射而本能的一种反应，时间久了养成了习惯。我感觉似乎跟上了她的目光，像进入了时光隧道，向更远更远费工早年生长的环境和时光望去，这么着，我也就看到了不一样的费工，看到了让我吃惊和不得不由衷敬佩的费工。

风帆起航

我一直以为，对一个人来说，立志或许是容易的，但壮志则是困难的。而要将自己的一生与高山峡谷为伴，以勘探找矿为终身使命，那就难能可贵了！而如果是一个女人如此，又该如何呢？在静静聆听费工的讲述时，我的心一次又一次被拨动。

20 世纪 50 年代，以彩灯显示中国矿产分布的一幅中国地图上，川西地域是一片空白。

这深深刺痛了一位姑娘的心。为此，她发誓一定要亲自将彩灯一盏一盏钉上去！她没想到，为了这个誓言，伴随而来的是一系列的艰难和辛酸；她也未料到，多少年后的今天，她的成绩得到了人们由衷的赞叹，她的奋斗历程，令人掉下了眼泪。

她就是我眼前这位可亲可敬的费工——费玲玉，很动听的、很女性的名字，但是实际上与她的性格却有些远了。她说起话来很慢，时常虚眯着的眼睛显得若有所思，黑红的印迹挂在双颊，昭示着高原紫外线的威力十足。

她的档案上记载着：1958年大学毕业，随即参加地质工作至今。1959年加入中国共产党。

一个箱子里，存满了各式各样鲜红醒目的荣誉证书，有地矿局颁发的，也有国家科委授予的。

如今她已年过半百，是川西高原上唯一的女性高级地质工程师。岁月在她脸上刻下了深深的皱纹——33年地质生涯啊，那是用追求刻出的人生画卷，要用笔来写透，多么难。我不由感到手中的笔沉甸甸的，深恐有负期望，更是恨不得多长几只耳朵来认真倾听，生怕遗漏每一个细节。

费工生长在四川一个偏僻的山区——汉源县。很小的时候，父亲便弃她和母亲离去。这在幼小的心灵里留下了深深的烙印。那时，她便立下了誓言：我决不示弱于男子！

她选择钻进书堆。她知道，这是唯一能做到的。因此，在学校里她的成绩始终名列前茅。后来，家乡解放，她充满喜悦地感受着新中国火热的生活；同时，她敏感地察觉到自己心灵深处有一个惊人的发现——如果说她当初立下的誓言仅仅是小姑娘幼稚的冲动，那么，在感受到解放的热潮、火热生活的冲撞以及进步思想的渗透时，她的思想产生了深刻的触动：只有在中国，只有在共产党的领导下，妇女才能得到真正解放，得到真正自由，也才有光明的前途。"不能成为像母亲一样围着锅台转的家庭妇女。"她暗暗下着决心，一定要成为对国家有用的人才，报效祖国。

1952年5月，正是掀起社会主义建设新高潮的时候，西南中学生代表大会在重庆召开。

学习、参观，工厂的一切使费玲玉感到新奇和向往，工人们大干社会主义的场面更令她感怀。同时，她也看到更严峻的现实：工厂缺煤，钢厂缺矿——开发矿业成了急中之急！那时有一种说法，叫地质找矿工作犹如一马挡道，万马难行。

回到学校，费玲玉心情仍不能平静，脑中始终闪现出那张着血盆大口的熔炉和一双双渴盼矿石的眼睛。校园里，到处可见三五成群的学生在兴奋地畅谈着对未来的设想和抱负。

国家眼下固然还很贫穷，但矿也贫吗？蓦地，一种强烈的责任感袭上费玲玉心头，祖国的需要就是我的志愿！第二年，她毅然报考了北京地质学院。听到这一幕的时候，我脑海里情不自禁地叠加出电影《年轻一代》的画面，对老一辈地质人充满了崇敬之感。我想，如果生在那个年代，我也会是那样吧。

费工说，刚踏进"北地"的大门，映入眼帘的是以彩灯显示全国已探明的地质矿产分布图。星星点点的彩灯把同学们带进了缤纷的世界。费玲玉和同学们兴奋地张望着，指点着。"看，这是铁矿！""这是煤，这是铜！"

"哟——快看，这儿怎么什么也没有啊！"

"唰——"

费玲玉的眼睛一下从东拉到西，定在了四川西部的一块，同时感受到了同学们异样的目光正疑惑地望着，似乎在说：玲玉，那不是你的家乡吗？

失望、惆怅……费玲玉憋红了脸，不！这不可能！她的家乡有着绵延的大山，里面不会是空的，不会……是的，她一下知道了，家乡的确很艰苦，正因为如此，才是一片等待着人们去开垦的处女地呀！

症结找到了，接下来该是寻找解决的途径。费玲玉咬着嘴唇，立下了人生的第二个誓言：一定要亲手将彩灯一盏一盏钉上去！

多少年后，她才发现，这个誓言竟决定了自己整个人生，并为之付出了很大的代价。

野牛山

"野牛山的每一天都让人难以忘怀。处在那样一种热血沸腾、战天斗地的氛围，你没法不激动，你没法不拼命干。"费工这样说："真想，真想再那样……"她的眼神流露出无限的怀念和不舍，似乎还想再回到那个年代。而这种情绪无疑也在深深地感染着我们。

1958 年 3 月，刚从北京地质学院毕业不久的费玲玉告别了新婚的丈夫，在《勘探队之歌》的激励下，带领普查组直奔四川省甘孜州境内的野牛山，实现她找煤的梦想。一路上她雄心勃勃，决心要和同志们一道为甘孜州找煤立下头功。费工说这话的时候，我突然想到了地质人熟知的"三光荣"精神里面的"以找矿立功为荣"。

那年，费玲玉 23 岁。
一个亭亭玉立的大姑娘，扎进了深山里。
野牛山，没有天；

天天狼嗥没人烟。
三人不敢行，五人把心担；
野狼叫着把人撵，
风吹草动魂飞天。

费工说，这便是当年野牛山的真实写照。我知道，至今野牛山还有些地方是禁区。前几年，一些驴友三五成群结伴去闯禁区，想破纪录，不是迷路无功而返，就是把小命搭进去了，害得地方政府不断三令五申：未经许可，禁止登山。

费工说，野牛山海拔虽算不上高，但环境恶劣，远远望去，笼罩在一片云雾之中，钻进去，立刻感受到潮湿的空气和茫茫一片的灰色。无人涉足的山上，生长着厚实的刺竹林。哪儿都不是路，哪儿又都是路。荆棘在冷风的抽动下不住颤抖，远处的狼嗥让人生出恐怖的联想。从不跟人打招呼的阴雨随时放肆地袭来并绵绵不断，使得到处泥泞，一脚踏进去，稀泥没到大腿。恼人的麦蚊以久未见过人的急切蜂拥而至,狠命啃咬着肌肤裸露处,奇痛奇痒。年轻的费玲玉哭不敢哭,骂不敢骂,腾出两只手费劲地挥赶。待钻出密林,不是衣服挂破,就是皮肉带痕。

跑过野外地质的人都清楚,地质普查组是相当辛苦的。有时为了核对一个数据,要来回重复工作。因此夜间的宿营从没有定处,只能走到哪里在哪里歇。当白昼悄然藏进山里,大家才发现身体早已湿透。篝火成了普查组的象征,他们一边烘烤衣服,一边整理地质资料。"那年代的人,就这么玩命。"费工说。有时兴起,活泼的她还要轻轻地哼起一段叫不出名的曲子,似乎这一哼,希望呀,憧憬呀,疲劳呀,就都给揉得轻飘飘的。

在费工眼里,艰苦的野外生活似乎还挺浪漫,让人心生羡慕。但费工又说,恐怖是紧跟着黑夜来的。

尽管对她这位组里唯一的女性,大伙已做了"周密"的保护措施,男同志在四周铺上铺,形成一个圈,中间留出一块给她。然而夜幕下,一阵紧似一阵的阴风撕扯着帐篷不断将狼嗥声灌入耳中,费玲玉吓得不敢闭眼。她在夜的布景下想念亲人,用心跟他们说话。就这样,迷糊糊地,不知何时进入梦中。

黎明似乎来得很快,像《勘探队之歌》唱的一样,林中的小鸟刚鸣叫,费玲玉就慌忙爬起来,迷迷糊糊地去打盆水,冷水一激,一下又精神抖擞

了。待弄好饭潦草地往肚里胡乱填进,众人吃喝着隐没在无尽的旷野。"苦,搞地质的哪个不苦?哪个不累?"费工说,跑普查每天都是早出晚收,有时走着走着饿极了,便掬一捧山泉伴着干馍下肚;实在困了,利用短暂的间隙站着也能入睡。可只要一工作起来,又什么都忘了。她们这股劲是一种高尚的精神在支撑的,是不应该被亵渎的。而没想到的是,接下来费工的壮举更是令人叹服。

为了了解煤层深部的地质变化,费玲玉和同伴一起来到过去民采时留下的小煤窑。说是煤窑,不过是当地人为糊口而胡乱挖的一些洞罢了。那种洞,里面低矮又潮湿,女人是从不光顾这里的。因为男人们进去也必须得脱光衣裳,只留一条裤衩匍匐着爬行。出来时,人整个儿就成了"非洲黑人"。

"算了,你就不用进去了,留在外面吧。"大家劝着她。

"不行!"她有些不高兴了,搞地质的不亲临现场怎么能掌握第一手资料,女的又怎样?说着,倔强地把头一昂。她头戴小油灯,硬是匍匐着进去了。

进得洞内,昏黄灯光下,人的影子被投射在阴暗的洞壁上,似鬼魅般晃动,不由心生恐惧。不时有些虫子在眼前甚至手上爬过,更令人毛骨悚然。突然,费玲玉脖颈有一丝冰凉划过,一惊,险些叫出声来,当即用手一拍,方知是水,虚惊一场。

出得洞来，大家见她也是抹了一脸黑，一阵笑过后，却也不得不佩服起她来。她反倒不好意思。"小煤窑是克服娇气的好地方。"她小声地笑着说。她早知道，地质队之所以不愿要女性就是他们认为女性麻烦事多。照顾吧，影响生产任务的完成；不照顾吧，良心又不安。这种心理，她有数。她爱地质，爱这大山，她不愿因为这个而毁了自己的前程。别人想照顾她，她偏不接受，她就是要人们承认，女的不比男的差！她很自信，更有股不服输的倔强劲儿。

不久，他们的工作有了突破，相继发现一个多金属矿床、一个煤矿和一个铁矿。指挥部兴奋地做出决定：钻探工程上马。顿时，群山沸腾了，人头攒动。住宿成了首要问题。当初，考虑到她是组里唯一的女同志，也考虑到安全因素，大家在唯一的大帐篷里给她留了个小天地。可这会儿，人员急剧增加，后勤又一时跟不上，她不能再有小天地了。想也没想，费玲玉风风火火地从帐篷里搬出铺盖，在岩壁与简易灶间搭了个窝（野外人称此为岩窝）。一边还笑嘻嘻地说："这里还挺暖和的哩。"

这太伤男同胞的心了，怎么能让女同胞住岩窝？不行，这太不公平了！

费玲玉不以为然："这有啥！谁叫我是这个集体中的特殊人物呢，总不能让大家住岩窝我一人住帐篷吧！"

说实话，她倔强得还真有理，众人无言以对，只好顺从。从此，大伙都亲切地叫她费大姐。

在共同努力下，野牛山煤矿很快转入详查阶段。组里 6 个地质人员不仅要负责 3 台钻机的编录，还要编坑道，以及 12 平方公里的 1：5000 地质填图。大伙心里想的是要早日交出报告，加快国家建设步伐。费玲玉脑海里成天装的也都是煤的问题，连梦里也总是翻卷着奇形怪状的煤层；白天吃饭，时常对着碗里出现的一颗石子凝思，好像在思考它的出现会有什么地质因素，以致忘了自己是一个结婚不久的女人。一次，她徒步去机场检查工作。翻山的时候，突然腹部一阵剧烈疼痛，她以为是一般毛病，咬着牙强忍。办完了事，机场的同志叫她休息一会儿，她连忙找个托词谢绝了，生怕待下去露馅儿。但在返回的路上，疼痛加剧，她感到每走一步都相当艰难，大颗汗珠滴落，脸色苍白如纸。她费劲地咬着嘴唇，用一只手压住腹部，一步一步缓缓移动，心里不住默念着：坚持，坚持！她嘱咐自己可要撑住呀，要是倒下去了，让同志们来把你抬回去，那该多丢人呀……她希望，快些到达驻地，蒙着头好好睡一觉，好好睡一觉……

她觉得那段路是她有生以来走过的最长最难的。后来总算走到了一个小煤矿，但离驻地还有一半的路。她确实感到步履艰难，支撑不了了。恰在这时，小煤矿的一位姑娘看见了她，关切地问：

"大姐，你怎么啦！脸色好吓人……"

费玲玉吃力地晃着手，表示没什么，依然想坚挺着，但疼痛却是翻江倒海。姑娘急忙上前搀扶，她顿时散了架似的再无力拒绝。她被扶到了姑娘的宿舍。然而，毕竟年轻，小姑娘也不知如何是好，慌忙找出两片止痛片给她服下，但药力如失效一般，费玲玉痛苦的脸越来越苍白。"怎么办呢，怎么办呢？大姐……"小姑娘吓得哭了起来。

"扶我……上厕所……"费玲玉音如游丝。

到了厕所，蹲下……突然，小姑娘惊叫起来——费玲玉，小产了……

小姑娘惊叫着，赶忙跑去给地质队挂电话，让他们派医生来。可等打完电话，费玲玉已经走了。小姑娘茫然望着远方，怎么也不理解作为女性，这位大姐怎么这般不顾自己的身体。而此刻的我，选择理解，对一个怀着理想胸有大志的人，无关乎性别，无关乎苦难，唯有理解，才是对她们最大的尊重。

小产后，费玲玉留下了习惯性流产的毛病。直到 1960 年，她才有了第一个小孩，可孩子还在哺乳期，她就把孩子交给年迈的母亲照管，又匆匆踏上了野外的山路。

我以为，费工因为好强，所以心也就硬了，但我很快就意识到我错了。

谁也想不到，费工至今还保存着她女儿小学时写的一篇作文。这篇作文被她用一块紫色绸缎精心包裹着，放在箱子的底层。女儿在作文中写道：我的印象里，只有爸爸和外婆。我的妈妈只是一个影子；她冬天飞回来，春天刚到，她又飞走了……我的妈妈，她是影子……

影子？影子！这对一个母亲来说，该是多大的酸痛呀。

一个母亲，一个妻子，却又尽不了义务……多少个不眠的夜呀，她凝望着星星、月亮，希求它们能替她转告对家人的思念：我想你们，想得很苦，很苦。她怎能忘，是母亲一边干着繁重的染布活计，一边含辛茹苦地将她拉扯大。现在，又为她继续抚育孩子。这样的母爱何以为报？"母亲，我对不起你呀！"多少次，她在心里默默地喊着，喊着。

她将自己全身心投入工作中，在野牛山辛苦两年后，她和她的战友们提交了甘孜州后来唯一被开采的野牛山煤矿勘探报告。那盏彩灯果真在她和她的战友们的努力下闪亮起来！

"野牛山啊，是你锻炼了我。我永远，永远也忘不了！"

曲折与坚守

20 世纪 60 年代，费玲玉由技术负责被降为普通地质员，并时常被派到厨房劳动。想到自己不能实现更多彩灯的镶嵌，想到自己热爱的事业被迫中断，费玲玉心如刀割，她感到一种从来没有过的悲伤和失落。

因此，一旦精神的桎梏得到解脱，追求献身地质的激情像岩浆般猛烈地从心灵深处喷发出来。那个年代结束后，她的身体已十分虚弱，要忍受肝痛的时常折磨，还要应付随时引起昏厥的美尼尔氏综合征。可她不顾病体，毅然跋涉在高山峡谷、河流险滩中。那些年，由于身体过度透支，加上高原缺氧，常使她脸色苍白。紫外线的灼烧，使脸上的皮脱了一层又一层。30 多岁的她竟变成了黑不溜秋的"老太婆"。到后来，她连镜子也不敢照了。

1975 年，地质部指示加强综合普查。费玲玉所在的四川地矿局 108 地质队的工作任务由单一找铬矿转为综合找矿。她立即带领普查组开赴甘孜州乡城一带。

那是个十分荒凉的地区，条件极为艰苦。组员们相继病倒。"不能让工作停下！"她心里想。她是组长，如果再倒下，工作将难以想象，她硬是靠着顽强的毅力和一位地质工人坚持上山工作。一天，当地质测量到高耸的山巅时，骤然间大雪纷飞，几乎连路也辨不清。环顾四周，连藏身之处也找不到。两人冷得直哆嗦。"我们快下山吧，不然要冻死的。"地质工人不安地说。费玲玉犹豫着，好不容易爬上山来，若半途而废，工作会

拖延下去，高原的气候哪天有个准？"还是接着干吧。"说着，她率先隐没在雪幕中。

多少年来，找矿成了她力量的源泉。她几乎跑遍了四川西部地区和西藏丁青地区。在她近 50 岁的时候，依然跋涉在海拔 4000 米乃至 5000 米的山上。

费玲玉，费大姐，费孃孃，费工，孜孜矻矻地践行着自己的誓言。

她的身体太虚弱了，应该停下来歇息一阵了。女儿哀求她，丈夫也劝过，一些好友赶到她的家里，劝她改行去科研所搞室内工作。她不明白，人们为什么不理解她，追求本身不就是一种享受吗？

33 个勘探的春秋呀，要说回报，生活已给了她最高的奖赏——在她和队友的共同努力下，几十万平方公里的荒野上，一盏盏标志着各种矿床的彩灯正闪耀着。铜、铅、锌、金、银、锡、云母、煤……这些不是在向人们宣告，西南有着丰富的宝藏，它已不再是空白吗？当地的人们在矿产开发中脱贫致富，她感到无比的充实和快乐。33 年来，她参加编写或负责审查提交的各种地质报告达 50 余份；主编了"四川基性超基性岩分布图"；参加了"三江"有色金属矿带跨省区划的编写，组织编写了"三江"《矿产志》中 10 个典型矿床……

她获得了无数荣誉，国家民委、国家科委、国家劳动人事部联合授予她"少数民族地区先进工作者""三八

红旗手"称号。四川地矿局及 108 地质队多次授予她"优秀共产党员""先进生产工作者"称号。

真感谢那次采访经历，让我走近了一位地质前辈、一位女地质专家的内心世界。我也成了一个探矿人，一个寻宝人，我发现的是熠熠闪光的金矿。

那一夜，我失眠了，脑海里反复出现费工的影子，包括她描述的高山峡谷、激流险滩。我默默感叹着：人各有志，但唯有把志向与国家的命运紧紧相连，才能撞击出永恒的火花。

第二天，我一气呵成，写出了长篇通讯《镶嵌彩灯的女性》，随即在此基础上整理提炼，写出了同名演讲稿。那时，我想象着自己站在演讲台上，面对台下的观众，用最生动的语言，最优美的词汇，最激情的状态，倾情讴歌这位地质女神。

我把写好的演讲稿交到师姐手上，免不了有些忐忑，师姐认真地看了一遍，又翻过来看。我忍不住弱弱地问，要得不？师姐半天没回应，过了一会儿才抬起头来，眼里已浸满晶亮的泪花。"太感人了！写得太好了！"旋即又补充一句："尤其这标题太提劲了！"

拷问灵魂

后来的事情发展就是顺理成章了。1990 年 8 月，在四川省团委的支持下，一支以弘扬"三光荣"（以献身地质为荣、以找矿立功为荣、以艰苦奋斗为荣）精神的演讲团在省内各地巡回演讲，取得了良好的社会效果。费玲玉的名字走进了人们的心中，各地报社记者纷纷撰文予以高度评价。《甘孜报》一名记者写道：这些地质人的经历没有什么惊天动地的创举，可听着听着，心里就有一种涌动，说不清为什么，就是想流泪。

很不凑巧的是，演讲团巡回到队上演讲时，我正在外地出差，回来听同事们绘声绘色地讲述，不免有些遗憾。据说，那天台下坐满了人，当演讲者声情并茂地讲述费玲玉的事迹时，场内鸦雀无声，人们十分专注地倾听着，不时传来一些轻微的抽泣声。演讲结束，全场掌声雷动。主持人特地将费工请到台上，一上台，未及主持人开口，演讲者和费工相拥而泣。尤其是费工，泪落如雨。

我懂得费工这位坚强的女性为什么如此酣畅地哭泣，她太需要一次情感的宣泄了。各种证书、荣誉，乃至掌声都不重要，她需要的是理解和认可，更希望得到家人的理解和支持。而那时，她的家人也在台下不住地抹泪。

我趁热打铁，陆续将费工的事迹发表在《中国地质矿产报》（《中国自然资源报》前身）、《四川青年报》《甘孜报》及一些刊物上。我还壮着胆将演讲稿投寄到《演讲与口才》杂志社，演讲稿被采用并刊登在 1991 年第 1 期上。这一下激发了我的创作热情，我开始陆续发表文学作品。我也成了别人眼中的矿，先是被调到队宣传科，次年调到局机关，成了宣传部门的一名干事。

光阴荏苒，不知不觉，离开原单位 30 多年了。那之后，我再没见过费工。我很想再见到她，很想再叫一声费孃孃。

却没料到，得到的是早已阴阳两隔的噩耗，我纵有千般理由，也是不能原谅自己的，这也许正是我惶恐和不安的原因。而此刻，那个低沉的声音始终在耳边回响，挥也挥不去：费孃孃已走了十年了。十年了。十年了。

此刻，我多想自己是一名雕塑家呀，我就可以给费工塑一座像，让她像彩灯一样矗立在群山上，看着来来往往的地质新人，也让新人们仰望着她，让她的精神之光照耀大家。可我知道，这只是我的一厢情愿，因为我不是雕塑家。我唯有用文字，雕塑一座像，一座我们敬仰的地质女神的像。

我真希望这座雕像能被所有人看见。

罗会江，中国自然资源作家协会会员，作品发表于《中国自然资源报》《中国矿业报》《四川青年报》《甘孜日报》等。

小说麦田

091 ～ 134

千丝结

曲从俊

三月的一个周日，天气清冷，张孝杰待在暖气房里，不愿出门。"赶紧去吧。"妻子已经催促他三次了。他在书房电脑前懒洋洋地回应着，身体却丝毫没有动静。哪有儿子不愿看见自己的父亲呢！

春节时，父亲张华顺邀请他们一起过年，他没有答应，最后还是妻子小惠再三劝说，除夕夜，他们与张华顺吃了团圆饭。从那之后，他即便不忙，也没有去看望过张华顺。小惠知道他与张华顺积怨深重，具体因为什么，她知之甚少。以前她侧面试探性地问过，孝杰每次都含糊其词地避开，再问他便不悦，扭身离开。这是他的禁区。她不敢细问。

小惠让他去找老张，是因为张孝杰单位的体检卡发下来了。他们每年体检，身体都没问题，今年他们想，再体检肯定也没有问题，小惠便提出，把卡送给年迈的张华顺使用。毕竟骨肉相连，血浓于水，他想想也是，体检卡给老张用，不浪费。再说，他单位正在开展"树家风、重孝道"活动，这样也是落实单位号召。可要去见父亲，他是极不情愿的。

小惠又催他，再拖说不过去。

走出门，他低头顶风前行。那清冷的风，顺着他的衣襟直往里钻，像一双双冰冷的小手，掀开他的内衣，在他身上摸来摸去。他身体蜷缩得更紧，右手提着的那箱伊利牛奶也在瑟瑟发抖。一辆出租车疾驰而过，他急忙向前，边挥舞着左手边喊，司机丝毫没有减速，扬长而去。他停下脚步，稍停，说了声"真烦人"。不知道是说出租车司机，还是说张华顺。

一楼院落南侧的小门虚掩着，他满脸颓丧，推门而入。张华顺正在屋内的玻璃窗前，斜躺在那个破旧的藤椅里，歪着头，双眼微阖，阳光下他的金属老花镜框上发出一线流光，他的大腿上，放着张孝杰母亲的遗照。那张黑白照片落寞地趴在那里，好像也困了，睡着了。

很久没有见面，他发现张华顺苍老了很多，脸就像凋谢的花儿，枯萎了。家里幽暗，没有生机，连照射进来的阳光都湿漉漉的，空中弥漫着腐朽的气味。他的心莫名地痛了一下。

张华顺缓缓睁开眼，看到他，整个人像瞬间注入一股强大的活力，他放好照片，坐起身道："小杰来了。"

他显得有些慌张，嘴里嗯嗯回应着，左手胡乱地在空中划来划去。看看右手，他赶紧放下那箱牛奶，说："老张，没事多喝点牛奶，补补钙。"张华顺已经习惯儿子喊他"老张"，丝毫不生气，反倒激动地点点头。

孝杰没有急于把体检卡拿出来，或者说一时忘了，只顾外屋看看，里屋瞅瞅，故地重游似的。"老张，你看这桌子上乱的，该打扫打扫了。"张华顺跟随他身边，像个讲解员似的，急忙检讨："是该打扫打扫，最近懒了，懒了呀，等会儿就收拾。"转悠一圈儿，他坐在茶几前的破旧布艺沙发上，仰躺着，一扭脸儿，道："刚才我总觉得这屋里缺点啥，现在想起来了，缺花。老张你看看，屋里一盆花儿都没有，肯定没有生机。"

张华顺解释道："以前养过一盆多肉，没几天就干瘪了，就没有再养花。"

"你整天也没啥事儿，可以学着养花。"他犹豫片刻，又说："这样吧，改天我给你弄几盆，你试着养养。"

张华顺满心欢喜，爽快答应。后来他送来一棵琴叶榕，一盆海棠，还有十来盆绿萝，在张华顺精心养护下，生长得很好。

他对老张本就心存怨恨，但看在老张年迈苍老的份上，刚才强忍着聊几句。再待在这里，已经有些尴尬，

他准备回去。闲步至门口，他顿住脚步，掏出那张体检卡，道："这几天抽空去医院检查身体。"话里话外没有太多情感，将体检卡塞进他手里，扭身离去。

"小杰先别走。"老张柔声道。

"还有事儿吗？"孝杰问。

"体检卡你们用吧，我身体没啥大毛病，用不着。"老张漫不经心地说。

"就你这身体，还说没有毛病，你知道好歹不？"他有些生气，打量着老张愤愤地说："让你体检你就去，哪儿那么多事儿。"

"我身体好好的，真的。"老张拍了拍自己的右腿，软绵绵地说："要么你给你岳父岳母用吧。"

一时无语，房间里除了沉默还是沉默，而那座老钟秒针走动的声音，把屋子里衬托得更加死寂。过一会儿，老张打破沉默，把体检卡递到孝杰面前，语气轻柔却坚定地说："拿走吧小杰，我自己的身子骨我知道，说不去就不去。"

孝杰慢慢扭过头，拧了老张一眼，收起体检卡，装进兜里，迈步走出房门。走到院门前，他又冲张华顺大声道："不去就算了。不过我提醒你一句，别太懒，整天闷在屋子里。看看别的老年人，没事就打打太极、舞舞剑、跳跳广场舞什么的，生命在于运动你总该懂吧，这些话如果你觉得我说得不对，可以不听，就当我没说。"

老张在门口探着身子，左手虚扶门框，右手伸出来擎在空中，嘴巴动

了动，看儿子的身影拐出他的视线，再看他那老树枯枝般的手指，无力地滑落下来。

回到家，孝杰心事重重，他想不明白，许多老人为了保命，都愿意检查身体、买保健品什么的，老张怎么就不愿意体检呢。吃晚饭时，他想喝点酒，边喝边揣摩父亲表现出的异常。看他自斟自饮喝闷酒，小惠便问："怎么了你，遇到不顺心的事儿了？"

他矢口否认，只说想喝，没有原因。小惠当然不信，转而问他："体检卡交给咱爸了吧？"

"他身体没问题。"他边说边拿出那张体检卡，拍到桌子上，说："既然他不用，你拿去让咱爸咱妈用吧。"

"咱爸咱妈经常检查身体，他们用不着。"小惠眼珠一转，又说："正好明天我休班，不行我去送给他。"

孝杰没有说话，抓起一盅酒，仰脖咽下。第二天，小惠拿着体检卡来了，老张感到有些意外。小惠拉过凳子，坐下，直截了当地说："爸，听孝杰说让你体检你不去，为啥呀？"老张苦笑两下，仍旧以自己身体没有大毛病为由搪塞。小惠虽长相一般，心里却有数得很，对于老张的搪塞，她当然心知肚明，便说："爸，你别心疼钱，这是孝杰单位发的体检卡，是福利，不要钱的。再说，你这身体，一看就很虚弱，更应该体检一下。就拿我爸我妈说吧，至少一年体检一次。你真该去查查。"

他们的好意老张明白，可他有难言之隐，不能说，只能再找借口："我这人最怕去医院，本身没有毛病，只要迈进医院大门，想到那些冷冰冰的机器，心里就会发慌。"

"现在仪器检查得准着呢，上次我爸检查身体，肾上那个绿豆大小的结石都看得一清二楚，医生让他多锻炼，后来他早晚坚持锻炼，半年之后再去复查，结石果然排出来了。"小惠边掏出体检卡边说："所以，得相信医生的话，尤其老年人，还是要多锻炼锻炼，对身体好。就说孝杰吧，左腿从小有毛病，这你是知道的，不就是因为这些年坚持锻炼，才没有留下多大后根儿吗。"

老张哂然而笑，道："是呀，锻炼是好，可是我老了，快到站了，能不浪费就不浪费。"

"爸，看你说的，体检一下身体就算浪费？"小惠把体检卡塞给他，又说："爸，这次你得去。一方面，是孝杰关心你的身体，其次呢，孝杰在单位表现不错，领导很赏识他，而且他现在这个领导很重视孝道，他们单位正搞'树家风、重孝道'活动哩。所以说，爸呀，这事儿对你们爷儿俩都好。"

老张犹豫片刻，接过体检卡，答应抽空去医院检查。

孝杰下班后，小惠告诉他："咱爸答应去体检了。"

孝杰"哦"一声，略显惊讶，瞬间又举止泰然地说："他是一个怪人。"

春雨连绵，下了整整两天。

又有些日子没有见到老张，那天清晨，孝杰竟然想到了他。怎么会想到他呢。孝杰小声嘀咕着，推开卧室窗户。一股新鲜的风吹来，凉凉的，掠过他裸露的胳膊，起了一层鸡皮疙瘩。他抱紧自己，举目远望，澧城仿佛在水里浸泡过一般，楼宇间、澧河上、树林中，氤氲飘荡，似海市蜃楼，也更像仙境。他重新关上窗户，准备做早餐，因为小惠怀孕两个月，嗜睡，而且好不容易怀上，也变得娇气了，像做饭、拖地之类的家务活儿，就交给了他。不过他倒也乐意，毕竟是要当爹的人，心里美滋滋呢。

他正在厨房忙活，有人敲门，声音不大，间隔时间也比较长，他以为是楼上传来的动静。他没有在意。敲门的人很执着，力气也加重了一些，这时他判断出声音不是来自楼上，便打开门。老张喘着气，手上提着用了多年的荆条竹篮，身体颤颤巍巍的，怎么也站不稳，好像是那篮子鸡蛋坠的。他左手急忙接过那篮鸡蛋，右手搀着老张进屋来，其间没有一句话。

放下鸡蛋，等老张坐稳，他终于腾出时间欣赏一下这个怪人了。老张被儿子看得不自在，主动打破沉默，告诉他："我来看看儿媳妇。你看这鸡蛋，都是咱家的鸡下的，没有喂一点添加剂。你们尝尝。"他似乎不太关心这篮子鸡蛋，而是问老张，一大早来，是不是找他们有事情。老张连连否认："没啥事儿，就是来看看你们，

马上就走。"他心里仍不相信，暗自琢磨，这个老张，会不会体检出什么病，找他出钱治病的吧。不过他嘴上没有这么明说，而是问老张体检没有，身体情况怎么样。老张稍稍迟疑，虚虚地说："体检过了，没啥毛病。"

"一大早的，你咋来的，坐的出租车还是头班公交？"他依然对老张的话半信半疑。

"我走过来的。"老张说。

这时候，他才看到老张脖颈上明晃晃的，还有胸前洇湿的汗渍。他的嘴巴咧张着，仿佛被掴了几个巴掌疼痛难忍似的。他摸摸脸颊，问老张："等会儿一起吃饭。"不等老张回话，他起身闪进厨房。

小惠也出来了，见到老张一阵客套："爸，那么老远，还劳您亲自过来送鸡蛋，您打个电话我们过去拿就行。您实在想见我们，晚上来也行，不用一大早来。"

"来晚了你们就去上班了，见不到人。"老张笑笑，又说："你们都忙，为你们省些时间，反正我闲着没事儿，慢慢悠过来，也算是锻炼身体了。"

小惠说："步行时间太长，就不是锻炼了，那叫毁身体。"

正在厨房忙活的孝杰打断她，冲她喊了一嗓子："赶紧去洗漱，准备吃饭。"

吃过早饭，孝杰正在收拾碗筷，老张起身要走。小惠连忙劝老张别急，等会儿开车送老张回去。老张不同意，说："不让你们送，我闲着没事儿，就

不耽误你们上班了。"

"老张你急个啥。"孝杰这话与小惠是一个意思。

老张不顾他们的再三劝说，执意要自己走，惹得孝杰有些不耐烦，说："劝你不听，那你走吧。"老张刚迈出门，他探过身子又大声问："你咋回？"

"我，我坐公交。"老张说。

"好，那你走吧。"他缩回身子。

上班路上，小惠小声嘟囔他，说他对老张态度不好。他望着前方，来回调整着方向盘，不搭话茬。小惠继续说："其实我知道你也是心疼咱爸的，只是态度不好，以后你得改改，毕竟他是咱爸。"他扫她一眼，很快回过头，抛出一句话："你呀，我和老张之间的事儿，你永远不会懂。"小惠追问他，跟自己的父亲能有什么解不开的事儿。他不再言语。

小惠认为孝杰不孝，其实不然。真正原因是，老张年轻时的一次决定，给他留下了太深的阴影。有时候他试图慢慢接受年迈的老张，但当他看到老张，内心就会荡起波澜，矛盾，挣扎，深受折磨，以至于他讨厌每一个有雪的冬天。

那年下了一场大雪，大雪过后，父母就离婚了。那天，他走出校门，如刀似的寒风将阳光刺碎，温暖只停留一瞬，便不知所向。他背着书包，冻得瑟瑟发抖，小身板儿蜷缩得像直立行走的大虾，路边，慢慢融化的雪堆儿正浸洇着周围的脏土，回到

家父母都在。老张摸摸他的头，告诉他，爸爸给他买了双球鞋，让他来试试。他左右看着脚上的回力鞋，顿觉周身泛起暖流。那一天，正是他七岁生日。

离婚是老张主动提出来的，这对他来说，如晴天霹雳。难以接受，他在老张面前哭得撕心裂肺，但是无果，他们还是离婚了。母亲看到他哭，也满眼泪花。父母离婚后，有关老张的传言越来越真，当时他不太懂什么是"搞破鞋"，知道不是什么好话，也不敢问。只要听到谁家大人说老张不好，他就故意找事儿，打人家的孩子，没有小孩的，他就用弹弓打碎他们家的窗户玻璃。渐渐地，他明白"搞破鞋"就是不正当男女关系。当时他不相信。当传言漫天飘扬时，他有些半信半疑了，便问母亲真假，母亲不说。有一次小姨来家里劝慰母亲，他从母亲悲伤的哭泣中，从小姨忽明忽暗的言辞中，证实那些传言的真实性。霎时，老张在他心目中的高大形象，猝然坍塌，再也立不起来。让他对老张恼恨的是，后来母亲告诉他，是老张主动放弃对他的抚养权。从那天起，他再也没有叫过老张"爸爸"。

张华顺搬走了，住进他爷爷奶奶留下的破旧平房里。他一度认为，老张会再婚生子的，可他没有。他不懂。母亲也没有再婚。那段日子，看着母亲日渐消瘦，精神萎靡，他更加憎恨父亲。老张曾经给他们送粮和钱，母亲一次都没有要，老张被多次拒绝后，

就没有再来，像消失了似的。渐渐地，老张在他心里越来越模糊，偶尔想起他，好像只是一个远方的亲戚。

他高三那年，母亲终于扛不住病魔的侵蚀，撒手人寰。临死前，母亲一再叮嘱他，孝杰，你的腿不好，要多跑步。对于张华顺，她只字未提。母亲去世后，老张曾提出跟他一起生活，他断然拒绝。后来，虽说老张经常送钱给他，又供应他上大学，但他一点也不感激。他认为，是母亲的死让老张良心上受到了谴责。

后来他上大学，考入澧河区政府机关事务管理局工作，包括与小惠结婚，都是他自作主张，老张的意见他一次也没有采纳过。随着老张渐渐老去，单位又提倡孝道行动，他在小惠的催促下，才去看望老张的。

周六上午，孝杰拎起小惠事先装好的烧鸡和酱牛肉去看望老张。在胡同口，他看到老张的邻居老刘和老蒋在下象棋，旁边还有一个观棋的老头儿，他不认识。本来孝杰不想跟他们打招呼的。没想到，老刘扭脸儿看到了他，说："孝杰来了，找你爸哩吧。"

"是。"孝杰说。

老刘捏着棋子，擎在半空中，看着他说："你爸不在家，出去了。"

"哦，那我等他一会儿。"孝杰没有停下脚步，走了。

没走多远，他听到老蒋问老刘："老张家的公子？"

"是哩，叫孝杰。"老刘说。

"他孩儿怪腼腆，不像老张。"那老蒋说。

"那他不像老张，老张年轻时多欢实呀，我敢肯定，他还不如老张花哩。"老刘话音刚落，三人齐声大笑。

这不是好话。孝杰听后心里很不是滋味，提着烧鸡和酱牛肉的右手攥得紧紧的，而有关老张年轻时的传言，以及他抛妻弃子时的情景，再次浮现出来。他想转身回去扔下东西就走。

家里的大门锁着，他没有钥匙，老张配过一把，他没有要。老张告诉他，那把钥匙就在门梁最东侧上面，伸手就能摸到。当时他想，猴年马月才能来一趟，根本用不上，就没有放在心上。

打开门，把东西放到茶几上，转身就要走。可他看到茶几上翻开的相册，看到茶几下层横面探出一半的体检卡，他坐下来。这是老张常坐的位置。他弯腰拿起体检卡，翻了一眼，又放回原位。老张没有去医院体检。他又翻看那本打开的相册，是老张当年离开时，除自己的私人衣物外，唯一带走的一件共属物品。他心想，这个相册，老张肯定常翻常看。

他轻轻地翻开相册，里面有他小时候的照片，有母亲年轻时的黑白照，还有他们三口的合影照。相册里的每一页，都能勾起他童年的回忆，每翻起一页，记忆里的那些场景便闪现出来。是的，那时候，他们的"三口之家"是那么温馨、幸福……当他翻到最后一张合影照时，他的目光呆滞了，像钉子似的，紧紧盯着那张照片。那是他六岁那年，生病出院后他们照的一张合影。这张照片比其他照片色彩稍暗，显然是经常用手抚摸的结果。他将照片抽出来，离近看，发现照片中，老张的目光中透着些许的黯淡和忧伤。他猜不透原因。放回去的时候，他突然发现，在这些照片下面，还压着一张人民医院的诊断单。诊断单上面的笔迹已经模糊，但还是能看到老张的名字及诊断结果：HIV阳性。孝杰蒙了，顿时眼前一片模糊，差点儿从沙发上栽倒。HIV 阳性意味着什么，他懂，万万没有想不到的是，竟会落到老张身上。父亲是艾滋病病毒携带者，那他自己呢？想到这，他浑身颤抖，天塌地陷似的，眼泪默然流下。

老张回来了，他急忙合上相册，把那张"诊断单"叠起，藏在手心。老张进屋时，他已擦干眼泪，面色铁青，目光如炬，把老张盯得有些不自在。老张呢，手拎黄表纸和香，还有大肉、馒头和水果，看到孝杰那样的架势，顿时怔住了，他似乎在猜测，哪个地方又做错了？老张扫一眼那个合起的相册，小心翼翼地问："小杰，来有一阵儿了？"

他没有回答，从牙缝里挤出一句话："你怎么就不去体检？"

老张听到这事儿，那股紧张的劲儿猝然泄下去，似乎并不急于回答，便将手里的东西一样一样放下。很显然，那些东西是为他母亲所备，因为明天是母亲的忌日。他顾不上这事儿，

越来越多的愤懑充斥着内心，不发泄出来会闷坏人的。

"你没听见吗，我在问你话呢！"他嗓门比刚才还大。

"孝杰，我说过我身体没病，不想去。"老张说。

"你不是没病，更不是不想去，而是不敢去！"他恨恨地说。

还没等老张反应过来，孝杰把那张诊断单迅速抻平，重重拍到茶几上，凶狠地瞪老张一眼，扭身跑出门外。

孝杰走后，老张僵尸似的，钉站在那里一动不动。老张盯着亡妻的遗像，浑身颤抖着，失声痛哭，那眼泪蚯蚓似的，顺着脸上沟壑纵横的皱纹往下流……

孝杰担心自己被染上那种病，当天就去医院检查了，过两天结果出来后，他长舒一口气，庆幸自己没有被传染上。不过，那段时间他的心情糟糕透顶，经常会莫名地发火，无端地心生伤感，工作时也心神不宁的。他偶尔会感慨，老张对母亲和家庭背叛时，报应竟然随之而来。像这些烦心的事，他知道，是无法向别人倾诉的，包括妻子、同学、朋友，他绝不会提起。他为老张的错误感到丢人，更为他感到不值。他不敢想象，单位领导和同事一旦知道父亲患有这种病，他们会有什么反应，他还能在单位抬起头来吗？当然不会。有时候，他甚至不愿去想此事，永远不想看到父亲。可事情不是以自己的意识所能转移的，更多时候，他是难以释怀。

冷静下来后，他想到了小姨，因为在母亲姊妹四人当中，她生前与小姨关系最好。母亲死后，小姨虽然没有住进家里照顾他，但平时对他帮助却不少。于是，他找到小姨，想从侧面了解一下老张。不过他没有说老张患上了艾滋病，而是问小姨，老张年轻时真像其他人说的那样？

"你爸太没良心。"提到老张，她牙齿咬得咯咯直响，恨恨地说："为了一个女人，他竟然抛弃你和你妈，心也太狠啦。"

"他现在身体也不太好，生活得很可怜。"孝杰淡然道。

"活该，死掉才好。"看来小姨对老张恨之入骨。

"小姨，他年轻时候有过大病吗？"孝杰又问。

"有病能去拈花惹草？要有也是花心病。"小姨不屑道。

"小姨，那个女人你认识吗？"他问。

"不认识。听说是他们厂里的一个狐狸精。"

问不出太多实质的东西，之后他与小姨寒暄一会儿，便离开了。从小姨家出来，孝杰一直在想，老张是不是与那个女人鬼混而染上的病呢。一种莫名的力量促使他，从这个女人入手，一探究竟。

瞒着妻子和认识他的人，他再次回到曾经生活过的小区。这个小区是老张曾经工作过的棉纺厂家属院。现在，这里破旧不堪，一砖一瓦都蒙尘着历史的沧桑，棉纺厂倒闭后，许多老门老户陆续搬走了，现在仅剩几个退休老职工住在这里。让他犹豫的是，这事该找谁打听呢？思来想去，他决定找6号楼的老孙伯伯，因为老孙当年曾是厂里生产部的领导。他对老张的事应该有所了解。

老孙年轻时就有些财迷，见到他并不兴奋，许是看他手里拎着的一提双沟酒和一篮鸡蛋，骤然间就热情了，笑眯眯地说："孝杰呀，搬家后也不见你回来，想着把伯伯忘了呢。"

"哪能呀，那些年多亏你们的帮助了。"孝杰客套着，放下酒和鸡蛋。

"是好孩子，不忘恩。"老孙笑道。

两人聊没几句便聊到老张，孝杰把话引入正题，脸上泛着红润，道："孙伯伯，我有个事情想问你一下。"

"啥事，说吧。"老孙爽快答应。

"有关我家老张的事儿。"他支支吾吾道。

"你爸呀。"老孙扬声长叹，欲言又止。

"当初，他是不是像别人传说的那样。"他有些不好意思。

"开始你爸工作上挺积极的，性格开朗，人缘也好，拿了不少先进。从我个人看，他挺讨人喜欢的。"老孙仰脸回忆道："后来嘛……"

"后来怎么样了？"他急切地想知道后来的事。

"后来，变了个人儿似的，有些怪，与别人也不再说笑了，还传出有生活作风问题。"老孙说得慢吞吞的，还不时瞄一眼他，生怕哪句话说得不合适似的。

"和谁有生活作风问题？"他追问道。

"这个嘛，我想想。"老孙歪头想半天，支支吾吾道："好像是，是那个谁，库管，方桂兰同志。"

"孙伯伯，能说得具体点儿吗？"

"当时，在厂里传得沸沸扬扬，我也是听说啊，没见过他们有亲密的举动。"

"方桂兰当时结婚了吗？"

"结婚了，听说她爱人在外地做生意，好像倒腾外贸。"

"那她丈夫就没有听说。"

"应该没有，不然他能不来找你爸和桂兰的事儿？"

"哦。那，就没有看到过他们的不轨行为？总不能空穴来风吧。"

"好像有人看见过，我想想。"老孙再次紧蹙眉头，想半天，忽然睁大眼睛，说："对了，是贾工，跟你爸同在厂里技术部，没错，是贾工说的。"

"他说的啥。"

"他说他亲眼看到你爸跟桂兰在锅炉房墙根儿那个。"

"那个？"

"就是亲嘴儿。"老孙倒有些不好意思起来。

"后来呢？"他感到恶心。

突然，一串急促的电话铃声打断他们的谈话，他接起，硬生生地说："说！"

"孝杰，你能来一趟吗？"是老张。

此时听到老张的声音，脑海中，老张与方桂兰亲嘴儿的场景便浮现出来。

"正在忙，改天吧。"他狠狠摁断电话。

老张看他收起电话，继续说道："后来你母亲秀华到厂里闹过，厂领导也找你爸谈过话，再后来你爸跟你妈就离婚了，这些你知道的，过有大半年儿吧，你爸就内退了，你应该也知道。"

"方桂兰呢？"他问。

"桂兰同志无儿无女。她跟你爸一起退的。他们待不下去呀。"老孙话锋一转，说："不过，他们没有走到一起，桂兰同志内退后就离开了这里，再没有她的消息。听说，我只是听说，好像去了华胜市。"

"那贾伯伯呢，他现在在哪里？"他想顺藤摸瓜。

"他儿子挣大钱了，听说搬北城区去了。"

"你知道他家的住址吗？"

"不知道，多年不联系了，不过可以帮你问问。"

"行，那麻烦您了孙伯伯。"

他把手机号码给老孙留下，正要出门离开，忽然停下脚步，心想，如果能找到方桂兰，就不用再找老贾。于是他扭身回来，又问老孙："对了，孙伯伯，方桂兰在华胜市的具体地址你知道吗？"

老孙回想一会儿，摇摇头说："不知道。"

正当他要失望地离开时，老孙唤住他，说："你倒可以问问老鞠，当年她在人事科，工人退休手续都是她办的。"

"她现在在哪儿呢？"

"她退下来后就去了省城，帮闺女带孩子了。"

"你有她的电话号码吗？"

"她家老钟过世得早，去省城后就没回来过，没有联系过。"老孙眼睛一亮，又说："对了，前些年听老贾说，她闺女在省人民医院工作，你要不想费事儿，我打听到老贾后，一问他就知道了。"

他并没有听从老孙的建议，决定去一趟省城，非要把老张的事儿弄个水落石出。他也知道，想找到方桂兰也很容易，老张最有可能知道她的下落，可他不能问。还有，这事儿不能声张，要瞒着小惠进行。

吃中午饭时，他告诉小惠要出差，跟单位领导去省城办事。小惠知道，跟领导出差是好事儿，能拉近关系，对丈夫今后的提拔有好处，她当然支持。小惠问他去几天，又说："今天是周日，去也办不成事儿。"

"明摆着的嘛，今天走，可以办些自己的私事儿。你也知道，他女儿在省城上学。"他看似漫不经心，实际上很紧张。

小惠当然明白，急忙给他收拾衣物，再三叮嘱他少喝酒。他嘴上答应着，心里却是在想怎么给单位领导请假。下午出发后，他给张主任打电话，说要带父亲去省城看病。"弘扬孝道"是张主任提倡的，他以给父亲看病为由请假，张主任慨然应允。

从地理位置上看，澧城离省城并不远，直线距离二百多公里，因为太行山脉的阻挡，开车去省城要绕山路，所以他驾车走走停停，近五个小时才到。在省人民医院不远的华南宾馆住下，省城的夜生活刚刚开始，街道上光怪陆离的。简单吃过一碗肖记烩面，他没有回宾馆，而是漫无目的地走着。这些年，老张就像他心里的一道伤口，看似集结成痂，可只要轻轻掀开，瞬间便血流不止。最让他受不了的是，这种痛就像患上隐疾，无法向别人言说。

不觉间，他走进一处沿河公园，这里幽暗寂静，有他熟悉的花草、石径和亭榭。公园边上这条河他也熟悉。以前来省城出差，同事给他介绍过，是穿城而过的金沙河，向东，它最终汇入鲁湾河流向淮河。像澧城的澧河一样，沿河两岸，有许多这样的公园，供市民休闲，这也是城市的靓化工程、惠民工程。公园里那座吊脚小亭飞檐棱角、浮雕瓦砾、石台条椅，煞是好看。坐在小亭里，闭目定神，四周寂静无声，就连草丛里的蝈蝈，也似乎屏住了呼吸。以前他喜欢安静，可真正置身这寂静之中，他倒有些害怕了。突然他有些恐慌，睁开眼，身子和目光转动着四周，试图寻找到来时的路，可是他迷了方向。看着如梭的车流，他不知道回华南宾馆的路，还好，驶来一辆出租车。他迅速伸出右手，拦下出租车，这才顺利回到华南宾馆。

他躺在床上辗转反侧，怎么都睡不着，脑海里反反复复都是老张的身影。熬至深夜，仍无法入眠，他索性起身踱步到窗前，点燃一支烟，望着窗外发呆。窗外夜色邈远，有冷清的灯光，有车辆和路人，也有月亮和云彩。月亮困得睁不开眼，不一会儿就躲进云彩里睡了。他一个人，一支烟，身体被夜色浸透，被浓郁的心事缠绕，烟头上的火忽明忽暗，像夜晚的幽灵。

第二天他来到医院，在就诊楼导医台问"蒋小蓝"，那个身材高挑的护士告诉他，找蒋主任呀，她在住院部，心内科。没想到那么顺利，他心中大喜，急忙道谢离去。到心内科住院部，护士站的医务人员说，正在做手术。他在走廊里一直等到中午，仍没见人。他走到电梯口，从医务电梯里走出三个人，两男一女，女人一袭白色大褂，皮肤白皙，胸部饱满，整个人显得干净利索。她走路昂首挺胸，目光端正，步履不疾不徐。他第一感觉这个女医生就是蒋小蓝。他急忙上前搭话，蒋主任好，蒋主任好！找您说个事儿。蒋小蓝顿脚，上下打量着他，问，您是？我从澧城来，想向伯母打听点事儿。蒋小蓝迟疑时，他又解释说，当年家父和伯母是同事，有些早年间的

事儿，想问问伯母。蒋小蓝将他领到办公室，给母亲打电话核实之后，才领他回家见母亲。

鞠老太七十多岁，身材瘦小，满头银发，眼神透亮，虽至暮年，但思维依然缜密。

他问："当年关于我父亲的传言您知道吗？"

鞠老太说："传言很多，都没有根据，不可信。"

他继续问："我找过孙伯伯，他说得真真切切的。"

鞠老太说："哦，那，那他可能真看到了，孩子，你爸还健在，问问他不就知道了？再说，事儿已经过去这些年了，你追究这事还有必要吗？"他被老太太反问得哑口无言。

"对我来说很重要。"他继续说："鞠姨您当年在人事科，您总会知道方桂兰退休后到华胜市哪个地方了吧。"

鞠老太歪着头，回忆片刻说："好像在华胜市外贸公司家属院，对，应该是这个地方。"

在鞠老太家吃过饭，他没有回澧城，而是直奔华胜市。到华胜市就没有那么顺利了。方桂兰退休后，居住在外贸公司家属院不错，不过她已过世。方桂兰的丈夫至今不知所终。至于方桂兰的死因，他通过邻居了解到，患上的就是"血病"。邻居们还说，这些年，方桂兰过得孤苦伶仃的，到死丈夫就没有出现。她丈夫早些年好像犯事坐了几年牢，之后就再没有回来

过。他们怀疑他已经死了。

他怅然失落，甚至有些绝望。那种绝望，有线索中断后的绝望，也有对老张的绝望。就目前他所收集到的信息，足以说明老张是因为方桂兰染上的艾滋病。他更加憎恨老张，他为有这样的父亲感到耻辱，他还想到母亲的隐忍……回澧城的路上，他脑海里闪现出老张与方桂兰在一起的各种场景，虽然这些场景是他想象出来的，但每个场景都仿佛真实发生过。

回到澧河已是晚上六点多。快到家时，他接到老孙的电话，老孙说他打听到贾工现在的住址了。挂掉电话，他掉头便往棉纺小区赶。车停稳，他慌慌张张往里走。在老孙家旁边，是老郭的小卖店，一个包裹得严严实实的男人正透过窗门，打听张华顺。灯光吞没了他，留下一个臃肿的背影。那男人声音低沉，偶尔咳嗽一声。当他听到那人打听老张，顿时激灵一下，定住脚步。

"请问，张华顺还活着吗？"那男人问老郭。

孝杰此时已在那男人身后。老郭探头看一眼，指着孝杰说："喏，你问他吧。"

那男人扭过脸儿，他看不清楚，便反问道："张华顺是死是活跟你有关系？你认识他？"

"你是……"

"我是他儿子。你说吧，找他啥事。"他不太友好。

"像华顺。"那男人打量着他，兴奋地说。

"你快说吧，啥事？"他有些不耐烦。

"华顺还活着吗？我想见他一面。"男人说。

张孝杰脑海中突然蹦出一种预感，此人"大有来头"。他跟老郭打了个招呼，又冲那男人说："想见他行呀，跟我走吧。"

他驾车将那男人带到一处僻静处，停下，扭头问后座上的男人："你从哪儿来，与老张是啥关系？"

"我叫段国良，跟你爸是多年的老朋友。"段国良似乎怕他不清楚，又解释道："方桂兰是我的妻子，她已经死了。"

听到"方桂兰"三个字，他脑袋像炸裂似的，急切地问道："你再说一遍，方桂兰是你啥？"

"是我妻子。"段国良点燃一支香烟，又说："刚才看你情绪不好，也没有敢问。你就是孝杰吧。"

"是呀是呀。"他急忙说。

"一晃都这么大了，确实不敢认了。"段国良轻拍他的肩膀，说："当年你患上小儿麻痹症，差点儿没命呀，那次可把你爸吓得不轻。"

孝杰对那年患病是有些印象的。

段国良长叹一声，说："孝杰呀，实不相瞒，叔的日子不多了，就想见你爸最后一面。有些事儿，你不知道啊。"

患病那年孝杰才六岁，至于后来发生的事儿，他自然一无所知。

段国良又是一声长叹，接着把那段痛苦的往事断断续续地告诉了他。

孝杰那年因为患上小儿麻痹症，好在救治及时，脱离了生命危险。为了给他治病，张华顺花光了家里的钱，还借了亲戚朋友不少钱。他更不知道的是，张华顺无奈之际，想到了段国良。当时有关段国良做"血头"的事，很少有人知道，包括方桂兰也全然不知。邻居们看他整天无所事事的，愣是不缺钱花。方桂兰甚至怀疑，他干了小偷小摸的勾当。一次喝酒时，段国良无意中告诉了张华顺。其实段国良自己也卖血。自然而然，张华顺想到了"地下卖血"。谁会想到呢，张华顺只卖了三次，就感染上艾滋病。这也是张华顺一生的痛。

张华顺知道"地下卖血"挣钱多，不过卫生条件极差，容易感染"血病"，无奈急于用钱，也是抱着侥幸心理，找到段国良。自从卖血后，张华顺一直没敢与妻子秀华同房，因为他听一个卖血者说，只要三个月不发烧，就证明没有染上"血病"。没想到，才两个多月他就发烧了，后来他偷偷跑到医院检查，发现自己"中招"了。

张华顺是深爱妻子的。他害怕感染上她和儿子孝杰，主动提出离婚，并劝妻子再找一个好男人过日子。妻子不知其因，死活不离，于是他又谎称自己有了外遇。谁会想到呢，当人们正在揣测外遇的对象时，他与方桂兰的一次"密会"，竟成为祸根。

没多久，卖血团伙被抓，段国良进了监狱。在狱中他发觉自己也染上"血病"。虽然他四个月后才发烧，可医院检查的结果不会有错。有一次，张华顺偷偷探视段国良，表明自己染上了"血病"。段国良狠抽自己两记耳光，骂自己害了张华顺，也害了自己。两个男人痛哭流涕，悔恨莫及，却也无济于事。段国良最担心的是，妻子方桂兰是否也染上"血病"，并在张华顺临走前，交代他一定要带方桂兰去医院检查。也就是那一次，方桂兰与张华顺的"亲密交谈"，被平时与他关系不好的贾工看到，竟一传再传成为两人在"亲嘴儿"。从那以后，两人之间的关系再也说不清。

张华顺离婚不久，方桂兰的检查结果出来了，确认被染上了"血病"。悲恨之下，她竟默认了有关他们的传言，与张华顺一起办了内退，逃离澧城，回到娘家所在的华胜市，过着隐居的生活。

听到这里，孝杰已是泪水滂沱，心如刀绞，因为他知道，他和母亲都错怪了张华顺。

此刻他快速启动汽车，带着段国良一起去见父亲。不过，当他们来到张华顺的住处时，发现父亲不在家。他又找到经常在街边下棋的老刘家，虽然他对老刘印象不好，但情况紧急，也顾不上那么多了。老刘也不在家。老刘的老伴看到他像见到了救星，急切地说："孩儿呀，你可回来了，你爸犯病了，打你电话你不接，老刘和俺家胜利把你爸送去第一人民医院了，都快两小时了还没回来，看着挺严重的，你赶紧去看看啥情况吧。"

听到这里，他二话没说，扭身离开，带着段国良向医院飞驰而去。到医院楼下，他全然不顾段国良，急忙下车，边打电话边冲进住院部……当他气喘吁吁地推开感染科16号病房门，看到双目紧闭、面容苍老的老张，再也抑制不住内心的情感，号哭着，扑通跪在老张床前，悲恸地叫了声："爸……"

曲从俊，中国作家协会会员，鲁迅文学院国土资源班学员。作品散见于《长江文艺》《芙蓉》《啄木鸟》《朔方》《广州文艺》《莽原》《鸭绿江》等刊物。著有中篇小说集《第五幅肖像》《全城暗恋》。

河鸟

蒋建伟

1

爹使出了浑身的劲儿，想把我送进城里。

和中国的许多农民一样，爹半辈子都泡在庄稼地里，连皮肤都泡成了土黄色。爹不知道他的先人是谁，好像他们生来就是被历史省略掉的人群。但，爹偶然也要出几趟远门，凭借着一张1975年河南遭受特大洪灾的介绍信，做一些民间毛笔之类的小生意养家糊口，虽说家庭经济条件时好时坏，但比什么都不做强。四邻里面只有爹长了一身做生意的细胞。那些面朝黄土背朝天的庄稼汉黄脸婆们都很羡慕爹，一个人能养活全家老小五六口人，这就是一件了不起的事！

到了后来，他们也学着爹出外的样子，大背头，中山装，黑黑的人造革提包，打了掌的皮鞋嘎嘎乱响，你望一眼立马就有触电的感觉。他们一遍遍重复着爹外出时说过的话，模仿着爹一脸的诚恳，好像他们都是我出门在外的爹。起初，爹收了几个同宗的叔伯兄弟做徒弟，来来往往间少不

了言传身教。徒弟们后来又自立门户，各自带了自己娘家门的徒弟，如此循环发展，以蒋寨村为中心的几个村庄成了远近闻名的生意村。说白了，因为他们无形之中抢了爹的生意，又因为供多求少，所以生意也就越发难做了。

爹就是爹。爹在我们姊妹三个心目中的伟大地位丝毫没有改变。这在当时，做生意的又被村人叫作跑外销的，谁要是生在跑外销的人家就算掉进了福窝里，儿子不愁娶，闺女不愁嫁，夸张点儿说，是想啥就有啥。所以，我和姐姐们上学都是昂首挺胸的，我们身后落满了成串成串的羡慕声。

小学三年级的一节语文课上，老师让我们用"出差"一词造句，全班同学面面相觑。突然，坐在前排的蒋长伟举手答道，去年夏天，我爸爸和二叔他们几个到广西出差去了，老师你说对不对？老师带头鼓掌。其他学生却哈哈大笑起来，笑的原因有二：一是出差的释义是办公事而不是办私

事，尤其不是什么跑外销；二是我们都知道，去年夏天长伟爹的生意赔了个精光，他娘不知骂了几个半夜呢！下课铃一响，我们围着蒋长伟取笑，蒋长伟，你还怪能哩，你爸爸还上广西出差去了，出的哪个领导的差？是你娘吗？人家都叫"爹"，你却叫"爸爸"，两天没见面，你还会说洋文呢！蒋长伟，今年你爸又出差了没有？蒋长伟脸憋得通红，小脑袋耷拉得像挂个大破鞋似的。等到上课铃声响了，我才发现还有一泡尿没有撒出去，但为时已晚，只能憋到放学。被憋尿的还有六七个。这一下我们的火气大了，在放学的队伍里撵蒋长伟，边撵边胡连（方言：瞎编）他。

蒋长伟，去赶集
弯腰拾块西瓜皮
还想吃，还想卖
还想给他奶奶留一块
哈哈哈哈哈哈哈哈哈

一人唱，众人和，煞是得意。

就在那个冬天，我爹也"出差"去了，至于去了哪里我不知道。这一趟，爹和蒋中文大哥带了1000多支毛笔。爹他们生意做得还好吗？我没事的时候，就遥望蜿蜒而去的汾河大堤，期待漫漫黑夜中"咣唧"一声的门响，惊喜院外小胡同里的几声狗叫和一串脚步，梦见爹又给我买的一些糖果和铁皮文具盒。我知道我想爹了。我问，爹什么时候回来呢？每次娘总是一句

话：你爹早晚会回来的。

春天过去了，秋天来了，树丫早光秃秃一片了，我还空守着娘的那一句话。爹怎么还不回来呢？有时候，我会爬上院中那棵10米高的老臭椿树，满心欢喜地向大堤方向眺望，期待会有一辆或者两辆客车的出现，或者一阵稀稀拉拉的车笛声响。而天空缺了日头，农人们正把欢快的口哨抛上无边的田野，那些穿裤子的云，戴眼镜的雨，隐隐说着梦话的闷雷在仓皇逃命，如烟的麻雀落落扬扬，草坡上腾起一股一股的土雾，让你数不清它们究竟会有多少只。

"爹怎么还不回家呢？"我一遍一遍地问，一遍一遍用眼睛满世界扫描，然而，一无所获，我记忆的天空依然是一片空白。你不知道我那时候有多伤心，我的两眼木木的，想起爹我就又噌噌噌地爬上了树。

临近年关，一个晚上，我们刚睡下，爹终于回来了。屋外漆黑一片，爹挟了一身寒气，狠狠地用手拍打着院门，响动很大。娘在被窝里用脚踢踢我说，团结，团结，你爹回来啦，快起床给你爹开门。我一骨碌爬起来，衣服也顾不上穿就跑了出去，尽管风很大，寒冷逼得我咬紧牙关打寒战，我依然掩饰不住满心的惊喜，直奔那上了锁的院门：

"爹！"
"哎——"
"你咋回来恁晚呢？"
"不晚哪，你想我了吧？"

"想！"

"咋想的呀？"

"用我的大臭脚想的。"

"小鳖孙，你不是用心想的啊？"

"不是。"

爹一把抱起我的光身子，用一张满是烟味儿的嘴巴亲我的胳膊肢儿，亲得我周身痒痒。爹把我放进热被窝，一边伸进来一双凉手在我的身上乱摸，一边漫不经心地跟娘说着话。两个姐姐也醒了，她们都侧着支起身子，在被窝里支起耳朵听。无非是在等爹从布袋里拿出好吃的东西。爹跟娘说完话，发现孩子们都很精神，没有一点要睡的意思，便站起来拉开黑提包的拉链，塞给我们一人一个红红的大苹果。我把凉苹果捂在胸口，想等暖热了再吃，可是当凉苹果变成热苹果的时候，倦意袭来。我梦见爹这次带我去了山东，那里的苹果让我吃个够，爹好像还笑着骂了我山猫嘴什么的。

第二天上午，娘到蒋桥集上割了二斤半猪肉，剁肉馅儿，包饺子吃，庆祝爹这趟生意跑得红火。娘掀开大锅盖儿，整个灶屋变得热气腾腾，我们姐弟几个钻进屋里，光说话看不见人影。娘忙碌了半天，饭还没有做好。那些肉香味儿早拐弯抹角地飘散开来，熏了大半个寨子。这种香味平常是豫东人家少有过的，除非赶上逢年过节，所以香味引来了许多小孩子。他们倚在我家院门口吸溜着嘴巴。娘足足下了两大锅饺子，第一锅被那些小山毛嘴们分了去，第二锅爹又让我们盛到碗里，挨家送人。等到我们姐弟回家一看，锅里只漂着几个孤零零的饺子。我"哇"一下子哭了。爹和娘从外面跑进灶屋问，咋了咋了，这些饺子不够你们吃吗？看你们尖（方言：小气）得跟镰削似的，平时别人送咱们家吃的时候，咋就忘啦？

几天以后，从娘的脸上可以看出，爹这趟江西的生意做得很不理想。娘看见啥都想踢几脚。于是，两个人常常为了鸡毛蒜皮的一点儿小事吵架，末了，爹总是自知理亏，大白天照样蒙头大睡，任凭你再凶，他就是不还口，还一个劲儿地嘿嘿地笑，像极了那些西装革履的城里帅小伙儿，非常有礼貌。谁拿他也没办法。

2

我恨爹喝酒。

一次跟娘吵完架后，爹再没睡觉，而是钻到蒋中文家喝起了闷酒，一盘咸腊菜，两个萝卜，两个人对瓶吹。醉酒后的爹一步三晃。他听到一村妇正在骂街，骂那个偷鸡的贼。不知什么缘故，村妇的骂竟然引起爹的共鸣，他接过那人的话头就骂开了，一直骂到天摸黑，还嫌不解恨，当街解开裤裆，霸气十足地尿了一泡，一副义愤填膺、大义凛然的样子。

只不过，爹后来的举止就不那么

大义凛然了。回到家后的爹，先是把娘暴打一顿，后又满院子骂着那个该千刀万剐的贼，最后蹿进屋里，瞪着一双血红的醉眼，搡着打我。慌乱中，我被横在门口的铁锨绊倒，在我绝望至极，就要成为我爹的"小偷"之际，有一道影子闪电一般堵住了爹。我逃了出去。

我已经记不得那是怎样的一个苍凉的旷野，一滴墨水的涛声久久盘旋在头顶，天空黑洞洞，月亮瞎了眼，大地上无人行走。草色灰灰，万籁俱寂，连一声麻雀的啼叫也没有。我哭起来。虽然冬天的第一场暴风雪还没有来临，虽然我的村庄还在隐隐暗示着万家灯火的记忆，我周身爬满了寒冷，紧一阵，慢一阵，爹凶巴巴的面孔如海水般狂漫起来，爹在咆哮，爹在穷追不舍，家的温暖变得遥远，我的双腿麻木而茫然，我第一次感觉到它们的多余。"再数五个数，要是他还不下来的话……"我暗自掐起了手指头，从1数到5，爹是不会来寻找我了，可是娘呢，我失望透顶了。我伫立在距村三里之外的一条干沟堰上，哭着念着所有亲人的名字，那些声音迅速被风刮跑，风越刮越大，我好像掉进一口莫大的冰窖。

半夜狗叫，公鸡打鸣儿，远处传来母亲唤儿急切的声音。

天亮之后，爹像平常一样起床吃饭，看见我的时候一点愧意也没有，好像压根儿不知道昨夜一个8岁的男孩子出走。娘恶狠狠地用筷子敲打着洋瓷碗边，一条一款地向爹兴师问罪，从我被打到出逃回家，所有复述的情节都真实地还原。爹在争辩，他根本做不出这般狠毒的事情，然后娘就拿出昨天男人刚打断的笤帚把儿，刚刚砸碎的尿罐碴儿，摔烂在墙角的一堆瓷碗碎片儿，爹方才低头认罪。看着爹的熊样子，我怒火中烧，真想扑过去狠揍他一顿，但我个子小，打不过他。娘说："团结呀，还记得昨天晚上的仇吗？"我一言不发，算是默认了。娘问："如果我给你一个机会，让你现在就报仇雪恨，你敢不敢？"我问："咋个报仇法？"娘说："那么，就用你的锤头子（方言：拳头）吧，数它最厉害！"我爽快答道："好！"然后快步上前，使出了吃奶的劲儿，给了爹三五个锤头子。娘高喊："团结，你别打恁狠，他是你爹呀！"我反驳道："打的就是他，谁叫他昨晚对我下手恁狠哩！"娘又问爹："他爹，团结打得疼吗？"爹笑笑说："一点也不疼，跟弹棉花似的，柔得很哩！"

后来几天，爹再没有去喝闷酒，娘也停止了烦人的唠叨，这样我就获得了每晚在爹的身上弹棉花的机会。我用小拳头和小脚丫打他的白肚皮，踢他的白肚皮，跺他的大腿，捉弄他，让他不得安生，我就是要用这种弹棉花的方式让他长长记性，看看下回他还是不是"狗改不了吃屎"，娘和几个姐姐在旁边看笑话，谁也不出来劝架，只等待着他恼羞成怒，起身反击，然后我们再一拥而上，群起而攻之。然而令我们惊讶的是，无论我怎么他，他都是"嘿嘿嘿嘿"一脸享福的样子，妥妥的老娘们脾气，任凭你怎么拱火，他就是不接招。弹棉花嘛，娘知道这几乎是每个乡下孩子都乐意的事情，也间接地帮她出了气，两全其美啊。给我快乐的爹就是我的死党，比酗酒的爹要好上一万倍。但这种快乐仅仅延续到大年初五，便被过年的鞭炮炸飞了，原因是爹还要"出差"，合伙人是村西的蒋中堂，本来爹是打算叫上蒋中文一道去的，但遭到娘的强烈反对，娘怕蒋中文好喝酒，搭个这样的家伙如同在爹身边安装了定时炸弹，随时随地都有爆炸的可能，男人见女人的态度非常坚决，最后只好如此了。没有了爹的年关里，我愈加想念起爹的好与坏，并且也掐指算起了爹的归期，只是数字范围远远大了

些，当我以天为单位，从"1"数到"63"以后，爹仍然没有回来，数到67.5 的时候，也就是爹走后第 67 天的下午，爹和蒋中堂满面春风地回来了，显然这一趟的毛笔生意赚钱了，赚钱了娘就笑得更加阳光灿烂了，这样迷人的故事细节该是多么令人陶醉和神往啊！

是的，"弹棉花"，就是在爹的白肚皮上像弹钢琴一样演奏，这是一个多么具有诱惑力的动作呵，同一胡同的好伙伴蒋长伟听了羡慕得两眼通红。我知道蒋长伟此时最盼望的是他爹蒋中文也立马喝酒，而且是喝醉，醉得越厉害越好。我没有学过心理学，所有的农村孩子都没有学过这门课的，我和蒋长伟同邻同桌加同岁，蒋长伟想什么我全知道。说到底，我就是钻进蒋长伟肚子里的一条虫。

3

也就在我即兴演说的第三天大清早，蒋长伟的娘那个叫"大老邝"的女人，疯也似的跑到蒋桥集头上，眼肿如桃，披头散发，非常麻利地解开上衣扣子，一对白花花的乳房"吱嘤"一下跳了出来，宛如两只 500 瓦的电灯泡，把上百个老少爷们的眼球点燃得噼噼啪啪乱响。大老邝说，我 17 岁就进了他蒋家的门呀，我给他蒋中文生了 4 个孩子，没日没夜地操劳容易吗？他在外头没本事挣钱，反倒回来拿我撒气，你看看这儿你看看那儿，

他还算人吗？人们顺着声音望去，大老邝的乳房丰满硕大，乳尖如豆，一如五月蜜桃般诱人，周围划满了长长短短的血痕儿，且青紫一片，那是男人用手掐过的痕迹。

围观的人唉声叹气，有相识的女人过来劝的，无非是女人生来都是命苦之类的话，更多的则是鸦雀无声。大多数人是看热闹来的，男人们为了看大老邝胸前的大灯泡到底有多大，他们不希望有人在这时候过来劝架，他们期望接下来看到比这更刺激的镜

头。果然，大老邝似乎不要脸面了，什么也不顾了，拉开自己的带拉锁的偏开门裤子，指着两腿之间的神秘部位说，他没完没了地作践我呀，真是不要脸呀，人们一个个耷拉着脑袋，同仇敌忾地骂着罪大恶极的蒋中文。

我知道，爹之所以始终以饱满的热情加入村人"出差"的潮流中，天南海北地到处跑，尝尽千辛万苦，费尽千言万语，是因为心里惦记着他的三个孩子，大姐、二姐和我。他挣了不少钱，我们家也花了不少钱，我们的学杂费，家里的一切开支。所以呢，爹的偶尔一两次"红杏出墙"，娘也从来没有放在心上，娘自认为这个家能有今天全靠爹的一张嘴两条腿，爹的"红杏出墙"在她眼里是小事。自己男人的心野到什么程度她一点儿都不知道。直到有一天，娘终于忍不住当着我们姐弟几个的面失声痛哭。娘说，爹在外头有相好的了，他和蒋中文从广西一人带回来一个女人，爹不要这个家了，不要我们了，我们也陪着娘哭。

爹不要我们了，爹变成了别人的爹。

当我们姐弟三到了学校，同学们用审贼似的眼神盯着我们，那一刻，好像是我们做了见不得人的事情。课余时间，学生们把从大人嘴里听来的关于那两个广西女人的言行举动都抖了出来，包括她们同我爹和蒋中文怎么艳遇，怎么心甘情愿地来到了蒋寨，又怎么没脸没皮地赖着不走，一时间添油加醋，谣传四起。爹原来一点也不伟大，唉，谁叫我们和蒋长伟一样有一个不争气的爹呢？我们只有忍气吞声硬撑过去，学生们越来越不像话了，好像老母鸡一样跳到我们的头上拉屎，让我们忍无可忍！

有一天，女班长对我和蒋长伟说，走，到村东头看看蒋向前家的春红薯熟了没有。我迟疑地望望蒋长伟，希望他能替我做个决定，因为此前我娘已经反复告诫我们仨千万不要到村东头玩，千万不要见广西的那两个女人，我相信女班长不会骗我的。蒋长伟说，好吧，反正现在离上课还有40分钟呢。女班长扭头问，谁还想去？教室里"唰唰"又举起了几双小手，一个比一个举得高。女班长故意朝他们挤挤眼，打着官腔说，不能都走光，万一老师来了，看见班里的人不齐，我准会挨熊（方言：批评）的！她装模作样地挑了挑，也就是平日和她玩得最好的几个，转身厉声道，我准备和蒋长伟他们到村东头视察工作，你们在班里不能乱，如果你们敢调皮捣蛋，看我回来不告诉老师罚你们站。班里响起了一阵阴阳怪气的笑，我和蒋长伟根本没来得及想想他们为什么笑，就急不可耐跑出了教室。

4

异常燥热的下午，空中无风，炊烟很直，一些麻雀在树枝间跳来跳去，它们的快乐令我怀疑。远远地，女班长指着一片绿莹莹的庄稼地说就是这块地，一群学生异常兴奋。我和蒋长伟发现他们的目光看的不是这块地上的红薯，而是村东头靠马路的三间小瓦房，小瓦房曾经是 20 世纪 70 年代村委会办公的地方，后来村委会迁建了，房子一直空着没人住，现在却住了人，还不止一个，我爹和蒋长伟的爹蒋中文也住在那里，他们四人两男两女过着幸福的小日子。

我爹正在屋外慢悠悠地剔牙缝，蒋长伟的爹和一个女人在嬉闹，他们叽里呱啦说说笑笑，毫无顾忌，完全忘记了自己曾经是地地道道土生土长的蒋寨人，是两个拥有家室的男人。在他们的旁边，一个女人端了一盆刷锅水往沟里倒，她的身后站了一个手拿红薯秧四下乱甩的男孩，和我差不多的年龄。女班长用嘴努了努那个倒水的女人，小声对我说，团结团结你看，那一个就是你的后娘，那个小孩嘛，八成是你未来的小弟。我的脸"唰"的一下红了，血往脑子里涌，我说蒋文菊她是你的后娘哩，我紧紧攥起了拳头。女班长小嘴一撇说，不是就不是呗，干吗生气？蒋抗洪也随声附和说，就是，团结你别生气，我反倒希望她和那个小孩跟我们一家呢，

这样我们家就一下子多出两个人，今后谁再和我们家打架，我们也不害怕！人群中爆发出一阵坏笑声。但我不敢笑，我知道他们是话里面藏着话，笑里藏刀，他们的目标是羞辱我和蒋长伟。我转身对他们说，没意思，咱们回学校吧，这里没有我爹，我爹已经死了。蒋长伟说，我们别上课迟到了。同学们原本想看看我和蒋长伟的笑话，没想到我俩不上当，现在没戏了，于是一干人打道回府。刚走出没有几步，我们就听见一个声音在喊，蒋长伟你个丸子来这里干啥？是不是你娘叫你来的呀？谁在喊蒋长伟？是谁这样胆大包天，敢把蒋长伟比喻成"丸子"？除了他爹蒋中文，还能有谁？

蒋长伟迎着他爹的目光走了过去，我们只好也都跟在后面。等蒋长伟到了近前，那个同蒋中文说话的广西女人从口袋里抓出了一把糖块，递给蒋长伟和我，热情地招呼我们坐会儿，她说话我们听不懂。蒋长伟一下子打翻了广西女人的糖块，骂了声"老狐狸精，死不要脸"，而后朝着她的脸"呸"了一下，女人听不懂小孩子骂自己的河南话，但她也知道唾沫星子代表的是什么意思。女人哭着向屋里跑去。蒋中文火了，劈脸就给了蒋长伟一个巴掌，恶狠狠地说，我叫你敬酒不吃吃罚酒，你咋恁跟你娘一条心？蒋长伟气急交加，两只眼睛通红，

和他爹对着骂开了，蒋中文你个狗熊，你咋不死到外边呀？有本事你别回蒋寨。蒋中文没想到自己的儿子会这么横，更没想到儿子会公然骂自己，他苦笑了一下，不想再打儿子了，蒋中文充满慈爱地去摸蒋长伟的小平头，蒋长伟把头一摆，像一个英雄。

一个令我无比熟悉的男中音在叫我，小团结，你咋也在这？快过来嘛。我知道是不争气的爹在叫我，学生们用看蒋长伟一样的目光看着我，我不知道自己该不该去见我他，如果我去了将会对不起我娘，如果我不去了爹的老脸往哪放？

5

"当当当……"下午第一节课前的预备铃响了，我们争先恐后往蒋寨小学跑，耳旁的风呼啦啦地吹走了一切不愉快，好像什么事情也没有发生。

课堂上，语文老师讲了什么，我们一个字都没有听进去，我们还停留在刚才那件事情的回忆中。有那么一刻，我竟然连语文老师走到我面前也不知道，直到他用硬邦邦的教棍敲疼了我的头，我才回过神儿来。语文老师问我，蒋团结同学，你不好好上课听讲，老看窗外的麻雀干什么？我挠挠头皮，说，我……教室里响起了嘻嘻哈哈的笑声。老师慢吞吞地回到讲台上，告诫我们说，大家上课的时候，眼睛一定要看着黑板，不要像蒋团结一样一心二用！《古诗三首》中的第一首是：春眠不觉晓，处处闻啼鸟。夜来风雨声，花落知多少。我边念边嘀咕，都已经是满目秋色了，怎么春天个没完没了？临下课的时候，外面一片嘈杂，分不清叫声喊声骂声笑声奔跑声，我们一个个支棱着耳朵细听，连老师的话也听不进去了。我的头好

像五月里的大麦似的勾了下来，一直勾到我的裤裆里，我的脸蛋一定红得像秋天的高粱。

我听见娘在教室外面骂，娘接着拖开了哭腔儿，说，小铜锤呀，你个陈世美，你不得好死。紧接着是一阵急促的奔跑。蒋长伟的娘也在骂，她还是一贯的泼辣劲儿，我知道我的腰没有她们细，屁股没有她们大，可我是你小子的正房啊！终于等到放学了，学生们跟着大人们纷纷朝着村东头的方向跑，他们都看我们两家的笑话。巨大的奔跑声响惊起了一群一群的麻雀。

从我家的那条胡同里，迎面拐出来一辆"东方红"牌手扶拖拉机，开车人是我的二舅。令我们惊奇的是，拖拉机的后车厢里坐着那两个广西女人和一个小孩，广西女人披头散发，脸上挂着血痕儿，小孩在大声哭闹，他不停地摔东西，锅碗瓢盆稀里哗啦地响。车厢里，堆满了大包小包。还有一张小课桌和书包在颠簸着。

我娘、我爹、蒋中文、大老邝，

他们正在一脸木然地望着拖拉机，谁也不说一句话，看见我们放学回来了，非常不自然地起身拍了拍屁股上的土。我爹抠了一把鼻屎儿，面无表情地问，团结你放学了？我朝他撇撇嘴，龇龇牙，不想理他，娘拧了一下我的胳膊，说，你咋不知道孝顺自己老子！我气鼓鼓地回答，就不孝顺，难道你们能杀了我？许多人都被我凶巴巴的样子逗笑了，大家说，这孩子比他老子更厉害，长大了不得了！

拖拉机在蒋寨的道路上越走越远。

我回望了一下蒋寨，整条村巷不见一个人，一片静寂，叶子一片一片地飘，一如乡村猎人的弹弓里的一粒石子，挟裹着凶猛，准确而又迅速，让人闻风丧胆。

河边飞过来一群麻雀，它们在和秋风搏斗，它们一定是不愿意离开蒋寨。

这季节，麻雀太多了，随便打下来几只炖了吃，味道一定很鲜美。我摸了摸裤腰带，想起了一把久违的弹弓。

蒋建伟，中国自然资源作家协会会员，中国音乐版权协会会员。主要作品有散文集《年关》《水墨色的麦浪》，词曲作品《中国粮》等。

屋檐下的陌生人

马 玫

一

咣。黑夜被突如其来的声音撕裂了一道口子。

她应声从床上弹起，耳朵搜寻着那刺耳的声音，可四面一片寂静，浓稠的黑夜像摊开的液体，很快用寂静将她围拢并复原了周围的一切。她用手紧紧抓住被窝一角，思维随着夜心的起伏快速运转，绝对不是梦，况且，她的睡眠向来较浅，哪怕是一只蚊子的歌声也能轻易将她唤醒。

掀开被窝下床，赤足落到地板上，一股凉意自脚心往上袭来。拉开门，一条窄长的过道，紧擦门的是楼梯口，生锈的绿色扶手，水泥的台面凸凹起坑，直直通往一楼。她就站在门口的位置，借着远处传递过来的微弱光线，目光盯着对面的房门，依稀觉得刚才的声音来自那里，那种坚硬的声音应该来自某种物体的碎裂。

一个奇怪的声音。对，是喘息声，如果想要准确地描述，应该说是一个人痛苦地呻吟，凭直觉能感受到那种巨大的折磨或是疼痛，抑制着呻吟随

着呼吸的节奏起伏，急速、仓促、沉重地旋转后又匆匆清零。她屏住呼吸，全身的毛孔随着那奇怪的声音起伏波动，像一个人穿着厚底皮鞋行走。

他怎么了？她向着那扇青灰色的木门挪了一步，迟缓而又漫长的一步，仔细辨认着声音的来源，她可以确定这是他的声音，要不要问一声或打个招呼，或许他遇到危险，正需要帮助。

她的目光死死盯着那扇门，思维快速地运转，此时，那扇黑夜中泛着青灰色冷光的木门，像是一双冷漠的眼睛和她对视，她举起手，手再次悬在半空，像一个用线牵拉着的木偶，似乎没有动力的支撑，便没有勇气去推开那扇门。

算起来应该是二十年了吧，仅仅只是三步之隔的距离，那扇门里的世界对于她来说，是一个遥远的不可企及的世界，也是一个冷漠的拒她于千里之外的世界，她从没有跨进那扇门，也从没有想过去尝试或是去了解。有时候她会嘲笑自己的固执，就像孙悟

空画在地上的那个圆圈，她常常会画地为牢，然后，固执地坚守，依照自己立下的规矩艰难地履行，并且毫无理由地顺从。

她依稀记得这场人生变故发生的那年，她大概十二岁，那天放学回到家后，一向沉默寡言、令她心生畏惧的母亲突然变得温柔，她伸手为女儿解下背上的书包，然后搂着她的肩膀告诉她：青儿，咱们要搬家了。

为什么要搬家？她被吓了一跳，把粉红色的小脸扬得高高地看着母亲，急切地追问，然后，她惊讶地发现，在母亲的目光里，她居然看到了母亲久违的笑容。

这个地方总是漏雨，日子没法过。母亲说话的时候，用目光仓促地扫了一眼破旧的屋子，确实，六月后进入雨季，破旧的屋子每天都是湿漉漉的，尽管母亲用尽了各种锅碗瓢盆想要接住不知从何方降下的雨水，可屋子中间还是积起很多水，这些来历不明的水像一个怨气十足的女人驱散不走，一股霉湿的味道便魂魄般盘踞在屋子中间，原本潮湿沉闷的夏季令母女俩感到漫长、沮丧又厌倦。

可我们能搬到什么地方呢？她又问。

离这儿不远。母亲没有直接回答，她低头思索了一会儿，用细长的手指捋顺女儿额前一绺总是四处乱飞的短发，又答非所问地对女儿说：我们离开这里会过得更好些，会有一个叔叔和我们住在一起。

叔叔？她学着母亲的样子迅速重复了一遍，她心里清楚，叔叔绝对不仅仅是一个名词，而是代表着一个人的存在，他将介入母女俩的生活，12岁的她能够明白母亲这句话的暗示，并在脑子里迅速盘算了一遍她所有见过的关于叔叔的样子、表情或动作。

母亲似乎看穿了女儿的心思，又补充道：你没见过，不过那里有两间房，你会有一个自己的房间。

母亲突如其来的回答令她很吃惊，懵懂的年龄，她需要花很大的力气去消化母亲所说的话。为什么之前没有任何预兆，或许在母亲眼里她只是个孩子，根本无须对她做更多的解释。其实她并不需要有一个自己的房间，她只希望在她成长的过程里能和母亲生活在一起，母女俩可以躺在一张床上说话或是聊天。

星夜来临，母亲心情变得非常好，母亲会给她讲车间里的工作，一个很大的生产车间，到处是机器的喧哗和人扯着嗓子说话的声音，母亲说，她能单手把一根三米长的钢管架到台面上进行切割，那可真不是女人干得了的活儿。车间里的工作很危险，稍不小心可能就会被机器卷走一根手指。说完后，她会凝神思考一会儿，又小声加上一句，那可真不是女人干得了的活儿。她琢磨母亲最后那句话，听不出是对自己能力的认可，还是对自己苦命的陈述。

生活就是从搬家那天开始发生了变化。

搬家后她才知道，新家的房子格局依旧很小，一间两层楼的窄小建筑，楼上两间房面对面立着，实际也就是两扇门对面静立在时光里，但是，和之前她们的家相比，这里已经算是豪宅了。如母亲所愿，她有了一个自己的房间，而母亲则和叔叔住进了对面的房间，中间隔着一道楼梯，一楼还住了两位老人，长期不在家，有一间只够母亲一个人转身的小厨房。她也见到了母亲说的叔叔，一个细高个子的男人，肩膀很窄，双手又细又长，三角形尖瘦的脸和眼皮下垂的眼睛，轮廓分明的脸使他整个人的表情看上去有些僵硬，似乎看不到任何表情。

搬家那天，按照母亲的要求，她换了一件粉红色衬衫，抱着自己的小背包坐在细长的楼梯上，等待母亲收拾屋子。他从楼梯走过，身上背着她们母女简单的生活用品，目光曾在她身上停留了几秒，她被吓了一跳，她从小没见过自己的父亲，也是第一次目光和一个成年男性对视，成年男性目光中的那种原始和粗粝莫名其妙把她吓了一跳，她从楼梯上跳起，三两步跑到了空无一人的黄泥路上，对着天空大口地喘气。

后来再想，那天应该算得上是母亲大喜的日子，她却想哭。

搬家后的日子，母亲开始变得战战兢兢，并一再交代她许多不能做的事情，立下了许多的规矩，她小心谨慎地遵从，母亲说：你该叫他叔，别整天吊着张哭丧的脸。

你该把你的书包收回房间，别放在楼梯口。

没有我的允许，不准进对面的房间。

除了那一声"叔"，她一生没有叫出口，其他的，她都按照母亲的要求去做。那道门，成了她在这个家最后的防线，也为她和这个家划出了应该保持的界限。实际上，她从骨子里没有想过要走进去，她知道，那是母亲和那个男人的二人世界，她不愿意去打扰，也参与不进去。

多数时间，她都在自己的房间里，减少和叔叔碰面的机会，母亲做好饭后会站在楼梯口叫她，她故意磨磨蹭蹭，等他吃完了再去端自己的小碗，然后匆匆跑上楼，躲进自己的房间。有一回，母亲和她说过，你可以和我们一起吃饭，慢慢就习惯了。她没有回答，也没有去试着改变，一个人默认了自己的生活方式之后，一切就会显得合情合理。有时候她觉得自己像一只老鼠，总是活在夜的边缘，活在光线之外的地方。

她从心底对他产生排斥，当这种排斥渐渐积累之后就会产生出恨意来，是他的出现改变了她们母女的生活，抢走了母亲，把她彻底变成了世界上孤零零的一个人，一个十一岁的女孩，当她的心中装满仇恨的时候，她没有办法向任何人诉苦，只能默默忍受着那种折磨。她警惕他，他在的地方她总是躲得远远的，不说话，不哭也不笑，有着超出和她这个年龄不相符的巨大沉默，像心底装着一个深不见底的海洋。

那年，她刚好小学毕业。有一天，她本来准备出门买本课外书，走了一半想起没带钱便又返回家，偶然听到了他和母亲的对话。

要不，送她去寄宿学校吧，和同学们在一起可能会好些。他说。

不知道她愿不愿意，等我问问她。母亲回答。她站在门外屏住呼吸偷听，牙齿咬得咯咯响，似乎恍然大悟，他肯定想方设法要把自己弄走，在她恨他的同时，他一样无法容纳自己，在这个所谓的家里，其实并无她的立足之地。

那天晚上，还没等母亲开口，她便主动对母亲提出。她说，进入初中以后，她想去寄宿学校，那样，可以每天和同学一起，她会很开心。母亲听完她的话如释重负，露出了轻松的笑，她其实对寄宿学校一无所知，唯一想的是远远离开这个不属于自己的家。她注视着母亲的笑脸，心底没来由地一阵酸涩，背过身去，稚嫩而倔强的脸上，有着一个孩子少有的坚强和刚毅。

进入初中后她就开始了寄宿生活，学校离家不远，其实住校的学生不多，城里的孩子放学后就回家，只有一些偏远山区回不了家的孩子才会无奈地选择住校。学校的住宿条件并不好，二十多个孩子住在一间敞开的大教室里，孩子们将零食带到宿舍，床下经常有老鼠或是蟑螂出没，女孩子之间的隐私便是一张近似于透明的蚊帐隔着，而食堂更是糟糕，煮饭的大妈一个人管二十多个孩子的伙食更是巴不得每顿草草了事，她亲眼看见煮饭的大妈把准备用于做菜的三斤猪肉切下一半，趁人没注意的时候，藏在自己的毛线篮子下面，所以，孩子们的碗里长期没有油腥味儿也很正常。

孩子们都不愿意留在学校，哪怕是山区来的孩子，到了周末或是放假总是提前回家。只有她把宿舍当成了家，哪怕是学校放寒暑假，她也会一个人偷偷躲进宿舍，把蚊帐拉紧，在一个半透明的空间里把自己藏好，似乎这样才有安全感和归属感。这样的生活一直延续在她后来的生活中，直到高中、大学，那个属于她的房间，之后很多年的日子里，其实都是空的。

二

她害怕黑夜的来临，从搬进这个家的那一天开始，她就害怕一个人躺在床上，一个人面对深不见底的夜色和无穷无尽奇怪的想法。她开始出现了失眠，越是着急入睡的时候，神经反而会异常亢奋，夜里，耳朵显得特别灵敏，能轻易接受来自四面八方的声音。其中，最清晰的往往是母亲和他的对话，他们的声音从一扇窗口飘到另一个窗口的时候，总是被风扯得闪闪烁烁，像是溃逃的军队，缺少连续性和完整性。她惊讶于母亲的改变，母亲变得爱笑起来，她近似于讨好的笑声干脆、尖利，无遮无掩，像巨大的花团，隔着一扇坚硬的墙壁，她能感觉到母亲的幸福和快乐，看得出来母亲对那个男人的信任和在乎已经远远超出了对女儿的爱，向来不爱说话的母亲开始不停地说话和唠叨，像一口总是往外冒着快乐气泡的井。

也许母亲从来没有想到过，在一墙之隔的旁边，黑夜角落里睁着眼睛的是她的女儿，正一个人凝视着无穷无尽的暗夜，面对一个空间巨大的房间。叔叔说话总是压低声音，她一句也听不清楚，无论白天还是黑夜，叔叔永远是一个模糊而虚幻的轮廓，就像一个影子，却又真真实实地存在，横亘于她和母亲的生活中，时时刻刻影响着她，甚至是暗中的威胁。

然而此时，他喘息的声音却如此清晰，搅得整个夜都如热水般沸腾起来。她立了很久，窗口的风摇荡着她的裙摆，凉意阵阵袭来。现在，如果是个陌生人的话，也许她会毫不介意地推门而入，去给予他最大限度的帮助，可他却是她太熟悉的陌生人，这种熟悉比原来的陌生更可怕，它会在其中酝酿很久，超乎想象地创造一道无法逾越的鸿沟，成为无法跨越或者说是两个人懒得去跨越的距离。比如现在，她需要鼓足勇气推开的是一扇

向她尘封了二十年的门，从未对她开启过的门，那些积尘、恩怨和破碎的记忆已经堆积太深，成了无法跨越的障碍，使这扇门超越了它本身的负荷和重量，以至于这扇门在她的意识深处宛如铜墙铁壁，坚不可摧。

二十年，那是一段多么漫长的岁月，有过多少的后悔和期待，又会有多少的思考和答案，漫长的时间会逼着一个人从幼稚走向成熟，从一无所知到伤痕累累。二十年，那是她一生中最青春跋扈的年华，疲惫的少年生活却仿佛一塘死灰，经不起一点点浪花，聚聚散散，来了又走，该走的人走了，却留下了本不该留下的她和他，守着这间依旧空空的屋子。

屋子里除她之外再没有其他人，他的声音在暂停几秒之后仿佛卷起的尾巴再次扬起，像来自遥远地方的求救和呼唤。没有时间多想，她鼓足勇气走上前，伸手试探地推了一下，意外的是门没有锁。也许只是今夜没有上锁，也或许二十年来从来就没有上过锁，她没有更多的时间去思考这些无关紧要的问题，一只脚已经踏了进去。

他的床头有一盏昏暗的小灯，微弱的橘红色光线和烛火没有太大差别，地上一片水渍像一只哭肿的眼睛，刚刚打碎的玻璃杯已经成了无数细小的碎片，在地上铺成透明的结晶体。她站在门口远远看他，中间隔着一个衣柜，一个陈旧的写字台和一个木头衣架，陈旧得发黄的写字台是随着她和

母亲一起搬过来的，已经二十年没有见过了，如今突然遇见，竟有一种恍若隔世的茫然，仿佛偶然遇见了已故多年的亲人。

她挪动步子小心走近他，感觉未经许可擅自闯入了别人的禁地，浅浅的微光散漫地落在他的身上，她看清他蜷缩着身子躺在被窝里，他已经老了，瘦长的身子佝偻着，整个人和白天相比仿佛小了一圈，头发已经谢顶，留下周围一圈灰白的头发和布满斑点的头皮，额头上挂着大粒的汗珠，在光线的反射下异常耀眼，身子随着喘息阵阵起伏，看得出他很痛苦，却又竭力地克制着。

要喝水吗？她小心地问，眼睛注视着地上的水渍，明白了那声音的来源，刚才他一定是想喝水，不小心把玻璃杯打翻了。没等他回答，便赶紧跑到楼下厨房，倒了一杯热水径直搁在他的床头柜上，她不知道应该如何称呼他，他们之间很少有交流，不得不说话的时候，也往往是直接进入主题，哪怕是"喂"这样的称呼也被草草省略。

你没事吧？她又说。多年来，她已经形成了习惯，不到万不得已很少开口，所有的语气词或是感叹词从她嘴里说出来的时候，往往缺少起伏，像一根波澜不惊的平直线条。

我，没事。他翻了个身，艰难地把上下眼皮撑开，仅仅眨了一下又垂了下去。她察觉到他脸上痛苦的表情，便又接着问：要不要去医院，我叫车。

不用，老毛病了，刚吃完药，一会儿就好。他固执地回答，说着伸手去端水杯，身子绷紧了，大半个身子撑起来，被子往下滑，她想伸手帮他抻一抻被子，却不知道如何与他这样近距离相处，便冷眼看着他艰难地咽下一口水，她接过水杯，握在手心里，才发现水温有点烫手，不知道他是如何咽下去的，直到看他躺下才准备离开。

那我过去了，有事的话叫我。她往门口走，因为赤足，每走一步都能感觉到地上的凉意。走到门口，手扶着门，又问，要不要把门锁上。

不用。他回答，你妈从不让锁门，怕你一个人住在隔壁，夜里害怕。

走出那扇门，顺手将门轻轻带上，心里有些想笑，像是发现了天大的秘密，原来那扇门二十年来，一直为她开着。

高三那年，母亲死于一场安全生产事故，她原本是翻砂车间的一名临时工，后来听在场的人回忆，当时她正蹲在地上翻找工具箱，一辆拉着铁模的飞兜过来，飞兜脱轨倾斜，从两米外的地方甩了过来，正好侧翻压在了她的头上，几乎没有来得及发出任何声音，母亲就撒手人寰了。

她听到这个消息，一个人从学校走回家，她不知道自己为什么会选择步行，本来有公交车的，她只想那条路再长些，让她永远走不到尽头，因为不想面对路尽头的结果。很多年后她还清楚记得回家路上的每一个细节，原来一个人最悲伤的时候是没有眼泪的，甚至没有疼痛感，所有的神经几乎处于麻木状态，五公里的路程走了快一个小时，因为太累她停下休息了三次。那天的天空特别蓝，她从没有看见过如此干净清澈的天空，甚至没有一朵白云，偌大的天空像一只巨大的口袋，一点一点掏空她想对母亲说出的话，对母亲的所有记忆，直到整个人被掏空的时候，她才走到家。

他们没有什么亲戚，有几个是母亲在工厂的好友，也有街坊邻居。母亲被安置在一张长木床上，躺在屋子的正中间，用一块白布盖着。他就站在木床旁边，看见她进来，两人的目光遇在一起，那是他第一次直视她，她愣住了，也是在那一次，她在这个陌生的男人的眼睛里找到了一种熟悉的东西，他的目光和她一样有着盛载不下的悲伤、茫然、失落和无所适从，隐约而恍惚。她一步步靠近母亲的木床，可是当她伸出手想要去掀开白布的时候，却被他用双手牢牢按住。

不看了，不看了，不看了。他好像再找不到其他的话，只是反复重复那句话，像是在向她求饶。

你滚开，我要见我妈。她对着他大喊，他却始终紧紧抓住不肯松手，那一刻，她的泪水终于狂奔而下，多年来藏在心底无处发泄的委屈和愤怒

如决堤的江水喷涌而出，她对着他就是一阵撕咬和踢打，使出了浑身的力气，好像非得弄个鱼死网破才算得清楚这笔陈年的糊涂账，直到被周围的几个人合力强行拉开。他一直没有还手，只用双手紧紧护住那块白布，头垂得很低，只看见一绺头发贴在前额上，随着人群的推搡轻轻颤抖。

她止住了眼泪，那种声嘶力竭的疲倦感从心底往上一点点漫过咽喉，令人窒息和疼痛，她看到他的脸上和脖子上被抓开的血痕，受伤而又狼狈，只是目光依旧躲着她，躲得远远的。两天的守灵时间，他始终牢牢守在那里，哪怕是在最后一刻，他依旧固执地隔在她和母亲之间，像一根坚硬的木桩，让她没有任何可乘之机。

她终没能见上母亲最后一面。

处理完母亲的丧事，她将自己的所有物品都收进一个深绿色的布包里，没有了母亲，她没有继续在这里住下去的理由，但是她能去哪，世界太大了，却没有一个地方是留给她的。她没有可去的地方，想了想，便把深绿色的布包放在床头，需要什么东西的时候就直接从布包里取，用好了又还回去，随时做好离开的准备。这样的日子延续了很长时间，她已决定，只要他一开口，她提起布包就走，保证一分钟都不耽搁。

三

从搬进那间屋子开始，她就有个　愿望，就是尽快搬出这间屋子，远离

这个所谓的家。多年来，这个念头如藤蔓一样缠绕着她，像长在湖底的水草，努力变换各种生长的姿势只是拼命地想要浮出水面，被孵化的时间长了，无论对错，竟如一枚邪恶的果实散发出诱人的光彩。她甚至以为一旦脱离或是达成，就算是上苍对她千般万般的成全。

进入大学以后，她基本上实现了这样的愿望，大学离家有两百公里，只要不生活在一个屋檐下，这样，她和他几乎就完全脱离了关系。大学生活五彩斑斓，那是由黄金的幻梦觉醒起来，碰到倔强的现实时期的一段过程。但对于她来说，她没有时间谈恋爱，没有时间胡思乱想，也没有时间花前月下，甚至没有更多的时间学习和看书，她唯一的想法是要努力赚钱养活自己。他一张又一张寄来的汇款单，被她原封不动地退了回去，好像只有这样，她才能和他彻底划清界限。

人一旦有了某方面的强烈愿望，就会拼了命地去努力，也会有所回报。刚进入大学，她就在校外的一家美甲店打工，学生工的酬劳很低，但应付她一个人的生活没有问题，最关键的是她学到了那门手艺。

大二下学期的时候，学校建起了创业园，鼓励学生自主创业，她几乎是第一个报了名，如愿得到了一间非常小的商铺，成了大学校园里的第一家美甲店。那时候美甲行业刚刚兴起，生意好得超乎她的想象，学生要过来做美甲需要提前预约，她也实在，想着薄利多销，每副美甲跑了成本就赚 10 元钱，实际上做一次美甲就要两个小时，她等于倒贴了工时费。直到两年后周围又开起了几家相同的店铺，她才猛然醒悟，可已经来不及了，处于竞争中的市场往往只能保本。直到这时候她才明白，做生意不能只靠勤奋、诚实和守信，还得抓住机遇，下得了狠心，否则，所有梦想都是空谈。

小店刚开起来的时候，他来学校看过她一次。那天，有两个女生晚自习时来做美甲，她做得很认真，先涂底胶，才开始描花，每一朵都绘得细致，精心，又在小巧的花瓣上贴上了水钻，填色，修形，烘干，又刷膜，全部做完已经是深夜，两个女生满意地离去，她才收拾东西准备回宿舍。

出门就看到他蹲在不远的地方，开始的时候她也不确定是他，本身似乎就没准确记住过他的相貌，两年没见了，更是一片模糊。反而是他先走了过来，站在离她一米外的地方，天冷，他只穿了件外套，双手被冻得缩在袖套里，看了她一眼，头又垂了下去，只露出一个开始谢顶的青白色的头皮。

给你寄的汇款单，咋又退回去了。他舔了舔被冻得干涩的嘴唇，声音有些发抖，接着说：我怕出啥事，早就想来看看。

她听着他有些心虚地解释，好像来看她非得有一个完美的借口。心里一热，倒是好久没有人这么关心过她，真是好笑，她拼了命想忘记他，他却还惦记着她，便回答：我现在下课时间就做美甲，养活自己没问题。

也不能太辛苦，学习要紧。他说着，往前走两步，把一个用旧报纸叠成的包硬塞进她手里。不用打开看，单是隔着层纸摸那硬度和厚度，她也知道是钱，便想往回塞给他，他不肯接，她知道他生活也不容易，急得大叫：我妈都不在了，我和你已经没关系了，我不要你的钱，更不想再看见你。

他像是被人当头打了一棒，愣在那里，目光直直地落在地上，好半天才从嘴里凑出一句完整的话：她走了，把你留给我，在你还没毕业之前，我得管你。没等她开口，说完便转身往学校大门走去。

她有些后悔，一路小跑追着他去，又怕他突然回转身看见，不知如何是好，急得快掉出泪来。天寒了，夜又深，不知道他会去哪，有没有吃过饭，有没有住的地方，想叫住他，却不知道怎么叫，站在路边看他走远，心里没有主心骨，乱成一片，像是吸了一口深入骨髓的寒气。

大学期间，她再没有回去过，偶尔也会想起他，却没有回去的理由，只是努力地工作和赚钱，她想，等赚够了钱再去看他，也算是还债吧，不管怎么说，他养了她一场，于情于理，也是应该。但是，所有辛苦努力换来的回报总是微不足道，日子每天都得应付，往往只够眼前的生活，几年来她被生活载浮载沉，更多的时候，忙于拼搏和努力，拼命地讨好生活，哪

还有多余的时间去完整地想念一个人，更何况是兑现一个没有说出口的承诺。

有一次，她突然想起在母亲出事前的一天傍晚，那天晚上，母亲在她房间和她聊天，似乎对于自己的生命有所预感，母亲一再嘱咐她：他没儿没女，是个苦命的人，他把你当成自己的孩子，你以后也要对得起他，对他好点。那时候，她正处于青春叛逆期，恨透了母亲念叨这些煽情的话，任何一根导火索都可以随便爆破，便没来由地生气，对母亲咆哮道：那你去给他生一个孩子啊，你们就成幸福的一家了，我迟早要离开这里，我讨厌这个地方。母亲就哭了，从小，她很少见母亲流泪，心里一阵酸涩，便跑出了屋子。后来再想起，没想到竟然成了母亲的遗言，心里便万分后悔，觉得自己太自私，为什么没能在最后的时间里给母亲一个放心，而又本能地对于母亲的爱如此仇视。

大学毕业时她回去住过几天，主要是由于工作还没稳定，也没想好落脚的地方，对未来一片茫然。现在算起来，那是她一生中最轻松的日子，有时候，她会到楼下的厨房提前做好饭菜，他在一个小工厂上班，母亲不在了，她反而刻意记住了他的下班时间，做好饭菜便蒸在锅里，学着母亲的样子斜靠着厨房门等他回家，看见他从街角那边过来，他个头高，走路又晃得厉害，整个人压在余晖的光线里总是亮闪闪的，一眼便能认出。她

赶紧把菜端出来放在桌上，自己则钻进楼上的房间。

隔着一层楼板，她听见他拿碗筷吃饭的声音，偶尔喝口小酒，时间会稍长一些，吃好后慢条斯理地收拾碗筷，有一回甚至还在厨房里哼起了小曲，每一个字都不在调上，唱得荒腔走板的，但一个个字落在地上，飞到房檐上都活蹦乱跳的，荡漾着开心和快活的波纹。

几天后，她收到了一家公司的应聘通知，赶紧收拾行李匆匆离开，因为走得急，也没来得及和他说一声，后来坐在汽车上想起时又觉得后悔，至少应该留下一张纸条，或是请楼下的二位老人传句口信，但都已经来不及了，便又为自己解脱，也许他早已经习惯了她的来去无常，两个人生活在同一个屋檐下，本来就没多少联系，突然间热络起来，反而显得矫情，渐渐这事也就搁置了。

工作后的生活，匆忙而拘谨，一晃几年又过去了，她谈过一次仓促的恋爱，很快又分手了，分手的理由很简单，对方直言不讳地说，她有性格缺陷，过于自负，实际也就是自私。她笑了笑算是认可，她觉得原生家庭带来的伤害，可能会一辈子长成一个心口上隐形的疤痕，不时地戳你一下，让你记住怎么接受疼和怎么拒绝它自

发的疼痛。之后有一段时间，她试图让自己变得开朗些，以适应身边的社会，但很难处理好这种关系，性格是一个人与生俱来的生理缺陷，一个人可以偶尔扮演一回戏子，但不可能一生入戏，她得为自己活，最终又活回了真实的自己，不管不顾，疲于奔命。

直到失业之后，她再次想起了这个家。是因为实在没有更好的去处，她厌倦了居无定所的日子，突然想到了那个小房间，只是不确定还会不会在，便抱着试一试的运气回来了。那天，刚转过街角，夕阳的余晖中，便看见了这幢陈旧的屋子，随着小城向边沿的不断延伸和发展，周边的老房像坏掉的牙齿一样已经被连根拔除了，建起了无数崭新的建筑，它匍匐在那里和周围的环境形成鲜明的对比，像一个迟暮的老人，被人遗忘在角落中，显得更加矮小、无助和落寞，却也更加执着和坚持。

门上依旧挂着那把锁，她将手伸向门头，钥匙还在那里，几年的时间已经积了厚厚一层灰。她把钥匙放在手心里，用手心一点点擦去匙缝中的积垢和灰尘，好像要一点点为它擦去那些流光的印迹。

钥匙插入锁孔，门轻松打开了，离开那天匆忙换下的衣服，安静地躺在床上，等待着远归的主人前来认领。

四

酝酿了一夜的雨水终于落了下来。　雨声像一个在风中奔跑的人，仿佛在

用足迹丈量这个落满灰尘的城市，直到天蒙蒙亮才悄然退去。停靠于温暖的枕芯之中，她始终处于半梦半醒的状态，恍惚间想起那些年和母亲生活过的小屋，雨水天的时候，两人常常自半夜醒来，睁着眼睛寻找自屋顶漏下的雨水，像是要为老旧的屋顶捕捉到它无处逃遁的命运。母亲在黑夜中摸索着下床，边埋怨边在漏雨的地方找来各种容器接住不断往下滴漏的雨水，仿佛以此便可以弥补娘儿俩千疮百孔的命运。

多年之后，当她经历并明白了人生之苦和无奈的时候，终于理解了母亲，理解了母亲在经历了太多苦难之后，终于寻找到一个可以停靠的码头的欣慰。理解了母亲在无依无靠多年之后，对一段无条件给予的感情所投入的巨大欢喜和信任。那间屋子，或许是母亲为自己在人间留下的最后一块私密空间，她不希望任何人打扰。

所有的回忆断断续续袭来，如电影般的场景在脑海中回放，那些曾经被遗忘的细节，在寂静的黑夜被无限放大，最终，所有的记忆如聚光灯一样被重新收拢在一起，回到了那扇门上。那扇青灰色的木门，多少年来，原来从来没有

为她上锁，只是因为母亲的一句没有她的允许，不准进对面的房间，从此，她墨守成规将自己封闭起来。也许连母亲都不曾想到，她不经意的一句话竟然成了多年来围困女儿的一把枷锁，实际上那封闭起来的何止是一扇门，而是多年来构筑于她内心的一扇壁垒，一道无法逾越的坎。

一旦心中的门跨不过去，人间的门又如何打开。

清晨的光线，带着夜的寒凉和潮湿，从窗口照进了房间，她微微睁开眼睛，竖起耳朵听着周围的声音，当确认那边没有声音的时候，又有一种担心袭来，便迅速地掀开被窝下床，拉开自己的门，又推开对面的门大步走进去。他还躺在床上，由于大病，可能过于疲倦的原因，他在熟睡中发出轻微的鼾声，呼吸均匀流畅。

时间清浅而又安静，天空半边的朝霞被初升的阳光染成绚烂的紫色，温润的空气分泌着新鲜的汁液，唤醒新的一天。她便站在床头，看着熟睡中的他，看着时光从清晨的光线中一点点流走，仿佛看见十一岁那年，她抱着自己的背包坐在楼梯上，第一次和他见面。

马玫，中国自然资源作家协会签约作家，鲁迅文学院第八期少数民族作家班学员，第六届全国少数民族作家代表大会会议代表，作品获滇东文学奖、滇池文学奖等多个奖项。出版长篇小说《观音泥》、散文集《静看流年》等。

栅　栏

姜　凯

春天到了，青草发芽了，树木抽出了嫩芽。在一片浓浓的春意中，桃花镇的小武子和妻子英花却离婚了。

小武子在外地一家房地产公司当副总，英花在本地定城的一家慈善协会当会计。小武子觉得自己在外地工作太亏欠英花的，离婚时将一套新的高层房子给英花；一套最早买来居住的，在西郊的四间旧平房归他。小武子本来的态度是他净身出户，什么财产也不要。

英花妈崔蜡梅知道这件事后，很平静，过不成就离呗，她根本不在乎，她本来就不看好这门亲事，她就是瞧不起农村人出身这一家子。那年在女儿家遇到亲家谢村主任，他喝高了，临走时握着崔蜡梅的手不放，满嘴臭味熏天地夸崔蜡梅长得好看，像他高中时的初恋。崔蜡梅生气地挣脱开，跑到卫生间，吐了半个钟头。

倒是英花提到的那四间平房，崔蜡梅在心中算计着，他们离婚，说那小武子在外地工作生活，干了啥伤天害理对不起英花的事了，绝不能便宜了他。她自从男人老蔡死后，特别是

她在公汽公司工会主席岗位下来后，心情总是下着毛毛雨。她足不出户，天天躺在家里。可睡着了，又经常梦见老蔡那死鬼来看她。她认为是楼房作祟，于是把那间八十多平方米的旧楼卖了，买了一套三十多平方米的公寓楼住。

这天恰好友影子来看她，她说起英花离婚的那些事。影子听了，马上从椅子上跳了起来一本正经地说，据可靠消息，今年棚户区改造工作又启动了，你家那四间平房是多少平方米？崔蜡梅歪着头想了一会儿说，是160 平方米。影子"啊"了一声，说，拆迁后，加上两边仓房面积，能分两个一百平方米的楼。卖楼的话，就算5000 元一平方米，那就是一百万。崔蜡梅被她说得吓了一跳，抓住影子的双臂说，妹子，你可是我的财神爷！楼房到手之后，姐给你买件羊毛绒。

她住的地方距离城郊那套平房五六公里，她心急火燎地找到英花，向她要平房钥匙，让女儿回怼了一句，妈，你还闲操心不够？她发飙了，向着女儿哇哇哇一阵乱喊，我就是死也

死在那几间平房里。

在慈善协会办公室门外，女儿吓得忙捂住她的嘴，附在她耳边说，祖宗，你别喊了，我上楼取钥匙去，你今后咋整我也不管了。

崔腊梅找了个搬家车，一趟就把那些电视、冰箱、电饭锅等杂物搬了过去。

英花为了缓和母女关系，带着她去了北戴河玩了一周。到了那里才知道，去的不仅是她们母女俩，还有慈善协会的几个老头子和两三个花枝招展的女人。时常，她被扔在一边，因为他们一群人的固定游戏是用扑克打六游，输了，就罚酒。

一周很快过去了，她回来一进院，蒙圈了，院子被收拾得干干净净，前面小园的草不知被谁拔光了。土被翻了起来，而且还培起了十几条垄，其中又栽上了葱、辣椒秧、茄子秧和西红柿秧。她很诧异，转了一会儿，东望西望时，从西屋出来一个男人。

那个男的个子矮，又黑又胖，梳了个大分头。

崔腊梅喊了一声，谢村主任，你怎么来了？

那个人急忙对她点头哈腰说，崔主席，在乡下住够了，到城里看看光景。

崔腊梅问，村主任不干了？

他摇摇头说，自从小武子的妈和我离婚后，我就不干了。

她没有吭声，猛然明白了，来者不善呐，一定是小武子派他来守护这房子来的。

谢村主任来了不到半个月，就让崔腊梅觉得不可思议，他一个乡下人，怎么能跟左邻右舍打得火热？他们聚在一起喝酒，喝得你搂我抱。喝酒，我管不着，但得把院子隔开。崔腊梅让老谢在院子中间钉上木栅栏。老谢不理她，崔主席生气。这一天，她到劳务市场找了一个力工师傅，让他带着买了木桩、木板、锤子和铁钉，把这些材料用车运回家，让他把院子中间的木栅栏高高钉起来。材料和工费，总共花了她六百多块钱，但她不心疼，站在栅栏这边得意地笑。

但是，崔腊梅发现到了晚上，她隔着栅栏，听到有男男女女进出老谢家。她忙趴着木板缝偷偷看，看见屋门紧紧关上，从窗户帘缝隙中，看到屋内射出白炽的灯光，特别刺眼。

好多天过去了，一天傍晚的时候，她在栅栏这边听到那边有女人在笑。她的脸狰狞起来，照着镜子，把自己都吓到了。

五一到了，街口柳树下的人多了，崔腊梅不想和这帮人掺和在一起，她和他们身份不一样。但是她心中有个小秘密，迫切地想知道那件事发生了吗？她被这个消息逼得发疯。

这天黄昏的时候，街口柳树下的人，终于见到老谢了。大家端着茶杯，坐在长椅上，说着闲话。老谢从巷子里出来了，他光着头，穿着灰睡衣，趿拉着拖鞋，戴着副墨镜。王凤英忙站起来喊了声，谢大哥，快过来坐。

她把茶水杯递过去，老谢接了，一抬屁股坐在了她身边，喝了口茶水。

有人问，谢村主任好久不见了，去哪儿发财了？

老谢耸耸肩，骂了句，点儿背，打了两把大麻将，还让人点了。连罚带拘留，也不知道是哪个王八羔子举报的，真是坏人。

大家沉默了一会儿，都摇头。王凤英说，怎么可能？这里的人老邻居多少年了，就是吵个半红脸，之后见了还是要说话的。

沉默了好一会儿，王凤英又拿过来大水壶给老谢续水。两个人耳语了一会儿，转过头发现刚才坐了一圈的人，瞬间就散了。王凤英五十六岁，比老谢小六岁。她男人老武，心脏病死好多年了。她附在老谢耳边说，你注意点儿，有好多小人，他们传你和周大勇媳妇上床了。老谢骂了句，扯淡！王凤英说，食杂店还没锁门呢，说完，提着壶也闪人了。

老谢在柳树下坐到天黑。星星出满天，也没见时常出来扯闲篇的人出来。街口出奇地静，月光下，只有他杵着头，似乎像睡着了一样。

远处推土机不知道为什么早就停了，喧嚣了很久的拆扒房屋，又没了动静。

崔腊梅突然觉得街上邻居总是用冰冷的目光看着她。原本见面打招呼，可是不管她怎么热情地和人家笑脸相迎，人们还是躲着她。她隐隐觉得有无数的钢针在向她的背部刺来。

她买了一个烤地瓜，偷偷跑到食杂店，塞给了正在看电视的王凤英。王凤英急忙吃起来。

她问，最近，听没听到长舌妇在说什么？

王凤英已经把地瓜吃没了，她边擦着嘴边说，你呀，还蒙在鼓里呢。都说老谢家打牌是你捅的娄子。姐姐，真的吗？

崔腊梅脸忽地红了，拍打着大腿说，嫂子，我是个工会主席，大小也算个官，我能干出那个事吗？

来人买货了，她没有再理她，崔腊梅只好低着头走了。

老谢向王凤英借了辆脚蹬三轮车，起早贪黑悄悄地从郊外的大地，运回来二十多车土，把这些土全部卸在了桃园街路两边的空地上。他用铁锹平土，修成了菜地。又到种子商店买来了香菜籽、菠菜籽、小白菜籽、生菜籽和小水萝卜籽，撒在小方块地里。又去早市买了些小葱栽在地头。他买了两个大桶装上水，天天用三轮车拉着，去给方块地浇水。

各种小菜发芽了，很快长高了。那些地头地脑的小葱，笔直地站着，像站岗的士兵。望着绿油油长高了的青菜，老谢开心地笑了。他通知左邻右舍们摘菜，可是都说人家老谢辛苦侍候的地，要拿到菜市去卖呢，谁有厚脸皮去摘菜吃？老谢急了，瞧不起我谢村主任？他就亲自摘菜，一小盆一小盆地挨家挨户上门去送。

眼看菜地里的菜要吃完了，老谢

准备种二茬菜时，来了两台城管的车，下来五六个人，拿着铁锹，下车就把菜地平了，并告诉看热闹的桃花街的百姓，在这地方种菜影响市容，再种就罚款500元。

城管的人开车走了，留下了路边一片狼藉的菜地。桃花街的人胡乱骂了一通，有的给老谢打电话，他正在郊外的一家农户买粪肥。

菜地被城管停了之后，老谢像变了一个人，天天在桃花街路上搓着手走来走去，眉头拧成一个疙瘩。后来没有人理他了，他就自己站在边上看着那块地发呆。

老谢不出门了，把自己封闭在屋里。

这时崔腊梅却跳了出来，她掏钱买了台户外音乐蓝牙音箱，还有十多把扇子。晚上她早早吃完了饭，把这些东西搬到街口大柳树下，音乐嗷嗷地响了。大姑娘美大姑娘浪，大姑娘走进青纱帐……

小街上出来好多人看热闹。崔腊梅马上精气十足地提起一把扇子，曼妙的身材热舞起来。把一些老爷们看得血脉偾张，马上就又上去了七八个，提着扇子跟在屁股后乱扭。坐在树下的女人们吃醋了，上前把扇子一抢而空，都围着崔腊梅跳起来。

桃花街的黄昏热闹了。崔腊梅舞着舞着，觉得自己在云中舞呢，心里早就乐开花了。

老谢天天在家喝大高粱酒，中午喝晚上喝，后来早晨也喝。有一天，他去上茅厕，走路走不直，头撞上墙了，左半边身子不听使唤了，尿了一裤子。他费了好大力气走回到屋门口，忽听到栅栏东边崔腊梅在院子里哼歌曲，他就拍着板皮喊，崔亲家，我可能得大病了，帮帮忙，打120！那边不哼了，向这边看了看，老谢还在重复那句话，她冷笑了两声，就当没听见，转身回屋了。老谢顾不上生气了，跌跌撞撞地回到屋里，找到手机，给王凤英打了电话。不一会儿，她把食杂店门锁上了，风风火火地跑来了，搀着老谢出门打出租车把他送到了医院。

听王凤英说老谢有病了，桃花街人纷纷买了水果去看老谢。都看到了老谢儿子没时间回来护理，雇了王凤英乡下的侄子来护理。

老谢得的是脑梗，住了半个月的医院。好在去医院快，溶栓及时，没有留下什么后遗症，就是说话慢半拍，反应迟钝一些。

出院了，他在家躺着，天天喝小米粥，连口咸菜都不敢吃，酒就更不敢动了。他很知足，万幸没拴住。可是唯一让他闹心的是，每到黄昏时，街口的音箱放出来的音乐，让他受不了。房子离街口就五十多米远，音箱音量大，放的都是激昂热烈的曲子，震得心直发颤。他把门窗关严了，耳朵捂上了，无济于事，好像那曲子像针一样，扎到他心里。所以他只好挂着木棍到处去瞎走，直到满天繁星了才回来。

已经深秋了，上午时分，老谢一个人慢悠悠地向西郊走去，因为这两天他有个想法，打算自己再干点什么。向西走，出城了，大片庄稼已经收割了，在城边的有几排冬天种菜的暖窖子，有几个人正在修缮。他慢慢走过去，和就近的一对中年男女打了招呼。老谢自己报了姓名，对方也报了名字。男人叫马二，女人叫柳兰。聊了些冬天种什么菜收入高等乱七八糟的闲话，他话锋一转，问了这几家菜农有没有出租菜窖子的。那个马二放下手中锤子，想了想，摇摇头。女人端着一盆水泥走了过来，问那个马二刚才在谈什么，男人说了，她龇着白牙笑了，说，真巧，最东边那家吴凤英家男人的腰椎间盘犯了，刚做了手术，不能累着。吴凤英好吃懒做，不愿意干活，她前两天和我说，她男人有意要把三间暖窖子租出去。老谢一听，高兴得直搓手，连忙扯了马二的手，央求他跟着去介绍一下。还说如果租成了，就请他们两口子吃馆子。马二可能好喝，连说，走走走，这酒我喝定了。

到了东头暖窖子，窖子里没有人，空荡荡的，破破烂烂，窖子顶上有几块玻璃碎了，透着明晃晃的光。窖子门歪斜着，像一个人耷拉着脑袋。

马二带着他转身向后面三间砖房走去。一进屋，两个人愣住了，穿着花里胡哨的胖女人蹲在地上抽泣，一个秃头男人坐在火炕上抽烟，男人的秃头上，有几道血印子。两人见马二和一个陌生男人进屋了，女人不哭了，

转身找了毛巾擦脸，男人则掏出烟，递给他们。两人上前接了，马二说明了来意。男人拉着的脸，忽然有了笑模样，扯着马二的手说，大哥，你可是我的恩人。我这身体不行，她打大麻将，半个月输了一千二。这败家娘儿们！我这回带她到城里去开面馆，一天到晚忙飞了她，看她还有时间玩吗。那个坐在椅子上低着头的胖女人，突然笑了，骂道：你闭嘴，哪个孙子怕干活？这吃土的活儿我可干够了。

就这样老谢以一年五千元的价格，租下了这间暖窖子。

老谢是农民出身，对种菜本来就是内行。他先去城里超市买了十斤羊肉卷，又买了些韭花、麻酱等蘸料，回来去附近食杂店买了五斤散白酒，一箱雪花啤酒，在马二家请他们两口子涮了锅子。两个人喝到半夜，话就多了，说起过去的事，都成了英雄。

从那之后，老谢修缮暖窖子，翻地上肥，撒菜籽，身前身后都少不了马二。连种什么菜，什么菜好卖来钱快的绝招，都由他亲自指点。隔半个月，老谢跑回去一次，怕房子拆迁自己不知道。

刚入冬，窖子里的西红柿、辣椒、黄瓜秧就开花结果了。老谢乐得嘴都合不上。快元旦了，老谢的三筐西红柿、一筐黄瓜、一筐辣椒，被马二用保温车送到蔬菜批发市场卖了。西红柿丰收，结果多，他留了十几斤，惦记着给桃花街要好的几个邻居送去。

一年匆匆过，转眼又开春了，到

处都是绿色。这一冬，老谢卖菜，不仅收回了五千元租金，还多挣了六千元。其中还给桃花街的邻居们送了七八次菜。老谢不在乎钱，在乎的是邻居们在微信朋友圈的赞扬。房东在城里的面馆开得很火，每天都卖出六七十碗。老婆也不打牌了，打扮得花枝招展，在前堂招待顾客，乐得嘴都合不上。马二两口子都搬到城里住楼房了，就把上屋的三间房子每年一千元租给老谢。老谢把那三间房子用白灰重新粉刷了一下，搬了进去，从此心情大好！

春回大地，又到了种瓜点豆的时候，老谢想扩大种植规模，他踅摸着在附近租几亩地种菜。说干就干，在马二的帮助下，他租了两亩水浇地。并且扣上塑料大棚，老谢敢干，让马二雇了五个人干了一周。这边扣大棚，这边在暖窖子里育苗，忙得不亦乐乎，王凤英来电话说桃花街开始要拆迁了，正在丈量尺寸，让他回去看看。

他先到王凤英食杂店打个招呼。王凤英好长时间没看到他了，看他累得憔悴，她眼圈红了，骂他狼心狗肺，不知道时常回来看看她，就是打个电话问候一声也好。老谢嘴笨，也不会说什么情话，脑袋一个劲儿地冒汗，用脏手一擦，满脸是黑道子。王凤英不磨蹭了，乐得花枝乱颤，急忙给他拿毛巾擦汗。她又喋喋不休地说起了崔腊梅的事。崔腊梅晚上背着小音箱和大家在街上走圈时，没在乎过往的车辆，被一辆电三轮车撞折了右小腿。开电三轮的人跑了，车是黑车。她住

了半个月的医院，现在已经回家了。

老谢出了王凤英的食杂店，拿着她给的营养快线，边走边喝，心里七上八下的，要说恨崔腊梅，哪能不恨呢？可是听王凤英说，她在医院住院期间，是雇的护工，一天四百元，半个月出院了，她舍不得雇护工了，一个月四千多块退休金，还不够半个月的护工钱呢，也不能花老本钱呐。住院当天给英花打电话，她的手机始终关机。回家这几天，几个邻居轮番帮着照顾，可是这也不是常事呀，邻居们都打退堂鼓了。没办法雇一个乡下叫阿香的老妇人，干活不利索，还要一个月一千块。崔腊梅天天以泪洗面。

老谢在食杂店门前转了几圈，掏出手机给儿子打了电话。一问才知道，儿子和英花之所以离婚，是因为英花在慈善协会当会计，这两年总和那些会长副会长的老头子们在一起腻歪，可能干了见不得人的事。果然不久，英花和会长等人被抓进去了。老谢忙问是什么事？小武子沉思了一会儿说，不清楚，我猜可能是行贿，要不就是给人洗钱。

放下电话，老谢心里沉甸甸的。虽然儿子和儿媳都离婚了，他和崔腊梅没有任何关系了，但英花那些年对自己真是孝顺，知道老公公喜欢喝白酒，每年都开车往乡下给他送成箱的好酒。老谢在内心上特别感谢这个和自己女儿一样的儿媳妇。想了想，他一狠心，又走回食杂店。

他对王凤英说，我买四袋奶粉，五斤香蕉，我要去看看崔腊梅，不管她怎么样，她女儿毕竟管我叫过爸爸。

王凤英先是一愣，犹豫了一会儿说了句，对，你大人有大样！去看看吧，好歹也当过亲家。

可是拿完东西了，老谢把钱递给她时，她脸拉了下来说，你别自己去，孤男寡女的，让人看见了笑话，我与你一起去。老谢看看她无奈地叹口气，连连说，好好好。她跟着刚走了两步，又哈哈笑着说，我逗你玩，看你是不是对她动情了。转身回去了。老谢指着她说，你这个小心眼儿呀！

到了崔腊梅家，老妇人阿香正坐在厨房桌子旁用扑克摆王八阵。崔腊梅在里屋，刚吃完饭，饭碗还摆在桌子上，正斜躺在床上，手拿佛珠在念佛号。看见是老谢来了，她吓了一跳，可是看见他手中提着东西，才笑了说，亲家哥来了，难得。

老谢放下东西，拿了把椅子坐在了她身旁。两人聊了一会儿，老谢正想借口离开，崔腊梅却突然一把拉住他的手，号啕大哭起来。这一哭，把老谢哭蒙圈了，他想站起来，可手被崔腊梅死死抓住，他挣脱了好几次，没挣脱开，不忍心用力把她拉到地上去，就坐下来，继续让她抓着，听她哭诉着。

他是个笨男人，不会哄她，况且只是敷衍一下来看她，没话可说。听了一会儿，她还是没完没了地哭诉着，

他就讲起了自己的暖窖子里的西红柿、辣椒和黄瓜，如何生长旺盛，如何结了好多果。现在又在外面的地里扣上了大棚，种菜。崔腊梅果然不哭了，她眼睛睁得溜圆，说道，谢哥，我老崇拜你了，干啥都像样。你能不能让我去看一眼这大棚里的春天，我死也瞑目了。老谢哪能受了这句话，连忙站起来，摆脱了她的手，说，好好好，必须去。

大棚里的菜苗，齐刷刷长了有巴掌高了。头天晚上老谢在家请马二和他媳妇喝了大酒，吃了火锅。吃人家嘴短，一大清早马二就和媳妇跑过来帮老谢放水浇地。他们忙完了，老谢拉他们回家，用头天晚上涮锅子的汤煮面条吃。

三个人吃得正香，门外有车笛声，老谢端着饭碗，边走边吃，出去推开门一看，是阿香正从出租车后备厢往外拿轮椅。轮椅推到前车门，她又从车里扶出了瘸腿的崔腊梅。

阿香用轮椅把崔腊梅推进屋，搀扶着上了炕。马二夫妇见来人了，急忙要走，却被老谢一把扯住了，说没外人，是我亲家。他问崔腊梅和阿香吃没吃饭，崔腊梅不吭声，阿香背着双肩包说，都没有吃饭，来得太匆忙。我就不吃了，着急回城里办事儿。说完背着包转身一溜烟就没有了踪影。

老谢见崔腊梅沉着脸，一言不发，忙问，怎么了？

她迟疑地说，臭女人嫌每月给的工资低，自己又偷偷找来下一家，是

伺候老两口子的活。

马二夫妇吃完了，立马走人。他们一走，老谢觉得屋内的空气炽热得要爆炸。谁也没说话，老谢给她盛了一碗羊肉汤面条，她也没有接。在老谢放下碗筷的瞬间，她一把抓住老谢的手，死死掐住，手指甲快抠进老谢的肉里了。他想摆脱，可她却哭了，没办法，他不挣脱了，她也不掐他的手了，只是不松开。

她不知哭了多长时间，突然不哭了，小声地说了一句，谢哥，我不想活了，真的！骨折时，为了省事，没找西医手术，找的是骨伤科中医保守正骨。谁想到当初骨折时，有碎渣残留在肌肉里，总是发炎，不知多长时间能好，能走路。

老谢急忙说一声，说，亲家母，慢慢治吧。说啥呢？退休了正享福的时候。

她好像不管他听不听，像是给自己说的似的，又说道，桃花街拆扒完了，协议是你儿子小武子签的，我没管。老了，凡事都让孩子们做主。

他嘴笨，不会说什么，点点头说，儿子和我说了，是楼是钱，小武子不是负恩人，会公正地给咱们分的。

崔腊梅说，我不管了，我不能自理了，女儿又那样，我不想活了。

老谢不知说什么好，应付着说，哪里的话？可别乱说。

她又低泣起来。他劝了两句，也不知道她听没听进去。他不知道该怎么办，手腕还在被她手掐着，尴尬至

极。他假装双腿不停地抖着，夹着裆，突然说，亲家母，我内急，快尿裤子了。崔腊梅的脸立马通红，忙撒开了手。他慌张地跑了出去，外面清新的风吹过来，他长出了一口气。待了有几分钟，他返回了屋，一看吓了他一大跳，崔腊梅在用菜刀割自己腕子。可能是力道小，只划了一道小口子，鲜血从刀口流出来。

他大喊，亲家母，有天大的事都能挺过去的，千万别寻死！

崔腊梅带着哭腔说，英花出事了，在看守所，可能得判实刑。没有人管我，我身体又这样，我怎么活呀？别管我。她把刀举得高高的，做出要使尽全身力气砍下去的样子。老谢上前去抢刀。她威胁着喊道，老谢你再过来，我就剁下去。

老谢搓着头发急跺脚瞎喊着，突然他明白了什么，说，我这傻子，明白了，崔腊梅，你有话就直说吧，别用这损招了。

果然，崔腊梅停下了，小点声说道，我走投无路了，求老谢你收留我。房产我不要，我的工资你掌握一半，我在家一切听你的。

老谢还是跺脚说道，都啥和啥呀？见她还是不放下菜刀，就连忙说，好了，好了，你就在我这里住着吧，你不嫌我是屯虎子就好。他上前把刀抢过来。崔腊梅红着脸，端起了盛着羊汤面条的碗。

过了半个月的时间，菜地里的韭菜、菠菜、大葱、油菜都上市了。天

暖了，大棚的门全打开了。蝴蝶、蜻蜓结伴而来，老谢站在地头，喝着茶水，今天好高兴，以往的不快都忘却了。

一辆红色捷达车开了过来，下车的是王凤英和她的侄子。一个人手提着生日蛋糕，一个人手提着菜。他迎了上去，说带东西干什么？我这里啥都有。王凤英说，傻蛋，今天是你的生日。他想去接她手中的生日蛋糕，却被她闪了一下。

王凤英笑着说，以后这里我说了算。老谢回头问她侄子，你姑干吗这么高兴呀？这小子嬉皮笑脸地偷偷告诉他，拆迁了，我姑把食杂店兑给我了，我在找地方租房子。她搬过来给你当老板，你俩啥时候扯结婚证呀？

老谢站在那里，像一尊雕像。他想王凤英进屋看见轮椅上的崔腊梅会是啥表情？他忽然觉得一阵眩晕，全身的血液好像顷刻间涌向头顶。

姜凯，黑龙江省作家协会会员。在《广州文艺》《辽河》《雨花》《小说林》等刊物发表小说。小说《爸爸是个老长辈》在东北、华北两区暨天津、北京两市"通信杯"大赛中获二等奖。出版散文集《问花秋语》。

随笔天下

135 ～ 162

鹮翔秦岭

邹安音

吉祥圣鸟

俯瞰西部，巍巍秦岭，像一道高高隆起的中华龙脊，傲立于三秦大地，山分南北，水连华夏。

逶迤连绵的秦岭，承载着无尽的荣光，蕴藏着丰厚的人文，成为中华民族的祖脉。它豪迈而雄浑，婉约又多情，像一幅自然天成的千里江山图，晕染出原始神秘的气息，让人心驰神往。

秦岭，古老的生物基因库，有谁知道，亿万年间，在苍茫的大山深处，无数的珍稀动植物竟然与我们生活在同一个星球？沧海桑田，物换星移，只不过其中有的生命被永远画上休止符，有的生命却仍然与我们同行。

溯源寻踪，走近秦岭，去聆听它的心跳声。它的呼吸多么有力，八百多种脊椎动物，三千八百多种高等植物，正诉说着一个个古老而年轻的故事。

在秦岭，每一种生命，都像一颗闪光的珠贝，丰盈着中华祖脉的精气神。这里是人间的世外桃源，更是"秦岭四宝"大熊猫、羚牛、朱鹮、金丝猴世代生活的家园。

那天，当我走进秦岭的南麓，在位居陕西汉中市洋县华阳长青的"秦岭四宝园"，感觉时空瞬间被凝滞，仿佛回到了遥远的古代，与大自然的美丽生灵一同在呼吸，心儿也一同在跳动。

洋县，单单看这个名字，便极具天时与地利。它享受着秦岭的恩泽，一边和八百里大秦川相牵，一边又和蜀地"天府之国"相守，粗犷与细腻，尽在不言中。

秦岭像一个母亲，袒露着胸怀，挡住了北方的冷空气，让温暖湿润的风吹过洋县，使它成为北方物种和南方物种的混杂生存地，也成了古老孑遗植物的避难所和野生动物的欢乐园。

春草绿，秋叶黄；夏藏荫，冬含雪。不是江南胜似江南的洋县，坐拥如此特殊的自然地理位置，理所当然摘取汉中盆地的桂冠。而它享誉全球的"东方宝石"朱鹮（又名朱鹭，国家一级保护动物），更是这顶桂冠上最耀眼的那颗明珠。

人间四月，草木葱茏，江河澄澈。"翾翾兮朱鹭，来泛春塘栖绿树。羽毛如翦色如染，远飞欲下双翅敛……"在唐朝诗人张籍遗留的歌赋韵律中，"秦岭四宝园"科普馆照片上的朱鹮，仿佛也被和煦的春风唤醒，它们似乎正扑棱着翅膀，展开华美的羽翼，朝我翾翾飞翔而来。

面对摄影家们的镜头，朱鹮是懂得如何展示自己曼妙身姿的。它们一定要先优雅地露出一双细长的腿，用长长的喙仔细梳理白中带粉的羽毛，然后骄傲地抖一抖朱红色的羽冠，犹如一道闪电出击，翩若惊鸿，飞过山野，飞过秦岭……

那一瞬间，我闭上了眼睛，想要和它来一次心灵的对话，共赴一个深情的拥抱。古老的朱鹮，翱翔于东方天地的美丽精灵，在这个蓝色的星球上，它们已经生活了六千万年了啊。

哪怕天空再高远，也要与苍穹比高下；哪怕路途再漫长，也要与河流并肩前行。

世世代代，从遥远的大陆，到茫茫的大洋，它们与人类同荣共存，鸣唱出欢乐的声音。最是身上那一抹纯洁的白、鲜艳的红……与自然融合在一起，呈现出一片祥和的色彩，成为美的图腾和化身。

执子之手，与子偕老。这是《诗经》歌咏的爱情。爱是生命的永恒，不管是人还是动物。对于伴侣，朱鹮终生厮守，彼此忠诚，成为爱情的吉祥圣鸟。

每当黎明唤醒黑夜，它们日升而出，或者呼朋引伴，或者踽踽独行，在池塘、田野、沼泽地里，搜寻着小鱼、泥鳅、虾蟹等。夕阳坠入山谷后，倦鸟归林，它们就在森林里筑巢，生儿育女，共享天伦。

春去秋来，四季轮回，朱鹮的种群和生命，也在轮回中繁衍生息，代代承继。

消亡重生

四月的天气，微风不燥，阳光正好，映照着"秦岭四宝园"。关于朱鹮的身世，在小小的科普馆里，却浓缩了一段惊心动魄的历史，书写了一段史诗般辉煌壮丽的篇章。

谁都没有想到，当时间来到 20 世纪 80 年代，因为人类对自然过度索取和开发，导致森林大片消失，小河几

近断流……又加之农药、化肥等化学物品大量施用，田野里小鱼小虾等难觅踪迹，野生生物遭遇了史上最严重的生存危机，朱鹮在哭泣。

早在 20 世纪 60 年代初，曾在亚洲北部广阔天空自由翱翔的朱鹮，从此处彻底消失了身影。而在东海之滨，当温暖的季风轻轻拥吻着渔人的帆船

时，人们也在努力搜寻那一抹纯洁的白和艳丽的红。

渐渐地，失望的潮水漫卷了整个东亚，朝鲜、韩国、日本等相继宣布野生朱鹮灭绝。尤其是日本，当最后一只朱鹮绝尘而去时，哭泣的日本人，以为永远失去了他们心中的圣鸟，再也见不到它们惊世的容颜了。

1998 年，中国向日本赠送了朱鹮"友友"和"洋洋"，他们才从悲痛中挣脱出来，努力繁殖"友友"和"洋洋"的后代，并让更多的朱鹮，在本土的上空翩翩起舞，续写着鸟类活化石——朱鹮重生的悲喜故事。

直至今天，在世界各地翱翔的一万多只朱鹮，它们的心都维系在同一个地方——陕西洋县。每一只从这里起飞的朱鹮，越过高高的秦岭，跨过奔腾的黄河长江，在长城之上的北边或者南边引吭高歌时，那一阵阵欢乐的颤音，都会被中华祖脉秦岭听见。

秦岭，在这个巨大的天然物种基因库中，东方宝石朱鹮的消亡与重生，是这个时代上演的千古传奇。

在中国，1964 年是朱鹮的分水岭，这是中国鸟类学家最后一次见到它们，从此便杳无踪迹，仿佛人间蒸发。十多年很快过去了，再也没有人目睹过它们，那曾经傲视寰宇的倩影，似乎只能凝固在画册中，或者封存在人们的记忆中了。

朱鹮，真的从此就告别了这个蓝色的星球，再也不会飞回来了吗？

1978 年 9 月，当秋天的第一片红叶开始着色，国务院委托中国科学院组成考察组，再次踏上寻找野生朱鹮的征程。中国科学院动物研究所的鸟类学家们，抱着最后一丝希望，披星戴月，深入朱鹮可能出现的每一个地方。但数年过去，他们却始终没听到朱鹮的一声鸣叫。

花儿谢了，还会再开。如果朱鹮消亡了，那就是六千万年来一个生命群体的绝唱啊。难道朱鹮真的已经全部灭绝?! 考察队员们陷入深深的绝望中，心里的那份伤和痛，就像被铅锤狠狠击打过。

1981 年春天，当秦岭的花儿再度竞艳时，有一个人不死心，率队第三次来到陕西洋县，继续在秦岭南麓的汉中盆地寻找朱鹮，他就是刘荫增。为了扩大搜寻的力度和广度，考察队充分发动群众的力量，不厌其烦地讲述朱鹮的相关特征，一遍又一遍……

五月，是洋县最美的季节，柳絮漫天飞舞，小河波光粼粼，田野一片葱绿。每天日升日落，农人在田野间耕种，希望在生活中孕育，终于，最振奋人心的消息传来了：两名村民在县域北部山区看到过朱鹮。

一石激起千层浪，刘荫增丝毫不敢懈怠，率队迅疾赶往目的地，经过几天跟踪考察，在一个叫金家河的地方，一对朱鹮成鸟进入了他们视野。此后，在姚家沟一块墓地的青冈树上，他们又发现了正在繁殖的另一对朱鹮，更加令人惊喜的是，巢中竟然还有三只雏鸟!

在那一刻，秦岭母亲，敞开她博大的胸怀，用满腔的慈爱与柔情，终于留住了地球上最后的七只朱鹮。陕西洋县，成为朱鹮最后的家园!

从东到西，由南到北，考察组先后跨越十四个省（市），寻找行程达五万多公里。对于中国的鸟类专家来说，这是用脚在一步步丈量华夏的土地，更是用心写在大地上的美丽诗行。

七只朱鹮在秦岭被发现，迅速震惊了世界。地处秦巴山间的陕西洋县，一时间聚焦了全世界的目光，中国朱鹮的保护事业由此开启，并终将朱鹮从灭绝的边缘拯救了回来。

六月，草木葳蕤。刘荫增当即带领洋县四名年轻人，住进了大山深处，成为这个山沟里的第八户人家。在当地一间村民废弃的房间里，"秦岭一号"朱鹮保护站的成员们，每天守候观察，投食喂养，应急救护……朱鹮临时保护站在姚家沟成立，秦岭也记住了他们最初的样子。

光阴荏苒。一年又一年，朱鹮种群不断壮大，当初的年轻人也老了，但刘荫增始终没有离开他钟爱的朱鹮。他最大的希望就是有更多的人参与到朱鹮保护中来。"我和朱鹮有着特殊的缘分，就像命中注定。"他说。

无独有偶。1983年，一个叫常秀云的女大学生也毕业了，分配单上填写的单位是陕西省林业厅野生动物保护管理站。正是风华正茂的年纪，踌躇满志的她，没想到工作的第一项任务就是抢救一只生病的朱鹮。这是她第一次与朱鹮相遇，不解之缘从此开始。

当洋县发现朱鹮后，常秀云便开始在邻近县市继续寻找，陕西省很多地方都留下了她的身影：脚穿黄胶鞋，身背照相机，时常在石头缝里穿梭，攀爬树木，国外媒体称她为"朱鹮公主"。几十年里，她一直观察、研究、保护着朱鹮，与朱鹮同悲同喜，青丝变成了白发，她也由当初的朱鹮公主变成朱鹮妈妈。

……

朱鹮，动物保护史的奇迹，中国攻克了一个又一个朱鹮保护和人工繁育难题，全球朱鹮数量已经突破一万只。朱鹮种群的复壮，被国家林业和草原局定义为朱鹮模式，为世界创造了拯救濒危物种的成功范例。

中华朱鹮，它在三秦大地复壮，飞出了洋县，翻过了秦岭，又飞向了世界。今天，无论您在何处，只要您见到了朱鹮，一定要知道，它是来自中华祖脉秦岭的朱鹮!

舞台之光

走进"秦岭四宝园"的"朱鹮繁育野化种源基地"，宽阔的石柱上，"鹮翔秦岭"四个金色的大字，如山般厚重，如水般清灵。和美的阳光从山那边倾泻过来，落在石柱上，三只展翅欲飞的石雕朱鹮，刹那间便有了鲜活的生命力。

耳畔似乎传来朱鹮浑厚的鸣叫声。在我的面前，它们踏过六千万年的时空，在秦岭的深处浴火重生。它们相互凝望，低声轻语，向秦岭表达着它们的深情。秦岭懂得它们，洋县懂得它们，我也懂得它们。

刹那间，我仿佛看见一片片白色的羽毛，在我的面前飞扬；一点一点地艳红，在我的心里燃烧。绿草萋萋，白雾迷离……我坚信《诗经》中的所有美好，都可以来形容我心中的朱鹮：宛如伊人，在水一方……不，那不是朱鹮，那是一群美丽的少女们，在舞蹈、在吟唱。

向美而生，人即朱鹮，朱鹮即人。

难道不是吗？在2021年央视春晚上，在春山空的美妙乐音中，二十五位身着粉红色纱裙的姑娘们，用轻盈绝美的舞姿攫住了人们的心魂。她们婀娜娉婷的身姿，在空灵的境界中起舞飞扬，仿若朱鹮仙子降落凡尘。低垂眉，惊回眸，羞颔首……姑娘们优雅从容的舞步，无不把朱鹮"涉""栖""翔"时的东方美感和律动，完美地呈现于天地间。

这是一个有关《朱鹮》的舞蹈，它更像是一幅画，蕴藏着东方文明古国的内蕴美。而相对于整个舞剧《朱鹮》来说，这个舞蹈只是其中的一个片段。舞剧《朱鹮》所想表达的，正是生活了六千万年朱鹮们的心声：小溪里的水清澈纯净，田野里一片葱绿，村庄上空白云朵朵……

"瑞日明丹羽，恩波浣赤衣。醉颂于胥乐，鸣珂蹋月归。"想象多年以前，当生性浪漫多情的纳兰性德第一眼看见朱鹮时，应该也是和它们一起翩翩起舞，才能写出这样美丽的诗句吧？

舞剧《朱鹮》，是上海戏剧学院教授、当代著名编剧家罗怀臻老师之作，一经问世，便风靡全球。朱鹮是天生高贵的，它们对环境有很高的追求，不随肮脏的河流而逐浪，不随阴霾的天空而飞翔，品性高洁，心若兰草，在漫长的生命史中，演绎出族群的芳华和传奇。

一次偶然的机会，在嘉陵江的考察调研中，我有幸结识罗怀臻老师。每当说起朱鹮的时候，他的脸上溢出的是纯真而朴实的笑容，这样的笑容让人温暖。就像他的《朱鹮》，在舞台上所呈现出来的那种美，宛如一块天然的玉石，纯净空灵，不含一丝杂质，撼人心魄，深入骨髓。

他曾向我们讲述过《朱鹮》创作背后的故事：

美如仙子的朱鹮，在全球一度濒危灭绝，当它们展翅飞翔的一刹那，婀娜柔美的身姿，在蓝天留下了最美的孤影。此后，当人们在中国陕西洋县发现仅存的七只朱鹮后，失而复得的惊喜，迅速拉近了全球人们之间的心距。而用艺术的手法来呈现朱鹮旷世的美，它超越国界，超越时空。正是有着这样的情怀，《朱鹮》才亮相舞台，走向世界。

正是因为"曾经的失去"，才会"永久的珍惜"。还记得那一天，我抑制不住内心的激动，把《朱鹮》的剧照发在了微信朋友圈。很快就有人跟帖，那是江苏的一个作者，微信名叫"麦穗子"，她如此写道：

舞剧《朱鹮》，讲述了古代一位朱鹮仙女爱上了山里的樵夫，最后因天庭规矩不得不分开的爱情故事。它既有舞剧的固有特征，也有艺术的融合与创新。

在她的描述中，我仿佛看见了《朱鹮》正缓缓上演。乐声起，美丽的朱鹮仙子踏着轻盈的舞步，在宏大的舞台中央旋转、旋转……她在等待她的心上王子，也在憧憬与人世间的美好相遇。

"为了曾经的失去，呼唤永久的珍惜"，这是一个永恒的环保主题。当剧中鹮仙与樵夫双双起舞时，此时无声胜有声。仙子的灵动，樵夫的质朴，犹如一幅原始清新的农耕图，把古老的东方民族之美，尤其是跨越种族的高尚人文之美，无不演绎得淋漓尽致。

人如朱鹮，朱鹮亦如人，这是彼此间情感的双向奔赴。中国的民间故事，大多反映着老百姓的心理诉求和愿望，这既是艺术和现实的交融，也是人与环境的心灵沟通。舞台上下，唯有相互珍惜，生命才会生生不息！

那时候的舞台剧《朱鹮》正在世界巡演，且一票难求。在荧屏上，当来自上海的青春少女们踏着舞步像美如仙子的朱鹮们一样翩翩而来时，我深信：美丽的朱鹮，如同它们生活着的这个美丽家园，一定会铭刻进每一个人的心中，向着东方的太阳微笑。

向美而生

秦岭有多高？古道有多长？流过华阳古镇的小河一定知道。它一定跟随过傥骆古道上的人，在马蹄声声的绝响中，去过山的那一边，这一边。然后，从汉江、嘉陵江，又从长江到大海。

当秦岭从酣眠中睁开眼睛，华阳古镇也在鸟儿的呼唤声里醒来，洗净旅人们身心的疲惫后，用本地独特的凉皮、神仙豆腐等风味美食，去诱惑他们舌尖上的味蕾。

邻座，来自内蒙古的一位摄影家一边吃着美食，一边打开相机的镜头，给我和同伴讲述他早上是如何守候野生朱鹮，又怎么和野生朱鹮相遇的美好故事。

还等什么呢？丢下筷子，我就往河边跑。桥头的大石头上，写着"人与自然和谐相处"几个大字，非常醒目。更加让人惊喜的是，刚过了桥，一只喜鹊就"呼啦啦"从头顶飞过，停在了半山腰的一棵树上。

能遇见朱鹮吗？我心里打着鼓，却又满怀着期待的心情，沿着河边蹑手蹑脚行进。走了不几步远，发现前方的山顶上，有一片流云飘过来，又飘过去。仰首仔细观察，才发现是一群小鸟儿在天空中布阵呢。

放眼看过去，古镇古朴原始，居民们至今还在用柴火烧饭，家家户户屋檐下堆满了木柴。小河的两边，芦苇飘扬，摇曳出一种清新自然的风情。

正在这时，一只寿带鸟拖着长长的尾巴，从山上忽地飞到了面前，但还没等我掏出手机，它又调皮地钻进了芦苇丛里。

山岭、古镇、小溪流、鸟儿……它们都像刚刚被画家描摹出的作品，还带着新鲜的水墨气息，就被天地收纳。想来这样的场景，是最适合朱鹮心境的。我的心，突然激动起来。

果然，就在风雨廊桥下的一道堤坝处，一只特别的鸟儿出现在视野中。只见它优雅地迈着舞步，在水边走，全然不顾红尘的纷扰。

它是朱鹮吗？羽毛怎么是灰色的呢？正在疑虑中，我突然想起繁殖基地工作人员的话：朱鹮羽毛的颜色随着四季变化而变化，春天三到五月是其繁殖期，羽毛主要呈灰色。而到了夏秋季，它们的羽毛就会变白，头顶的红也会显得更加艳丽。

或许是心有灵犀？正在水中漫步的朱鹮突然亮翅，"哇"的一声，从水中起舞，直向云端。当它在空中骄傲地舒展长腿，翩翩跳起空中芭蕾时，一抹鲜艳的红色，烧灼了我的眼睛。

那一瞬间，天空之下，小河静静地流淌着，不动声色地打量着华阳古镇。千百年来，这条古道上，马帮来了，又去了；三国的烽火硝烟起，渐渐又沉入岁月的遗迹；红军走过了这里，不知道他们心底燃烧的火焰，是不是像朱鹮头顶的那一抹红，让秦岭的心也时时沸腾，让它张开有力的双臂，去拥抱中华，俯瞰大地？

秦岭之下，山环水绕的膏腴之地——洋县，因东汉蔡伦于此发明的人工造纸术，让祖先发明的文字一个个跃然纸上，由此写尽汉中盆地的妖娆与风流。

今天的蔡伦祠，就像一本泛黄的书籍，记载着历史的沧桑与磨难，也典藏着岁月的荣光与繁华，散发出一缕缕中华文明之光，闪耀着星河大地。

在中华大地上，最不能没有的就是树。那仿佛是山的骨骼，水的魂魄。蔡伦祠的树高大挺拔，已经有数百年的历史了，它们有着汉唐雄壮的遗风，镇守着一方天地，也倾尽了一地的芳华。

每天清晨，祠堂的马老先生便穿越回到东汉，开始向游客展示蔡伦造纸的全过程，剥树皮、煮树皮、捣树皮……然后捞纸浆、晒纸片……每当介绍自己工作的时候，他的脸兴奋得发红，每一张纸，都仿佛是他的一个孩子。

每天傍晚，马老先生便开始守候他真正的宝贝——几只栖息在树上的朱鹮。他的家就安在祠堂里，他带我去看朱鹮的时候，高八度的声音突然降到最低下限，脚步儿也放得很轻很轻。"朱鹮怕吵，别吵着它们。"他打招呼说。

顺着他指的方向望过去，真的发现了一个很大的鸟巢。鸟巢边，一眼就看见了朱鹮那长长的喙。或许是因为初当妈妈的喜悦，这个准母亲不停地晃动着它的脑袋，那一点点艳丽的红，因为有了绿叶的陪衬，便更加夺目。它们可真会找地方安家！

"如果一只朱鹮孵化自己的宝宝，另一只就要出去给伴侣找东西吃。它们天黑了就要回来，像人一样顾家。祠堂里还有好几对朱鹮呢。"对于马老先生来说，每天与朱鹮朝夕相处，听着它们欢乐的鸣叫声，已经成了他生活中不可或缺的一部分。

顺水而下，我来到"汉水"流过的汉中，东西横贯的汉江和南北纵穿的嘉陵江，让它成为梦里的水乡。当双脚刚踏上这片神奇的土地，心里顿时有一股莫名的亲切感，因为它自古被誉为"秦之咽喉""蜀之门户"，还被誉为"全球汉人的老家"。

晨曦微露，天汉湿地公园沐浴在柔软的朝晖中，江中的小岛便妩媚了起来，像一位袭着纱衣的少女，朦胧中带着娇羞，诱惑着鸟儿们的到来，也吸引了摄影爱好者们的目光。

突然，一只朱鹮从桥那边飞过来，掠过我头顶，发出清晨美妙的颤音，然后向不远处的小树林飞去。那一瞬间，我的身子像被电流击中一般，感觉心也似乎被它带走，连忙迈开步子，朝着小树林跑去。

那个时候，我并不知道，我和我的朱鹮，已经被一个守候在这里的摄影家抓拍进了镜头。当我看见有人举着相机，就为了它飞翔的这一刻时，我不知道，朱鹮的美，究竟温暖过多少人的心怀？

在汉江边，在朱鹮飞过的地方，我沉静下来，想起了很多此情此景的诗句："天光云影共徘徊""秋水共长天一色"……

渐渐地，身边跑步的人也多了起来。突然想起《荀子·天论》中说，"万物各得其和以生，各得其养以成"。中国传统文化中的天人观，蕴含着"天人合一"的思想、"万物并育"的理念。在汉中，我已经找到了朱鹮生存的奥秘，那就是：人应尊重自然、顺应自然，与自然万物和谐共生。

邹安音，作品发表于《人民文学》《人民日报》《光明日报》《文艺报》《散文选刊》等。曾获《人民文学》美丽中国奖、第八届冰心散文奖、第六届中华宝石文学奖提名奖等。出版散文集多部。

心归处　是吾乡

张　琳

有人说，故乡或许就是用来失去的，逐渐成为城市的延长线，离家的路越远，思乡的情就越浓。在岁月的长河中徘徊，故乡的四季如同一幅缓缓舒展的绚丽画卷，在记忆深处永不褪色。当我轻闭双眼，老家皖北农村那熟悉的气息便扑面而来，带着春的清新，夏的热烈，秋的醇厚，冬的静谧，交织出一片独属于故乡的梦幻色彩，每一幅斑斓都描绘着对故乡那片土地的深深眷恋与热爱。

春风暖　荠菜鲜

"三春荠菜饶有味，九熟樱桃最有名。"故乡皖北，记忆里的荠菜是在三月开春以后才会有，俗话说"阳春三月三，荠菜赛仙丹"。荠菜是春天的信使，又叫菱角菜，有的地方也叫荠菜花，叶片光滑叶柄有翼，颜色莹莹如玉，味道清香宜人。

小时候，家里经济条件不好，吃了整整一冬天的大白菜、萝卜和粉条。开春了，好吃的野菜就成了最美味的佳肴，放学后，呼喊着村里的小伙伴挎着篮子（一种树藤条编的筐），拿着小锄头到地里挖荠菜，每次总能挖满满一小筐。回到家，母亲耐心地把它一朵一朵择干净，又淘洗几遍，然后拌上杂粮面粉，或蒸着吃，或摊菜饼，但大多是用开水焯了后，加上米醋、辣椒、盐巴等凉拌吃。那个年代只想着填饱肚皮，只知道野生荠菜好吃。如果谁家能吃一顿荠菜饺子，真的比过年还要奢侈。

周末和爱人刚回到家，就闻到扑鼻的荠菜香味，母亲煮了满满一锅荠菜饺子，饺皮是冷水白面自己和的，为了筋道，加了鸡蛋，馅是最正宗的荠菜加了点韭菜，五花肉是她在案板上用刀一点点剁碎的。盛起一碗，对着饺子吹口气，一口下去，油顺着嘴边流，香而不腻，诱人的荠菜清香、素淡、鲜美，回味无穷……

母亲知道我爱吃，就变着花样给我做荠菜美食。她将荠菜洗净切碎，加少许葱末、盐拌入蛋液中，用旺火煸炒，金黄色的蛋饼如同初升的圆月，上面镶嵌着翡翠般晶莹的荠菜，吃起来酥软爽口。有时候，将荠菜放在开水中烫一下，沥干水分，切碎，均匀地撒在面粉中。将面粉和成泥，用擀面杖压扁成粑，再放到热油锅中慢慢煎成焦黄，黄中透着青的荠菜饼，切碎的荠菜点缀其中，如天上的星星，嚼在嘴里，香在心里，甜在梦里。

"春风只在园西畔，荠菜花繁蝴蝶乱。"荠菜虽然只是春天里的一种小草，碎碎的小白花，不起眼也没有什么香味，然而，它却得到那么多诗人的歌颂。春风徐徐吹来，阳光缕缕照耀，岁月匆匆而过，不经意间，荠菜带着它特有的味道陪着我走过童年，步入中年，走过了一年又一年，还会一直走下去。

夏雅香　蝉鸣响

"处处闻蝉响，须知五月中。"家乡濉溪，地处皖北，蝉，在老家叫"知了"，夏至以后一直到秋天都会伴有蝉鸣。

春蝉"微月初三夜，新蝉第一声"，有人形容其鸣叫为"醒啦、醒啦"。夏蝉"蝉鸣兮夕曛，声和兮夏云"，鸣叫的意思为"热死啦、热死啦"。秋蝉"散影玉阶柳，含翠隐鸣蝉"，其鸣叫意思为"伏了、伏了"。据说冬蝉"深藏高柳背斜晖，能轸孤愁减昔围。犹畏旅人头不白，再三移树带声飞"，也是其寿终正寝的季节，大部分会在秋后即将入冬的时候，发出的是悲鸣的"晚啦、晚啦"的声音。

其实这只是人们对蝉鸣形象比喻和描述，真正的蝉鸣比较悦耳动听，激昂高亢。尤其是在闷热的夏秋季节，听到不绝于耳的蝉鸣，闻着田地里阵阵麦香和秋季玉米、高粱的清香，心里想着收获的喜悦，怎不令人精神振奋、心旷神怡呢？

藏在洞里的蝉，是隐蔽的。蝉的洞口通常在树下或树根附近，开始的时候一般很小，有的小指甲那么大，有的可能更小。我和小伙伴会拿个锄地的"镬头"，在树林下面，凭着经验和有洞多的周围，先轻轻挖去一层土，若看到有小洞口，就继续向下挖，这些洞有个特点，就是里面大，洞口小，接近地面处，只是一层薄薄的土皮，这就是知了猴的洞穴了。用细树枝轻轻地把洞口扒开，就会看见胖胖的知了猴，正在用力地往外爬，两只透明的大眼睛，看见我们，似乎有些害怕，不动了，就在洞口处停着。我们把细树枝轻轻伸进洞里，那愚蠢的东西，可能以为这是拯救它脱离黑暗的救命稻草，是通往天堂的光明大道，一下子用前面的两只脚紧紧抱住，这时候只需慢慢把树枝拔出来，那个笨家伙就跟着出了洞。有时遇到狡猾的，根本不上当，逼急了，干脆猛地一抽身，坠落到洞底去，让我们前功尽弃。

很多时候，我和小伙伴是晚上拿着家里的手电筒去小树林里"守株待蝉"。晚饭以后，几个小伙伴约着，拿着用报纸或橡筋把电池串起来自制的手电筒，这时候，洞里的知了猴差不多都爬出来了，我们拿着手电筒，一棵挨一棵地在树干上扫射，树干上每一个小小的凸起，都会给我们带来无比的兴奋和喜悦。

三年沉寂蛰伏积淀，一日蜕变华丽转身。这也许正是"居高声自远，非是藉秋风"的人格力量吧。在知了的叫声中，一年年长大，那一段无忧无虑的岁月渐行渐远，但那份童真和童趣，随着岁月的磨砺，深深镌刻在记忆中。

秋颂辞 月正圆

又到一年中秋月圆时，望着月亮想起故乡。有人说，用眼看世界，世界很小；以心看世界，世界很大。正如这城市夜空的圆月，用眼看月亮，月亮很小；用心望月亮，月亮很大。只要你用了心、动了情，就会在月亮里发现你，发现我，发现他。

其实我们每个人都是一颗会发光的星星，日日夜夜，春夏秋冬，寒来暑往，这么浩瀚、这么明亮、这么忠诚地陪伴着月亮，看着看着，自己也仿佛进入了整个世界。

习惯了在夜晚写些文字，习惯了用文字抒发心中的情感，习惯了在文字中间找寻自己的喜怒哀乐。月光如水、繁星闪耀，一切都是那样的安静和祥和，一轮明月、一盏明灯、一杯清茶，在键盘敲击的轻颤下，带着一种华丽的寂静，一个个淡蓝的精灵穿越微凉的指端，触着鲜活的生命气息尽情飞扬，自己内心也升腾起莫名的粲然。心中那条汹涌的河流，终于找到宣泄的出口，洋洋洒洒、一泻千里……

有时写着写着，夜色渐浓，推窗倚栏或走到阳台，抬头遥望星辰，繁星闪耀、花香淡淡。灯影迷离，很多过往映上心头。朦胧里故乡的身影愈发清晰，母亲的身影逐渐走来，突然冲上去偎依在母亲怀里，她的臂弯是那样的温暖，笑声是那样的甘甜。

在心中升起自己的一轮圆月，去承接平淡日子里的每一轮光明。不如意的日子里，祈盼月圆的时候，随时向心中的月亮借助光明，保留自己心中的月亮，内心就不会黯然太久。无论何时，只要怀揣着月朗的心情，就会一直走在生命的绝佳风景里。

冬藏雪　心愈暖

小时候，每到冬天，我对下雪就又爱又恨。冬天的故乡，每每提及，总会与雪相连，进入冬天，便会盼望一场雪花飞舞的景象。故乡的雪，总觉得格外的洁白，村子家家户户，被大雪覆盖着，门前房檐下冰凌滴得好长，像一排排哨兵笔直地守护着主人。路边一排排的树木，挂满了雪花，像冬天盛开的雪莲，阳光下映出一道道彩虹，个个好似可爱的精灵，透着纯真的心扉，简单纯粹，像憨厚淳朴的北方人。

记忆里，家乡的雪每年都会下很大，在某一个不经意的早上，就会在父母扫雪的声音中醒来，穿上厚厚的棉衣，跑到外面和父母一起铲雪、扫雪，把院子里扫干净，门前扫出一条小路来。在院子中间，将四处的雪铲到一起，堆起个雪基，再用手一捧捧地将雪敷上去，拍紧，将多余的地方抹掉，勉强像个人形状后，用煤灰点上眼睛、用胡萝卜头做成鼻子，甚至还找顶破草帽戴在头上，这样一个雪人就会守在院子里很久，样子是不好看的，甚至还有点滑稽好笑，但留给了童年太多的回忆。

几个小伙伴呼唤着背着书包走在上学的路上，雪大概有一尺来厚，将整片的麦地都包裹成了一片素白，苍茫辽阔，放眼望去，白皑皑的，肃穆、安静，似乎整个世界都沉睡在一种祥和、安宁的氛围里。一路上跳着、奔跑着到了学校，身上、头上一个个像白头翁一样，在班级门口互相拍拍身上的雪，用手在头发上胡乱抓几下就跑进教室。

待落雪稍停，记忆里就是一堆小伙伴学着小学语文课本《少年闰土》里教的方法，开始捉麻雀。在村里打麦场上，我们扫出一大片空地来，拿一个大大的簸箕，用一根细细的绳子系着，将簸箕用一根木棍斜撑起来，下面放些麦子。小伙伴找个麦垛在后面躲着，暖着身子，眼睛则聚精会神地盯着簸箕，等着麻雀进去吃麦子。当然麻雀也是精明的，并不那么容易上当，偶尔有一两只小心翼翼、旁敲侧击地在那簸箕边啄麦子吃，却总也不到簸箕下面。我们等不及了，看麻雀已经进入簸箕下，不等它到中间就拉动了绳子，那麻雀却反应迅捷，早轻巧地跳出了簸箕外。如果是机会好，也会抓住几只，小伙伴三下五除二，就把麻雀身上的毛给拔掉，在旁边烧一堆柴火，把刚才抓住的麻雀丢进火里，乱七八糟烧一会儿，就取出来，用嘴吹吹上面的灰，就啃着吃了。也不记得是烧煳了还是只有外面是熟的，反正记忆里，不比今天"烧烤"味道差哪里去，只是多年后，再也找不到那抹香香的味道。

夜色降临，各家各院的炊烟将乡

村渲染得温馨而神秘，当家家厨房"啪嗒、啪嗒"的风箱声响起的时候，我们才在大人的呼唤中各自回家，只剩院里那个雪人孤单寂寞地在夜里吹着冷风，而我们则在被窝里做着香甜的梦。当然，骂归骂，为了孩子穿得暖和体面，晚上等我上床睡去，母亲就早早地取一点柴，点上一堆火，帮我把白天的棉衣、棉鞋烘烤干，一针一线地缝补好。多少次，我梦中醒来，看到母亲还在柴火旁帮我烘烤棉衣，红红的火焰映满她疲倦的面容。第二天，我穿着母亲精心料理好的衣服，屁股还没暖热，在小伙伴们的吆喝下，顾不得风雪寒冷，又偷偷溜出了家门……

如今离开家乡越来越远，乡愁越来越近，他乡作故乡、家乡在梦乡。有人说，只要你等一等，生活的美好总会在你不经意的时候、盛装莅临。我想，我就把思乡的这份情绪写满春夏秋冬四季的梦境，让它珍藏在心中深深浅浅的文字里发酵，期待所有生活中的那份美好发生吧。

张琳，中国自然资源作家协会诗歌委员会委员。有多篇作品获奖，出版散文集《耕云种月》等四部。

村庄的胎记

吕春文

1

一棵老树就是一个村庄的胎记。

相对于匆匆来去的人，树活得更加长久一些。那些驻守在门前和村口的老树，临风静立，注视着村庄里兴衰变迁，一年又一年，自然而然披上了神性的外衣，让敬畏在人心里油然而生，远离了村庄的人，还时时回念，时时在心里膜拜。

那是一棵五六个人才能合抱得过来的旱柳，站在窑庄西侧的崖畔上。从春到秋，繁茂的枝叶被路过的风拍打着，追逐着，一副欢天喜地的样子。在炎热的季节，为窑庄光洁的院子撑起了一把巨伞。四十年前，拄着拐杖的白胡子三爷说，他爷小时候，柳树就那么粗，就那个样子。那是一棵被岁月遗忘了的柳树，柳树也遗忘了来来去去匆忙的岁月。村子里，小脚的奶奶在树下为生病的孩子叫魂，奶奶在前面叫一声，母亲在后面轻轻应一声。从树下开始，一呼一应往家里走，重复三次。我一直觉得那棵样貌古老的柳树，就是与天堂联络的通信塔，

它能发射信号，也能接收信号，受了惊吓，魂不附体的孩子，面黄肌瘦，精神不振，在树下叫过魂，三魂七魄重新附身归位。生病的孩子打针、吃药、叫魂，病情渐渐好转，身体渐渐恢复，脸色红润起来，又活蹦乱跳了。

严冬，看着铁一般僵硬的枝丫，干巴巴地挺在寒风里，十分担心它再也醒不过来。然而立春过后，随着南风轻柔的呼唤，塬上的草芽，从暗堡里探出了脑袋，一片鹅黄薄雾一样在柳梢上氤氲，渐渐加深变绿，如浓烟弥漫，如华盖遮蔽。五六对喜鹊在枝杈上安了家，树梢心甘情愿做了风的高音喇叭，西北风被它渲染得气壮山河，惊天动地。北风喊着号子横扫过来，树枝托举着黑乎乎的喜鹊窝，让一个个梦在空中荡漾着，起起落落。路过的人惊叹说，这庄子风水好啊，恐怕要发财，要出人才了。然而运气一如既往地暗淡，日子一如既往地艰难，为大柳树庇佑的村庄里，猝不及防的意外和命运的无常不时光顾，生

的生，死的死，构成了庸常日子里一个又一个悲欢离合。后来，喜鹊不见了，喜鹊窝也不见了。一茬又一茬的小孩长成了大人，一辈又一辈的青丝染上了白霜，一个个老人突然间闭上了眼睛，被穿白戴孝的子孙抬出了窑洞，从柳树下抬上塬，埋在种植五谷的庄稼地里。跟一粒沙子落到了沙漠，一滴水滴进了大海一样。人埋进了黄土里，把庄稼地顶起了一个黄土包，就像在大地上写下了一个沉重的句号。

夏天里，日过正午，树荫倾注在院子里，洇开了一片清凉。柳树枝繁叶茂，树心却成了空洞。听老人说树干被雷击穿过。小时候，奶奶在院子里铺了手编的草垫坐着，看我们玩土，玩各种游戏，她老人家幸福的微笑成了伴我一生的温暖记忆。关于那个空心的老柳树，有一个令人惊悚的传说。很久以前，一条麻蛇盘踞在柳树粗壮的枝杈上，变成了蛇精，企图偷袭乘凉的人，吮吸人血。某个夏日的午后，风云突起，雷霆大作，一道霹雳凌空劈下，磅礴威猛，贯穿了树干，树头折断，树心烧焦，留下了蝉蜕一样的空壳。蛇精去了哪里，谁也不知道。人活脸，树活皮。皮还在，树就不会死，第二年柳树又萌发了新芽，一年年扩枝散叶，枝叶更加蓬勃葳蕤，气势更加恢宏。经历了一个个灾变，树身上伤痕累累，碗大的、碌碡大的瘤子，重重叠叠，跟大地上的崀埪沟壑一样。这块土地上的山高水长，坎坎

坷坷全投射在了树身上。

房前屋后的树木，每年都要打理一番，清明之日才可以大动干戈，跟理发或剪指甲一样砍掉多余的枝条，让树长得更高、更俊俏、更精神，容光焕发。砍下来的树枝堆在村头，除夕夜里燃起篝火。黑夜里一片火海，好让玉帝看见了，派龙王行云布雨。春旱是黄土塬上生命的梦魇，是魔咒一样缢在脖颈上，千百年来很难完全解开的一个结。春雨贵如油。一场透雨缓解了干旱，魔咒被驱散，麦苗茁壮，玉米、谷子等秋庄稼蓬勃生长。端午清早折来柳枝，斜插在门框上，让风神、火神、雷神看不见人烟，让人间的是非、恩怨和罪孽多多少少得以遮掩，好躲过风削、火燎、雷殛的天灾。除夕和端午的这些活动，看起来更像是人对上天的一个表演。该作何解释呢？显而易见是人向天服软，表达敬畏，博得上天的同情、怜悯和眷顾。是的，任何时候，人只是一个物种，不能自视过高，我们要像脚下的幼苗一样，努力奔赴浩瀚的森林。

那种叫冬瓜木的土杨树，不知不觉间长在了那里，树干粗壮，高大茂盛，山川沟洼，随处可见，它们更多地被用来扯板做棺材。土地用生生不息的庄稼养活了人，人下世后又以一抷黄土将自己还给了土地，这也是自然法则下人的宿命。村庄里的汉子一生要干的大事就是娶女人、修庄子，走到最后为自己置办一口安身的棺材。普通人只能背一口廉价的杨木棺材。

父亲辛苦一生，我们没有料到他那么早就离开了我们，父亲自己也没料到，病中的父亲为没有亲手给自己置办一口棺材感到不安，他叮嘱我们说，就做个杨木的吧，庄稼汉命薄，背不起松柏木。

2

洋槐十分强势，成了这块土地上的王者。这些年，洋槐攻城拔寨，占据了深沟，山洼，所到之处，寸草难生，我预感再过二三十年，它会把山塬围得水泄不通。

洋槐一栽就活，一活一大片。洋槐的根须繁密，像撒向水面的渔网，要把土壤里的水分和营养一网打尽。一些根顺着土壤表皮窜，树苗就一个个冒出了地面，林子越来越大，越来越茂密，满山满洼地铺展开来。大凡好活且速生的树木，木质都软，唯独洋槐是个例外。洋槐长得快，木质硬，五六年就能成材用作房椽。包产到户后，家家有了余粮，村子里兴起了在塬上官路边盖房子，两三年工夫，多数人家告别了土窑洞，搬进了土木结构的青瓦房。瓦房通风好，豁亮，干燥，住进去不怕风湿。那些青瓦房，檩和椽全来自塬下的洋槐林。村子里有护林员，只是没有报酬，护林的责任便和赋予他们的权力一样空洞，他们睁一只眼，闭一只眼，任人砍伐。洋槐树长得快，留下来的树杈上又会重新长出新苗，一个夏天，蹿到一人高，树林子里始终遮天蔽日。父亲在门前的深沟里栽满了洋槐树，他是为翻修房屋做准备。黄土塬上的窑居时代足足持续了几千年，谁也没有料到，搬进了土木房十多年，又兴起了砖砌的混凝土小康屋，木料一下子被淘汰了。那些派不上用场的洋槐树在沟谷里长得又高又直。每次回到老家，站在沟边伸出去的山嘴上久久凝望，满沟满洼承载了父亲热望的碧浪，汹涌澎湃。

洋槐花是端午的盛典。洋槐林铺展的村庄，空气里满是甜蜜。初开的洋槐花拌面，蒸成菜疙瘩，十分钟出锅，香甜可口，近年来是人们最爱吃的时令美味。

那些年退耕还林，原来的大片山地一夜间卖了出去，再不允许漫无边际地在山上放牧牛羊了，家家的大群牛羊都不能出圈，乡上的工作组入村包户围堵罚款，村庄里的人第一次意识到土地是国家所有，以往为所欲为是行不通了，只好把羊群卖给了逐利而来的羊贩子。物以稀为贵，一个村子里几乎家家都有羊群，一下子抛售出去，羊价便跌到了谷底，不卖又没办法，好几天不能出圈，羊在圈里饿得咩咩叫，又不能眼睁睁地看着羊饿死，只好以几十元的鸡价全部卖掉，给羊一条活路。在沟壑峁墚簇拥着的黄土塬上，赶着一群羊走下山坡，就像赶着河流、赶着山川、赶着短促而浩大的岁月。失去了庄稼地和山沟里的草场，仅靠小小塬面上的几亩地显然无法捻转光阴了，大家纷纷卷起铺盖，逃荒一样离开，去遥远的新疆，或者沿海大大小小的城市寻找光阴，举家出走的人在外面找到了好光阴，他们再也没有回来过。没有了羊群，没有了驴嘶牛叫，没有了鸡鸣狗吠，村庄清闲了，寂静了。掠走了整片山地的外来人，拉来了洋槐苗，在开阔绵软的耕地里略微栽了一些，没有牛羊的践踏和啃食，树苗长得很快，一个夏天过后，黄土坡地里碧波荡漾，两三年后洋槐树风卷残云般地占据了一块块山地，如今山路也被杂草和灌木抢占了，再也找不到下脚的路。塬上上百口人的村子里，只剩下十几个弯腰驼背、耳聋眼花的老人。树逼人退，洋槐真的了不得。

土槐树生长慢，木质硬，不翘不弯，做成家具永不走样，门框、车辕和桌椅腿等吃劲的部件就得用土槐。老庄子门边上有一棵三个人才能合抱得过来的老土槐。

土槐开花迟，麦收过后的伏天才有饱满的花蕾，俗称槐米。上好的槐米可作食品色素和衣物染料，也可药用，凉血止血、清肝泻火。槐米娇小而精致，要把握好时间，在长到足够大，花苞头部泛白，绽放前一两天摘下来，放在大日头下烤干。色泽好的是上品，浅绿透黄，十分炫目，这样的槐米出手快，能卖好价钱。槐米娇气，必须趁大晴天采摘下来当日晒干，若遇上阴天，采下来耽搁一两天就会变质发黑，一文不值了。槐米身重，干槐米一碗就是一斤。采摘槐米，运气好的时候，一天就能收入平常十多天的零工钱。我上初中后，姐姐和弟弟相继失学，他们挖药、采槐米，和父母一起供我上学。

3

那棵合欢树长在老庄子门前通往塬边大路的斜坡旁口，与窑庄的正屋相对，坐在正屋的窗前，透过木格窗子，就能看到一树的绿叶和绿叶间一团一团的花朵。合欢的花朵就像一束丝线呈放射状散开，开的开，谢的谢，从盛夏一直辉煌到深秋。

塬下的山沟里那么多桃杏树，它们是外人眼中的风景，却是我们家里实实在在的光阴，是摇钱树。桃核和杏核从果肉里捏出来，淘净晒干，拿到街上的收购组，出手就是钱。桃杏树花期较短，它们的目标是结出果实，让自己生命的意义和价值更加丰满，开花只是宣示，是前奏和序曲，日子匆促，它们不得不快马加鞭地追逐岁月。

桃杏花是跟前后脚开放的。起先是满山粉色的山桃花，紧接着是杏花，再是院落里火红的桃花。辟邪驱魔的法器历来都用桃木，农家小院的柴垛旁总有一树桃花在春天里绽放，正如唐代进士崔护《题都城南庄》描绘的人面桃花那样，桃花更像是青春岁月的一段挽歌，短暂的热烈与绚烂不知道是对人的激励，还是对人的警告。老家的山洼里满是桃杏树，春天留在记忆中的也是漫山遍野粉色的桃杏花。小时候，村上林场的一个山田里栽满了桃树，夏收过后，孩子们开始偷偷摸摸地打桃子。那是一种秋桃，等到立秋过后才能逐渐成熟，每年暑假，孩子们就开始了与护林人的斗智斗勇。呐喊、追赶、逃跑、躲藏。桃子渐渐稀疏，直至一个不剩，看桃人的奔波也就画上了句号。大人并不制止孩子们偷桃子，大家的想法是，桃子是公家的，人人有份，偷桃并不可耻。而护林人奋力保护的理由是桃子还没成熟。在不流行做买卖的年代，如果没有孩子们的偷袭，真不知道那么多的桃子，全部成熟后护林人该如何处理。

菜园边的山嘴上有两棵杏树，一棵从崖边上斜伸出去，猴子捞月的样子，像要从深沟里抓到什么，一棵直挺挺站在崖边上，站成了永恒。这两棵杏树至今还在春天里开一树粉色的花，结一树繁密的青杏，伸向深沟的那棵结的杏子小而扁，黄得早，在收麦前就成熟了，俗称麦黄杏，肉薄核大，未成熟时苦涩，成熟后香甜。大约在麦子收完二十天后，另一棵树上的杏子才开始泛黄，这个树上的杏子圆而大，肉厚核小，酸中带苦，水大汁多，味道足，吃在嘴里十分解馋，最多只能吃一两个，只是吃过后每每想起来仍嘴里泛酸。

杏树前，是狭长的山嘴，干巴巴的崖边，有几棵梨树，几十年了还是胳膊一般粗。它们曾经在春天里如覆雪戴霜般开满一树白花。夏天里梨子刚刚长大，等不到成熟，就被孩子们惦记着，零敲碎打地将容易触及的梨子偷摘了去解馋。秋天，顶梢上熟透了的梨子只剩下零星的一两个。一茬茬风霜过后，几棵梨树一下子色彩绚烂起来，失火了一样，火焰熊熊，艳红一片。

菜园三面环沟，沟很深，有黄土壁立的高崖，另一边紧挨着大路，一道花椒树形成的小林带把菜园和公路断然分开，园子里芫荽最为强势，它独特而浓烈的气味，十分霸气地覆盖了方圆几十米，路过这里的人老远就能清晰地感受到它的存在。当然花椒树也不例外，那些充当了篱笆墙的花椒树用它周身的利刺阻挡了许多小小的贪婪和欲望，无情地打败了孩子们进入园子，拔葱摘瓜打果子的诸多欲念。花椒树密密的枝条上开满米粒一样的小黄花，花事过后，结满了一撮撮果实，入伏后花椒成熟变红，有三角形的利刺护卫着，小心翼翼摘下来晒干，椒壳儿张开口，露出黑黝黝的椒籽，用手一搓，鲜红的椒壳儿和椒籽分离开来。黝黑的椒籽能榨油，椒油吃起来有苦味，红色的椒壳碾成椒面当炒菜的调料。作为药用，老年人用鲜椒祛风止咳，嚼几颗椒粒麻得人闭气。

一个干巴巴的山嘴，就那样经过

父母不停地打理，聚宝盆一样，蔬菜瓜果，一茬接一茬，一直丰饶了许多年。

4

核桃树跑到田埂上落脚，避开了犁铧，十年、五十年、一百年，根深叶茂，长成了山地里一个个碧绿的小山头。许多时候还得感谢勤快而健忘的松鼠。松鼠把光溜溜的核桃树当成了高速公路，它一蹿一蹿，瞬间从一个枝杈蹿到另一个枝杈，灰色的皮毛与核桃树干融为一色，让松鼠有了隐身的功能。它在树上飞驰，时隐时现，我们很难捕捉到它的身影。核桃树过于高大，人即使用长竿子打，也很难一下子扫荡干净。松鼠身手敏捷地摘取树梢上的核桃，但它对高枝上零星的核桃没有兴趣。往往在树叶落尽，还有零星蜕了青皮的核桃，仍挑在高枝上，招惹路人，让人心有不舍地一步一回头。整个秋天，树林里、田地间，到处都是松鼠匆忙搬运的身影，一闪一顿地行走，就像个灰色幽灵。储满自家的仓库后，松鼠在地埂上挖洞，把从树上摘下来的干果埋在土里，后来却忘记了，遗落在土里的桃、杏和核桃一觉醒来便扎根长苗，开始了生命的征程。它伸腿展腰，从土地深处汲取营养和水分，奋力钻出了地面，经风雨见世面，风的召唤，阳光的抚慰，鼓起了它一心冲向云端的雄心和

渴望。地埂上那么多核桃树和杏树、桃树，多半是松鼠的功劳。

核桃树树干高大，春天发芽迟，秋天落叶早，根又扎得深，不和矮小的庄稼争阳光，争水肥，它的身影被太阳牵着在庄稼地里一天转半圈，庄稼不嫌恶，庄稼汉也就任它在那里自由生长了。窑庄的院子里和门前的沟边上也长了许多核桃树，这是春天里从山里移栽的，不光因为人们喜欢吃油汪汪的核桃，重要的是核桃树知道在天最热的时候擎起一把大伞，天转凉的时候，叶子乘风纷纷飞落，让阳光透过枝干洒向大地，树下的人和庄稼及时得到了暖阳的照耀。

地埂上最高大魁梧的就是核桃树，而且地是谁家的，树也归谁家所有。我见过最大的核桃树在汪家沟的一块台地上，树旁是一条通向山泉的路。夏天核桃瓤刚刚长成，就有大人小孩去打核桃。树干太粗，树皮光滑，无处下脚，也无处下手，徒手从主干爬上树的可能性不大。树冠很大，缀满了核桃的树枝倒垂下来。我们避开主干，用手攀扯树枝，顺着倒垂下来的树梢爬上去。在那棵树上摘核桃的孩子很多，爬树的乐趣非常吸引人。树

干高大，枝条婆娑，树叶繁密。在树上，只闻其声不见其人。只在此山中，云深不知处。

5

南塬边的岇头上有两棵杜梨树，路在那里刚好钻入了胡同，树就长在胡同两边的干崖上，一棵长到两米开外，竟然扭了几扭，匍匐了出去，树梢上还分了叉，形如两只犄角，竟然有了人们想象中龙的态势。另一棵长到了一人高，便有横枝茂密生长，平平地伸展出去，形成了一把很大的绿伞。那两棵杜梨树枝繁叶茂，硕壮无比，它们的枝条交错起来，热情相拥，很有一些情趣。它们长在了进入村子的咽喉要道上，成了把守村子门户的壮士，如此奇观引起了许多老年人的啧啧惊叹。可是许多年后，道路拓宽，它们被推土机推倒了。老人一个个落叶一样飘零，年轻人进城追逐梦想，有些人将田地承包给别人，用一把大锁锁了大门，去远方的城市或者附近的镇上买房居住。他们偶尔回来，打开生锈的铁锁，在已经荒芜的院子里转一圈又离开。他们最放心不下的是房前屋后那一棵棵大树。有人突然返回村子，领着几个人，将大树用挖掘机掏出来，斩断了树枝，削掉了树头，以少则三四千，多则上万元的价钱卖掉。这算是先人留下的最后一笔横财，尤其以国槐和皂荚树最为抢手。村子里的许多大树被装上车运走了，只有我们家老庄子周围那些树还在，弟弟租种着涝坝岭下几十亩山地，一直看护着属于我们家的那些大树。

环绕在房前屋后的树好比人的头发和眉毛，树林越茂盛浓密，村庄越精气神十足；树越稀疏，村庄越衰败沧桑。

村庄里那些高大巍峨的槐树、柳树和楸树，它们是村子的地标，也是具体地方的定位，谁家住在哪里，通常说出哪棵树就说清了方位和地址。许多村子索性以树命名，杨树岭、枣树台、楸树阙、柳树湾、椒树坷垴，等等。那些地标一样的老树，是萦绕在游子梦中的乡愁，永远挥之不去。

吕春文，中国自然资源作家协会会员。作品发表于《飞天》《星火》《广州文艺》《散文百家》《延河》等刊，出版散文集一部，曾获崆峒文艺奖。

海上种菜

陈卫中

一

　　老葛种菜，种的不是陆地上的蔬菜，是紫菜。

　　紫菜不是长在陆地上，而是在海水里。老葛也不是农民，是渔民，是"洗脚上岸"的渔民。

　　所谓"洗脚上岸"，是老葛戏谑自己的说法。十年前，老葛响应"减船转产"号召，将自己驾驭了二十多年的海洋捕捞船交了出去，从捕鱼转为种菜。老葛常感叹自己已经不是一个地地道道的渔民了：不养鱼、不捕鱼，种紫菜，算哪门子渔民？

　　紫菜不是种在海底或海滩的泥土里，而是养在海水里，悬挂在筏架上的网帘是它扎根生长的"土壤"。但紫菜也不能总浸泡在海水里，还必须有足够的时间"沐浴"在阳光中。在海水里，吸收养分；在阳光中，光合作用。

　　老葛种菜的地方，是东台市岸外的东沙沙洲。

　　南黄海的辐射沙洲，是大自然的神奇杰作。由北向南的黄海旋转潮波与由南向北的太平洋前进潮波在东台海域相会、碰撞、叠加，使海水夹带的泥沙在此沉积，逐步形成了以弶港为中心，向外辐射的沙洲群。东沙沙洲是辐射沙洲群的一部分，面积有近百万亩，最近处离岸只有几十公里。涨潮时海水淹没成为海，退潮时沙洲露出成为滩。亦海亦滩，沙洲是紫菜养殖的绝佳场所。老葛他们生产的黄海东沙紫菜，绿色天然，品质又好，被认定为国家地理标志产品。

　　紫菜没有上滩的时候，沙洲是一望无际的旷野。虽然没有人烟，但这里并不缺少生机。海面上竖立着一台台风机。风机转动，产生了电，通过海缆，传递上岸，照亮千家万户。涨潮的时候，沙洲变成了浅海，有海鸟在海面上飞翔。退潮的时候，泥螺、文蛤、跳跳鱼等从泥沙中钻了出来，成为这片沙滩的主人，尽情地戏耍。它们的上空，盘旋着的一只只海鸟，抓紧时间捕食，积蓄着飞翔的能量。老葛也要驾船上滩，他要考察好种植紫菜的地方，为新一季种菜做好准备。

九到十月份，老葛的紫菜筏架就出海了，先在海滩上布设好。待海水温度适合的时候，再把育好苗的网帘送到海上，在筏架上安好家。海水浸泡，阳光沐浴，紫菜开始生长，一个紫菜养殖季开始了。

太阳升出海面，东沙醒了，老葛也醒了。不露滩的时候，他就站在船头，望着海潮和海水里筏架。露滩的时候，他就像城里人晨跑一样，赶早在筏架间走上一趟，掌握着每一张网帘上紫菜的生长情况。他要考虑好一天的工作安排，季节不等人，时间不等人，海潮不等人。

晨曦中，老葛的脸像阳光一样灿烂。

春节的时候，碰到从海上回来过年的老葛。他笑眯眯地告诉我："今年紫菜苗长势不错。"我开玩笑说："那您就等着数票子吧。"老葛长叹一声："哪那么容易，一千多台筏架在海上，二十多个工人在驻滩船上一住就大半年。安全第一，一个人牵扯到一个家庭，肩上的担子重啊，我每天都是悬着心提着胆过日子。"

老葛又接着说："紫菜这东西娇气得很，不能受暖、不能挨冻，养紫菜得靠老天恩赐啊。海上不时还会有马尾藻、浒苔来袭，谁晓得什么时候就会把筏架压垮。"

老葛停下来喝了一口水，看了看我，我真后悔开错了玩笑。

"紫菜养殖不用施肥、喷药，既能吸收海水里的营养成分，还能起到固碳作用，真正是绿色产业。但是养紫菜辛苦啊，现在没年轻人愿意干这行，就我们一班老头还在海上拼命。当下种地都是机械化了，还用上了无人机。养紫菜要想有前途，也得走这条路，多用机械，少用人。你在外面跑，方便的话也请专家帮我们想想办法。"老葛不光是诉苦，也有很多新的想法。

老葛他们从海上收回的是鲜紫菜，必须经过加工成为干紫菜才能销往市场。紫菜蛋白质含量高，还含有胡萝卜素、核黄素和碘，消费市场大多集中在东亚这一带。老葛生产的紫菜就主要销往日本和韩国，做紫菜包饭和寿司，是当地主要的农业创汇产品。

一季季海上种菜，老葛播种下了希望，也绷紧了神经。饱尝了一季季收获的喜悦，也经历着一年年劳作的艰苦。

二

沙洲人家，住的不是红砖青瓦、钢筋水泥砌成的房子，而是一种叫"坐滩船"的铁屋。

屋是一艘船，也不同于我们常见的船。常见的船的底部是尖的或弧形的，航行时阻力小，而"坐滩船"的底部是平平的，落潮时好稳稳地搁在沙滩上。

在海上种菜，老葛他们就是这样的沙洲人家。

沙洲上并不是每一个地方都适合种植紫菜，加上紫菜种植占用面积也大，所以沙洲上虽然也有村庄，但和陆上的村庄显著不同，每个村庄、每户人家相距都相当远，像孤岛一般的存在。没有了互相照应，沙洲人家的一切都靠自己解决，除非发生了特别严重或者危及安全的情况，沙洲人家基本上"老死不相往来"。

船就是种菜人的家。但这些人家，并不是父母子女关系的"自然"家，而是因紫菜种植而聚集的"社会"家。根据紫菜种植的多少，一个家庭一般在二十口人左右。家里绝大部分是男人，极少有女人，不是种紫菜不需要女人，而是这个工作和生活的条件实在不适宜女人。

要种紫菜了，这个家便成立了。紫菜场设有场长，就是这个临时家庭的家长。一家人就在这片沙洲上，看护着紫菜的生长，直到次年的五六月份紫菜收割完成。

沙洲上种菜，很少有作业的机械，大多是体力活儿。而且只能在退潮时才能上滩作业，作业时间也很短。出工就像打仗，一切必须听从指挥，所有交代的，必须按时完成。潮水的来去，没有一点儿商量的余地。

沙洲上人家各自独立，除了家庭成员，很少见到其他人。他们能够活动的区域，除了潮水退去时露出的沙洲，就是搁在沙洲上的这条船。整个紫菜种植季，只有在过年的时候，老板才放几天假，他们才可以回岸和家人团聚。

是一个家，就得有吃喝。家里有专门的厨房和相对固定的厨师，而生活所需的淡水、粮食、蔬菜等则是由专门往返陆地与沙洲的运输船补给。如果海况良好，大家生活无忧。而当有台风、大浪的时候，运输船不能按时到达，就要靠存留的备货"熬"上几天。

由于工作的需要，我曾经在老葛他们家住了三天两夜。当地的同行事前已经跟老葛打过招呼，为我准备了一整套新的床上用品和生活用品。但真正走进这个家庭的时候，还是大大地出乎意料。所谓的床，就是船舱内的一个个整齐排列的木格子，长不到两米，宽不到一米，躺下去就基本不能翻身。吃饭的时候，饭和汤中都有隐隐的烧灶的柴油味。特殊照顾，让我每天洗澡，但每次也只有半脸盆的水。生活虽然艰苦，但大家有说有笑，其乐融融。白天辛苦干活，晚上都早早地进入梦乡。我一时睡不着，就到船头听潮声，数星星，望远处的风车上亮着的灯。

在沙洲人家小住，我想起了乡下的童年。那时生活条件也很艰苦，我们家住的是三间丁头舍，空间也小，再加上兄弟姐妹七个，睡觉的床也很挤，有时兄弟三四个挤在一张床上。

夏天的时候，屋内热得不行，我们就在屋外的大场上吃着露水过夜。我曾把我的经历讲给儿子听，他一脸疑惑，不敢相信。我想，有机会要把儿子带到海上来，看看沙洲人家的生活，对于他的成长，也许比说教更有效果。

种菜、除藻、收菜，劳作的辛苦，对沙洲人家并算不了什么，他们也习惯了。但远离家人、没有通信，与岸相隔，是最可怕也无法解决的问题。为了种菜，为了生活，他们只能生活在沙洲上，一天一天，一季一季。

三

母亲的屋后，是一片麦田。太阳一日日变暖的时候，麦子也一天天地生长拔节。散布在沟边、田埂旁的油菜花，也赶着趟儿齐刷刷地黄了起来。在屋里"猫"了一个冬天的老母亲，会时不时地走出屋子，来到田埂上，看看麦子和油菜。发现麦田中有一株杂草，她便弯下腰，拔出来。地已经不属于母亲了，但春天的绿和黄可以是她的，随手拔去一株杂草已是她一生养成的习惯。

母亲在田埂上看绿看黄的时候，我也要出发了。出发的方向，就是老葛他们种菜的那片海。我不是去看海，也不是去捉海鲜，而是去开展我的工作，帮助老葛他们海上除草。

伏浒，就是防控浒苔绿潮。浒苔也是一种生长在海洋里的藻，一种会大规模暴发生长的海藻。就像田地里生长麦子的时候，也会生长杂草。杂草生命力很强，会和麦子争夺阳光、水分、营养和空间，麦子要有好收成，就得把杂草除去。"草盛豆苗稀"，很有诗意，但就是苦了种地的庄稼人。海上种养着紫菜，浒苔就是紫菜地里

的草。更可怕的是，浒苔繁殖能力比田地里的草更强，一旦条件适合，就会以迅雷不及掩耳之势演变成一场绿潮灾害。

过完年，迎来了春天。风渐渐地暖和起来了，小草从冬眠中慢慢地苏醒过来，柳树也会慢慢地吐出鹅黄和翠绿。海水的温度也在一天天升高，紫菜也开始生长发育。同时，浒苔也准备好了，它要和紫菜争夺生存空间。

二三月份，浒苔最先出现在紫菜养殖的筏架上，附着在缆绳上、网帘上，和紫菜挤在一起。附着生长的浒苔，抢占紫菜的生长空间。采收紫菜的时候，他们也会被一起割下来。这些混杂进紫菜的浒苔，会影响紫菜的品质，也会导致紫菜价格下跌。

四六月份，海水温度上升，更有利于浒苔的生长。此时，海面上也会漂浮着大量的浒苔，形成绿潮灾害。大面积的浒苔占据着海面，隔绝海水与空气的氧气交换，使海水中缺氧，影响海洋生态安全。

防控浒苔，既要及时地把附着在

紫菜筏架上的浒苔除掉，又要把漂浮在海面上的浒苔打捞干净。在茫茫的大海上，完成这每一项工作，都是极其困难的，需要大量的人力和物力。

老葛懂得防控浒苔，就是海上除草，和母亲麦地里锄草是一样的。每年政府出钱出力帮助他们防控浒苔，就是对他们种植紫菜的最直接的支持，就是要给他们一块良田，一片纯净的海。老葛也知道，为了保护海洋生态，政府正采取很多措施发展绿色产业，减少污水入海。帮助他们除藻，这是治标，后面还有更大的动作，才是治本。

海上除草，和浒苔斗争，老葛们也使出浑身解数。根据专家指导，他们先是采用冷冻网的方法，将网帘在冷库内冷冻，低温可以杀死附在网帘上的浒苔苞子。

网帘在海上布好后，紫菜开始生长，又有浒苔的苞子附着到网帘、网绳上，和紫菜一起生长。根据防控要求，老葛组织工人一遍遍地用除藻剂进行除藻。他们干活得特别小心，药剂不能碰到紫菜，否则紫菜就会减产。药剂也不能滴到海水里，会污染海洋环境。这样的除藻工作，他们要一遍一遍地做，直到紫菜采收结束。

海上除草，就是防控浒苔，母亲是听懂了，但她搞不明白，我们这些读了那么多书的人，怎么还是和她干着同样的事情呢？除草这种事情，也需要读那么多的书？

我无法解答母亲的疑问。但我知道，我们的书还没有读够，我们还没有完全弄清楚，为什么大海上会发生浒苔绿潮灾害？是大海变了，还是气候变了，是人为，还是天灾？我们还没有找出更有效的办法来消除杂藻，对浒苔进行更有针对性的防控？

我们还有很多工作要做，恢复海洋的良好生态，还海洋原本的模样。我们还有很多工作要做，帮助老葛他们更有效、更方便地防控浒苔，让紫菜更好地生长，有更高的种植收益。

四

收菜，是老葛他们在海上一季种植的最后一道工序，也是他们的全部希望。

从上年的九月上滩，除了春节上岸几天，他们就一直坚守在这个紫菜养殖场上，生活在这艘坐滩船里。

育苗、架筏、布网、除藻。每一个环节，每一道工序，他们都十分虔诚。看潮涨潮落，看滩露滩没，看紫菜一天天地生长，期待着收菜那天的到来。

老葛的家就在海岸边。父亲曾经拥有一条自己的捕捞渔船，是一名出色的"船老大"，这片沙洲的沟沟岔岔全在他的心中，任他驾舟驰骋。从父亲手中接过"舵盘"，年轻的老葛也很快熟悉了这片海，成为一名出色的"船老大"。但和父亲不一样，因为捕鱼船越来越多，从大海里过多地索取，这片海的渔业资源逐年减少。人到中年，响应国家号召，老葛带头"洗脚上岸"，从捕鱼转变成种菜。种植紫菜，能吸收海水里的营养物质，起到净化海水的作用，对大海不会产生伤害。老葛说，他"洗脚上岸"是为了保护这片海，他种植紫菜也是为了保护这片海。他常挂在嘴边，要保护好这片海，有大海的未来，才有渔民的未来。

从父亲一样的年轻，到父亲一样的年老，老葛在这片沙洲上种菜，眼看着丰收，眼看着减产，日积月累着种菜经验。终于，像父亲一样，老葛又成为一名出色的"菜老大"。在一季一季的紫菜种植中，养大了两个孩子，富裕了一家人的日子。

可以收菜了。

海上种植的紫菜，类似于陆地上的韭菜，一季种植，可以一刀一刀地收割。但什么时候开始割第一刀，间隔多长时间割下一刀，每一刀割多少留多少，这有科学，更是经验。割得恰当，紫菜生长更快。割得不当，紫菜就会受伤。但，这些问题已经难不住老葛了，每天巡滩是他的任务，哪一片筏架必须采收，哪一片筏架还得养两天，他一看便知。

采菜必须在露滩时进行，涨潮时必须收工。采菜机响起来了，光滑的前杆抬起筏架和网帘，割刀刚好对准网帘上垂下的紫菜。老葛眼一瞄，让兄弟调整好刀距，手再一挥，机器前进，紫菜进仓。

收割下来的鲜紫菜，不能在海上停留多长时间，否则就会在高温下腐烂。老葛安排运输船，连夜将鲜菜运上岸，送到自家的加工厂。在加工厂，老葛还有五条生产线，有二十多名工人，他们要在第一时间将紫菜进行分拣、清洗、脱水、烘烤，最后变成一张张纸一样的干紫菜片，再装箱冷藏。

海况和时间，是老葛收菜最担心的事。如果雨水多、收菜不及时收，就会烂菜，影响产量，更影响质量。海上有没有风浪，收下来的菜能不能第一时间运上岸，老葛必须看得准。这些都是他说了算，损失也得他自己承担。几十个人的辛辛苦苦，一个种植季的收成，老葛肩上的担子实在不轻。

这几年，海上浒苔绿潮时有发生。专家分析，紫菜筏架有可能为浒苔繁殖提供了附着物。防控绿潮，老葛他们要在浒苔暴发之前结束紫菜养殖。少收一到两刀菜，自然会影响种菜收益。与老葛交流，他说，绿潮防控是国家大事，关系海洋生态文明建设。保护好海洋，我们才能有海可用，有菜可种。无论从大处，还是从小处，这个道理我懂，这本账我算得过来。

菜收好了，老葛还要把长菜的网帘和筏架全部回收上岸。该修的要修，该换的换，为下季种菜做好准备。把养殖设施全部撤出沙洲，也是保护这片海，让大海休养生息。忙碌一季的老葛和他的兄弟们，赶快利用这短暂的时间休息，和家人团聚，给家人更多的亲情和温暖。

回收完筏架，沙洲又恢复为一片旷野。夕阳西下，绯红的霞光洒向了这片沙洲，照到老葛的身上，也照到沙滩上。老葛背着手，在这旷野中踱步，要与沙洲短暂告别，他心中有一种说不出的感觉。他要感谢这片海、感谢这片沙洲，为他们提供了一方绝佳的生产场所。此时此刻，他又要离开日夜相伴了大半年的沙洲，确实有点儿恋恋不舍。开动"坐滩船"，要离开的时候，老葛情不自禁地又回头望了一眼。

种菜，除草，收菜。海上种菜，要有一季好收成，除了受得了劳作的辛苦，海上的寂寞，还需要好运气、好技术，更需要长久的坚持和全身心地投入。

老葛说，什么饭都香，但什么饭吃得都不会容易。话糙理不糙，谁说不是呢。

陈卫中，中国自然资源作家协会会员，江苏省盐城市作家协会会员，盐城市自然资源和规划局机关干部。

诗行大地

163 ～ 170

晋西行帖（组诗）

程杨松

1. 一座塔有木质的信仰

太阳照在桑干河上
每一朵新鲜的浪花都记得
那些古老的往事：
我们的上游是塞外
是燕云十六州
是铁马金戈梦中来或入梦去

一座塔，为了眺望烽烟与兴替
它坚持木质的信仰：
——要于死去再重生
坚持木质的属性与工艺
坚持避火避水避尘的修行
任世人谓之"五六七八九"的层数
也目睹一座城坍塌下去
把土还原成土

为了抵抗时间里的坍塌或还原
为了坚持木质的信仰
一座塔持续向东北倾斜下去
它的注视跟着倾斜
多少来而复返的目光也未能扶正

我被拐向上游的一天将被用尽
——这意外的、仿佛多出来的一天
然后退回日常
只有绕飞的新燕秉持祖先的操守

前赴后继
只有桑干河的流水日夜奔腾
生生不息

2. 悬空寺空悬的空被倾尽

以至于一座合围的山谢绝草木
只保留悬崖的骨质更靠近天
省却枝枝蔓蔓
以至于一条河谢绝婉转
奔赴平铺直叙的远方

以至于一朵云的悬浮被复制
一座寺的悬浮被流传
一架桥的悬浮被反复经过
一段岁月的悬浮谁也按捺不住
一座山的悬浮可谓之"恒"

以至于石头的悬浮或借之于流水
或衬之于藤蔓
也或生之于金雕玉刻的文字
——当它被记起
那些沉落的往事将一一复活

当悬空寺千年空悬的空被倾尽
它将形成新的空
等待朝圣的人来添满

再带走或倾空
只剩下悬空寺继续空悬
就像夜幕擦去繁星，只余明月

只有一朵云的悬浮
陪着一座寺悬浮
只有一条流水懂得并说出
一座寺的空

接受后世的礼敬和叩拜
也接受后世的背叛与遗忘

黄昏晚课里
大风的梵音经久不息
掠过云冈
落日法相庄严
仿佛重铸石窟金身

3. 石头的硬中刻出佛性

这意外的拐向上游的一天
要暂时爱上关外
爱上云州
暂时模仿鲜卑的血统
拓跋的姓氏
以及北魏的信奉

——只有这样
才配得上一朵云沉积成冈
冈板结为石
石深陷在可望却不可及的窟窿里

——也只有这样
才肯相信石头的硬中
刻出的慈悲与佛性
相信被风和流水
反复洗濯却未带走的
按进时间与空间的那段安定

那些刻石成佛的人早已涅槃
化身成石成泥成草木
但显然带有佛性

4. 一片云跌落尘埃

一片云跌落尘埃：
它背负的理想终将搁浅
它驮运的远方被暂时收回
它喂养的一条河
——纵使流得再远
终将回到源头

一片云化身成泥
接受火的煅烧成砖瓦
加入木石的骨骼
搭建起空间的秩序，伦理
也建构诸多寓意：
赋予一个院落以姓氏和信奉
以及时间里的脉络

一片云终将用尽这一生
带着远古的锈色
城墙剥蚀，门扉紧锁，炊烟断绝
历历往事在雨水中日趋模糊
从云端走下的人们
被大风吹散

一片云送走落日独自盘亘
——那个坐在紧锁的门槛上
不肯起身离去的人
到底是谁呢?

5. 万物自有恰切酸性

从今天开始
去认识一滴醋
认识它粮食的前身
酒的兄弟
认识它蒸晒酿醅的逻辑
以及它隐喻的更多

天持续阴,酝酿着七月的雨意
地里的玉米穗持续生长
院中的草叶持续绿
仿佛都在酝酿
一条路上将会发生的
和要说给风听
……在这里,允许更多的事物
保留适度的酸性

——我承认
我的味蕾偏爱这份酸
至于懂事起的日子携带的酸
青年以后的身体遭遇的酸
以及午夜梦回内心涌起的酸
那都是甜的对应物

身心里的酸,还在一年年醅酿下去
就像流水一天天瘦下去
——要隔多久,要去多远

才能取回你骄傲的碱性
来中和我的酸呢?

6. 姓氏的辞典

那时他们遵循天意,恪守家训
又敢于注视云端
经营的理想无非崇尚"德"与"复"
无非茶盐豆腐,票号银号
关乎日常也关乎国计

那时他们信奉商道即诚道即人道
与每一个伙计休戚与共
靠每一匹马和骆驼
通联日趋扩张的版图
在市场的风云中试图求解
最大公约数
一边赚取一边付出

那时起,他们开始用砖石的文字
持续记录或用心搭建
一部属于姓氏的盛大辞典
每一个走出的人
都有其内涵和外延
也都赋予其归处

那时起,一族"乔"姓的后人
用站立的双脚顶起
一片倾斜的天
——以至于当他们全走后
却一直都留下

7. 敬佩一座城

敬佩那块地的沧桑:
它们接受风的吹
也接受雨的打
接受火的烧
也接受一腔热血的供奉

敬佩那些土的包容:
它们加入水和成泥
进入窑锻成砖
砖砌就世代相传的城郭
城郭圈守她的子民
她的日月星辰
她的传说

接下来,敬佩那座城的伟大
敬佩她的 6 扇门,84 条街
敬佩她的东西南北
她的五行八卦
也敬佩她 2.25 平方千米的操守和
2700 多年的传承

……当我说完了那些敬佩
她依然深陷在时间里不忍自拔
仿佛一条河停下来
只是经过万物,经过我
当我说完那些敬佩
我已深陷在她的注视中不可自拔
只想余生就这样停下来
被她经过,被她挽留

程杨松,作品见于《人民日报》《文艺报》《中国作家》《诗刊》《中国校园文学》《北京文学》《作品》《雨花》《延河》《扬子江》《安徽文学》《星火》《飞天》《山东文学》《山西文学》《当代人》《朔方》等期刊。

万物依旧(组诗)

樊健军

1. 现在是晚上,万物依旧

现在是晚上,万物依旧
雨是主角,从春天的上游淅沥而来
我们在洁净的枫杨树下重逢,光线恰好

照得见青草和野花,在一把共同的伞下
我们长成了一棵树,根系磅礴
像一场风暴卷过内心,而枝丫从我们
　的手臂上
高高擎起,闪亮的夜空触手可及
河流像一面镜子,往昔如银丝

皆被时间的欢歌收纳，我们在天堂的
　　入口处
随便朝哪儿走都是春天，可不，这是
　　在春天
这是在短暂的永恒

2. 十一月

十一月，给予我生息的暖阳和希冀
梦魇被驱逐，爱人酣睡在云朵边

十一月，柿子树梢挂满酒神的歌唱
月色在玻璃般的山谷和湖泊中漫游

十一月，新鲜蔬菜仿若碧玉制造的乐器
脐橙之光擎起君王般的仪仗

十一月，我是个孜孜不倦的壁画师
用诗歌把地球涂抹得像个彩蛋

十一月，人间没有噩耗，天堂可期
时间的荣耀给醒来的魂灵焊接了翅膀

十一月，自由在血管里穿行，吟咏
斑斓的果实在森林之海闪闪发光

十一月，所有的风暴皆被悉数掩埋
落日被信仰的白鸽挽留，托举

十一月，我们打开大地的每扇门每扇窗
我们的肉身撞开灰暗得以无限远航

3. 槲蕨和女贞树

在这里，槲蕨和女贞树，不是两个词语
请忘掉它们的意义，寄生和宿主
槲蕨是施动者，女贞树是宾语

槲蕨伪造了一种假象
不育叶是雕刻，可育叶是音乐
蕨根是深埋的现实

两种本不相干的植物解构了世界
顺带解构了我和大地
大地赐我眼睛
我替大地仰望苍穹

这对偶然的伴侣
一定拥有某种未知的力量

4. 荒野

夏枯草为什么会开花
路上的石头为什么越来越光滑
这是乡村的隐秘啊，无法解释
河水在放声歌唱，树梢上的星空
为什么报以沉默

荒野之上，我又一次看见儿时的我
逐风奔跑，飞扬的乱发
如同一只盲目的鸟，起伏，盘旋
尔后，慢慢被暮色消融

5. 树皮甲虫

一只树皮甲虫
在孤寂的天空下缓缓爬行

它穿着黑色的铠甲
像天使那样隐藏翅膀

这种普遍的昆虫
足以指向每一个人

6. 围炉之书

银杏赤裸时，我比它先一步赤裸
河流进入枯水期
湿地太浅薄，温暖不了一双候鸟的脚掌
在江南，我度过了四十七个冬天
第四十七个，比哪个都更凛冽
北方来的寒流漫过围炉之书
汉字都镀上了冻雨，阴冷
从脚掌心开始，自下而上
就像一场判决，它宣告
又一个冰川季到来，而我的太阳
在冰结了的地平线下，要燃成烈焰
要冉冉上升，越过我的头颅
直达头盖骨的顶部，将人世照耀

樊健军，著有长篇小说《诛金记》《桃花痒》，小说集《冯玛丽的玫瑰花园》《向水生长》等，曾获首届汪曾祺华语小说奖，第二十届百花文学奖，江西省文艺创作奖等。作品入选加拿大列治文公共图书馆最受欢迎中文小说名单。

诗词九首

王品科

1. 桂

皓月当空照院墙，秋风昨夜送天香。
吴刚喜捧木樨酒，仙女欣旋锦绣裳。
驿站蟾宫乘箭渡，人间天地驾舟航。
窗前桂子纷纷落，缕缕清馨透上苍。

2. 雁

振翅南天万里疆，风餐露宿任翱翔。
也曾倍惜垓下汉，今世尤怜北上郎。
群雁红霞连锦绣，长天秋水结华章。
心中久蓄鲲鹏志，一望衡阳兴欲狂。

3. 落星墩

遥见长河落日圆，平川一马草犹鲜。
涪翁若是归来日，恰趁西风照玉娟。

4. 癸卯除夕南山赏梅

南山北麓赏梅花，昔日游踪尚可查。
负笈少年辞故土，求名学子别农家。
几多旧雨薄凝露，独有衰翁身沐霞。
信步浔阳过溢浦，来邀司马听琵琶。

5. 访甘泉口王家山村

甘泉口上子规啼，锦树繁花入翠微。
红瓦白墙添异彩，小桥流水入仙围。

晨兴碌碌打工去，暮幸欣欣种地归。
麻将声声当自醒，西畴莫让豆苗稀。

6. 癸卯中秋前三日泛舟八里湖

碧水映蓝天，兰舟涌浪前。
荻华枫叶火，鹭白锦鸥旋。
流激凭鱼跃，荷开印日妍。
西山霞万里，游子待婵娟。

7. 登江心寺摘星楼

东去大江如带浮，朝阳喷薄滚金球。
空中往返腾春燕，垄上奔驰走铁牛。
泼墨谪仙留石刻，植梅支遁种乡愁。
飞来灵鹫落何处？无奈八方耸峻楼。

王品科，江西省九江市濂溪区诗词学会会长。

亲近大陈岛

周伟苠

　　大陈岛，一个陌生而又遥远的名字，在台州外的东海之上静静地伫立着。它与我生长的姑苏虽也只相距数百里，三国时还都曾是东吴的属地，而我只是偶尔听过它的名字，却从未涉足过岛上。当我接到通知，这次中国自然资源作协主席团会议和文学采风活动将在大陈岛举行，便不假思索地回复了：我将欣然前往。也许我和这座美丽小岛的缘分到了！

　　临行前，台州自然资源和规划局的楚健发给我们不少关于大陈岛的资料。他风趣地说，会议之后安排了采风，各位除了开会还是要交作业的。于是我在会议之余，也做了些笔记，首先感动于这里的开拓者和垦荒精神。

　　1955 年 2 月 13 日，是大陈岛解放的日子。当时的大陈岛，经历了国民党军队败退前的浩劫，满目疮痍，荒无人烟。团中央发出了"建设伟大祖国的大陈岛"的号召，1956 年 1 月至 1960 年 4 月，前后共有 5 批 467 名来自温州、台州的青年志愿垦荒队员响应号召，陆续来到这座刚解放的小岛安家落户，开启了大陈岛垦荒建设的序幕。他们用自己的青春和汗水孕育出了"艰苦创业、奋发图强、无私奉献、开拓创新"的大陈岛垦荒精神。

　　1956 年 1 月 31 日，首批 227 名温台青年志愿者在群众的热烈欢送下，扛着团中央派专人赠送的锦旗，慷慨激昂地奔赴大陈岛，开启了近 4 年半的大陈岛垦荒生涯。垦荒队员初上岛时，能发给每个队员的只有一张床板、一把锄头和一张草席，一个寝室里只有一盏煤油灯。"走路高低不平，夜里电灯不明，急事电话不灵，遇风航船常停，生活单调冷清"的顺口溜也是他们当时生活境况的真实写照。

　　垦荒队员们大多来自城市，基本不会做农活。但他们边学习边探索，从农业到畜牧业再到海洋捕捞业、养殖业，他们自强不息、迎难而上，坚韧不拔、勇创新业。在物资极度匮乏的年代，他们硬是用自己的双手开辟出了一条生存之路。他们的辛勤付出和无私奉献精神成为大陈岛代代相传的宝贵财富。

1960年7月，垦荒队组织撤销。然而，仍有100多名队员选择坚守岛上，继续建设大陈岛。他们的孩子有的也留在岛上工作。这些坚守者用自己的行动诠释了什么是真正的奉献和坚持。他们不仅为大陈岛带来了生机和活力，也为后人树立了一个榜样——无论遇到多大的困难和挑战，只要坚定信念、勇往直前，就一定能够创造出属于自己的美好生活。

今天的大陈岛已经发生了翻天覆地的变化。这里不再是那个荒凉的小岛，而是一个充满生机和活力的旅游胜地。然而，那些曾经为大陈岛付出青春和汗水的开拓者们却永远留在了我们的心中。他们的精神如同灯塔一般照亮了后来者的道路，激励着我们不断前行。

渔政33310号船缓缓靠近大陈岛的海岸线，我走上甲板，感受到了海风带来的清新气息和淡淡的海水味道。海风中夹杂着岁月的低语，诉说着这座岛屿的过往与今昔。

大陈岛现属台州椒江区，包括上大陈、下大陈和附属岛礁。当我们踏上主岛下大陈后，首先映入眼帘的是那片郁郁葱葱的森林、生机勃勃的渔村和远处若隐若现的群山轮廓线。这里清新宜人的空气、优美如画的景色、独特的自然风光和丰富的历史文化底蕴，还有那些曾经为了理想而努力奋斗过的垦荒英雄们留下的足迹和故事……这一切都让我感到无比的亲切和温暖。

我们来到大陈岛瞻仰垦荒纪念碑，又参观了"青垦纪念馆"。在那座栩栩如生的垦荒队员群雕前，我止步仰望。这座雕像高4.5米，由10尊神情各异的垦荒队员雕像组成。他们中有男有女，有的挑着担子，有的牵着牛羊，有的拿着农具，有的抱着孩子……雕像生动地再现了垦荒队员当初上岛时的场景，令人肃然起敬。青垦纪念馆内陈列着垦荒队员用过的生产工具和生活用品，看着这些简陋的工具和物品，我仿佛看到了垦荒队员们在岛上艰苦创业的情景。他们在这里安家落户，以海为田，以山为家，用自己的双手和汗水，将荒芜的大陈岛建设成了生机勃勃的宝岛。

夜宿岛上的民宿，主人是个垦二代。他建议我们次日可以早起看日出，并在岛上走一走。天公不作美，早晨下起了细雨，没看到日出有些遗憾，但在漫步时遇到了几位老人和壮年渔民，他们已在海边劳作，与他们的交流，让我有些失望的心情开始明亮起来。他们虽然远离了城市的繁华，在这里过着简单而平静的生活，但他们对这片土地却充满了深情和眷恋。我想起了昨天傍晚与海边垂钓大爷的对话，老人姓颜，今年82岁了，当年从宁波来到大陈岛垦荒，上岛时才15岁，一晃67年过去了，虽然宁波老家的兄弟姐妹们生活都很富足，孩子们也都在椒江上班，一直要接他去安享晚年，但他已习惯了这里的山山水水和悠闲的生活。他指着钓上来放在桶里的那几条活蹦乱跳的老虎鱼说:"这鱼不大,但是味道却鲜美,大陈岛也不大,但这是我离不开的家。"

我与他们交谈,倾听他们的故事,感受那种对大海的敬畏和对生活的热爱。看着他们脸上洋溢着幸福满足的笑容,我不禁心生感慨:这些人正是当年那些勇敢无畏的青年垦荒队员和他们的后代,如今他们也已经步入晚年和壮年,但依旧保持着那份乐观向上、积极进取的精神风貌,着实令人敬佩不已!

会议间隙,参观了甲午岩、思归亭,这里独特的魅力和深厚的文化底蕴让人流连忘返。

甲午岩,位于大陈岛东侧海岸,形似船上插桅杆的基座"夹杆"。渔民们取其方言的谐音,称之为甲午岩。这不仅是一块岩石,更是历史的见证者,诉说着千年的沧桑。海浪拍打着礁石,诉说着那古老的航道故事、那些远去的船只和归来的期盼。

站在甲午岩前,我仿佛能听到那遥远的涛声中夹杂着东吴大将卫温与船工们的吆喝声,看到唐宋商人船队的欢声笑语和明永乐三年至宣德八年郑和七次下西洋经过这里的浩荡舟师。这些声音穿越时空,成为大陈岛永恒的记忆。甲午岩,作为东海的第一大盆景,不仅展现了大自然的鬼斧神工,更承载了人们对于历史的敬畏与尊重。

而思归亭,则是一座寄托了无尽期盼的建筑。原名"中正亭""美龄亭",在 2006 年更名为思归亭。这名字中的"思归",正是亿万华夏儿女心中的期盼——台湾早日回归,海外的大陈同胞早日团圆。亭子虽小,却承载了太多的情感与思念。每一根亭柱,都在诉说着一个又一个的离别与重逢的故事。

思归亭旁的海风中,弥漫着浓浓的亲情与乡愁。那飘荡的云彩,如同游子思念家乡的泪滴;那波涛汹涌的海浪,是海外游子心中的呼唤。在这思归亭下,我们仿佛能听到那无数个思念的声音,它们穿越了千山万水,只为寻找那个心中的归宿。

大陈岛的甲午岩与思归亭,一静一动,一自然一人文,却都紧紧地联系在了一起。它们是大陈岛历史的见证者,也是人们情感的寄托。夕阳西下,金黄色的余晖洒在甲午岩上,这一刹那的美景仿佛定格在了时间的长河中;而思归亭下,海风轻拂,仿佛在诉说着那无尽的思念与期盼。

甲午岩与思归亭虽然形式不同,但它们都承载了人们对家乡、对祖国的深深眷恋。无论我们身在何处,心中都有一个共同的期盼——那就是祖国统一、民族团结、人民幸福。

除了自然风光和历史文化外,大陈岛还有着丰富的海洋资源。这里盛产各种海鲜美食,如黄鱼、螃蟹、虾等等都是当地的特色美食,让人垂涎欲滴。在品尝这些美食的同时,我们也感受到了当地渔民们的勤劳和智慧以及他们对大海的敬畏之心!

自从踏上大陈岛，我的心灵也与这座岛屿拉近了。我深刻感受到了这座小岛的独特魅力以及那些曾经为了理想而努力奋斗过的垦荒英雄们留下的精神财富！他们的坚定信念和无私奉献精神让我深受启发和鼓舞！同时我也意识到，作为一名当代作家和文化工作者，我们应该继承和发扬这种垦荒精神，用我们手中的笔去传承、弘扬和践行这种平凡而又伟大的精神，让更多的人了解并热爱上大陈岛这片美丽的土地，勇于担当起时代赋予我们的责任和使命。

周伟苠，中国自然资源作家协会副主席兼散文委员会主任，中国徐霞客研究会副会长，中国大地出版传媒集团大运河文化研究中心首席代表，中国地质大学（北京）特聘作家。著有作品集《雪泥鸿爪》《天涯屐痕》《书香与禅意》等。

在大陈岛

杨　沐

船载着我们，就像载着一船的文字，于深秋驶向大陈岛。有一只灰颈海鸥一直跟随我们这艘渔政船，翅膀抑扬，似在捕捉浪头翻起的小鱼，又似纯粹为了与水玩闹；就像我们这群采风人，在大陈岛与风结识，与石头切磋，与大海共鸣，出岛时，散落的文字就聚变成一篇篇文章。

龙形岛

从台州驶来的船是先接近上大陈岛，再靠近我们要去的下大陈岛。台州人介绍说，上大陈岛和下大陈岛，一个形似凤，一个形似龙；下大陈岛则是龙岛。船就在位于"龙脊"的码头停靠，下了船，环视四周，一侧是海，一侧是山。

岛不过是立在水中的山，想明白这一点，就明白大陈岛中部是小山丘陵，四周低平的地形特点。下大陈岛四点八九平方千米，背风的岛西多滩涂和低矮丘陵，有个半包围的海湾，大陈岛人叫它梅花湾。梅花湾是船舶进港处，也是下大陈岛人口、商铺的集中地，岛上的公共设施多集中于此，居民住宅依山而建，我们的车从码头沿着山道上山再下到梅花湾，满眼都是鳞次栉比的灰瓦屋顶。

梅花湾以南，岛西还有一个湾口较阔的海湾——鸡头笼湾，这里是大陈岛黄鱼养殖基地之一，出产的大黄鱼，入选国家地理标志品牌，是大陈岛支柱产业。

岛的东、南面，迎着海上的袭来的风以及永不停歇的海潮的掏蚀，地貌多为海礁、海蚀崖和海蚀沟，也有了神龟听经、虎跳崖这些石头与阳光、海水相互磨蚀形成的景观，其中一部分被打造为甲午岩风景区。

岛中由五虎山、甲午岩山、元宝山、黄夫樵山等山丘组成。岛北有短粗有力的"龙尾"，岛南狭长的海似"龙咀"，它们使下大陈岛形似飞龙。

我们入住梅花湾南湾口的一家民宿，从落地窗望出去，可以看到梅花湾北湾口的灯塔和一片蓝色的海水。

阳光正好，一只海鸥站在贝白色的防波堤上东张西望，好像是在辨认我们这群外来人，又好像是判别冲到岸上的小鱼小贝哪一个值得它飞下去捡拾，可能因为今年是暖秋，它脖子上的"婚羽"提前染上浅褐色了。

梅花湾与鸡笼头

在岛西，梅花湾既是深掏下大陈岛腹地的海湾，也对应岸边的一个街区。海水与石头共同塑造梅花瓣似的湾口，质朴的大陈岛人便给了这海湾一个清秀的名字。

梅花湾是大陈岛的政治、经济中心。围着海岸，是半圈商铺、饭肆、银行、邮局、民宿，大陈镇政府也在一面朝海、三面通路的小广场上。上岛的当天晚上，我们便在镇政府会议室开个业务会，昏黄的灯光，颇有年代感的会议室布置以及窗外呼呼的海风，使业务会笼罩更为浓郁的文学意味。

开完会已是九点多，走在梅花湾临海路上，看到还有船进港，正在下货的海产排在路灯下，几位餐馆老板正与渔家交易，也有一两位老年居民挑拣着自己中意的鱼虾。夜归的渔船就停泊在梅花湾，直直的桅杆和夜风撕缠发出嘹亮的呼哨。海洋捕捞和农业种植，在二十年前，是大陈岛最主要的产业。现在港湾里夜归的船也就十几艘，近海捕捞，只是大型渔业养殖外的副业吧，捕捞的海产也主要供应岛上的餐馆和居民的零星购买。

现在，闻名遐迩的大陈黄鱼以另一种方式生产。

从梅花湾沿临海公路向南，一路爬坡，就来到鸡笼头。鸡笼头就是一个山嘴，石崖下是鸡笼头海湾，海湾里，布陈着大型铜合金围网箱，这些金属网箱有的如一间房，有的大如一个足球场，网箱深达几十米，由直插海底的铜合金管柱固定，中间同样用铜合金网分隔出若干个水域，海水激荡，不同生长期的大黄鱼漫游在不同的网箱内，因为大黄鱼有足够的空间游动，肉质紧实，加上天然海水自由出入，这里出产的大黄鱼鲜美度接近野生大黄鱼。

像这样的深海网箱养殖基地在上、下大陈岛有八处，年产大黄鱼九千多吨，年产值十亿以上。这种具有独创性的大型铜围栏设施养殖大黄鱼，由一位大陈岛人陈招德于 2012 年首创。陈招德并不是一人单打独干，而是联合十几位渔民，共同投资了 900 多万元成立了合作社。经过十几年的经营，使几乎绝迹的野生大黄鱼以几乎相同的品质重新回到国人的餐桌，并带富了大陈岛。

这天晚上，风轻浪涌，海风带来大黄鱼的叫声，这声音是金黄色的，像是在唱歌。我也在海边逡巡，想看看海鸥在夜晚是如何睡眠的，但海岛的夜特别黑，灯光被黑暗稀释得就像一小片纱巾，只能摊开一小片光亮，　　我看不见海鸥。

友谊俱乐部与垦荒纪念碑

这天下午，在近青春广场的半坡上，遇到正在挖红薯的六十多岁的老吴，我们攀谈了一会儿。已进入岛上旅游的淡季，岛上固定居民也就五百多名，老吴也是收了红薯，将离岛去台州市区过冬。他说，春节前还会回岛上买点海产，收割自己种的上海青和菠菜，再回来就是来年开春，回岛上种红薯、种蔬菜，闲了也钓点海鱼。老吴说，他已经吃不惯城市菜场买的蔬菜和海鲜，开了春，会迫不及待回到岛上，品尝那一口魂牵梦萦的近海小海鲜。

老吴是"垦二代"，他父亲是20世纪50年代末从温州来大陈岛垦荒的青年志愿垦荒队的一员，也是最后留在岛上一百多位队员中的一个；他母亲也是。垦荒志愿者在岛上找到爱情，成了家，就留在岛上了。老吴说，他父亲青壮年时干的是"渔队"，就是集体出海打鱼，母亲刚开始在"种植队"，种了几年地，岛上新生的孩子到了入学年龄，办起了小学，母亲因为是高中毕业生就当了小学老师。他家姊妹三个都是母亲的学生。母亲有眼光，让他们姊妹三个把功课学好。改革开放后，弟弟妹妹被招到台州市的交通运输局、银行，他因为是老大要留在父母身边，就在岛上的邮电所一直干到退休。

老吴介绍说，1955 年 1 月，蒋军撤离大陈岛时，炸毁了岛上水库、码头、房屋，下大陈岛就是一个仅剩一个老人的"死岛"。1956 年，温州、台州等地青年响应共青团中央"建设伟大祖国的大陈岛"的号召，陆续有 5 批共 467 名青年志愿垦荒队员，背井离乡，投身建设这座海岛。1960 年青年志愿垦荒团撤离，尚有一百多名垦荒队员自愿留下，与陆续迁来的村民、渔民，划分不同的生产队，有人务农有人操渔业，继续建设大陈岛。后来岛上有了学校、邮局、银行、电影院、卫生所……

我父母讲，他们刚上岛的时候就是种红薯，没吃的啊，虽然粮食是陆地供应的，每个月都有船拉过来，但是红薯是必要的粮食补充。红薯长得快一点，三个月就可以了；不行，两个多月也能挖出来吃。人要吃饭，这是天字第一号大事。

"他们刚上岛时要修炸毁的水库，岛上没淡水不行啊。不蓄水，人就待不下去，所以，他们分成小队，每一个小队都要建自己的蓄水池。"

"还有，蒋军撤退时炸毁民房，我父亲他们上岛后没地方住，刚开始就住在废墟里，到了晚上，他们在能看见星星的废墟里唱《山楂树》，唱《红莓花儿开》，那日子，苦乐！"

老吴一句"苦乐"，在我脑海里激起一片独属于五六十年代青年积极乐观的精神面貌，那种独属于我们父辈的艰苦和乐观并存的生活，我们也只能从一些电影、文学作品中间接地感受了。

"后来，他们盖起了集体宿舍，盖起了仓库。"打开话匣子的老吴继续说："我爸妈结婚的时候，就让他们住在一间其他队员撤离后的集体宿舍，他们在那个大房子里住了两个月，我妈说，她一辈子都忘不了她在那间大房子里跳青春舞曲。他们后来编入生产队，才自己盖房子。自己盖的房子就小多了。"

老吴在少年时见识过父辈围捕野生黄鱼的情景：每到冬汛（冬季鱼汛），我们这里的海域就是大黄鱼捕食的地方，大黄鱼成群结队游过会，发出"咕咕"叫声，我爸他们就驾起渔船循着声音寻找鱼群，找到了就围拢上去，几条船形成合围，渔民手敲竹筒，发出"邦邦"声，嘈杂的高音，与黄鱼两片耳石产生共鸣，鱼被震昏了，渔民们趁机捕捞。

老吴说，他十四岁那年搞了一次海上捕捞大会战，上百条船在海上搜寻，追着鱼群跑，父亲偶尔回来吃口饭，跟孩子们说他在海上碰到上海的渔船来捕捞，对大陈岛渔民来说，能跟上海金山县的渔民一起捕鱼，也是见了世面了。只是这一次，对大黄鱼是一次破坏性的捕捞，那之后，再也没有那么多大黄鱼了。"但是，对我爸来说，那是他这一辈子最辉煌的时刻。"

在老吴十几岁的 20 世纪 70 年代，

大陈岛渔场是浙江第二大渔场，同时是浙江海上捕捞、转运的集散地。在他少年的记忆里，鱼汛期，梅花湾里每天都有各地的船出出进进，除了岛上的渔民，也有不少外地船靠岸，补充淡水、粮食和腌鱼的盐。打下的鱼，一般是直接运往陆地码头，再从台州、温州、宁波等码头运往全国各地。但随着 20 世纪 80 年代的过度捕捞，野生大黄鱼资源衰退，渔民们陆续上岸、转业。改革开放后，上岸的渔民转业建筑、旅游、餐饮和民宿等。

离开老吴，踱步到青春广场。广场上有一座垦荒青年雕塑，还有一座大陈岛垦荒青年纪念馆，另外还有一座前式建筑风格的"友谊俱乐部"，这是大陈岛垦荒者青春的见证吧。

这天下午，风明显大了，前一天风和日丽的海湾这时是潮湿的、灰蓝色的，四十岁的陈平围着梅花湾海岸走过来半圈又走过去半圈，指点着"康尼"台风来临前必须运走的建筑耗材和建筑垃圾，一辆小型起重机和一辆汽车跟进。陈平说，"每个台风来临前都要清理未完成的工作面。""我们的工程质量要扛住每年几次的台风考验。这可是实打实的，台风不跟你含糊。"小陈是年轻一代大陈岛建设者，他这一代人的"垦荒"，不再是开垦荒地，修建自住房屋，而是给现有的设施"赋新增能"。

"咱们现在走的这路是陈招德那一代建设者铺的，他以前也是做工程的，做到 2012 年才开始搞养殖。我是

2020 年作为浙江大陈岛开发建设集团有限公司的现场总工程师，参与岛上几项大型项目的建设，四年来，完成了垦荒纪念碑改造提升工程、甲午岩景区建设与提升工程和青垦纪念馆、两岸乡情文化馆的建造。"

仔细品味，陈平负责的项目都是带有红色传统、历史文化含义的场馆建设，在生活小康之后，大陈岛人也和国家同步，朝着更文明、更进步、更富足的生活努力。

"我们在甲午岩风景区提升改造时就遇到台风。"陈平介绍说，"那个地方正面迎着台风，雨水加海水真像水墙一样，直往悬崖上甩。最壮烈的就是台风中的灯塔，我看过多少次了，但在台风中它屹立的样子还是让人震动。太傲娇了！真是迎风独立啊！"陈平话锋一转："我们做的工程就对标灯塔的技术工艺，能扛得住十五级以上台风。我就是这么要求我

们工程队的。"

沿山路爬上下大陈岛的最高点黄夫樵山，在山顶，高高耸立着垦荒纪念碑，"艰苦奋斗、奋发图强、无私奉献、开拓创新"的垦荒精神，镌刻在 16.5 米的垦荒纪念碑上。纪念碑是对历史事件的记存，是对一种精神的表彰，更是对后辈的警示。陈平是垦荒纪念碑提升工程的现场技术负责人，他说："时代虽然进步了，但是，建设过程中还会遇到一百个困难、一千个困难，来一个，克服一个，我们最终目的，就是把高标准建筑物，立在湾里，立在山顶。"

垦荒纪念碑公园是全岛的最高点，向西可俯瞰梅花湾，看到客船码头耸立的灯塔，向东可见霞光中的太平洋，隐隐约约可听到大海的潮汐声。艰苦卓绝的大陈岛垦荒岁月已经远去，而建设者们正在建设富足文明的新大陈岛。

灯塔和甲午岩

我尤其喜欢半包围的梅花湾。我们住在南边的湾口，对面是北边湾口，直线距离也就几百米，这边的人能清楚地看到对面湾口，中气足的人喊一嗓子，对面也能听得见。从南湾口走到北湾口也就十分钟，中间路过镇政府、银行、垦荒邮局、台胞文史馆、蒋经国旧居、饭店、小酒吧等，房屋老石头的严肃和地面光滑石头的沉静，使这几百米的老街在海上飘来的雾中，

像极了某部电影的场景。

从我居住的二楼，能看见湾北海岬上的码头灯塔，白天看过去，塔身通体白色，塔顶是红色圆顶。这座灯塔 2023 年 9 月才建成使用，是东海海区首座具备无线电导航和气象信息感知功能的多功能灯塔。夜里，灯塔上的灯每隔 5 秒猛地变亮，然后暗、暗、次亮、暗，然后再次猛地变亮。我数了三遍后便得出这一规律。

民宿近旁还有一座灯塔，谓梅花湾灯塔。这座灯塔建于 2014 年，它已经没有实际的指引作用，除了营造海岛风情，照我看也使整个梅花湾有一个高大建筑作为"点眼"，使低平的建筑群有一个"统领"，也有了诗意。

我在台风前的夜晚漫步临海公路，观察梅花湾灯塔，其灯光的闪烁显然比码头灯塔的灯光慢一个节拍，以 2 秒亮、1 秒暗、1 秒亮、2 秒暗，共 6 秒的节拍，与码头灯塔相呼应。一忽儿我感觉，梅花灯塔像位性情温和的妇女，它以少的节拍和长的光明或沉默（暗灭），呼应那个守在湾口的、勇士般的码头灯塔。

海岛上另一座灯塔叫甲午岩灯塔。又一个下午，我们绕过甲午岩山，沿着搭建在岩石上的石梯、栈道、吊桥接近海上甲午岩时，远远看见立在裸露岩礁上的甲午岩灯塔。这个分三层，通体洁白，有黑色线条和塔顶的灯塔，于 2017 年在原址上重修，至今仍作为渔民和船只测量时间、定位方位的重要标志。我们走近了发现它并不十分高大，仅 11 米，却因它屹立于深入海洋的礁石上，直接迎向太平洋的风，抵抗永无休止的巨浪的撞击、粉碎、再撞击，它在台风即将到来时百折不挠的神采，在风浪中依然以不灭的亮光指引船只和渔民的坚忍，着实令人动容。

我们转过甲午岩灯塔，转过被海水严重侵蚀的海沟虎跳岩，便看到被誉为"东海第一大盆景"的海上甲午岩。甲午岩实则独立于海上的两片嶙峋的岩礁，它们同为一个基座，与大陈岛本岛分开。采风团里有科班出身的地质专家，他解释说，甲午岩岩体是花岗岩，是一种侵入型岩浆岩，随着地壳运动露出海水表面，又在海浪的长期侵蚀下，岩体被逐渐剥蚀、分离而形成两片岩柱。它们与本岛之间只有几米距离，狭小的空间挤压着海水，吞吐巨大的波涛，而波涛的力量继续剥蚀着岩体。当地人说，一般没有小船敢接近甲午岩，海浪的汹涌会使小船不易把握方向，而甲午岩本身却是海上行舟又一个参照物。

大自然鬼斧神工，留给人们只有叹息。我更愿意把这两片岩石看成船帆，大海航行，靠的是罗盘和风帆，这时我能想到的一句话是：长风破浪会有时，直挂云帆济沧海！

我们在"康妮"台风越来越逼近的早上登船离开大陈岛，大风已起，海水起伏，我心中装着满满的故事，等着我写出，有一只海鸥一直追着船尾，上下翻飞。

杨沐，中国自然资源作家协会副主席兼小说委员会主任。著有《双人舞》《阿纳提的牵马人》《南繁——筑牢中国饭碗的底座》等作品。曾获中国人口文化奖、海南文学双年奖、中宣部"五个一工程"奖等。

三色大陈岛

高洪雷

我最初知道大陈岛，是因为那个壮美的名字：一江山，以及那场有名的一江山岛战役。历史资料告诉我，一江山岛是大陈列岛的子岛，距离大陈岛 7.5 海里，素有"大陈岛门闩"之称。1955 年 1 月，解放军海陆空三军首次协同作战，一举攻克了国民党重兵把守的一江山岛。失去屏障后，大陈岛上的国民党守军裹挟所有岛民和生产资料撤往台湾。在我的想象中，大陈岛应该是一座荒岛。2024 年深秋的一个周末，我随中国自然资源作家采风团，从台州海门码头出发，经过 2 个小时的航程，平生第一次踏上了距离陆地 29 海里的大陈岛主岛——下大陈。一天半的采风，推翻了我对大陈岛的一切认知，我只能把此前的推想偷偷撕成碎片，扔进风中。因为真正的大陈岛是厚重的、美丽的、安宁的。

大陈岛的生命史，起码具备三重色彩。

往古，大陈岛是灰色的。大陈岛位于浙江台州湾东南海面，西临海门古港，正北方是舟山群岛，正南方是台湾岛，正好处在海上丝绸之路的航线上，是古代海上航运的一个节点。公元 230 年，东吴大将卫温和诸葛直奉孙权之命，率领船队从章安（海门港北）出海，途经大陈岛前往海上寻找夷洲（今台湾），成为史料记载最早到达台湾的大陆军人。唐宋时期，从台州出海的商船，大都取道大陈岛前往朝鲜、日本，并以高丽头礁为航海标识。《郑和航海图》的航线上标注的"大陈山"，就是大明郑和船队路经此岛的铁证。到了清代，官府在此设立了分汛官、统领军、渔务政，居民渐渐超过了上万人，成了台州湾最繁华的海上集镇。正所谓福兮祸所伏，特殊的航运节点地位，也使得大陈岛成为海内外势力争夺的焦点。元末起义军首领方国珍为了拦截元朝漕运船只，曾选择大陈岛作为根据地。从元到明，大陈岛一直是海盗出没的重点区域。16 世纪中叶，这里成了明朝水师抗击倭寇的主战场。明末清初，郑成功抗清，一度派军据守大陈岛。二战时期，该岛被日军占领，并据此封锁中国东南沿海。中华人民共和国成立初期，大陈岛又成了国民党残部退守的据点和反攻的基地，岛上人口激增到 3 万余人，驻军也突破 2 万，蒋介石、蒋经国、胡宗南、俞大维等军政要员先后上岛督战。国民党军队遭遇一江山岛惨败，在美国第七舰队掩护下从大陈岛撤退时，带走了 14911 名居民，破坏了岛上所有的设施，还在岛上埋设了上万枚地雷，制造了触目惊心的"大陈浩劫"。中国红十字会《关于蒋军在美国指使和掩护下撤出大陈岛时所犯下的罪行的调查报告书》上说，24 个村庄和街道的民房被烧毁，在这些村庄的废墟上，石头烧得焦黑，土壁烧成了红色，已经不能辨别出这些房屋原来的面貌，也很难找得到一件完整的家具或物品；蒋军撤走以前约有 300 多艘渔船和商船，有的被蒋军带走，有的被蒋军破坏，这里已经看不到一艘完整的商船和渔船，连没有上过油的渔网也被烧成一堆白灰；岛上的 3 所学校被付之一炬，水井被悉数破坏，连庙宇也被无辜地炸毁。浩劫后的大陈岛，人畜无存，满目焦土，遍地荒凉，一片狼藉，成了名副其实的空岛、荒岛、废岛。

现代，大陈岛是红色的。战后，初次登上大陈岛的解放军指战员，既为收复该岛而倍感欣慰，也为该岛被破坏得面目全非十分无奈，甚至欲哭无泪。1955 年底，时任团中央书记胡耀邦到浙江视察，接到了"大陈浩劫"的报告，立刻提议组织青年志愿

垦荒队，重建被破坏的大陈岛。不久，就有近千名热血青年，响应"建设伟大祖国的大陈岛"的号召，主动报名参加"青年志愿垦荒队"。从 1956 年 1 月开始，有 5 批 467 名来自温州、台州的青年，陆续抵达大陈岛。面对岛上艰苦的生活条件和恶劣的自然环境，这群平均年龄只有 18 岁、多数人刚刚走出校门、几乎没有干过农活的年轻人，以岛为家，以苦为乐，咬牙坚持，决不退缩，将手上的血泡称为"光荣泡"，将心中的激情化为战斗力，没有粮，他们边排雷边垦荒，也要垦出一方可耕地；没有路，他们用锄头一锄一锄把岩石敲碎，也要铺出一条路；没有钱，他们边学习边摸索，也要发展畜牧业。他们以"敢教日月换新天"的气概，"风雨不动安如山"的定力，"甘洒热血写春秋"的壮志，硬是用短短 5 年时间，和边防军一起，把满目疮痍的荒岛变成了生机盎然的家园。1960 年秋的大陈岛，已经建起了 2000 多间房屋，垦出了 1000 多亩土地，有了学校、医院、工人之家和友谊俱乐部，有了农牧场、养牛场、发电厂、造船厂、水产加工厂。正是青年垦荒队员的辛勤付出和无私奉献，种"绿"了大陈岛，点"亮"了大陈岛，染"红"了大陈岛，使得大陈岛成了一个有理想的岛、有骨头的岛、有高度的岛，成了一个政治地标和精神高地。1960 年垦荒队宣布撤销之后，100 多名垦荒队员选择留了下来，献了青春献终身，献了终身献子

孙，一直站在海岛最高处，直到"站"成令人仰望的群雕和石碑。如今，在下大陈的凤尾山巅，高高耸立着一座16.5 米高的垦荒纪念碑和一座 4.5 米高的垦荒队员群雕，它是对青年垦荒队员的永恒纪念，也是大陈岛弥足珍贵的红色记忆。1985 年，时任中共中央总书记胡耀邦来到大陈岛，激情澎湃地说："大陈岛的昌盛，第一是解放军的功劳，第二是你们原垦荒队员的功劳。"

今后，大陈岛是蓝色的。在下大陈采风时，我欣喜地看到，岛上不仅有现代化的码头、海洋牧场和风力发电厂，也是国家一级渔港、省级森林公园、浙江第三大渔场，还推出了生态游、风情游、红色游和海钓等特色游，已经赢得了"东海明珠"之美誉。我还注意到，广义的大陈列岛，由大陈岛、一江山岛、竹屿等 97 个岛和 83 个礁组成；即便是狭义的大陈岛，陆域面积也有 14.6 平方千米，海域面积则达到 430 平方千米。这里不仅有风能、潮汐能、太阳能和渔业、矿产、港口等资源，而且 12 海里的领海之外就是大陆架、专属经济区和公海。可以说，大陈岛有巨大的发展潜力、无限的发展空间和广阔的发展前景。向海洋产业聚焦，向大陆架和专属经济区发展，向公海进发，建设新时代的生态岛、休闲岛、能源岛和走向深海的平台，应该而且必须成为大陈岛坚定不移的方向。因为，风云激荡的世界史告诉我们，在这个 71%

的地表被海水覆盖的星球上，几乎所有大国的兴衰都取决于海上，最繁华的城市都分布在沿海和岛上。因为，21 世纪是海洋世纪，海上运输是最经济、最便捷的运输，海洋资源是最丰富的资源，蓝色是大陈岛的底色和未来。

在下大陈，迎着浩荡的海风，我们走近了海洋牧场、博物馆、少年宫、纪念碑、甲午岩；围绕着美丽的梅花湾，我们寻访了老一代垦荒队员、老船员和民宿经营者。尽管步履匆匆，尽管眼耳并用，但一天半的采风，仍无异于走马观花。即便日程难以改变，即便时间极其有限，我依旧不愿轻率地对待这次难得的采风，更不甘心随波逐流，人云亦云。我一直试图透过现实的表象和岁月的纹理，探究大陈岛和大陈人的文化内涵和精神底色。直到日暮时分，穿过迷蒙的雨雾，我们来到一个孤零零的木质凉亭。导游告诉我，它是 1954 年由国民党修建的，当时叫"中正亭"，用来纪念蒋介石此前在此休憩。后来，它改名为"美龄亭"。2006 年，时任浙江省委书记习近平上岛视察时，提议将它更名为"思归亭"。

是啊，尽管岛屿从大陆板块漂移出去了，但它的根在大陆；尽管大陈岛在历史上多次被海盗或割据势力短暂占据，但它的根在大陆；尽管被劫走的大陈人已在台湾生息了半个多世纪，人口也繁衍到了 20 多万，但大陈同胞的文化之根、精神之根、生命之根始终在大陈。须知，任何一个海岛，一旦离开了故乡，离开了大陆，离开了祖国，就会成为无源之水，无本之木，零落的枯叶，失魂的游子。

因此，"思归"应该是包括台湾岛、澎湖列岛、大陈岛在内的所有离岸海岛的精神底色。

高洪雷，中国自然资源作家协会副主席。著有长篇纪实文学《另一半中国史》《另一种文明》《大写西域》《楼兰啊楼兰》《名人故事》《阿云案背后的大宋文明》《丝绸之路：从蓬莱到罗马》《海上丝绸之路：从青岛到红海》《钱三强：从牛到爱》，少年读物《中华民族的故事》《中华姓氏的故事》。曾获徐迟报告文学奖、丰子恺散文奖、京东文学奖、桂冠童书奖、中华宝石文学奖、鲁迅文学奖提名奖等多个奖项。

台州四记

郭友钊

甲辰秋，地质学者文人相陪、访客诗人作家相伴，自然资源作家协会三天采风浙江台州椒江一区、临海一市。见山阁客人阅纸上声音、听地下记载，取秃笔一枝，写浅游四记，以窥视台州物华，以张目台州人美。

1. 白云阁

十月二十六日傍晚，台风潭美见歇、台州大雨已停。大巴客车穿行大道，远方客人入住方远。故友相见相言旧事，新景又遇又引新趣。

自方远西行，心之微醺因贪俊友家酒一杯、步之稍快凭视佳地美景一窗，独踏歌市府大道，自摄影灯火阑珊。市府广场，见市府无围栏无高墙，坦坦荡荡，摸巨石一方，上书"为人民服务"，主席字体；水景公园，观小孩喂鸽成人漫步，从从容容，访古建一栋，悬挂"文化遗产展示馆"，红灯两盏。然，一夜所游，一路所望，唯一明灿之楼阁令人心念，其悬于空中，其身正正方方而丰腴矗立，其刹圆圆滚滚且修直挺拔，似唐朝风貌；前后远近均瞻，似天阁、如灯塔，给方位、赐明亮。此空中楼阁有何来头，如此耀眼明心？

从方远北去，天之微明、风之微凉，出东环大道，觅昨夜阁影。入星云路，遇通衢庙，其处平地、其邻民居，亦无山门，也无围墙，小广场立新塔书"□农工商学堆金积玉亭"，"□"为何字，过度仰望不识，许为"士"？拐赤山路，见名苑壹号，楼宇之间，小道无积尘，大门有人物，老妪盆洗衣物，老翁盆栽葱菜，其上几只大鸟欢鸣掠过，或是红嘴蓝鹊。商业街旁一望山顶，绿浮塔刹，再现阁身，知是入梦之阁。步行绿道上一气登山，生青苔大冢留身后，碑文斑驳何章早忘呢；书金字高坊压眼前，"琼楼仙阁"还记得呀。急爬山顶，红日已抹红阁，也照大匾，匾书"白云阁"是也。

白云阁，台基接地，塔刹凌天，阁身容人。接地者，以方圈圈落座，地方也；凌天者，以圆层层叠置，天圆也；容人者，方圆之间修身也。地有多方？天有多圆？我欲观景格物修身在此，纵然一时半刻亦求之呀。自台基环眺，日挤云缝，长虹桥高速路一跨大江仰或再跨大海、群吊塔大码头一站再站沿江、客船轮船渔船一出再入江口仰或海湾——大江入海也。入海之大江者，椒江是也，中游灵江、上游永安溪与永丰溪，均自三面山来，北者天台山、西者苍括山、南者雁荡山。此山此江此海浑然融成一体，构成台州湾，其沿水岸者与山麓之间者为平原，温台平原、椒北平原。原上高楼林立、良庙井布、人影绰绰，一派繁荣繁华，演绎章安、临海、台州一脉三千年地灵人杰！诚如王士性所言："浙中唯台一群连山，围在海外，另一乾坤"也！

由江河入海成湾，湾有众多，北上杭州湾、海州湾、胶州湾、莱州湾、辽东湾等，南下温州湾、福宁湾、湄洲湾、海门湾、大鹏湾、雷州湾、北部湾等，台州湾缘何为另一乾坤？晨光普照白云阁，渐下白云山，已亮通衢庙，更入千家万户百姓窗。一天尚早，阁门未开，遗憾我肉身不入阁身、我难举浊目难触塔刹，无知古往今来台州之方圆规矩、浓墨重彩，心因之闭塞，只祈愿有通衢之学者哲人可请教，如我在夜间所瞻之明灿之白云阁可仰望。

见山阁客人正见山也。

2. 甲午岩

辞山穿江入海望洋，眺远山还登山也。三宝太监图示之大陈山，现沉于缕缕轻雾之下浮于粼粼银光之上，或客轮货轮一闪而过，或航标灯塔接踵而来；海上豪客盘踞之大陈岛，现山顶立正座座值班雷达山坡稍息架架发电风车，有盘旋海鸥码头鸣叫迎新客，有带路导游景区欢言说旧事。昼俯深海养殖基地、瞻垦荒纪念高塔、赏省级地质公园，东海明珠轮廓渐清晰；夜思大陈山乳名怎起、念凤尾山学名消隐、想甲午岩尊称何来，东海盆景意象已模糊。

咿呀欧，上大陈、下大陈，旧时分别称上台称下台。上台下台，谁上了台又谁下了台，今都沉浮？咿呀欧，上大陈、下大陈，旧时分别说是一条龙说是一只凤。龙凤呈祥，龙在海涛跃凤在彩云舞，今都安在？咿呀欧，有客有客来自见山阁，惊艳惊艳凝视甲午岩，所见是山有何心得？

大陈洋十景，首推旗峰映日；大陈岛四忆，最忆新亭怀古。新亭旧亭一处亭，中正亭、美龄亭、思归亭，物是人非异名木亭石亭均北视两面旗，东旗、西旗；东旗西旗两片礁，干出礁、夹杆岩、旗杆石，物是人非石礁岩礁都南迎一处亭，旧亭、新亭。据流传，夹杆木一对对峙以扶稳乘风破浪之桅杆，旗杆石几许许身扶正功名利禄之阶梯，此为甲午岩之名缘起，可信乎？

坐一亭观旗峰，仅一视角一视域一视觉一形象也，君不知横岭侧峰远近各不同呀？幸得凌空玻璃平台，手战栗扶栏以鸟瞰；幸得附崖黄石栈道，脚哆嗦挪行以瞻仰。此岩，似山崖下平畴之春笋众也，南北向分布远近、挺立高低，远者低矮荡涛、近者挺拔绊云，赞高十丈止二岩，怎不及身十尺之众石？此岩，如海面上劈浪之舰队列也，东西向分列胖瘦、漂浮宽窄，亲山者风凛凛、旗腊腊如利炮坚船，远山者水凌凌、沫飘飘似软木舢板，颂抛头露面止显者、怎不言冲锋陷阵之隐者？石在者，身丈高高潮不没之石，至少三峰，一列于近岸，耸立三竖高于海面，躺卧一横伏于水下，是一汉字之"山"也，可为岸上五虎山、凤尾山之山仔也！岩轻者，身尺低低潮仍见之岩，无数也，棱棱角角、沟沟壑壑，亦是山也，亦是五虎山、凤尾山之山仔之山仔仔也！

凭何言甲午岩之名非源于夹杆？旗峰映日，旗面东西宽南北薄，呈刀峰似片板也，仅肩并肩而非面对面何以夹杆也？舰队犁浪，群峰独立，不曾成双成对那能夹杆也？新亭怀古，缘亭之肇始，浙东某人叹息"春光明眸，留恋不忍离此矣"之年，正是 1954 年之甲午年是也。而此甲午年前后，朝鲜战争停战、一江山岛易主，东海海

战烽烟是起是消，两党是偃旗还是再击鼓均在一念之间也。或记 1894 年之彼甲午年，洋务运动与明治维新对垒，甲午战争，两国生死角力也。当念同族同乡两党美意善行，"金刚计划"未伤大陈岛筋骨。当谢以甲午岩来铭记甲午事，何乐不为？当谢思归亭来召唤骨肉团圆，归来吧游子，都回归到自己之故乡故国，其意何美！

甲午岩之命名，尚有天干地支之说。甲者，天干首位；午者，地支中央。以甲午敬称此岩，示此岩异殊。君已见吾国海蚀柱代表之渤海姜女坟、黄海石老人、南海南天一柱，均不及东海甲午岩半高、均无甲午岩峰多、均不如午岩峰可敬可亲耐观耐赏，其立当冠国之首也。君己见吾国海岸线北起辽宁鸭绿江口，南止广西北仑河口，绵绵三万多千米，居中者闽浙沿海之东海，甲午岩位居国之海岸之中央是也。天造地设异殊之岩甲午岩实至名归也！

天地何以生成甲午岩？甲午岩自备答案。其质岩浆岩，自地底起，缘太平洋板块俯冲生成，已岁亿年矣；其形大节理，自身多裂，缘大风巨浪冲蚀剥蚀雕成，仅一万年也。何由此说？曾游历钓鱼岛渔政船之船老大言指，大陈洋水浅，北可见头门港向海登头门岛之台小线公路，多土石填海而成也；南可期北港山向海之大陈岛跨海大桥正呼之欲出，测量路线水深不过三十米也。还记起楼祖民先生著《大陈岛备忘录》记，下大陈岛通浪门

等地发现文物，石斧石镰石网坠等新石器，灸炭陶片夹沙陶片等陶器，史前之物也，若无舟楫通岛数千年何以登岛耕作渔猎？知地史识地文之见山阁客人凭此推断，一万年前之仙女木冰期后海平面快速上升，淹没温台平原，孤峰变成岛屿，大陆下台沉海、大海上台漫山，甲午岩修身不足一万年也。明代始呼大陈岛实为"大沉岛"，许是一种地理发现？

见山阁客人拜见大陈岛，大陈列台不是岛，是海漫之山也。

3. 隋樟树

素闻台州硬气，现证矣！观台州湾甲午岩，其危立怒涛中狂风里，生海桐扎根其崖缝隙留干枝触天，泊雄鹰敛翅其顶乱石望海畴万里，岩也硬气，桐也硬气，鹰也硬气。人乎？夜游东湖湖面幻影，晨跑灵江江堤高耸，现入揽胜门登龙顾山凭高览胜，出城隍庙游紫阳街借光尘寰，见古往今来台州硬气弥漫彰彰、造像绰绰，人与物协同也、物与人共振也。见山阁客人客观物事、臆测情理，面山依江傍湖临海走天下之台州硬气，偶遇随瞻从隋樟、元樟始也！

隋樟生于龙顾山之山岭，岭北沉沟谷，岭南下平野，其势孤也。木秀于高岭，风必摧之、雷必劈之，隋樟未能幸免矣。十四百年，年年台风，摘叶折枝之际仍然开枝散叶，冠荫唐、宋、明、清、民之寺庙试院；五个十岁，岁岁伤痛，腰折眉摧之间依旧挺腰生眉，示范杭、绍、宁、台、温之学人旅客。其间也，20世纪六七十年代隋樟遇未有之变局，遭逢雷轰、遭逢电劈，泱泱之古树，枝尽断、干爆裂，幸留深根寄水土，幸存片干洗日月。深根，不可测；片存，教人怜。其片干有皮兮，如相鼠有薄皮，皮包骨；其片骨有心兮，属草木有本心，心生肉。隋樟重生也，天地生成也，个我生存也，生生不息矣！其危危之片干，已生新枝，已穿新叶，老干新枝呈硬朗又欲凌苍天；其苍苍之片干，如记载历史之化石，如教化文化之黑板，春华秋实再呼盛气还罩大地！

自质硬气香之隋樟立处，北望岭天之际或见北斗七星，南望巷街之缘可识巾山四塔。四塔者，巾山山峰双塔也，山麓之双塔也。山峰东塔西塔并称文峰塔也，原为唐塔。山麓龙兴寺内之多宝塔也称龙兴寺塔，曾是唐塔，后称千佛塔，一抔泥一块砖成佛，千佛附身高塔，现是元塔也；大戏台侧旁傍江而起之南山殿塔，塔身不高不胖，弱不禁风，塔顶立瞭望天际流之小灌木，为明塔。明塔东北有元樟，依三元宫而立，一主干伸三主枝，伸向西、南、北，苍苍郁郁，葳葳蕤蕤，茵茵天地水三元气。山峰山岭山麓或许平地，原有高低，元气立樟，隋樟元樟，木理文章千年溢香，人气立塔，唐塔明塔，心眼向高千古美谈。

明塔之筑因张元帅起，并非美谈，却是苦难。张元帅者，张巡也，《旧唐书》有独传记载其业，说其在安史之乱中奉旨率军坚守睢阳孤城二年，拒叛军于江淮之北，其间孤城无援粮尽，元帅带头"杀妾劳军"："巡乃出其妾，对三军杀之，以飨军士"，随后"乃括城中妇人；既尽，以男夫老小继之，所食人口二三万，人心终不离变"。张巡也有诗作《守睢阳作》记之："裹疮犹出阵，饮血更登陴"。张巡本蒲州河东人也，在台州却被认为是临海人，许是明朝沿海倭寇猖獗，需要张元帅之硬气？

台州硬气，自然不是从明塔开始彰显，当然也不只从武人身上彰显。隋樟或许望见东湖，其有骆临海祠与樵夫祠落座，以纪念三人：骆临海、方正学、樵夫。骆临海者，骆宾王也，唐初四杰之一，士也，因任临海县丞，开启临海崇文尚教之风气，其作《代李敬业传檄下文》，硬气也，被称为

"骆临海"；方正学者，方孝孺也，明初建文帝忠臣，士也，靖难之役后明成祖诚请方孝孺草诏以登基，方孝孺当面言"死即死耳，诏不可草"，并作绝命词"天降乱离兮孰知其由，奸臣得计兮谋国用犹。忠臣发愤兮血泪交流，以此殉君兮抑又何求？呜呼哀哉兮庶不我尤！"具硬气也；樵夫者，不知姓名，当是农人，听闻建文帝自焚，他自己也投东湖自尽，亦具硬气。台州文官武将、士子百姓，威武不屈，如眼见之隋樟，亦如耳闻之隋梅。

台州山水，既生隋樟，又生隋梅。隋樟临海，随龙顾山听灵江潮来洪去，视府城万家灯火；隋梅天台，伴天台山听清国寺晨钟暮鼓，窥香客百般心事。台州硬气，许是光明之中守其一心执其一意，生死不变，均坚贞不渝是也！

见山阁客人见府城之山，思府城之人，感天、地、水三元气万古天成，识人之硬气千古身修，如燕赵人之悲歌，如荆楚人之血性也

4. 倪里奋

听闻林场发展小半天，回顾绿化祖国一甲子，见山阁客人见台州海蓝山绿水清，又思人亦秀美也。括苍山山脉携永安溪溪流自西而东逶迤而入，国家森林公园春华秋实，江溪溯源而上九支山大雷山米筛浪而高，中国 21 世纪曙光碑辞旧迎新，七分山一分水二分田之临海，绿矣，美矣，森林覆

盖率已超十之有六。临海千年史延绵年年可载丹青，林海三代人拓荒代代不负青山。临海市林场，植林、守林、富林，造商品林、守公益林、护观赏林，森林从有价之物至无价之宝矣；高中生、大学生、研究生，为生产、为生活、为生态，生机由薄增厚矣，位列全国年度十佳林场。台州人、

临海人、林场人，旧时硬气现在更添智气成大器也。何以见之？客人从一耄耋老人窥见也。

老者倪老，名里奋，初代林场人是也。一九六三年知青下乡入林场，由家中宝、城里娃炼成树下人、林中翁，能读报、可写信、会记账，时林场里学历最高者也。树下人行与知同行，幸福与斗争相伴。酱油汤配白米饭，石中泥里，随众挖坑种树，立地成才，敢教茅草山石头山帽子山山山变身杉树峰柏树海松树洋，一生奋斗，谨遵行有林方成世界意指；抬石板盖护林房，林中窗下，独自算数做文章，立言有据，六篇论文，细思林木林地林场场场有资源有价值可会计，警示林业成本核算危机。

林中翁里与外通融，读书与思考一起。早先入荒山宿破庙庙外滚大雪庙里飘小雪，独有十册旧书压厚被渡寒夜；现在栖风景住明堂堂外互联网堂内有线电视，还有一架新书亮花眼见未来。客人好奇，问读何书，翁答曰政治经济。客气惊奇耄耋之人还读政治经济，更好奇追问研读何门类作何探究求索，翁答曰 UNDP 人类发展报告为主。UNDP，联合国开发计划署也。人类发展报告，UNDP 年年发布也！林中翁言，UNDP 用同一公式计算人类发展指数，年不同，国不同，分极高、高、中、低人类发展水平之组别，吾国一九九〇年位列第九十四，现列第八十五位，快速发展，进入中高发展组别，可体验幸福，已分享自豪也！林中翁身在山里林中，志在国际世界，热爱祖国，关心人类，稀罕也！

昨还不知倪里奋其名，当非台州知名之人物也。今见山阁客人见之如隐身于雾之山之树，有硬气有智气，高矣。一树见林，众树之高，成郁郁之林矣。

郭友钊，中国自然资源作家协会副主席。著有《生命的印痕》《走向海洋》《分享海洋》等作品。《钻冰取火记——盗火者的故事》等五部长篇科普作品入选全国自然资源科普图书。

我与台州

施建石

台州在我千里之外。我们之间本来八竿子打不着，但"有缘千里来相会"，说起我与台州竟然话题多多。回想起来，我们早就有了神交，从少年时的一次特殊记忆到书本里接触到的"台州"，从青年时的一场温馨受教到品尝独特甜美果蔬的"台州味道"，进而因为特别的地缘"友城"情谊不断加深了解，及至前不久终于有机会走近、走进向往久矣的台州，亲身感受到一片真情、一种精神、一份情怀、一腔愿望、一个哲理。

先说从少年时的一次特殊经历。

我最起先知道台州，不是在地理课堂上，而是从我的一位同学口中。那位同学当时并没有去过台州，但他的爸爸是解放军后来留下来投身台州大陈岛垦荒戍边的"最可爱的人"中的一员。他爸爸多次与他说起参与解放大陈岛的情景和后来岛上的屯垦生活。我开始还指出他时间说错了，西藏 1951 年都解放了，大陈岛怎么会是 1955 年才解放的呢？"我爸爸说的，中国人民解放军陆、海、空军协同作战，大陈岛是继解放一江山岛之后，

与渔山列岛、披山岛等，在 1955 年 2 月 13 日解放的。绝不会错！"那自豪的口气铿锵有力，不容置疑。

我们班的人没有不知道台州的。我那同学让班上同学念"台州"，人人蛮有把握地大声读出"tāi zhōu"，结果他说应该是"tāi zhōu"。"我爸爸说的，绝不会错！"那自信的口吻溢于言表。

我们老家苏北大丰邻县是东台，再向南不远就是泰州。1951 年 8 月，国家政策规定全国范围内县一级不允许重名，江苏决定取张謇最早来此开的"大丰盐垦公司"的"大丰"两字为县名，一方面是为纪念张謇开发大丰的不朽功勋，另一方面也寓意这片土地上的物产能够年年获得大丰收，由此这个名字就一直沿用至今。所以，我们对"台"字太熟悉、太了解了。大家异口同声都说那同学自作聪明了。结果还是老师以词典为证："tāi，指台州，专区名。天台，山名，又县名，都在浙江。"弄得全班其他人没有一个是对的，不过因此也让全班同学牢牢记住了"台州"。

再说早先书本里接触到的"台州"。

那时候，我正好刚读过人民文学出版社出版的南京军区作家黎汝清的长篇小说《海岛女民兵》，作家出版社出版的孙景瑞所著战斗小说《红旗插上大门岛》；才看了电影《渔岛之子》，而观电影《海霞》、听插曲《渔家姑娘在海边》倒是后来的事。只是因为信息比较闭塞，特别是我那时的地理知识非常有限，不足得居然分不清温州与台州、大门岛与大陈岛，以为都是大陈岛那，最多是周边列岛，反正就是经常会有特务出没的东南沿海。连我们这黄海之滨有的夜晚偶尔还依稀可见大人所传说的信号弹，何况他们那是更靠近台湾的东海的海防前哨呢？

后来不久，又读到李白的《梦游天姥吟留别》，觉得特别的亲切。"天台四万八千丈，对此欲倒东南倾。我欲因之梦吴越，一夜飞度镜湖月。"即使"烟涛微茫"也不"信难求"，总觉得"云霞明灭或可睹"，一直充满着向往甚至"倾倒"于四周百分之八十山地与丘陵、中间百分之二十为河谷平原的天台县。此后又见孟浩然四十岁时前往天台山途中写下的《舟中晓望》："问我今何适，天台访石桥。坐看霞色晓，疑是赤城标。"知道了天台山的南门赤城山山色赤赭如火。那天台唯一的丹霞地貌景观是天台山的标志。再后来看到先后七次深度游览浙江的我们江苏老乡徐霞客《游天台

山日记》，他三次登临这座浙中名山，挥墨记述了游览天台国清寺、华顶、石梁飞瀑、赤城山等的见闻。国清寺可是始建于隋开皇十八年即公元598年的中国四大名刹之一。"国清"二字寓意着国家清明、盛世太平。去过的友人说那随处可见的僧人、汉白玉的石狮、斑驳的院墙，将寺院美学体现到了极致，古树参天、石桥溪流则为寺院增添了一份宁静悠远，被誉为中国最美、最干净的寺庙。现在的天台县在做旺文旅的同时还激活了冰雪经济，从"风景路"向"共富路"转型升级。

接着说青年时一场温馨受教而进一步了解到的台州。

那是1984年春天应洛阳《牡丹》之邀，在"牡丹笔会"上见到1963年由台州迁居河南的女作家叶文玲老师。当时她的《心香》早已获评1980年全国优秀短篇小说奖。当知道我是来自江苏的后，她就从"江浙江浙"而满怀深情、如数家珍说她童年那鱼米丰饶的傍海小镇楚门；那山清水秀的江南县城、全国14个海岛县（市）之一的玉环，由洛阳水席引出玉环细纱过滤出的清澈见底的鱼羹汤头，披一层薯粉勾芡的鱼肉晶莹剔透，是元代营养学家、宫廷饮膳太医忽思慧所撰《饮膳正要》中记述的二十六道羹；滔滔不绝说她少年的台州乃至她心中念念不忘的浙江。如今四十余年过去了我依然清晰记得她娇憨、俏皮地说："那时那个爱读书、以第一名考取黄岩高

中、系毛蓝布围腰的全能小女孩，就是我呀！"当然还娓娓道来说她所崇拜得不得了的大哥叶鹏，那考上了赫赫有名的复旦大学、大二就在《文史哲》上发表作品、1957年临毕业被打成右派发配到河南的评论家才子呀，还有她的第二故乡中原，还有还有她无比珍惜自己的家。

后来的日子里，独特的果蔬让我品尝了中国东魁杨梅之乡甜美的"台州味道"，让我并非"吃货"也感受了素有"民营经济第一城"之城高质量发展中的独特魅力。尤其是台州朋友带来"一颗果子富庶了一方百姓，鲜甜了一座城"的享誉千年的皮薄光滑有油色的黄岩蜜橘的鲜甜，让我切身体会地理解了当年朱熹在黄岩讲学在池边望着一片葱郁的橘树，以《次韵吕季克橘堤》诗感叹的橘林风光："君家池上几时栽，千树玲珑亦富哉。荷尽菊残秋欲老，一年佳处眼中来。"黄岩在夏商周时就有先民活动，叫瓯人；春秋战国时先属越后属楚，唐武则天时叫黄岩，是禅宗发源地之一。新中国成立后黄岩就属台州专区。这又让我更多地了解到台州是个果实累累的江之南、海之滨。"仙梅"，拥有1000多年的栽培历史，唐宋时期就已享有盛誉的仙居杨梅；枇杷，大红袍、洛阳青、白沙和洛优等赢得了"中国枇杷之乡"美誉；温岭高橙，果实金黄、个大饱满、肉汁丰盈、酸甜略苦、风味独特的、营养丰富；玉环柚，也被称为楚门文旦、玉环文旦现在是国

家地理标志保护产品；玉环长柿，少核或无核，富含纤维素、肉质柔软、味道甜美、水分适中、清凉爽口、营养价值丰富的传统名果……

我曾在管辖大丰的盐城市工作过十多年。无巧不巧，台州的车牌号开头是"浙j"，而盐城的车牌号开头恰恰是"苏j"，冥冥之中天注定双城间真"友"缘。接到中国自然资源作家协会在台州大陈岛召开主席团会暨在台州采风的通知尚未启程，看到盐城市政府的一位早我退休的老领导在群里发了一段文字及所摄照片："浙江台州市曾是我市的友城。不久前顺道参观了该市市区的相连景观，如浙东千里海塘纪念地、戚继光祠、一江山岛战役纪念馆、古老的九峰公园、葭沚老街等，很有特色。特别是市域原府城临海市保存完好，长达5公里的江南长城以及有机相连的东湖和紫阳老街，堪称奇观。这里择几张我拍摄照片与群友们分享。"看后让我对老家盐城的友好城市台州及其大陈岛之行更加向往。

从某种意义上来说，虽未谋面的台州与我的关系已十分亲密。于是，报到日的上午在苏州参加一个活动的开幕式，致辞后我就提前离会赶往高铁站飞速奔向神交、心仪已久的台州。

一到住地放下行李，我就直奔台州市区内清凉之气、沁人心脾的游览、休闲山体白云山，由星星广场曲径通幽望白云飞瀑直上璀璨明珠白云阁，

放慢脚步、且行且观，云中绿道行走、不为爬山而爬山，游目骋怀、远眺白云、纵览全城，向东眺望台州湾、一江山岛，向北俯瞰旧城区、滚滚如练椒江，向南喜见台州市新城区、路桥区，开阔的视野让我对历历在目的台州市景有了大概的直观了解，欣赏中倍觉胸襟敞开、心中充盈、平添壮志。在山的起伏中、在山海相连处品读台州，能够有一番特别的启迪与顿悟，可以发现别样的新乾坤。一座城市拥有这样的山水，是大自然对台州的馈赠。如何保护、利用好大有学问。山水是自然现象，城市是社会景观，两者性不同、貌似异，但在台州密切相连、结合有机、增色许多、妙不可言、值得称道。城市吞山怀谷，山增壮气、水添秀气；山水中，城市是主体、人是主角。

接着专程前往市府大道，我绕着没有围墙但有毛体"为人民服务"碑的宽广大气的市人民政府广场走了一圈，喜见迎风飘扬的五星红旗下的绿茵旁有市民在惬意地随意游玩，停车场车位很多也不收费，坐北朝南的市政府大楼没有看到别处见惯的保安，可以随便出入、自在办事、体验亲民。亲眼看见、透视骨子里的东西，的确让人深切感受到党和政府与人民群众的那份心心相印、紧密相连的鱼水真情。为人民服务，最高级的服务大概就是不分彼此，你中有我、我中有你，人人为我、我为人人，百姓如天、民意如天。

第二天，我们从椒江军用码头乘渔政船去采风的第一站台州湾东南洋面大陈列岛。这个海蓝沙细的列岛由上、下大陈等 29 个岛屿组成，是国家一级渔港，素有"东海明珠"美称。我们登上的是下大陈。

上岛前就已听台州的朋友介绍，由于潮汐、洋流、风流和海洋生物的长期作用，岛上可见兼具"灵、雄、险、奇"特点、号称"中国第一海上盆景"的鬼斧神工、美丽雄伟的"甲午岩"，及至登岛身临其境感受了玲珑剔透、嶙峋突兀、形状独特的海蚀地貌。

在沿着富有诗情画意的海岸线修建的悬崖栈道上，移步欣赏串联起海蚀平台、海蚀沟、海蚀洞、海蚀柱等地貌奇观和海礁造型，岩石嶙峋堆叠而富有层次感，形态各异的岩缝中顽强生长着海桐、海桦、厚叶石斑木这些我以前还没怎么见过的滨海植物，好似一件件巨型盆景相垒而成。苍劲古朴的石盆树景姿态万千、格调奇崛、形神兼备。这里真是个大自然造化神秀的天然盆景园。不得不叹服大自然的鬼斧神工与台州人的精妙打造。

穿过一片幽幽的黑松林，我豁然看到与大陈本岛间仅仅数米之隔从中裂开、分成两片、造型雄奇的巨大干出礁屹立于惊涛中。陡立的崖壁劈开海天。岩石主体为两块各长 15 米、宽 11 米的岩礁构成，最高点海拔 35 米，巍然挺拔，任万千海浪扑击而岿然不动。甲午岩岩壁如削，岩层垂直节理发育，有若神斧一记劈就。数十米深渊的渊底海水回荡、白浪汹涌、涛声雷鸣，令人不敢俯视。甲午岩的名字与历史上的甲午海战无关。"甲午"是天干地支中的历数。天干首位的"甲"谐音"夹"，地支中央数的"午"意即夹在中央。过去海上的帆船动力全靠帆篷，船舱中竖桅杆挂风篷，桅杆要有两坑夹板，这夹板就叫甲午板。大陈岛上这坑石，渔民形象地称它为甲午岩。

我曾去过南京的总统府，知道1949年渡江战役我军击溃了国民党精心布置的长江防线，一路长驱直入。国民党被解放军打得不停后退，很快就到了退无可退的地步。蒋介石不得不选择退守四面环海的台湾，想以此为基石寻找机会反攻大陆。结果他这一走，便再也没能回来。

后来看到资料介绍蒋介石率领国民党大军撤退到台湾后，十分思念家乡溪口，担心解放军为报复而破坏自家祖坟，派遣特务回到老家给自己拍摄溪口的照片。前些年我也曾三次去过溪口，实地看到共产党没有像蒋介石那样做，也知道了蒋介石1950年4月与美国上将艾伦·柯克一起回到了浙江舟山"视察"过。

走出大陈岛上的全国首家台胞文史馆不远，只见森林茂密、一片葱郁，橘黄色的基岩海岸与之相映成趣。面对烟波浩渺珠东海，风光绮丽，"垂天雍霓云端下，快意雄风海上来"，正是观云海、看日出的胜地。看屹立在

下大陈岛的海浪中岿然挺拔的甲午岩，仿佛说着往昔故事的海风轻拂脸颊，特别是走入身旁的"思归亭"，我才知道这大陈岛、这下大陈岛、我此刻的这脚下才是蒋介石最后离别大陆的所在。这思归亭不仅仅是一座建筑，更是同胞情感的寄托，承载着多少游子对家乡的眷念、多少绿叶对根的思念，每一块砖石都铭刻着离乡之人的牵挂、守望、惦记。

我们了解并实地踏勘，知道国民党占据时期甲午岩海岸为战壕交叉的炮兵阵地，遗迹犹存。1954年5月8日，阔别大陆五年的蒋介石携蒋经国秘密登上了被他们视为"北大门"的大陈岛，留下了几张珍贵照片。这是当时蒋介石能到达的、距离家乡最近的地方。蒋介石一个人在海边坐了很久很久，随行的摄影师抓住机会拍下了他独坐海边的场景。蒋介石父子在大陈岛待了三天。这几十个小时让蒋介石铭心一辈子。蒋介石在日记里写道："大陈岛之行，心潮澎湃，宛如回到了故乡……春光明眸，留恋不忍离开。"

蒋介石来此的观景处建有"中正亭"，年久失修毁坏了重修后改名为"美龄亭"。2006年8月29日，习近平总书记上岛时听到大陈岛与台湾的渊源，特别是得知当年1万多名大陈同胞被迫撤至台湾，如今发展成为20多万大陈台胞时，提议更名为"思归亭"。思归，多么好名字，希望海外的大陈同胞能早日回归、台湾能早日回

归，是海峡两岸人民的共同愿望和心声。这甲午岩也是呼唤海外游子回归的定位航标、引路灯塔。

此时此刻，望旗峰映日、听飞虎惊涛、赏奇礁怪石，再看思归亭旁"两岸一人"石碑和雕刻图上"回首故乡千里外，别离心绪向谁言""共看明月应垂泪，一夜乡心五处同"等话语，我立马想到一味中药名：当归！当归，应当归，必须归！

我在思念海峡同胞，耳边不禁又一次响起少年时代耳熟能详、熟记会唱的那首铿锵有力、振奋人心的经典红歌《红太阳一定照亮台湾》，还有《故乡的云》那"归来吧，归来哟"的深情呼唤，以及早些年家喻户晓、非常流行的《战士第二故乡》。

陪同的台州朋友接着带我们来到了挺立于下大陈岛黄夫礁山岗上高高耸立的垦荒纪念碑与军事记忆体验区，讲述另一位中国最高领导人与大陈岛的故事，让我感受又一份博大情怀。

1955年，国民党军队从大陈岛败退台湾时，以"金刚计划"强制劫运、拔根迁徙岛上居民1万多人，并烧毁了岛上所有的建筑物，对码头、水库、渔船等进行了毁灭性破坏，还埋下了数以万计的地雷，留下了一个满目疮痍、焦土遍地、死气沉沉、无尽思念的荒岛，史称"大陈浩劫"，对当地社会和文化造成了揪人心肺的深远影响。1956年1月，共青团中央书记胡耀邦向温州青年发出"组成志愿垦荒队，开发建设大陈岛"的号召。1月31日，

从报名的2000人中挑选的227名14至22岁的首批队员，携擎"大陈岛温州青年志愿垦荒队"旗帜，在团中央及团省委代表护送下登上大陈岛。就这样，先后5批共467名热血青年志愿者，响应团中央号召，带着满腔热血、执着理想，义无反顾登岛垦荒，践行"敌人破坏，我们建设，誓把被敌人破坏的海岛变成可爱的家乡"的铿锵誓言。没有路，用锄头一锄一锄把岩石敲碎了铺，靠勤劳的双手清理废墟包括与英雄的边防军一起排雷、挖出炮弹壳，栉风沐雨围绕山顶开挖修筑坑道、战壕、明堡、暗堡、炮位、物资储备库等军事设施，强固海防、保卫祖国的东海大门；特别是恢复乱石滩的植被、完善海岛生态防护林，以致多少年都洗不净手指甲缝里嵌着的泥沙；没有钱，收集废铜烂铁加上每人每月贡献2.5元生活费，购买船只发展渔业，并从零开始摸索着发展畜牧业。秉持着开天辟地、敢为人先、坚持到底、决不退缩的首创精神，不惧风吹浪打、艰难困苦，在峥嵘岁月里用青春和汗水播撒希望的种子，凭借坚定的信念、顽强的意志，燃烧激情、勇往直前、不辱使命，直到1960年7月垦荒队宣告完成任务，成为全国青年垦荒的一面旗帜，先进事迹上了《人民日报》《中国青年报》，中央新闻纪录电影制片厂也专程上岛拍摄了新闻纪录片《今日大陈岛》，仍有部分队员继续志愿留在岛上接续奋进，继续建设荒岛上的富饶新家园。红色基因根

植于心、熔铸于魂、外化于行，一代一代接力传递、铸就撼人心魄的创业史，终于成功申报国家级"蓝色海湾"项目。恰如纪念碑上的铭文所言："用青春换沃土"。

1985 年 12 月 29 日，30 多年一直惦念着大陈岛的时任中共中央总书记胡耀邦，特地登岛看望老垦荒队员。2000 年 2 月落成的纪念碑高 18 米，由垦荒队员、当地政府和团省委等捐建，上镌胡耀邦总书记"艰苦创业奋发图强"8 个大字，它们在阳光下熠熠生辉，当年担任解放一江山岛这场改变历史战役的前线总指挥的国防部原部长张爱萍将军题写了"大陈岛垦荒纪念碑"。台州朋友还特地介绍说，这岛上垦荒纪念碑还曾是央视跨年晚会的拍摄地。我们在 2013 年 1 月 6 日揭幕的胡耀邦铜像前瞻仰，缅怀并向中华人民共和国成立之初的早期垦荒闯将、开拓先锋、建设模范致敬。

从思归亭到垦荒纪念碑，是血浓于水情感与坚忍不拔奋斗的交织，是热爱祖国情怀与奉献创业建设的结晶。三国时卫温由我现在居住的南京出发，"经大陈洋，远规夷洲""得夷洲数千人还"，是史上有文字记载的第一次大规模交往活动。郑和船队的航海图记载的沿海岛屿和航海针路有"大陈山"。人无论走出多远、漂泊到哪，永远都有家国情怀，家乡始终是心中最温暖的港湾，而奋斗就是为了让生活变得更加美好。

我们这一次在台州的最后一站是参观考察国家历史文化名城临海台州府城、"中国历史文化名街"紫阳街的文化遗迹。

千年台州府，满街文化人。我原来以为台州古城也是有点吴侬软语软绵绵、嗲兮兮的，哪知道走进去，柔柔烟火是老街敞亮的脸面，硬气文化则是深刻在老街骨子里的魅力，感到的台州是一幅刚柔相济的独特画卷，硬朗与软糯两种特质在此完美结合、交融着。

台州的柔软的一面妥妥是藏在街头巷尾的烟火日常里的。逛紫阳老街就像走一条寻宝路，处处都能藏着小惊喜。古意的底子上洋溢着新意。古韵伴新意，古城堪称奇。人来人往的沿街商铺，没有传出纪念品的叫卖声，倒是有随处可见魅力许多、引人眼球的非遗铺子，不少火到天南地北、享誉海内外的地域性美食，如温岭嵌糕、临海麦虾、海苔酥饼、蛋清羊尾、姜汤面、海鲜粥、桔红糕、食饼筒、海蛎饼、鱼羹汤、皮皮虾、炒麻糍、炊圆，多是"糯叽叽"的，细腻的口感包裹着生活的温情，也是一个地方主粮加工方式的呈现。饮馔体现一方风土文化、食俗传承。我从小喜欢吃黏性食物，到了台州是"宾至如归"。看来"糯叽叽"还就是台州的特色、台州的滋味，是台州这座城市饮食美学与生活智慧的结晶。这滋味，只有来过了、品尝了才真正知道。沪上说"嘞叽叽"时声音糯糯江南味。我祖籍邻近上海的启东，在椒江看到始建于康熙年间的"海门老街"倍感亲切。滨江临海的启东由江苏海门划出，同属吴方言。台州连方言也是软糯的，过"悟真坊"后在巷名都富含巧思的"米筛巷""更铺巷""樱珠巷"还有"丹桂连枝坊"，这些散发着市井气息的大街小巷，于千百年后依然活色生香。那"登瀛巷"与我们盐城人所共知的"登瀛桥""登瀛夕照"又拉近了距离。旁听当地人相互交谈满是亲切与随和，邻里间的嘘寒问暖亲密无间，都洋溢着水乡的温婉与柔情。这里的人们，在岁月的长河中，用细腻的生活态度，勾勒出一幅幅温馨的市井画面，恰似台州潺潺流淌的溪流润泽着每一寸土地。

从诸子百家开始，先进的知识分子总是站在社会历史重大变革的前沿奔走呐喊、振臂高呼。可曾几何时，知识分子有的开始迂腐有点"糯叽叽"了，本来的"儒"从骨质里疏松演化为"懦"了，变成了嚅嚅嗫嗫只有满口老百姓听不懂的"之乎者也"的"夫子"了。

台州的硬朗，固然有始建于东晋、扩建与隋唐、定型于宋、完善于明清被誉为"江南长城"的城墙。城墙兼具御敌、防洪双重功能。我现居住在南京明城墙脚下。这次行走"尽揽湖山共一城"的台州府城墙上，犹感这两千多年建筑之独特、形制之规范、保存之完好为全国所罕见。难怪中国古建筑学家、长城学会的老名誉会长罗哲文誉之为北方明城墙的"师范"

和"蓝本"。

台州还有唐宋时里坊制度所衍生的坚硬坊墙，还有那江南传统民居的重要建筑构件石窗。石窗坚固、不易腐朽，台州用作传统建筑外墙，起着防盗、采光、通风、排烟等作用。石窗有方、圆、扇、菱等各种形状，是地方传统文化、风土人情和具体生活的有机结合。硬铮铮的建筑因了人，并不显得冷冰冰，在弥漫浓郁生活气息的台州城里反而让人感到劲抖抖、热乎乎的。

台州的"硬气"文化源自其地理环境和历史背景。台州古为瓯越地，南以雁荡为屏、西以刮苍为巅，西北山脉连绵、千岩竞秀，东面抱海，近海平原处滩涂广阔、水网纵横。山海砺风骨。背山面海的台州地理环境相对闭塞。无数百姓上山行走自如、水边居住无碍、下海以桨为马，来去自由如风；多少豪杰佩锋利兵器防身，天生的勇敢"好剑轻死"。这种山海间的原始属性逐渐形成了一种独特的地域风气，铸就了台州人刚烈、倔强、勇敢、执着、厚重、朴实的性格。想起鲁迅在《为了忘却的记念》中用"台州式硬气"生动概括了台州这座城的风骨，赞扬台州人知其不可为而为之的坚守精神。鲁迅在文中评价柔石时称："他的家乡，是台州的宁海，这只要一看他那台州式的硬气就知道，而且颇有点迂，有时会令我忽而想到方孝孺，觉得好像也有些这模样的。"每一座城都有自己的秉性。文学巨匠鲁迅以笔为刃，在时代的洪流中振臂高呼，激昂的文字如刺破黑暗的犀利投枪为民族的觉醒而呐喊，寥寥数字点明台州人文精神中坚毅不拔脊梁般的精气神，让无畏的硬气精神像台州傲然挺立的峻峭山峦，彰显出这座人文毓秀城市骨子里的硬气。

在台州的历史上，还有很多"台州式硬气"的风流人物。他们铮铮铁骨、刚正不阿，胸怀家国、兼济天下，抒写了台州人为家国献身、为山河增色的高情大义。

瞻仰以文献、文物、图表、照片、模型等相组合展现戚家军抗倭史迹的戚继光纪念馆，我在细品戚继光的台州往事。这位明朝杰出的军事家、书法家、诗人、文武双全的民族英雄心中，最念念不忘的是在东南沿海抗击倭寇的日子。那段时光，他率领戚家军与倭寇展开了长达13年的殊死搏斗，台州这片土地更是承载了他七年的坚守与奋斗。台州城墙上现在还可见他所创的"双层敌台"，开启了北方长城修筑敌台的先河。每当铁马冰河入梦，台州总是那个最让他心潮澎湃的地方。

文天祥在台州的仙岩洞设立联络据点、筹集粮饷、训练义勇，伺机出击、收复失地，在金鳌山拜谒高宗御座坚定报国决心，在善济院留下诗作表达他的爱国情怀，激发台州各地组织义兵与元军展开了不屈不挠的斗争，留下了许多"丹心照汗青"的可歌可泣故事。与我的盐城老乡陆秀夫、张世杰三位南宋朝廷中带领军民抗击元朝入侵的领袖称为"宋末三杰"。还有从南宋时千里单骑舍命追随文天祥不离不弃抵御外敌的杜浒、明朝时毅然奔赴抗倭前线的王士琦、发动军民筑城抵抗孙恩的辛景、拒不出仕但敢于直斥官吏的任旭、元朝末期的方国珍、明朝末期的陈函辉等，到崇尚"生为名臣，死为上鬼，垂光百世，照耀简策，斯为美也"宁诛十族不拟诏的方孝孺、烈士柔石……煌煌历史中傲然不屈的"台州式硬气"从抽象变得更加具体。馆内可见青松挺拔，正如名士气节凛然无畏。在曾两度执教台州临海的我们江苏老乡朱自清的眼里，台州是令他魂牵梦萦的地方，他在书信中感叹："我对于台州，永远不能忘记！"毛泽东《别了，司徒雷登》一文里说"我们中国人是有骨气的"时，用"朱自清一身重病，宁可饿死，不领美国的'救济粮'"作例证，要求"写朱自清颂，他们表现了我们民族的英雄气概。"见紫阳街上"朱自清纪念馆"参观的人络绎不绝，我既敬佩又自豪。

"台州式硬气"主题馆是一个见证台州人民坚韧不拔精神、充满历史文化的宝库。我特地请同行者在馆门口"台州式硬气"的大字下留影存念、学习激励鼓劲，并在里面寻找什么是这"台州式硬气"的答案，那便是台州人以高昂英姿、铮铮铁骨诠释的：令人震撼的忠义、蹈节死义的赤诚。

硬气不仅体现在台州人的性格中，

还体现在他们的经济和社会发展的各个方面。清朝台州的"台大关"旧址还在，且已被台州市人民政府作为历史建筑保护起来了。改革开放初期，台州人从最小的生意开始做起，逐渐谱写了民营经济的传奇。台州是中国民营经济发祥地，民营企业占全部市场主体的比例达到 99.6%，被著名经济学家吴敬琏称为"中国经济最有希望的地区之一"。近年来，台州的交通发达、经济蒸蒸日上，积极融入长三角、接轨上海，致力于构建全域科创新格局、现代产业新体系、融通创新新生态，打造长三角区域产业创新高地。而且用文化拓展旅游内涵与边界，用真心服务留住"常客"。台州民营经济的特点，大抵是与整座城市的秉性相关的。在台州行走，聊天时常听到一句话：在民营经济大省浙江，台州人做企业是最务实、最坚持的。

台州，硬气是面对风雨的担当，是刚强志气、浩然正气；软糯则是拥抱生活的温柔，是真爱的温柔、深情的温柔。台州是吸纳四方多元文化的中心，又因地形的相对闭塞而奇迹般地保留了这些朴茂之风的文化。山的硬气、海的大气、水的灵气加上读书人的士气，共同交融构成了台州人特有的气质与秉性。经历时间过滤而形成的刚柔并济的台州文化酵母，发酵、结晶、铸造、成就了台州这座古老又新质城市充满哲理的独特魅力。

施建石，江苏启东人，高级经济师、高级政工师、二级作家、中国自然资源作家协会副主席、权益委员会主任。在《人民日报》《文艺报》《散文》等报刊发表散文、诗歌、报告文学、小说、评论，有作品入选《新华文摘》《青年文摘》《散文选刊》《散文（海外版）》和有关选本，部分作品获奖。

跟我上山

周　习

一

天色微明，临海市林场的潘场长立刻起床，准备上山。他在朋友圈里转发了一个温馨提醒：1 月 23 日至 4 月 15 日为我市森林禁火期，请不要携带火种进入林区。森林宝贵，护绿为重；山火无情，防火先行。他满心满眼都是用心呵护的林场，那铺展的绿一望无际，郁郁葱葱。潘场长叫潘学飚，党员，北京林业大学硕士。他体型矫健，中等个头、黝黑的脸上眉峰凸起，眼神坚毅，脸型棱角分明。他换下常穿的绿色迷彩服，换上橘黄色的消防服，看起来更加精明干练。他急着上山是因为林场要组织一次实战防火演习，昨天一个乡镇林场失火，他们林场防火队参加了救援，动用了无人机，火情分析准确，得以迅速扑灭明火。但是隐患是不是还存在？会不会死灰复燃？这些都要排查。

于是潘学飚和大伙一商量，到山上来个真正的实战防火演习。

潘学飚转身刚要走，就发现妻子陈攀攀也醒来了，怀里搂着小女儿，他们已经有了三个可爱的宝宝。她盼着丈夫陪着她们去商场购物，或者带着孩子们去看电影。可是丈夫自从 2015 年调到临海林场工作，快十个年头了，很少有这样的浪漫时刻，因为他的心思都在林场了。这次陈攀攀还没开口，潘学飚却说话了："今天我们防火演习，马上上山去，就不邀请你们跟我上山了！等以后清闲的时候，再陪你们去山上看风景。相信我们，不出几年，各个林区都会和括苍山一样美。"

潘学飚一共带着妻子上过两次山，第一次带着妻子上山的情景历历在目。那天也是个星期日，他们还年轻得多，只有大女儿一个孩子，潘学飚要陈攀攀和他去山上看看。"去吧去吧！带上囡囡。"这时候，潘学飚的妈妈微笑着说。潘学飚的爸爸也附和着。其实他们老两口也很想去山上转转，可是，孩子还小，上山的路又远，潘学飚的母亲一坐车就晕车，去不得。

父亲和母亲不到山上去，潘学飚倒不以为然。不是潘学飚不愿意父母去，而是因为父母的疼爱，会削弱他们的意志，他们有过这样的教训。前几年，他们林场好不容易招了一名大学本科生。好心好意让他们的父母来山上看看风景，吃吃美味。谁知道那同事的母亲上了山后，根本没碰到几个人。又想到儿子已经分手的女朋友，越想越气愤，当场就发牢骚说，山上没有几个人，我儿子大学毕业，难道只配在这个鬼地方上班吗？他应该去城市机关坐办公室！大家听了十分扫兴，不欢而散。过了一段时间，那个本科生真的参加了公务员考试，考到乡镇政府部门工作了。从此，他们不敢轻易邀请谁的家属上山。

算起来，潘学飚来林场工作好几年了，一直很踏实。开始林场领导觉得，一个本科生都留不住，北京林业大学的硕士生就留得住吗？他可是林场首位硕士研究生呢，他们有很多疑问。但是潘学飚用实际行动给了他们答案，表明他是一个干一行爱一行的人，也是一个热爱家庭的好家长。潘学飚在杭州工作时，妻子还去过几次，如今在临海工作，和妻子就在一个城市，反而她没有来过新单位。原因当然有，一是潘学飚实在很忙，就是去了，也不能保证全程陪妻子。二是陈攀攀当大学老师，专管实验工作，一年到头带着学生搞实验，实在没有空余时间。值得庆幸的是，潘学飚的父母跟着他来临海居住，帮着他们照看孩子。

陈攀攀抱着大女儿，第一次跟着丈夫上山，满眼新奇，路边一排排的大树，山沟间密密匝匝的藤萝植物，空中翻飞的小鸟，大自然清新的风刮过，都是大自然美好的馈赠。这个建于1957年的林场，可在1971年得以扩建，经营面积达到了5.8万亩，森林覆盖率达到了93.5%，有4个分场，潘学飚上班的地方是兰辽山，2.3万亩，是林区最大的分场。除此之外，还有大雷山、大岙山和九支山林场，共有20个林区点。还是灵江、永安溪水系的源头。陈攀攀感到不好意思，潘学飚到林场工作几年了，她还是第一次来。她自责道，说没有时间也对，但是谁又有时间呢？无非是把事情看的重要与否。世界上的事情，不去干，有不去干的一千个理由；去干，一个理由也不用。学校一块组织学习的时候，只要讲到绿水青山就是金山银山，陈攀攀就先想到在山上种树的丈夫，所以，因为这句口号，陈攀攀在校园上课的路上，挺胸抬头，很是自豪。

潘学飚开着自己的私家车，妻子抱着女儿在后面坐着。山路起伏，路面是水泥的，约五米宽，一会儿是毛竹、柳杉，一会儿是茶树，一会儿是冷杉、花柏、扁柏。在陈攀攀的眼中，什么都是新奇的。路是弯的，人心是顺的。妻子来视察，就如领导来视察，他心里就很欣慰。

潘学飚上山是因为爱妻子。他出生于浙江金华，研究生毕业后在杭州工作，结婚后，妻子一个人带着女儿在临海教书，于心不安，于是他再一次发愤读书，来临海应试，选择和妻子在一起，再说孩子的童年不能缺父爱。

潘学飚哑然失笑，他本来是学木材加工的，来这里意味着负责种树、抚育山林、清理防火线……

记得潘学飚开着车，拉着妻子和女儿终于到了山顶，那座 2 层高的新楼房立刻映入眼帘。潘学飚停好车，从车上下来，给妻子和孩子拉开车门。

潘学飚喜滋滋地将妻子和女儿领进一楼第二间自己住的房子。推开门，陈攀攀感到很新鲜，她看到茶几上有山上自己生产的兰辽玉叶茶叶和开发的美食，有潘学飚自己动手做的小凳子、小桌子、垫板、筷子，厨房里有林下散养鸡下的鸡蛋。

二

忽然，妻子在走廊里失声叫道，有蛇！

潘学飚吓了一跳，他看到一条银环蛇正在走廊里爬。这可怎么办？潘学飚也是怕蛇的，来这之前，他几乎没有见过蛇，来林场上班，才看到蛇和野猪等，他知道竹林里有竹叶青蛇，是毒蛇，想不到走廊里竟然有银环蛇，更是毒蛇。这个时候，从第一间房子里跑出一个人，说时迟那时快，大个子冲上来，用一根棍子就将蛇挑了起来，冲着打开的窗子就扔出去了，蛇也是受保护的。

潘学飚和妻子感激地望着这人。潘学飚定了定神，立刻和妻子说，哎！是屈场长！快来感谢屈场长！妻子这才知道高个子是当今林场的党委书记、场长屈卫明。在家里常听丈夫说过，想不到，第一次来山上，就碰上了。

是的，屈场长一般在林场总部上班，总部在临海市城东湖路上。原来，屈场长今天来调研课题。潘学飚特别佩服屈卫明场长，他是自己的榜样。屈卫明场长快步走过来，先和陈攀攀握手，说："是陈攀攀吧，我一猜就知道，贤内助当得好！这几年，潘学飚在山上拼搏，家里辛苦你了！"陈攀攀感动地说："今天多亏屈场长来，要不然，我们多害怕呢。"屈场长说："银环蛇毒气大，咬伤了千万不要睡着，然后去医院处理。其他蛇也很多，多注意。"

陈攀攀看去，屈场长的衣服还是军装。个头很高，圆脸，眼神里有种从容不迫的神情。潘学飚对妻子说，我们林场发展得好，是屈场长领导有方。屈场长说："都是老前辈和潘学飚这些年轻人干得好，才有我们林场的今天。你们多在山上转转，我到林区的那个点看看。"潘学飚看到屈场长高大的身影进了在一片树林中。

陈攀攀虽然没有见过屈场长，可是从丈夫的嘴里已经知道屈场长的奋斗的故事了。那是 1986 年，这个大山走进了一位身穿军装的小伙子。这个小伙子就是刚刚退伍的屈卫明，12 月份天已经非常凉了，领导找他谈话。

领导说，各个分场的老知青都陆续退了下来，骨干力量实在太单薄，你愿意不愿意到兰辽分场去啊！屈卫明知道兰辽分场和总部的条件有差距，但是，屈卫明说："既然组织有需要，那我当然要去喽！"于是屈卫明打好行囊背到肩上，到不通电不通路的兰辽分场去。他先坐一个小时的公交车到了尤溪镇，再挑着行李，拄着木棍，沿着羊肠小道走了4个小时，直到晚上8点才到山顶，看到了知青住的九间石头房子。屈卫明上山的时候还挺胸抬头，雄赳赳气昂昂的，等到了地头，就一脚高一脚低地走。昨天上午还在繁华的总部，晚上，一个人匆忙吃过简单的晚饭，躺在竹子硬板床上，望着简陋的宿舍。窗外是寂静的大山，屈卫明内心五味杂陈。

第二天，当太阳照进简陋的屋子里时，屈卫明听到窗外传来欢声笑语。他走出去，看到金黄的阳光下，有的职工在为育苗、造林整理土地；有的在给一垄垄绿油油的茶叶施肥，屈卫明从他们脸上愉快的表情，看到他们是那么热爱这份工作。他的心情立刻晴朗起来。他转了转，看到有的住户的房子前开辟了一小块花园和菜地，翠绿的蔬菜把日子点缀得很美好。屈卫明想，我要像他们一样牢牢扎根大山。于是，屈卫明每天到晚，在树林里穿梭，一走就是20多公里，他的脚起泡是常有的事，胶底的解放鞋是穿不烂的，可是他一年就穿坏四五双。他在林区跑，办公室的老人们喜滋滋地说："有这傻小子咱们林场不愁没人接班！"

屈卫明这位帅小伙儿，整天想着林区的事，种树、育树占据了他生活的80%。春季的育苗、造林，夏季的维护、秋季收果子、夏季防火，一样都不能少。有些技术活，前辈们手把手地教他。很快，屈卫明从一名门外汉变成了内行，被选拔为兰辽分场场长。哪里要造纯林，哪里要造混交林，都在他心里装着。他和职工们一起钻大山，整地造林，争分夺秒地完成荒山造林任务。2000亩超额完成总场下达的营林生产任务，使兰辽分场成为全林场的先进单位。后来林场开始走下坡路，很多人都走了，森林的积累量、木材质量也在下降。就在这种情况下，屈卫明被选为林场总场长，可是当年，职工最少需要近300万费用发工资，没有着落。有人对屈场长说，咱们要扩大木材商业性采伐规模，才能有钱花。屈卫明认为林场不能没有树！没有树还叫林场吗？砍倒一棵树容易，但是培育一棵树多难呀！屈卫明对职工说："开源节流吧，来稳定林场的经营，我们可以分流富余人员，降低总场人员工资标准，提高林区职工待遇确保林场骨干力量不流失。大力开展采伐基地造林更新工作，增加林副产品收入，确保森林资源稳步增长。要反映林场的困境，争取上级有关部门对国有林场政策上的支持和资金上的帮助，渡过难关。他们宁愿人下岗，不让树下山；宁愿少发不发工资，也要植树造林。林场内森林资源实现了面积蓄积双增长，森林覆盖率从 75.75% 提高到 93.52%，森林蓄积量从 12 万立方米提高到 25 万立方米。"

2005 年，屈卫明已经是总场场长，他的绿军装已经很破旧，于是他换上便服，到社会上筹集资金，开拓项目，提升林场硬件设施。他认为国家进行生态文明建设，这是林场发展的大好机会，一定要抓住！他有耐心有韧性，不怕跑腿，不怕返工。上交材料，一次不行，就来两次，缺什么材料就不厌其烦地补什么材料，终于为兰辽公路项目建设争取到了 170 万元资金，9 公里的道路建设资金。林场的地盘多数在海拔 500 米的山上，山下是村里的农田，要上山必须经过农村的林地，修这条公路，涉及周边两个乡镇街道 40 余户村民的林地，征地政策处理和费用补偿成了关键问题。这条公路是林场三代人期盼已久的大事，一直没有做成，屈卫明感到再也不能等了。他说，大山再难移，愚公也做到了，我们就是修条公路，再多的困难，我们也能克服。他征得职工同意，拿出了林场收入的 30% 用于兰辽公路建设，又进村入户和村民商量征地补偿的事。不管是清晨，还是傍晚，只要看到有村民在，屈卫明就凑上去，掐着指头和村民分析修成公路的好处，村庄会有什么变化，村民个人会有什么收益。最后，村民被他做通工作了，村里以最低的征地价格支持林场道路建设，签了协议。屈卫明拿着协议书去和施工方负责人交流，对方说他管

得太严了，算得太精了，要求又高，都亏死了，在背后骂他。为了让每一分钱都花在刀刃上，屈卫明戴上安全帽，到施工现场亲自监工，只要发现有一点儿偷工减料，就立马要求返工。在他的紧盯下，原本 600 万元的公路费用，最后是以 300 万元保质保量地完成了主体的路基工程。公路通车后，方便了兰辽分场职工和周边村民的生产生活，为林区发展茶叶和竹笋两用林基地创造了有利条件，为美丽林区建设提供了交通保障。林区的建设有了质的飞跃，基建之路越来越宽。从 2011—2020 年，林场依次建成了 400 平方米的茶叶标准房、兰辽分场 1000 平方米的护林管理用房、九支山分场黄泥林岭区护林房重建 655 平方米、蛤蟆坑林区护林房重建 305 平方米、890 平方米的总厂办公综合楼改造工程完成；兰辽道路实现全面硬化、九支山分场黄泥岭林区 5 公里道路路基提升硬化、2020 年大岙分场驻岩林区道路硬化。最耀眼的是，林场拥有一大堆荣誉：全国十佳林场、浙江省现代国有林场、台州市模范集体等。括苍山 1500 亩针叶林被评为"浙江最美森林"之一。

在人才建设上，屈卫明场长也有自己独特的一面。屈场长从心眼里关心年轻人，他和年轻人说，林场虽然条件比别的地方要艰苦，但是我们做的事是最光彩的事业，护林育林是造福子孙的好事。我们要把林业做成有奔头、有干劲的事业。

最远的林区离市区有 60 多公里，潘学飚刚来的时候，屈卫明想，这么高的学历怎么能留得住呢？屈卫明感到建场 60 多年来，没有这么高的学历人才，不禁黯然伤神。他眼前站立的潘学飚脸庞很黝黑，穿着一身迷彩服，一个双肩包，寡言朴实，还有一些严肃呢。屈场长心想一定要留住这样的人才。这样，潘学飚还清楚地记得屈卫明场长说话时，脸上充满憧憬的神情，明亮的眼睛和响亮的声音。屈场长的话语，点燃了以潘学飚为代表的年轻人心中那团事业之火。屈卫明手把手将林业各项护林技能教给潘学飚，遇到好的历练机会首先让他去，遇到难题和他一块想办法解决。

三

看到屈卫明场长进了一片树林后，潘学飚领着陈攀攀和女儿去旁边的知青房看看。他们轻轻地推开门，小心地四处看，攀攀和潘学飚第一次来时一样惊奇。这几栋房子一律两层，都掩映在绿树丛中，外面是古朴的蓝色和白色，由大蓝砖和木头构成。屋内墙壁的木板上、天花板上贴着 60 年代的报纸。倪里奋、冯济杰、蔡修楼等都是知青的代表，倪里奋常常做报告教育年轻人。他也是种树模范，这里有他住过的房间。他退休后，在林场的总部后面的家属院住。有的知青的孩子在林场工作，大家称他林二代，有的从事别的行业。倪里奋是地地道道的杭州人，他一辈子在临海市林场工作，退了休也不愿意回杭州了。他说，我来这里的时候，刚刚高中毕业，只有 18 岁。1963 年 8 月 27 日，他们统一集合，一起坐上面包车赶路，天很热，喘不过气来，他们 9 个知识青年，坐了 9 个小时的客车，一路上坑坑洼洼、颠颠簸簸，直到傍晚才到了临海市林场九支山分场望头林区。倪里奋说，晚上黑黢黢的，啥也看不清，第二天，从房间里出来，一看，这不是帽子山吗？到处光秃秃的，树很少，上山只有羊肠小道。上山时，坡特别陡，知青哪里爬得动啊！走走停停，半天才能爬上山去。再说，这些光秃秃的山离他们想象的山，差远了。饭食也不好，煮面条，或者白米饭，配上一点虾皮和酱油。晚上睡觉，也没有房子，就住在老庙里面。床铺是新做的硬板床，硌得身子疼。到了冬天，刮西北风，是刺骨的，倪里奋觉得皮都要被吹裂了。外头下大雪，里面就飘小雪，实在太冷就拿书本压在被子上，洗过的衣服就像石头一般硬。夏天的蛇、虫、鼠随时来清洗，野猪、狐狸经常出没在楼下。在这么艰苦的条件下，他们还组织政治学习和文化学习。

业务上，跟着师傅学种树。要做成一米宽梯形状态的水平带，树木好生长，长出杂草灌木来，也好分辨，及时清除。泥土很硬，他们就用二齿的锄头，把草根树根都拔掉，顺便把多余的石块清理干净。倪里奋和知青们的衣服都湿透了，裤脚管都往下滴水，没有几天，他们的手上都磨起了血泡。

倪里奋说，用扁担把树苗背上山，用绳子捆成一捆系在背上。从上往下倒，推着插苗。一个锄头挖下一个窝，把树苗插进去，再用锄头根部捣一下，把树苗根部和泥土压紧，这样树木才能长好。手脚快的三四个小时就能完成，但是我们知青们不熟练呀，在他们帮助下才能完成很吃力，腰酸背痛，休息时间也没有。有时从山下挑土上来，在岩石上造土地种树。想家了，就躲起来偷偷哭一场，继续用"死一棵、补一棵"的办法，为荒山穿绿装。

很长时间，吃饭很单调，没有新鲜蔬菜和肉，一个月下一次山，才能买点菜，我们买来小带鱼，用油煎煎，难得的美味。没有青菜嚼地瓜秧，天天吃土豆，到了一听到土豆就想吐。后来呢，他们开辟了一块菜地，种些青菜啊，萝卜啊，马铃薯。倪里奋是高中毕业生，文化水平相对高，就带着大伙儿读书。没有电，也没有通信信号，也没有娱乐，他带着一个半导体收音机听京剧、越剧。干会计，夜里就在煤油灯下算账，给民工结算工钱。调到九支山分场后，学习了很多技艺，包括揉捻炒干整个制茶流程，熟稔于心。大清时火要烧到100℃以上，锅子都烧红了，茶叶放进去会在锅里跳来跳去，像沸腾的开水一样。30 年过来了，倪里奋这些知青成为样样都会的能手，造林种菜炒茶都不在话下。

护林开荒除了与大自然搏斗，还要与人抗争。一棵杉树能抵得上一家人一个月的伙食，附近村民就来偷伐，这些护林员白天种树，晚上还要到卡点去值守，追偷伐木的要跑完一座山。因为在荒山上种树实在不易，杉树是一种有用的木材，为了支援国家建设，也为了老百姓有木材用，他们开始种杉树，在低海拔长势很好的杉树，栽到山上就出现营养不良，长到一米多高就停止生长。大家心里着急，以为是土壤不够肥沃，或者杂草很多，立即清理。后来蹲在那里观察，才发现这里是迎风坡，树被大风吹伤了。立即看书找方法，最后决定采用套种短叶松的办法，调节山上小气候。果然有效。

四

潘学飚的第一次上山，他记得很清楚，是坐着副场长严帮琴的摩托车上去的。2015 年 9 月 22 日，潘学飙到位于临海市东湖路 46 号的林场总部报到。10 月正式上班，大约上午 8 点钟，单位的消防车载着他到了尤溪镇上一个叫情人谷的车站点，消防车就上不去了。单位技术科的老杨陪着他上山。不一会儿，他们等来了山上两辆摩托车，一辆载着潘学飚，一辆载着老杨。其中载着潘学飚的叫严帮琴是兰辽分场的副场长。他让潘学飚搂着他的腰，嘱咐他要小心，上山的路很陡。上坡下坡、拐弯抹角，一路送到半山腰。老杨就和潘学飚就从摩托车上下来，再走一个小时的山路才到了兰辽分场场区。潘学飚感到眼前开阔起来，四面望去绿水青山，还有一座新落成的宿舍楼鹤立鸡群，跳着时代的脉搏。

老杨是技术员，腿脚也好，领着潘学飚巡山，让他熟悉林场的情况。潘学飚看到了知青房，很惊奇，进去拍了张照，还发了朋友圈。休息了一晚上，第二天，8点钟的时候，老杨带着潘学飚继续巡山，穿过道场基林场、云峰林区，他们一边走，老杨一边介绍，不时地停下来察看，他们沿着弯弯的山路，走了5个小时，才到望江门下。没有汽车，他们徒步回到单位的时候，天已经黑了。回来后，潘学飚的左脚整整疼了一个多月。潘学飚

在林场总部工作半年后，被安排到了兰辽山工作，他住进了新楼房的一楼第二个房间。

支部书记、场长屈卫明很看重他，怕潘学飚和以前的大学生一样，待不了多久就离开了。令屈卫明场长惊喜的是，这个担心是多余的，潘学飚到山上后，护林工作特别认真，很少下山，基本一个月下山三次，有空就做木匠，厨房里用的筷子、砧板都是他自己做的。他会炒菜了，会拿镰刀、拿菜刀了。他也学会了和严帮琴一样骑摩托车，平常骑着一辆摩托车，上山护林，业务越来越娴熟，和同事们都处成了家人。兰辽分场有着连片的竹林，还有里头有黄麂、毒蛇、野猪。野生动物出没，清理防火线。潘学飚看到护林人员一般都50多岁了，文化程度也不高，巡山很艰苦。于是他想改变一下，为大家做点好事，这个念头越来越强烈，这就是他要推行的"智慧林场"。不久，他在网上淘来了全套的GPS视频，一边看教程，一边摸索安装各项设备，攻破的难点不止一个。

五

无人机是潘学飚一手引进来的。自动化探研是潘学飚是在北京林业大学读研究生的时候萌发的念头。知道为什么他对这个自动化有一种天然的好感，其实也是逼出来的。他做研究生的时候要带一个本科生。本科生是个女同学。有一天她找到潘学飚说：

"师兄啊，你再不做实验，我就毕不了业了。"潘学飚知道，做实验必须有1到2个月的时间，并且从白天到晚上，不能停下来，要观察数据，常常把人搞得筋疲力尽。能不能自动记录？他想。于是他花钱买来芯片，对这个自动数据做记录。成功的话，他们就

用整夜整夜地观察数据了。这个实验得到了导师的支持，导师向来支持学生在自动化研究下功夫，说这是创新，值得鼓励。最后，潘学飚搞的这个自动数据记录成功了。

说起来那可能有点不可思议，潘学飚大学和研究生主攻方向是木材加工，要用显微镜看一下木材结构，研究一下这个材质，适合做什么样的家具。现在从事的工作是来山上种树，看的是树的年轮，树叶的形状，以及防备人们砍树，成了截然相反的两个方向。但在自动化控制这一块上，潘学飚创新了，首先在测量和防火上，用了自动化控制。

自动化控制应用范围很广。潘学飚也把它用在了做饭上。潘学飚来到山上，恰好遇上了第一次采茶，有个规矩，4 月份采茶叶的时候，天天要采茶，不能间断。若一天不采，叶子就要长，品质会下降，所以形成了规矩，这个特忙的季节谁都不能下山。潘学飚来这里上班是为了和妻子相聚，但是上了山以后就很少有时间下山，他只能站在山上往妻子所在的方向张望。

采茶包装，是一项大任务。七八个人坐在一个房间里，成天在包装，累得吵，大家脾气都不好，尤其是女同志，动不动就吵起来，别看平日里很和气，一旦吵起来，就乱成一锅粥。于是潘学飚想，能不能用一个自动包装机呢？潘学飚考察了一下，市场上果然有，他花了很少的钱买来了一台炒茶机自动设备和茶叶包装机。一台机器就顶两三个人的工作量，人自然就用得少了，再也没有人吵架闹别扭。往后每年春茶成熟时，就雇用一批工人上山采茶，然后还注册了淘宝店，定制了包装盒，让兰辽玉叶茶起死回生，年产值最高达 70 万元。这茶叶是无公害品质高的茶叶！潘学飚曾记得有一位白须的九十岁大伯，说："我 90 岁了，我叫吴振亮，这里这个分场，当了 9 年的场长。我看到春茶上市价格高，格外热闹，我带着家人也来看看！你们后生们干得好，真是大不一样了。原来我在这里的时候，只有 9 间石头房，现在你看现在都住楼房了，建得多好！"

采茶时间，全体人员参与，吃饭是个大问题。潘学飚发现，做饭师傅凌晨 2 点就起床。他很奇怪，就问他："你为什么起来得这么早呢？"师傅说："采茶的人 5 点多要吃饭，我要准备两三个小时，他们才能按时吃上饭。"潘学飚听了，就想那能不能用自动化控制呢？定上时间，自动蒸饭。于是，他苦心摸索，在揉捻机上加了个定时器，在杀青机上装个变频器，果然，这就解决了炒茶和做饭早起的问题。成功以后，焖米饭做成了自动化控制。

六

采用无人机、互联网有一定的曲折。林场有个大姐，没有用过手机，一听电脑操作，头就大。闹情绪。认为自己眼已经花了，学什么电脑。这不是治人吗？潘学飚想，这怎么是治人呢？这是帮人呀。还没有 50 岁，就以为自己老了，不就是在单位年龄大一点吗，放在整个中国，算大吗，埃隆·马斯克的老妈梅耶 76 岁了还在走 T 台呢！那风采盖过年轻人去。难道我们在深山里的女人就不配会电脑吗？潘学飚觉得很委屈。

这时候有两个女同志过来了，她们虽然已经 50 多岁了，一个苗条、一个微胖。但是山风给了她们风韵，山峰给了她们高度，眼睛如泉水一样清澈，她们都是林二代。窈窕的叫阿慧，18 岁听从父母的安排回到了杭州，准备找份工作，工作找到了，在别人看来很好，但是不到一个月，她又背着行囊回到了临海，顺利通过临场的职工考试，从此和树木扎根在一起。她小时候 4 个分场都待过，对哪个山峰都有感情。于是她从 18 岁就开始在林场里干巡山护林的工作，父母都是护林员，护林区留下了她成长的印记，除了日常的营林生产，她还当着分场的出纳，一个月里有半个月核算职工工资，从这座山爬到那座山，把工资送到护林员们手中，20 年不知穿坏了多少双鞋。

阿慧旁边的阿桂也是 18 岁参加工作的，阿桂姊妹三个全留在林场工作，她们说，父母把林场交到我们手里，我们要守住。2003 年是林场最困难的一年。职工月平均工资不到千元，只有全市平均水平的一半。很多职工选择下山，林二代们却甘愿耐着清贫与绿水青山为邻。这个时候，潘学飚看到旁边有个竹篓和扁担，这个扁担的磨得很光滑，他刚要拿起来看看。一个老职工过来了，他叫项秀福，笑着介绍说，这是我的传家宝，林场建立之初，不通路，山上没粮，我的父亲就用这根扁担挑着一点点地送到了我们的灶台前，他退休的时候，给了我这个传家宝，我就接过来了。前几年，我一头装着粮食，一头挑着我一岁多的女儿，沿着父亲走过的足迹，在这里坚守，一守就是半生啊。一次在床底下看到有一米多长的一条蛇，吓得我惊叫起来，也没有退缩呢。

潘学飚说，很多林业人都是这样过来的，没有路，上山只好如此。

潘学飚记得当时几个女同志，听说潘学飚要搞现代化设备，一听头就大了。她们连智能手机都没用过，什么叫网上操控？潘学飚就带着老职工上网，带着手机设备坐在她们身边，手把手教她们如何在手机上巡山、测量。时间一长，老职工的态度就变了，他们尝到互联网带来的便利后，主动提出很多建议，希望潘学飚再鼓捣出一些新的"云护林"。过去，他们巡山全靠走，一个罗盘，一张纸质的地图，带上午饭，一上山就是一整天。过去测林地，老员工要对着地图把罗盘仪插在山岗上，用测绳量出长宽高，再按坡度换算。春天造一片林地，光测算就要大半天时间，误差很大。罗盘仪测量，要有偏差又得重新量一遍。现在无人机派上了大用场，来回巡查防火线，搭建起智能化森林消防网络，助力"智慧林场"建设。

七

两年以后，潘学飚做了兰辽分场的副场长，接着又做了场长；2021 年，他被选拔为总场的副场长；2024 年 1 月，他成为临海市林场场长。他的办公室挂着一幅荷花图：出淤泥而不染。他的心中有一位佩服的人物，就是历史上刚直不阿的海瑞。

潘学飚目光转向那些树，那些杉树、枫香、花柏是那么可爱，这些拔地而起的树，寄托着林业人的希望，而成片的翠竹，涛声浩荡。

潘学飚希望更多的年轻人掌握技术，他认为可以在软实力上下功夫，比如说，要搞人工智能。已经搭建了"无人机＋监控＋数字屏"监控闭环系统，形成了天上看、地下查、网上管的立体巡查网格。新型的林业大脑数字化项目也在完善。老职工说，要加强硬件的投入。潘学飚则认为硬件最多坚持五年多的先进性，时间一长就会被淘汰，不如将资金投到高科技上，有数字的积累，才能让林场不断更新发展。

潘学飚的办公室和床头，时刻放着两种书：数学书和英语书。林业中用到的数据要靠数学来分析，所以，他要不停地学习数学，进行数据分析，写好论文。他很想交给其他人干，可是交不出去。他想找到一个短期培训人才的地方，让他们开阔眼界、增长知识。那时候，一帮年轻人可以一块开发植树造林技术。

而学习英语，就是能够直接读懂外国文献，更好地借鉴外国先进的育林护林技术。他认为临海林场会继续推进国有林场试点改革，搞技术突破。以新理念、新技术、新成果向祖国交合格的答卷。

一路想着，转眼到山上。跟着上山的杨淑宝、王羽、金玺、金伟军赵奥博等 20 个年轻的防火队员，他们身上穿着统一的橘黄色防护服，手中拎着德国进口风力灭火器，已经到达了集合地点，无人机会准确测出了火灾附近的公路、水源、地形情况，植物也一目了然。很快，他们的身影在绿色的丛林里隐没。

周习，中国自然资源作家协会副主席、秘书长，鲁迅文学院第十一期高研班学员。著有小说《土窑》《盐诺》《中国农民》等，著有《鲁院纪事》《行走乌蒙》等纪实文学。

荣誉岛民

叶浅韵

一个在云南大山里长大的人，对大海和岛屿的向往油然而生。在我的家乡，所谓"一碗清泉敢称海，壁立千仞只叫坡"，我们在心中营造的大海有可能是具象的池、塘、湖、水库。比起真正的大海，有很大的距离。所以，当得知这次的会议采风行程中有大陈岛时，就格外开心。此前，在综艺节目《我在岛屿读书》中就领略过大陈岛的美丽和诸多作家的精彩。

才飞上蓝天，就放飞了自由。脚一踏上大陈岛，就忍不住想唱歌：鼓浪屿海波在日夜唱，唱不尽骨肉情长，舀不干海峡的思乡水，思乡水鼓动波浪……还有张雨生的：如果大海能带走我的哀愁，就像带走每条河流……原来这些种植在灵魂深处的音乐在合适的情景中呈现时，是一种等待与呼唤的关系，正是那一个叫"情不自禁"的成语所能表现的状态。

大陈岛上优美的自然风光和沉重的人文历史，在一天之间，我们走马观花，走心一些，入目一些。大海与天空倒像是一个热情的老友，变幻着阴晴，照见不同的景致。我对小黄鱼在光的不同作用下变出黄色与白色产生了浓厚的兴趣，只可惜不能深入其中，就只能让一条条小黄鱼深入胃中了。

一天的时间实在太短暂，一想到第二天一早就要离开，就生出了万分不舍。与一个岛屿的情感尚未建立，就要离开，似乎有些残忍。大厅里，喝茶的人们还在茶中得趣，而我在寻思有一个早起的时光，有一个坦然而欢喜的告别。后来所遇，倒像是一种梦中的预谋，让我再次相信，一切有为与无为只在于有心有情。

凌晨六点，醒来的第一念头是想再看看大陈岛。狂野的海风却拂了我的美意，又似乎要成全其他善意，它吹赶着我走出梅花港，迫切地想要让我趁着离岛前的最后时光，更深入地走近大阿岛。梅花港的岸边，有一座雕塑的渔家姑娘，雨滴落在她的眼睑上，如泪珠般落下，像在诉说一段悲壮的历史。

雨下得有点大了，风还没有停下的意思。我被对面的一条巷子吸引，红灯笼沿着建筑次第盛开，营造出一种别样的氛围。转角处，遇见同行的安徽姑娘先桃。多年前，我们就在文字里相识，她给我的散文写过评论，那还是QQ时代，却一直有缘无分，没有见过面。沿着凝灰岩铺陈的黄色石板路，我们成为彼此的模特，说些文字和文字之外的话题，自然得如同今晨的风雨。

越往上走，越接近大陈岛居民的生活。盆栽的花卉，园种的绿植，篱笆围着的菜地里，空心菜和白萝卜正在悄然生长。一些破旧的石板房，像被抛弃的日子。我经过狭窄的小路时，一条流浪的老黄狗险些把我绊倒，它和我都慌乱地侧身避让。有一位穿着制服的阿哥恰好看见，他大声地呵斥它，并向我们解释，因为岛上是旅游淡季，流浪狗找不到吃的东西就四处乱窜。我们趁机向他了解当年垦荒队的情况，他很热心地带我们去找一位阿婆，说她家就住在上面。

我和先桃都有点窃喜，原来早起就是为了来见阿婆一面。一路上，阿哥用方言跟遇见的人打招呼，我仔细辨认，除了听得懂“北京”二字，先桃从北京来，他大致是在向别人介绍这两位北京来的作家要去拜访阿婆。许多话从他的舌头上滚落下来铺开，又聚拢起再嗫出，他在方言与普通话之间从容变换着音调，我听得云里雾里。

阿婆，阿婆，他叫了好几声。阿婆的门是紧闭着的，门前有一片菜园，有一位佝偻着腰的老人在劳作，我猜也许是她，老人大多睡不着，早起干活也是正常的。阿哥说不是她时，阿婆的脸就从门前闪了出来，她正在张罗着早餐，一点儿不像一个80岁的老人。

本想着时间紧，在门口聊一会儿就很好。阿婆却非要让我们上楼去，原来，楼上的柜子里收藏着她的宝贝。一张与胡耀邦总书记的黑白放大合影居中，她指着照片上最右边的那个女孩子说是她。学生头，小西装，笑意盈盈，风华正茂，她与总书记隔着6个人的距离。垦荒队与这个岛屿上的高光时刻，都被凝结在这张珍贵的照片里。与我们昨日拜谒的高大纪念碑相比，这是可以触摸的日子，它被一个老人紧紧捂在怀抱里。

上大陈岛那一年，阿婆才16岁，她是瞒着家里人偷偷报的名，当敲锣打鼓的一伙人上门来，让她戴上大红花，家里人才知道她的志向。欢喜和担忧都长在亲人们的身上，一个少女的成长就这样开始了。那是1960年3月1日，阿婆永远都记得这个上岛的日子。那是国家困难的时期，共克时艰成了大家共同的目标。

先来大陈岛的大部队已经开始热火朝天地干活了，离岛12公里的公海上常常传来隆隆的炮声，岛上排雷受伤的事情也不是鲜例，那些不长眼睛不长脚板的炸雷，它们有可能隐藏在岛上的任何一个角落，甚至在水井中也有发现。人们小心翼翼地进行生产和生活，用一种经验埋葬另一种经验，只为坚定一种信念，只要勤劳、勇敢，一直向前进，就有饭吃、有衣穿，有更好的生活在前面。

阿婆说她还没长个子，她与部队的男兵们说话时，常常要抬头仰望着。就着有限的条件，在一片废墟中兴建家园。先是种萝卜和大白菜，后来种土豆和红薯，再后来开始养猪养兔子。所谓民以食为天，他们在这里向天地谋取口中的食物，把人类生存的智慧发挥到极致。问她会用枪吗？她说她们每一个民兵都持枪，打过的子弹成千上万。说这些的时候，她的表情像是一个充满斗志的女战士。他们曾在这里庄严宣誓："面对着祖国的海洋，背靠着祖国的山河，脚踏着海防前哨，肩负着人民的希望。"我又想起了另一首歌谣："云雾满山飘，海水绕海礁，人都说咱岛儿小，远离大陆在前哨，风大浪又高啊～自从那天上了岛我们就把你爱心上。"是的，这是战士的第二故乡，是阿婆的第二故乡。阿婆说，她整整五年没回过家，一心扑在垦荒事业上，只想把这里变成绿色的岛屿。后来她遇到了她的丈夫，他们在岛上谈恋爱、结婚，干脆把家安到了大陈岛上。他们的二儿一女，都已经成材成器，遗憾的是十年前老伴去世了。

阿婆从抽屉里拿出一坨红布，她小心地层层打开，一枚勋章在灯光下闪闪发亮。那是团中央颁发的荣耀，金黄色的稻穗围着一头青春不羁的牛。有一种感觉溢出：我们永远年轻，永

远热泪盈眶。阿婆的珍爱，镌刻在陈旧的时光印记中，必定是在无数次深情抚摸后才呈现出来的色调，铺开在她的唇齿和手掌之间。无数人曾经的到访，令阿婆开心，总该有人记得她们这一代人的付出，才会有今天美丽的大陈岛，一个可以随时欢唱绿岛小夜曲的地方。

她指着不同的照片，跟我们讲述照片上的故事，光影铸就的时光机把一位风华正茂的少女变为少女的奶奶。此刻，大红花、军装、草帽、勋章、拥抱、欢笑与凝重，都成为阿婆的高光时刻。它们与她平时的日子，共同构成生活的重量，充满粗粝的质感，像甲午岩的样子。甲午岩是大陈岛上最精华的风景，雄浑豪迈，神斧刀工，立天气之精气，处大海之泰然。俯视时见脉脉温情，仰望时有种拔地而起的情感，穿越海啸，正是垦荒精神的真实写照。

身形小小的阿婆整理衣袖，要一本正经地来几张合影。搂着她，像搂着一团火。她笑得很开心，我们也笑得很甜美。看她的居家环境，不像是富裕的日子，而她的脸上却是幸福的光芒。在这一时刻，这种光照亮了我们的心田。让我再一次相信，精神上的丰盈和饱满是抵达幸福最好的捷径。

柜子的左面，有一张荣誉岛民的证书，上面写着：高阿莲同志，为感谢您为大陈岛开发建设工作所做出的贡献。经镇党委、政府研究决定，授

予您为大陈岛的荣誉岛民。此时，我才知道阿婆的名字叫高阿莲。她把自己的青春和热血都贡献给了这座岛屿，她应该在这里拥有至高无上的荣誉。这也是她一辈子不离开大陈岛的唯一理由。孩子们坐着轮船去市里工作了，她要一直守在这里，守着她的青春，守着她的荣誉。

一天一夜的岛上时光，附着一千零一种岛上故事。从炮声隆隆到骨肉分离，从满目疮痍到书声琅琅，青丝与白发，在海风与海浪之间穿梭不息。

后来人以碑记载，以亭纪念，广植茂林，泛种花草，生机盎然中写满了沧桑，无论是挽歌还是恋歌，都是这座岛屿的血脉，都是阿婆目光中从容的故事。

离岛的时间快到了，说好了 8:30 离开的。原路返回时，发现雨伞忘记在阿婆家了，送伞是离别之意。却不知道什么时候才能再来，就当是一种无意识的告别吧。默默地祝福阿婆健康长寿。

叶浅韵，中国自然资源作家协会第六届主席团成员，鲁迅文学院第三十六届高研班学员。作品见于《人民文学》《十月》《中国作家》《北京文学》等刊物。著有作品集《生生之门》等多部。

垦荒护绿写新篇

王楚健

浙江东部的台州，三面环山，一面向海，地貌特征"七山一水两分田"，由于龙年极端天气频繁，汛期延长，秋季仍不时遭受超强台风、特大暴雨等侵袭。然而，不管是恶劣的天气，还是晴朗多云的日子；不管在车水马龙的城区，还是炊烟袅袅的乡村；不管在巍峨雄伟的高山，还是远离陆地的海岛；不管在郁郁葱葱的森林，还是生机勃勃的田野；不管在热火朝天的工地，还是荒烟蔓草的旧矿区……全市自然资源和规划系统党员干部无所不在。

在挖掘机、装载机、运输车忙碌作业的甬台温高速公路改扩建工程台州段项目现场，台州市自然资源和规划局党委书记、局长李震杰带领一批处室负责人、业务骨干实地踏勘，现场办公。甬台温高速公路作为浙江东部沿海发达地区的交通大动脉和经济纽带，随着交通流量日趋饱和，局部拥堵严重，台州段自夏秋之交已全面进入为期30个月的断流施工。自然资源局党员干部们进一步与改扩建工程指挥部沟通对接，当场解决问题，为保障施工进度，促进区域经济社会高质量发展提供服务。

在距离城区29海里的"东海明珠"大陈岛，椒江区海门自然资源所所长李俊带领工作人员坐了2个小时客轮，将网上受理、按期办结的不动产权证送到该岛渔民们的手中，这是他们坚持赓续红色基因，继承和发扬大陈岛垦荒精神，定期上门服务的举措。他们还和椒江农商银行长期合作，在大陈岛开展不动产抵押登记"一窗受理，延伸服务"，岛上居民足不出岛，就能在家门口的银行网点办理不动产抵押登记业务，手续完善后仅一天就能收到贷款。

在海拔1300多米、生态公益林4.55万亩覆盖的"浙江最美森林"括苍山国家森林公园，临海林场场长潘学飚带领几位护林员，身穿迷彩服，操纵无人机，沿着崎岖的山路巡逻。临海林场建场迄今60多年，先后有三代护林员接力奋斗，将昔日光秃秃的"帽子山"变成绿色"聚宝盆"，缔造了"南方塞罕坝"的传奇。近年来，临海林场先后荣获"全国林草系统先进集体""全国十佳林场""浙江省模范集体""浙江省现代国有林场"等称

217

号，荣誉、鲜花和掌声如潮水般涌来，也汇集越来越多的"新鲜血液"加入守护青山绿水、建设美丽中国的行列，年轻职工占比达到 70%，逐渐成为林场技术革新的主力军。其中，担任林场技术员的"90 后"小伙赵奥博近来和同事们忙着"林业大脑"数字化项目研发，以及省级生态定位研究站、碳汇以及森林可持续经营等科研项目建设，将充分利用科技力量形成巡林、护林、造林、育林、用林的新生产力。

在各乡镇基本农田保护区，自然资源执法人员开展动态巡查，完善县市、乡镇、村居三级联动长效监管体系，加强源头管控，做到违法占用耕地行为早发现、早制止、早处理，全力守住耕地保护红线，筑牢粮食安全根基。

这是入秋以来，台州市自然资源和规划系统党员干部深入基层、下沉一线、主动服务的生动画面。他们积极冲刺四季度，打好全年攻坚"收官战"。

"我们秉持党建引领、文化聚力、业务精进的理念，以'优空间、重保障、护生态、惠民生、强党建'为主线，积极推动各项重点工作圆满完成，实现山水林田湖草沙生命共同体整体保护、系统治理、良性发展，切实提升自然资源保障高质量发展能力。"台州市自然资源和规划局党委书记、局长李震杰面对中国自然资源作家协会自然生态采风团作家、记者侃侃而谈。

李震杰曾担任台州市援疆指挥部党委书记、指挥长，有着三年援疆经历和多年基层工作经验，他在"一把手"讲专题党课中，将"自力更生、艰苦创业，同心同德、团结奋斗"的三五九旅精神与"艰苦创业、奋发图强、无私奉献、开拓创新"的大陈岛垦荒精神、"忠诚敬业、艰苦创业、改革兴业"的临海林场拓荒精神以"一脉相承"来高度概括，要求全系统党员干部凝聚精气神，接稳历史的接力棒，争做新时代的垦荒人，勇当新赶考路上的破局者、探路者、先行者。

局机关党委用好台州红色资源培育良好党内政治文化，常态化开展"学用新思想、建功新时代""循迹溯源学思想促践行"等主题党日活动，引导党员干部在学习中淬炼提升，在教育中固本培元，严守党的政治纪律和政治规矩，坚定对党绝对忠诚的政治品格，集体创作的短视频《我们走在大路上》《敢于斗争，敢于胜利》分别获台州市快闪活动十佳作品奖、优秀宣讲短视频奖、网络人气奖。全市自然资源和规划系统拓展"我为群众办实事""千名党员进千企""送政策解难题助发展活动"等机制，打造让人民群众满意的党建品牌工程。其中，椒江分局全力打造了"自然红·绘蓝图"党建品牌、"清筑自然"清廉品牌，荣获了"台州市机关党建示范点""台州市清廉文化进机关示范点"等多项荣誉。临海局积极培树先进典型，临海林场党支部获台州市先进基层党组织和台州市机关党建示范点；党员屈卫明获首届最美浙江人·最美自然守护者、台州市"十大强基先锋""担当作为好支书"称号。温岭局以"党旗引领'自然'强"党建品牌，持续深化"争星创优"评比活动，全面打造人民满意的服务窗口和基层所。

近几年来，原国土资源、林业、规划、海洋等部门经机构改革并入自然资源"大家庭"，统筹推进山水林田湖草沙一体化保护和系统治理。人员大幅增加，工作任务更加繁重，队伍需要融合，该局着手在提升行业文化软实力上下功夫，他们集思广益，发动全体干部提炼价值观核心词，还进行投票评选。讨论会上，大家回顾原国土资源人"惜土如金""守土履责"精神，地质人以献身地质事业为荣、以艰苦奋斗为荣、以找矿立功为荣的"三光荣"精神，海洋人"南极精神""大洋精神"，测绘人"经天纬地"精神，林业人"爱林兴林、终生坚守"精神，进行"大熔炉"式的整合提炼，浓缩精华，形成"守土护绿绘蓝图，奋楫笃行谋新篇"的宣传语，喷绘在墙上、印制在纸巾盒上，具有视觉效果和潜移默化作用。通过弘扬共同价值观引领党员干部坚定责任担当，踔厉奋进，凝聚新力量。

把青年骨干推向前台，创造更多展示能力的机会，是局领导班子的共识。他们设立自然资源大讲堂，组建"8090"宣讲团，举办"深学细研提能力，实干笃行促发展"活动，在门户网站开辟"践行八八战略大讨论"专栏，积极参与"跟着总书记读好书"读书荐书讲书活动，引导青年干部涵养政治品德、职业道德、社会公德、家庭美德。台州市不动产登记服务中心工作人员平均年龄三十出头，是一个年轻化、活力强的团队，他们开展"师徒结对"、岗位大练兵、业务大比武、礼仪培训等活动，营造"学、比、赶、帮、超"的氛围，提高青年干部的业务技能和服务理念，在全省率先实现全流程无纸化不动产登记办证，创新规划核实和用地核验"两验合一"，办理时限从合并前的30个工作日大幅缩减至不超过5个工作日；全面推行"带押过户"、抵押权变更登记、一手房网办（掌办）等业务，有效降低企业和群众"过桥"成本；在全市范围内基本实现二手房买卖预告登记，做到"应登尽登"。近年来，中心荣获"第20届全国青年文明号"称号，党支部被授予全省不动产登记"党员先锋岗"，"不动产登记＋金融服务"协同增值创新服务改革被列入市营商环境改革创新典型案例，在全国"最美不动产登记人"浙江省评比中排名第一。

自然生态采风期间，适逢台州市自然资源大楼前厅正在举办干部职工书画摄影展，序言醒目的标题为"自然资源文化的雪泥鸿爪"。注重发挥群团组织作用是该局的另一个"亮点"，他们结合重要节点和传统节日，先后举办元宵灯谜竞猜活动、知识竞赛以及乒乓球、羽毛球、篮球等球类比赛，寓教于乐，陶冶情操，团队的凝聚力和向心力进一步增强。台州市徐霞客研究会经常性开展学术交流活动，对接中国徐霞客研究会、中国自然资源作家协会，协助市自然资源和规划局与天台县政府承办中国徐霞客诗歌散文奖，共圆满举办四届，在海内外获得较高知名度和影响力。

自然资源管理关系千家万户、涉及民生福祉，该局重实效、强实干、抓落实，把落脚点放在提升干部业务工作水平和工作成绩上，全面落实耕地保护"党政同责"，实行"田长制＋耕地智保"，开展变更调查、耕地保护、执法督查机制协同和业务联动，建立耕地巡查和"两非"问题闭环台账制度，常态化开展违法占用耕地"零新增"，构建了违法用地"早发现、早制止、严查处"的新机制。同时，要素支撑精准有力，重大项目"应保尽保"，产业用地优先支持，创新土地要素错期调剂、占补平衡指标市级统筹制度，全力保障晶科能源、水晶光电、清陶、上海电气等一批龙头产业项目落地；提请市政府出台支持先进制造业优质企业供地政策，支持中小微企业建设，满足中小微用地需求，近两年全市供应工业用地 2.4 万亩。全系统着力抓好土地综合整治重大工程，2023 年启动新一轮土地综合整治五年行动，将其作为实施"千万工程"的重要平台和抓手，统筹推进农用地整治、村庄整治、低效用地整治和生态保护修复，促进

城乡规划布局、要素配置、产业发展、公共服务等深度融合，两年来累计实施土地综合整治项目 48 个，涉及行政村 1089 个，打造了一批示范性项目，温岭市横峰街道项目列入自然资源部第二批全域土地综合整治试点典型案例、被评为全省高质量发展建设共同富裕示范区最佳实践，大溪镇白塔村等 7 村全域土地综合整治与生态修复工程被评为 2023 年省级精品工程；椒江区跨乡镇土地综合整治经验做法入选省"十大重大工程"典型名单。

这是台州自然资源和规划工作保障生态文明建设，助推共同富裕先行以及省域现代化先行，在"重要窗口"建设的实践助推高质量发展的一个缩影。近年来，台州市自然资源和规划局被评为全省招商引资工作成绩突出集体、省海塘安澜千亿工程工作成绩突出集体、省自然保护地保护管理工作突出贡献集体、省城市地下市政基础设施普查工作成绩突出集体，《中国自然资源报》《浙江日报》《台州日报》等多家媒体给予报道。随着中国自然资源作家协会以自然生态为主题，深入台州开展文学采风活动，无疑是对当地弘扬和传承垦荒精神，"守土护绿绘蓝图"工作的肯定与助力，也成为台州自然资源人未来展现更大作为的精神动力。

王楚健，中国自然资源作家协会散文委员会副主任。作品发表于《人民文学》《北方文学》《上海文学》《广州文艺》《鸭绿江》等刊物。著有散文集《无梦到江南》《墨庄问素》。

山海之间的文学回响

——中国自然资源作家采风团台州纪行

王江江

月亮缓缓升起，银色的光辉洒在海面。

潮水似乎也在月光的感召下苏醒，随风涌动，冲刷着海岸线。日间搁浅在梅花湾的船只，随着涨起的潮水重新注入活力。它们在海面上晃动着，仿佛在低语远航归来的故事。

台州市大陈岛，以其得天独厚的自然之美，迎接着中国自然资源作家采风团。此刻，这群怀揣着对自然无限热爱的作家，心情也如海潮激涌。仿佛内心的情感正随着海风轻轻摇晃，与周围的一切产生了共鸣。

浪花的召唤

10月27日，随着渔船缓缓靠泊码头，采风团一行结束了两小时的航程，踏上了向往已久的大陈岛。海风轻拂，带着丝丝凉意，似乎在向每一位到访者诉说着这座岛屿的过往与今昔。

来大陈岛的旅途中，浙江省徐霞客研究会副会长、市徐霞客研究会会长王俊友已为大家开启了一段关于大陈岛历史的生动讲解。"大陈岛，以前叫过东镇山或者洞正山，这个名字在5世纪中期就有了。那时候，从台州去朝鲜、日本的商船都得经过这里。正式用'大陈山'这个名字，最早能在《郑和航海图》里找到记录。到了

清乾隆年间，慢慢有人聚居在这个岛上，浙江道特地在这儿设了汛官，管理军务和渔业的事情，大陈岛开始有了正式管理机构。到了清末民初，大陈岛上已经住了上万人，成了台州湾海上最热闹的小镇。"

大陈岛现属台州椒江区，包括上大陈、下大陈和附属岛礁。一踏上大陈岛的主岛——下大陈，仿佛踏入一个充满生机与故事的遥远秘境。一眼望去，这里的森林如同绿色的海洋。远山轮廓若隐若现，宛如一幅江南水墨画。

除了瑰丽的自然风光，大陈岛还蕴藏着丰富的历史文化。这里曾是垦

荒英雄们挥洒汗水、实现理想的热土。错落有致的房屋上，铺着整整齐齐的石块，提醒人们这里会有台风的侵扰。

"1955 年大陈岛解放。到了 1956 年，在党和国家的号召下，一批批风华正茂的浙江青年誓言'到祖国最需要的地方去，到最艰苦的地方去'。1960 年 7 月，垦荒队组织撤销。不过还是有 100 多名队员坚守岛上，建设大陈岛，他们的孩子有的也留在岛上工作。"王俊友说。

垦荒英雄们的传奇故事，"艰苦创业、奋发图强、无私奉献、开拓创新"的垦荒精神，让人心生敬仰与感动，也吸引着作家们去探索。

次日清晨，天边刚刚泛起一抹晨曦，整个世界似乎还沉浸在一片宁静的蓝灰色之中。作家叶浅韵和王先桃，已经开始探寻垦荒队员在岛上留下的痕迹。"早上 6 点多，我们就神奇地遇到一个当年 16 岁就上岛来的垦荒队员。这位 80 岁的阿婆，把青春和子孙都贡献给了这座岛屿。她说起公海上隆隆的炮声，岛上的排雷和垦荒，还有他们庄严的宣誓：面对着祖国的海洋，背靠着祖国的山河，脚踏着海防前哨，肩负着人民的希望。"叶浅韵激动地说。

在云南大山里成长的叶浅韵，对大海和岛屿的向往由来已久。此刻，大海在她的心中具象化了。"我在大陈岛上忍不住唱起儿时就会唱的《大海》：如果大海能带走我的哀愁，就像带走每条河流……"大陈岛优美的自然风光和厚重的人文历史，共同构成采风活动中两条行走的脚。

漫步在大陈岛上，一位在海边垂钓的老者，引得作家周伟苠、贾志红驻足攀谈。交谈中得知，老人姓颜，今年 82 岁了，当年从宁波来到大陈岛垦荒，上岛时才 15 岁。如今，一晃 67 年过去了，虽然宁波老家的兄弟姐妹们生活都很富足，孩子们也都在椒江上班，一直要接他去安享晚年，但他已习惯了这里的山山水水和悠闲的生活。当周伟苠询问他是否想过离开时，他指着钓上来放在桶里的那几条活蹦乱跳的老虎鱼说："这鱼不大，但是味道却鲜美，大陈岛也不大，但这是我离不开的家。"

回望大陈岛厚重的历史，刚刚出版新著《海上丝绸之路：从青岛到红海》的作家高洪雷试图透过现实的表象和岁月的纹理，探究大陈岛和大陈人的文化内涵和精神底色。"大陈岛的生命史，起码具备三重色彩。往古，大陈岛是灰色的。现代，大陈岛是红色的。而蓝色是大陈岛的底色和未来。"

作为长期研究世界史、民族史、海洋史的专家，他认为大陈岛有巨大的发展潜力、无限的发展空间和广阔的发展前景。"风云激荡的世界史告诉我们，在这个 71% 的地表被海水覆盖的星球上，几乎所有大国的兴盛都取决于海上，最繁华的城市都分布在沿海和岛上。因为，21 世纪是海洋世

纪，海上运输是最经济、最便捷的运输，海洋资源是最丰富的资源。蓝色

是大陈岛的未来可期。"

森林的低语

微风轻拂过森林，仿佛是树木、叶子和动物们在悄悄地交流，传递着自然深处的秘密。

站在大陈岛垦荒纪念碑前，青松挺拔、绿树成荫，大陈岛全貌尽收眼底。新中国成立初期，大陈岛仅生长着零星的树木，全岛树木不足千株。垦荒队员上岛后，通过植树造林，短短数年，岛上已营植成片黑松，大片宜林荒山得以开发。

而被评为"全国十佳林场"的台州临海林场，正是传承与弘扬大陈岛"垦荒精神"的真切体现。

"竹生新雨露，松固旧楼房。短笛乡心断，长年山路量。清贫难自弃，寂寞又何妨。地僻无车马，林深有导航。"在与临海林场护林员座谈后，诗人刘能英备受感动，当即赋诗一首。

从1957年种下第一棵小树苗起，临海林场三代护林人从植绿、守绿走向富绿，用实际行动书写"绿水青山就是金山银山"的传奇故事。

他们以山川为伴，用坚韧不拔的毅力，在荒芜与葱郁之间默默耕耘。他们肩负着修复绿水青山、保护生态环境的重任，常年与恶劣的自然条件斗争。地形复杂、气候多变，这些困难非但没有阻挡他们的脚步，反而激发了他们更加坚定的信念和决心。

在有"南方塞罕坝"之称的临海林场采风，作家周习心中大为震撼，"最早一批知识青年志愿者，怀着对祖国无限的热爱，投身林业，用青春染绿了荒山；新一代高学历高素质的青年人循着前辈的足迹，来到深山老林，继续前行。我们从倪里奋、屈卫明、潘学飚老中青三辈护林党员的身上，看到了党员的引领作用，他们吃苦在前、奋斗在先，奉献林业，体现了中华民族的优良传统和精神风貌。"

据临海林场场长潘学飚介绍，临海市林场有三个鲜明的发展阶段。从建场初的"绿荒山"到二代的"守青山"，再到现在的"拓金山"，这个特点不但体现在林场不同阶段的经营目标上，也体现在三代林子上，从一代以马尾松为代表的绿化林，到二代以杉木为代表的用材林，再到三代以红豆杉为代表的生态林，林场逐渐从单一的绿化造林向生态经济型林业转变。

了解到临海市林场绿化造林及绿色发展取得的成效后，中国自然资源作家协会主席陈国栋感触颇深："林场不但种下了一片树，也把林草人的信仰种下去了。我们不但要看到林场的昨天和今天，更要看到明天，要通过

新质生产力的提高，依靠高科技，依靠林场人的智慧，把绿水青山建设好，把金山银山实现好。"

如今，林场森林覆盖率增长至93.53%。先后荣获全国林草系统先进集体、全国十佳林场、浙江省模范集体、浙江省现代国有林场、"最美浙江人·浙江骄傲"提名人物等荣誉称号。

台州市自然资源和规划局党委书记、局长李震杰表示：奋进新征程、建功新时代，台州市自然资源和规划局将继续沿着"八八战略"指引的路子，深入践行"千万工程"，以自然资源和规划工作高质量助推全市经济社会高质量发展，为台州书写人与自然和谐共生的波澜壮阔时代篇章提供有力支撑。"

诗意的回响

山林低语，海风浩荡，诗意在山海之间回响。

巍然挺拔的大陈岛甲午岩，是两座伸入海水的巨石，素有"东海第一大盆景"之称，也是大陈岛地质公园的标志性景观。"根据地质遗迹调查显示，大陈岛以海岸地貌景观为核心，蕴含火山岩地貌景观和地质剖面等多种地质遗迹，共有 30 处地质遗迹景观。"台州市自然资源和规划局四级调研员、工会主席王楚健介绍道。

灵雄险奇、移步换景的甲午岩令作家们频频摄影留念。导演朱梦棣一路跟拍，诗人赵腊平、胡红拴、施建石、蒋宜茂纷纷留下诗行。"穿越游览甲午岩栈道，近看灯塔映日，远眺东海浩渺；静听飞虎惊涛，细察奇礁怪石；凝望宝岛台湾生长的方向，禁不住振臂高呼，顺风吟唤，期望海峡两同胞，早日团聚。"蒋宜茂说。

大陈岛上的斑驳墙壁，以及那些深深烙印着岁月痕迹的建筑，不仅是时间的见证者，更是历史的守护者。它们以一种近乎神圣的方式，保存了那份原汁原味的海岛风情，让每一个到访者都能感受到一种穿越时空的震撼与感动。

对于作家杨沐而言，大陈岛不仅仅是一个地理上的坐标，更是一个充满故事与灵感的文学宝库。这里的每一处风景、每一个细节，都仿佛在诉说着过往的辉煌与沧桑，激发着他们内心深处对创作的渴望。"大陈岛这些保存完好的建筑场域，很适合作为一部小说的发生空间。希望自己有机会，创作一部关于大陈岛题材的小说。"杨沐说。

在大陈岛附近的蔚蓝海域中，人与自然和谐共生的画面正在上演。一根根坚固的钢管桩被深深地打入海底的基岩之中，随后，铜网被精心地挂在这些钢管桩上，宛如一道道壮观的海上"围墙"，它们共同构成了围海养殖大黄鱼的项目。对大黄鱼来说，人工养殖也是对资源的一种保护，少捕捞就是少破坏。目前，大陈黄鱼养殖年产量超 9000 吨，产值超 10 亿元，占全省高品质大黄鱼产量产值的 2/3 以上。

谈起大黄鱼，自然资源科学传播首席专家、作家郭友钊向大家展示了一首他创作的关于敲罟的诗。敲罟是一种传统的捕鱼方法，最早可以追溯到明嘉靖年间。这种方法利用声学原理，通过敲打竹竿产生水下声波，使大黄鱼等石首鱼类因脑震荡而昏厥，然后再被赶入渔网中。敲罟作业效率极高，成本低廉，但对海洋生态破坏极大。

"大陈岛的大黄鱼，以前是天然生成的，现在是人工养殖的，其转折点是敲罟作业带来的竭泽而渔。与渔业类似，垦荒、造林、填海、筑坝、开矿等，都涉及人的生计与其他生物的生态之间的关系。真正懂得这种微妙而敏感的关系，掌握其间的平衡，才能科学地实现人与自然的和谐相处。"郭友钊说。

作为深耕自然资源题材的作家，如何以笔触书写人与自然的篇章，探索两者之间的深刻联系与和谐共存之道，是作家们一直思考的问题。在大陈岛召开的中国自然资源作家协会六届七次主席团会议上，这一议题得到了深入探讨。

此次会议的主要任务是学习传达党的二十届三中全会精神，传达中国作家协会"文学援藏"会议精神，审议批准 2024 年新入会会员名单，研究中国地质大学（北京）驻校作家、特聘作家与自然文化研究院"创意写作讲座"事宜。总结中国自然资源作家协会 2024 年以来的工作，讨论 2025 年作协工作计划。

中国大地出版传媒集团有限公司党委专职副书记彭健出席会议，并传达了党的二十届三中全会精神，中国地质大学（北京）自然文化研究院常务副院长刘晓鸿应邀参加会议。中国自然资源作家协会主席团成员在现场参加会议。

中国自然资源作家协会主席陈国栋强调，要认真学习贯彻党的二十届三中全会精神，坚持以习近平新时代中国特色社会主义思想为指导，按照中国作家协会工作安排意见，结合自然资源行业特质，贯彻"绿水青山就是金山银山"的理念。继续组织作家深入基层一线进行生态修复、矿山治理、耕地保护、地质找矿、海洋、林草、国家公园等方面的采风调研，还原人与自然和谐共生的鲜活画面，讲好自然资源故事，创作出无愧于时代的生态文学作品。

名城的烟火至味，新时代垦荒人的无私奉献，林场年轻人的守正创新，临海凭风下的千年名邦……"台州这片沃土给我们留下了太多的感触，想要抒写她的芳香，我还需要慢慢回味。"作家张艳感慨道。

在这片被月光与潮水共同宠爱的土地上，中国自然资源作家采风团的到来，不仅是对自然之美的探索之旅，更是一次心灵的归宿与升华。这样的体验，无疑为他们的创作提供了灵感与素材。

行走于此，作家们的步伐不自觉地随着海风的节奏摆动，像是在踩着自然界最原始的鼓点，每一次落脚都是对这片土地深情的回应。而那份人与自然和谐共生的美好愿望，也将会随着台州故事的书写，传播到更远的地方。

王江江，中国地质大学（北京）驻校作家，鲁迅文学院第四十届中青年作家高级研讨班学员。著有《一片林，一家人，一条心》等作品。曾获大地文学奖新人奖、中华宝石文学奖。

台州纪行（组诗）

赵腊平

1. 面朝大海

西北高，山脉连绵，峰峦迭起
东南低，丘陵缓延，滩涂广阔
括苍山米筛浪雄居浙东最高峰
当仁不让，接受每天的第一缕阳光

大盘山、天台山是他的两个侍卫
灵江、椒江是他雄壮的血管
敞开心扉，台州像一个伟岸的男人
宁静的台州湾和浩瀚的东海温柔入怀

造化如此神奇，沧海横流
以亿万年计的地质年代里
温州—临海的凹陷储藏了太多
有关台州构造单元的故事

无须考证，火山岩地貌如初
星罗棋布，岛群、岛屿、列岛
熔岩柱、珊瑚岩栩栩如生
偶尔，你会望见白垩世的翼龙飞翔

七山一水，水因山而荡气回肠
一条椒江，广纳了80多条江河湖溪
从容流淌，滋润全市2/3的陆域
母亲河，养育的是生命与文明

在牛头颈，海潮依稀可闻

天然关隘，出海口两山夹峙
那是浙江东南海防要塞，海门
潮起潮落，见识过太多的云卷云舒

2. 黄岩蜜橘

浙江台州，我是去过的
准确地说是路过，多年前
那个地方的黄岩蜜橘很有名
像如今的某些奶茶一样火爆

公交行驶在象山至平阳的马路上
两边的橘树迎风摇曳，蜜橘压枝
金黄金黄，仿佛吮吸过它的甘甜
而之后，屡屡被这"仿佛"撩拨

缠绕经年，向往故地重游
在临海，真切地品尝了黄岩蜜橘
名称已改，时间让机遇稍纵即逝
而缘分，却给重逢一份意外惊喜

3. 采矿遗址

让矿石做证，世界已经悄然嬗变
石器时代、青铜时代、铁器时代……
我们心存敬畏，在浙江台州

又一次与古老的矿业文明不期而遇

长屿硐天，始于 1500 年前的采矿遗址
1314 个硐窟，28 个硐群
那是梦幻一般的存在，因此一夜爆红
一群年轻人，脸上写满了好奇

矿石采空了，被废弃的矿坑犹在
石壁上长出草，也长出文化
一票难求，岩洞变成了音乐厅、博物馆
匠心，让我们读懂了妙趣横生

4. 江南长城

那时灵江由上而下，一泻千里
台州府城离椒江的入海口也不远
江水和潮水两虎相争，风高浪急
水灾，成了当地百姓的心腹之患

晋代的辛景在北固山上砌了一堵墙
很坚固的墙，从此临海便变成了城
不知道多少年后，他终于发现
城墙原本可以成为抵御洪水的大堤

在桃渚，另有一座城堡
离海边很近，烽燧相望瓮城拱卫
听闻，戚继光厉兵秣马九战九捷
平定倭寇，为大明三百年加了分

为一堵墙，五个朝代修筑增扩了五次
峰回路转，临海的古长城雄风犹在
但它护卫的不啻一座古城或一方水土
而是一种神圣不可冒犯的尊严

5. 紫阳古街

我们从哪里来？沧桑的古迹会说话
那些离我们越来越远的年代，以及
那些年代发生的故事，让我们好奇
因为好奇，遥远的过往让我们倍感亲切

在临海，有一条曾经无名的古街
连同它被悠久历史浸泡的岁月
被重新打捞，并起了一个响亮的名字
紫阳街！其他的美誉也接踵而至——

第一古街、千年古城、历史文化名街
悉数到位，北起黄坊桥，南至揽秀楼
这条街其实也就 1080 米，一公里多一点
但容纳了太多东西，文化在空里飘逸

樱珠巷九号，那是一个神秘的存在
南宗始祖张伯端曾在这里埋头伏案
写了《悟真篇》，紫阳真人功成名就
仙风道骨，多少有缘者寻到了道之道？

古井是紫阳街上的另一道风景
既可生活饮用，也可防御火患
井上有圈，圈上有盖，水如命
解锁三百年风雨，喝几口就知道底蕴

郑广文祠供着"郑虔三绝"，遗风尚在
龙兴寺的寺僧思托六是个有故事的人
随鉴真东渡弘法，荐日僧最澄驻寺研习
寺外的千佛塔，收藏着他们修炼的功德

紫阳街古色古香，岁月沧桑
记录在小巷老屋起翘蜕皮的墙面上

遗留在临街古建高高挑起的飞檐上
真实而质朴，还原了一座古城的魅力

如今，紫阳街是文旅者打卡的地方
剪纸、刺绣、木雕，店铺里琳琅满目
蛋清羊尾、乌饭麻糍，小吃店香气诱人
一抬头，满眼风光；一低头，尽是不舍

6. 大陈岛

很早，高梨头礁便是航海的标识
浙江人从台州湾驾船出海，礼尚往来
高丽、大和的商船靠近椒江
东方的东镇山是必经之地

郑和亲手绘制的航海图上
东镇山赫然在目，但更名大陈山
这个岛由此变得生动而具体
容 500 年的跌宕起伏，历史从来深厚

说岛，其实是列岛，含 106 个岛礁
大大小小，大陈岛只是其中的一个
分上下两台，中间隔着 2.5 公里的水道
大陈岛即大陈镇，分几个村

小，总面积也就 11.89 平方千米
但那是视觉上的判断，历史之眼
常常以另一种标尺度量，定性
岛上发生的故事足以让周遭波澜壮阔

站在海拔 228.6 米的凤尾山眺望
卫温船队抵达台湾的盛况依稀可见
烟墩为证，明水师在这里生擒通倭大盗
清末民初，这个岛已是繁荣的海上集镇

日本人曾在海岛耀武扬威，不可一世
征服野心，被土著武装王相义悉数击碎
小岛重归平静，甲午岩巨礁形如巨舰
"海上豪客"的壮举仍然在坊间流传

失道寡助，国民党兵败如山倒
残部撤至这里，企图东山再起
战败江山岛，国民党当局仓皇撤退
活口，竟是一位奄奄一息的老人

尽管破烂不堪，终归回到人民怀抱
一声号令，一批又一批青年先后登岛
童山秃岭变成了璀璨的"东海明珠"
改天换日，梅花湾的灯塔熠熠发光

原来，大陈岛可以如此美丽
它由甲午岩的巨礁、观音洞的海蚀
古文化遗址以海神宗教寺观等组成
而大沙头的民居同样叫人流连忘返

一定要赶个早，去瞻仰胡耀邦铜像
爬上黄夫礁山岗，去看一看垦荒纪念碑
晨曦里，去看一看东方的那轮红日
如何在大海里完成它最后的美妙一跳

赵腊平，中国自然资源作家协会副主席。作品见于《北方文学》《山西文学》等刊物，
著有《路行千里胜读书》《风清临窗听雨声》《赵腊平笔耕集》等文集。

诗记台州（组诗）

蒋宜茂

1. 台州遇雨

飞机着陆，雨幕正开。
雨路密集而不拥挤，
未见有风抓扯，
兀自坠地流淌。
未采风，先踩雨，
洗涤城池的身躯。
风，此时隐藏海里，
鼓动着鱼虾们修炼呼吸。

通人性的风雨，傍晚放晴。
天空深邃，星辰歇息。
来往车辆与行人，
调控着自己的速度，
奔向万家灯火中那扇窗。
街巷旁的绿树与繁花
绽放出笃定的眼眸，
传递着台州人别样的心境。

2. 初识台州

天宫雅居的六颗三台星，
两两一组，构成上中下三级台阶。
亿万年前盛大的造山运动会，
火炬照亮了广袤的赛场，
入场者拳打与脚踢并用。

海水与熔岩昼夜激情，
欲火爆发，隆起与塌陷纠缠，
死去与活来，锻造与自塑，
孕育诞生了伟岸英俊的骄子。

海洋浩瀚，笑靥向东，
胸襟敞开，映印出台州的底色。
天台山仰首挺胸，
长长的视线拴住了三台星的手臂。
神仙居括苍山临海大火山
梳出了台州的发际线。
骨骼坚韧，肌肉健硕，
睿智慈祥的容颜，
淌溢出爱恋不竭的泉眼。

3. 去大陈岛

台州湾注视着大陈岛，
海船卷起的白浪
向移动的白云喊话。
椒江洗却一路风尘，
自我疗愈内省沉淀，
与东海对视，没有言语表白，
平静坦然展臂相拥。
那些海浪平和理性，
举着诗的语言，
讲述大陈岛的前世今生。

海风翻出尘封的硝烟，
伫立甲板，我洞见了
海底那片火山，
烧红了大陈岛的基因。

4. 甲午岩

神用魔法利斧
削劈出一对孪生兄弟。
昂首苍穹，脸庞橘黄，
目光深邃，警惕着海洋巨浪。
阅读出东海肺部的深呼吸。

乌沙栈道拴住浪通门的惊涛，
"呜呜滩音"戴着"帽羽砂"游荡。
海蚀沟海蚀洞海蚀柱彼此心照不宣，
几只飞虎随性跨越，
祥龙见势排浪呼啸。
灯塔刚毅，让斜阳丢掉彷徨。

礁岩，嶙峋层叠，
缝隙蹦出蓬勃生机。
海桐 滨柃 厚叶石斑木诸种族
踏着先驱们垦荒的足印，
匍匐贯入，开疆与拓土，
时光在幽深处雕刻传说……

5. 过紫阳街

自"悟真坊"迈入，
见一片紫气悬浮街心，
紫阳真人满面祥光，端坐其间。
百年老店的那些烟火
演绎成满目琳琅与美食。
人群缓缓流动，
欢声与笑语洒落街头。

纵横交织的老石板路，
光洁与凹凸相间，
锁住了电闪雷鸣
收藏了刀光剑影。
紫阳井与千佛井牵手，
睁大双眼，喷出透明水光，
润泽站立的碑林与街巷门坊。

飞檐高挑，《悟真篇》蹲守其上。
方孝孺戚继光朱自清……诸先贤
飘然掠过奉仙坊。
一股"硬气"袅娜，储存的火种，
按输入的密码，伴春风燃烧。
千年古城滋养的血脉，
在台州府城潺潺流淌。

蒋宜茂，中国自然资源作家协会全委委员。诗文见于《诗刊》《星星》《中华诗词》《中华辞赋》《当代》《人民日报》《光明日报》等。出版诗集《窗外》《古风心韵》《时光不眠》等。

台州晨望（组诗）

胡红拴

1. 椒江晨望

摘几朵霞阳的花瓣
画几幅彩云晨韵的剪影
白云山巅，漫步云端
遥观，台州湾外星罗棋布的王侯
岛，都是王者
都是卫戍疆域的战士
一支支钢枪
一排排绿树，海上
一座座巍然屹立的哨楼
此刻，我亦成为一棵山巅伫立的林木
沐浴朝阳，心读蓝天打开的书页
岁月静好，晨风中
我看见了
菊花灿烂的日子

2. 到大陈岛去

八点，台州湾扎起了花环
太阳，将礼花点燃
码头上迈出整齐的军步
椒江的三桥
魅影，俏划着蓝色干线
到大陈岛去，心
已成日光的尺子
丈量海天，测定

一部部史书
距离的诗行，天际外
那一个个渐渐清晰的远山
神魂，将字节种植在浪上
岛上的金秋，我等着
那个心醉的时刻
花好月圆

3. 旅途

这肯定是旅途
铁甲船代替了心舟
巨浪的影子
海，蓝色的田畴
忽然就有了海钓的心思
那样，也许就可把烦忧丢进海里
心起处，四两陈酿
那份自在
一条游鱼，船戏
海，举起的
醉着的秋天

4. 在海上

与＂潭美＂擦肩而过
秋风，轻拂海的厅堂

一只海鸥追过来了

海事船的秋语

大道通天，彩虹两行

采风，当然是记录心语

记录海、岛，和那翠绿的疆域

蓝色的意思，无非是

将阳光、空气和这一望无际的海

放入心里，胸怀

轻轻合上这自然的书页

闭目静品

澄明，境的思想

5. 澜庭民宿

用石砌一栋面海的房子

晨摘朝阳，暮采

春风送来的惬意的日子

灯塔，还有海上转动着的风车

港湾的汽笛，召唤着

悠然自得的鱼儿

6. 大陈岛晨曲

山海交响，岛

何曾缺少过思想

甲午岩的节理，海蚀

风揉进了梦里

石岩的步子，走出了

岁月的铿锵

风，扫过书页

字，融进了山里

虎啸龙吟，穿透了一条条山梁

葱绿的林海

那些青春的汗渍

大陈岛的图腾

红旗，迎风飘扬

晨，雨来了

我看见朝阳穿云种下雨线的样子

海风中的波澜，素手

轻拂着琴弦

胡红拴，中国自然资源作家协会副主席兼诗歌委主任，作品见于《人民日报》《文艺报》《中国作家》《诗刊》等。著有《胡红拴品画诗词散文集》《胡红拴诗选》等作品。

台州行吟

刘能英

1. 客居台州

镜水悠悠绕画栏，客居窗外等闲看。
长天忽暗云含雨，老树幽栖鸟避寒。
竹叶杯将清酒酌，梅花曲被古筝弹。
秋声一自萦心坎，乡思横流到笔端。

2. 登临海古城楼

临海惊秋色，登高感昔氛。
台风翻寇帜，雪浪涌城云。
心绝封侯意，身为杀贼焚。
深深一稽首，诚谒戚将军。

3. 与临海护林员座谈

竹生新雨露，松固旧楼房。
短笛乡心断，长年山路量。
清贫难自弃，寂寞又何妨。
地僻无车马，林深有导航。

4. 登大陈岛

蓬岛苍烟淡，林园绿荫奢。
浪鸣溪响应，风弄曲无邪。
御敌炮台在，垦荒人物嗟。
倚云垂钓者，疑是谪仙耶。

刘能英，中国自然资源作家协会驻会作家，中国地质大学（北京）驻校作家，鲁迅文学院第 22 届高研班学员。著有诗词集《长安行》《大都行》《上苑行》等。曾获《诗刊》年度青年诗人奖、中华宝石文学奖。